SONJA ULLRICH

Trallafitti

BESUCH VON EINER LEICHE So schlecht hat Esther Roloff noch nie ausgesehen. Doch die blutigen Ereignisse des vergangenen Sommers haben sie – wenn überhaupt – nur bei Licht schlafen lassen. Über alle Köpfe hinweg beschließt sie daher, eine Auszeit zu nehmen. Weg von dem Presserummel, der Kripo, dem Job und Pankowiak. Zweieinhalb Monate später kehrt sie zurück – und wird wider Willen mit ihrem nächsten Fall konfrontiert: Eine Leiche, männlich, unbekannt und direkt vor ihrer Wohnungstür. Esther und der Arzt diagnostizieren Herzinfarkt. Doch das will Hauptkommissar Ansmann nicht so recht glauben. Mehr noch: Er scheint den Toten zu kennen und ein Interesse daran zu haben, dessen Tod auch über seine Zuständigkeit hinaus aufzuklären. Er bittet Esther um Hilfe und stellt ihr Pankowiak zur Seite. Bleibt nur die Frage, warum? Wieso kommt ihr der Name des Toten so bekannt vor? Und wie könnte der Selbstmord eines Politikers damit zusammenhängen? Ein Krimi, der viele Fäden zusammenlaufen lässt.

Sonja Ullrich wurde 1977 in Lünen geboren. Heute lebt sie mit ihrer Familie in Bochum. Hauptberuflich arbeitet sie als Sachbearbeiterin für die Rechtsabteilung eines Chemieunternehmens. Die Autorin ist Mitglied im »Syndikat« und dem »Literaturbüro Ruhr e. V.«. »Trallafitti« ist der dritte Hard-boiled-Krimi aus Sonja Ullrichs Feder.

Bisherige Veröffentlichungen im Gmeiner-Verlag:
Fummelbunker (2011)
Teppichporsche (2010)

SONJA ULLRICH

Trallafitti

Kriminalroman

GMEINER *Original*

Besuchen Sie uns im Internet:
www.gmeiner-verlag.de

Im Ehnried 5, 88605 Meßkirch
Telefon 07575/2095-0
info@gmeiner-verlag.de

2. Auflage 2013

Lektorat: Katja Ernst
Herstellung: Christoph Neubert
Umschlaggestaltung: U.O.R.G. Lutz Eberle, Stuttgart
unter Verwendung eines Fotos von: © jeremias münch – Fotolia.com
Druck: CPI – Ebner & Spiegel GmbH, Ulm
Printed in Germany
ISBN 978-3-8392-1325-4

*Personen und Handlung sind frei erfunden.
Ähnlichkeiten mit lebenden oder toten Personen
sind rein zufällig und nicht beabsichtigt.*

1.

»Grundgütiger, Esther. Bitte keine Toten mehr!« Anastasios Galanis kauerte auf meinem türkisfarbenen Hartschalenkoffer, die klobige Kiste fest zwischen die Fersen geklemmt. Sein langes schwarzes Haar wallte wie feines Wurzelwerk über die Schultern, sein Gesicht war weißer als die Kalkwand hinter ihm. Er war unausgeschlafen und gereizt, geplatzte Adern rahmten seine Linsen ein und er hatte sichtlich Mühe, meinen Blick zu finden. Seine Wimpern flimmerten, der Rest seines Gesichtes war wie versteinert.

Er hatte die Buchsen voll.

»Er ist nur eingeschlafen.« Ich flüsterte beinahe. »Er ist nicht tot.« Ich ging die letzten Stufen zu meiner Wohnung hinauf und die Gummisohlen meiner Flipflops applaudierten gegen meine Fersen. Eine Gänsepelle zog sich über meine Haut. Einerseits, weil ich fünf Stunden zuvor das Flugzeug nach Hause noch in Urlaubskluft bestiegen hatte und mir nun kalt war. Andererseits, weil der Mann, der mit ungemütlich verschränkten Beinen neben meiner Tür kauerte, schon ziemlich tot aussah.

Das konnte doch alles nicht wahr sein.

Hormone spülten durch meinen Verstand und je näher ich dem Fremden kam, umso schwammiger wurden die Gedanken. Mein Kopf kribbelte, in meinen Ohren begann es zu knirschen und im Langzeitgedächtnis zirkulierten die Erinnerungen wie ein Haufen bunter Pullis hinter dem Bullauge einer Waschmaschine. Alte Bilder klatschten gegen meine Netzhaut und ich sah mein Leben wie einen Film an mir vorüberziehen. Irgendwann machte der

Streifen eine Vollbremsung und alles, woran ich denken konnte, waren Videorekorder.

Videorekorder! In Stresssituationen konnte das Hirn schon irre Spielchen mit einem treiben.

Nach dem großen Formatkrieg Mitte der 80er gehörte der Haushalt meiner Eltern zu den wenigen, die noch in Besitz eines Betamax-Videorekorders waren. Schon damals war es ein altes Schätzken, ohne ShowView, VPS oder achtfachem Vorspulmodus. Die Fernbedienung kostete 100 Eier extra. Es gab einen Ablauf, den man einhalten musste, damit die Kassette unversehrt wieder ausgespuckt wurde, und nur Knallschoten spulten das Band im Bildrücklauf bis ultimo. Den Rekorder bekam Mutti zur Keramik-Hochzeit. Von da an musste sie nicht mehr die Werbeblöcke, die seinerzeit eher kurz und selten waren, abpassen, um zu pinkeln. Stattdessen drückte sie die Pausetaste, das Bild flackerte im Stand und die Bösewichte warteten mit dem Abschlachten, bis sie zurück war.

Aber die Pausetaste war Müll, denn sie versaute allmählich das Band.

Und ganz gleich, wie lange man das Bild flackern ließ, an der Situation auf der Mattscheibe änderte sich überhaupt nichts. Geschlachtet wurde trotzdem und wem es bestimmt war zu sterben, der musste krepieren; auf Gedeih und Verderb. Es war eine Kausalität, die jedem einhellig in den Kopf ging.

Jedem. Nur mir nicht. Aber hierfür müsste ich etwas ausholen:

Mein Name ist Esther Roloff, ich bin 34 Jahre alt und höchstwahrscheinlich arbeitslos. Zuletzt arbeitete ich als Privatermittlerin bei Tozduman Securities, einer Detektivklitsche im Herzen von Bochum-Wattenscheid. Der

Inhaber, Metin Tozduman, war ein untersetzter, metroreligiöser Türke Anfang 40 mit einem zweiten Standbein als Produzent, Regisseur und Schmierzettelautor für die lokal angesiedelte Pornoindustrie. Wir hatten uns zerworfen, nachdem Panko, ein straffälliger Exbulle, in Metins Filmvorführraum, der nicht mehr als eine Garage mit Sessel und Fernseher war, gepflegt ausblutete. Ich war diejenige, die Panko fand. Und sein Anblick brannte sich auf ewig in meine Hirnrinde. Metins Hirn glühte auch; allerdings erst, als die Kripolenten in seine Garage einfielen, um alles Filmmaterial zu beschlagnahmen, was in ihren Hosenbunden und Achselhöhlen Platz hatte. Die Tozduman-Dynastie tobte nach dem Vorfall und Metin begann nach langer Zeit wieder den Koran zu lesen. Ab diesem Zeitpunkt machte ich mir ernsthaft Gedanken darüber, ob es nicht Zeit für eine Pause sei. Denn Tatsache war: Ich war müde. Nicht nur vom Job, sondern auch, weil ich nicht schlafen konnte. Schuld daran war eine Geldwäscheangelegenheit, welcher ich Ende Juni in einem Dortmunder Casino nachgegangen war. Ganz schlimme Sache, wie sich herausstellte. Zwar versuchte ich mich undercover. Doch die Drahtzieher, ein Haufen mafiaähnlich organisierter Niederländer, kamen mir bald auf die Schliche und wollten mich nach alter Tradition mit einer Kugel beseitigen. Das Ende vom Lied spielte Pankowiak, der mich Dank seiner Connections aus der Schusslinie schob. Wenn auch mit bereits erwähntem blutigem Nachspiel. Sie hatten Panko beinahe umgelegt. Und ich konnte schwören, die lauerten mir immer noch da draußen auf. Wahrscheinlich konferierten sie darüber, auf welch grobe und brutale Weise sie mich, die Zeugin, doch noch ausschalten sollten.

Allein dieser Gedanke fuhr in meinem Schädel unentwegt Karussell und ich tat nachts kein Auge zu – entweder weil gerade kein Messer unter dem Kissen lag oder weil ich Angst hatte, ich könnte mir mit dem Messer unterm Kissen ein Auge ausstechen. Das nächste Problem war die Stromrechnung, weil ich die Nächte nur noch bei Licht ertrug, und zwar mit Licht in allen Zimmern. Also schaltete ich mein kleines Leben auf Standbild, räumte meine Sachen zusammen und setzte mich nach Ungarn ab, ohne irgendeiner Seele Bescheid zu geben.

Es half.

Doch es tröstete nicht über die kausale Ordnung hinweg, dass auf eine Pause eine Fortsetzung folgen musste. Rechnungen mussten bezahlt und Flurwochen nachgeholt werden. Also kam ich zurück.

Und es fühlte sich an wie damals, wenn Mutti auf den Start-Knopf drückte, nachdem sie von der Toilette zurückgekehrt war: Nichts hatte sich geändert. Alles lief weiter, als wäre sie nie weg gewesen.

Als wäre *ich* nie weg gewesen.

Womöglich war es sogar noch schlimmer als zuvor, als sich die Leute noch nicht extra die Treppe hinaufbemühten, um unter meiner Türklingel zu sterben.

Vor Wut hätte ich am liebsten über die Brüstung gekotzt.

»Nun sag endlich! Ist er tot?«, fragte Anastasios ungeduldig vom Treppenansatz hinauf. Der Möchtegern-Samsonite seufzte unter seinem Gewicht.

Ich rollte wortlos mit den Augen, dann senkte ich meinen Blick. Der Fremde saß mit dem Rücken zur Wand neben meiner Tür, die linke Schulter lehnte gegen das Treppengeländer. Die Augen waren geschlossen, seine Gesichtszüge entspannt. Alter Schweiß glänzte über seine Augenbrauen und auf dem heruntergeklappten Kinn. Er hatte halblanges blondes Haar – einen Deut dunkler als meines –, das von seinem Seitenscheitel hinweg über seine Ohren zauste. Seine Haut war fahl. Ich war mir sicher, dass er tot war, weil seine kalte Aura meine Körperwärme absorbierte. Doch mein Verstand wollte sich nicht damit abfinden. Schweiß brach auf meinen Handrücken aus, als ich mich vorbeugte, um an seiner Schulter zu rütteln, erst zaghaft, dann stärker. Und ich schrak zurück, als sein Kopf wie ein loser Puppenschädel vornüberkippte. Anastasios' Schuhsohlen scharrten über den Boden. Ich kniete mich hin und betrachtete den Scheitel des Fremden. Dann streckte ich meine Finger aus, um nach dessen Hand zu greifen. Sie war kühl, die aschgraue Haut weich, das Fleisch darunter von der Rigor mortis verhärtet. Es hätte mich nicht überraschen dürfen. Ich kannte die Starre, hatte viel über sie gelesen. Aber ich erschrak trotzdem. Mein Puls tobte in meinen Ohren.

»Er ist tot.« Meine Stimme klang weit entfernt. Ich ließ seine Hand los.

Anastasios durchpflügte beidhändig seinen Haaransatz. »Oh Gott, oh Gott, oh Gott«, stammelte er wie ein Mantra. »Geh rein. Du musst die Polizei rufen.«

Mag sein, dass er recht hatte. Doch irgendetwas hinderte mich daran, aufzustehen und nach dem Telefon zu greifen. Wer war er?, fragte ich mich im Stillen. Was wollte er hier? Und was zum Teufel hat ihn dahingerafft? Hier, unter meiner Türklingel?

Er antwortete nicht. Ich überlegte angestrengt, doch ich sträubte mich, anzunehmen sein Hiersein könnte irgendetwas mit mir zu tun haben. Warum auch? Ich war für etliche Wochen fort gewesen und gerade erst angekommen. Ich hatte niemandem meine Rückkehr gesteckt, nicht einmal meinen Eltern. Besuch war bis auf Weiteres eingestellt.

»Wir müssen die Polizei rufen«, wiederholte Anastasios.

»Noch nicht«, sagte ich und breitete das Taschentuch aus meiner Hosentasche auf der Handfläche aus und begann, seine Jacke abzutasten, was außerordentlich schwierig war, weil die Fasern des Papiertuchs wie Klett am Wildleder pappten. Und weil meine Hand zitterte.

»Was zum Teufel machst du da?«

»Ich muss wissen, wer er ist. – Wer er war«, korrigierte ich.

»Bist du völlig durchgeknallt? Schon mal was von Seuchengefahr gehört? Oder hast du nichts aus dem Tsunami oder der Katastrophe auf Haiti gelernt? Wenn der an irgendeiner Krankheit gestorben ist, sind seine Viren bestimmt schon im Umlauf.«

Ich sah zu ihm hinunter und beobachtete seine Augäpfel, wie sie flink von einem Winkel in den nächsten ruderten. Fast so, als konnte er die Viren an sich vorbeifliegen sehen. »Du hyperventilierst«, sagte ich.

»Kann die Polizei das nicht machen?«, bohrte er weiter.

»Natürlich kann sie das. Aber wenn Ansmann die Sache übernimmt, werde ich kein Sterbenswörtchen aus ihm herauskriegen.«

»Wer ist Ansmann?«

»Kripo Bochum. Ist schon einige Male durch diesen Flur geschwirrt.« Ich stöhnte auf. »Und der wird sicher an die Decke gehen, wenn er hiervon Wind bekommt.«

Die Brustinnentasche des Toten war ausgebeult. Ich faltete die Jacke zur Seite und zog seine Brieftasche heraus.

Sein Ausweis verriet mir die Stammdaten: Arthur Brülling, 42 Jahre alt, wohnhaft in Altenbochum. Ich kannte die Adresse, weil sie sich im Dunstkreis des Krematoriums befand. Verwirrt steckte ich den Ausweis zurück. Der Name kam mir bekannt vor. Brülling, Brülling … Aber ich konnte ihn einfach nicht einordnen.

Ich setzte die Durchsuchung fort und fand einen gefalteten Zettel im Geldscheinfach, auf welchem mein Name und meine Adresse gekritzelt stand. Es gab keinen Zweifel mehr: Arthur Brülling war meinetwegen hier.

Zitterig strich ich den Zettel mit dem Zeigefinger glatt. Mit einer Büroklammer war das Passfoto eines jungen Mädchens daran geklemmt. Das Bild war lädiert, weiße Knickfalten querten ihr hübsches Gesicht. Anhand der trüben Farben nahm ich an, dass das Foto bereits vor etlichen Jahren aufgenommen worden war. Sie war blond, trug ihr langes Haar offen und lächelte nicht. Ich steckte das Bild und den Zettel in meine Hosentasche und bat Anastasios, den Notruf zu wählen. Doch erst als die Antwort ausblieb, merkte ich, dass der Grieche sich längst aus dem Treppenhaus verdünnisiert hatte.

2.

Unnötigerweise kam der Notarzt mit Blaulicht angefahren. Ich stand in der Haustür und umarmte mich selbst. Draußen nieselte es. Der Wind pustete den Niederschlag vor sich her und in mein Gesicht. Es war Anfang Oktober, Freitag, Erntedankfest. Und es war arschkalt. In Ungarn hatte gestern noch strahlender Sonnenschein geherrscht.

Der Notarzt war eine knochige Gestalt in einem schlackernden Pulli. Sein graubraunes Haar lag platt auf seinem Schädel und seine Augen quollen wie Tischtennisbälle aus den Höhlen hervor. Er hatte ein fliehendes, glatt rasiertes Kinn, auf dem ein stecknadelkopfgroßer Pickel nistete. Dessen Anblick war so einnehmend, dass ich auf nichts anderes mehr gucken konnte.

»Haben Sie angerufen?«, fragte mich der Pickel und ich nickte. Dann machte ich ihn mit den drei Geschossen des Hauses bekannt und beschrieb ihm, wo er den Toten finden konnte, da ich nicht vorhatte, ihn zu begleiten.

Ich drehte mich um in Richtung Straße und hörte seine Schritte, wie sie sich beschleunigten – wohl in der Erwartung, dem armen Mann noch helfen zu können. Wenige Momente später schrammte ein weißer Ford Focus die Bürgersteigkante vor mir hinauf. Eine mobile Rundumleuchte, irrsinnigerweise im Innenraum des Wagens, schleuderte ihr Blaulicht gegen die benetzte Windschutzscheibe und auf die Stirn von Edgar Ansmann, dessen Schulter sich mühselig aus dem Gurtsystem des Fahrersitzes befreite. Ich verzog die Mundwinkel. Ansmann. Er war viel zu früh und vor seinen uniformierten Kollegen da. Ein eindeutiges Indiz dafür, dass ihm jemand den Fauxpas vor meiner Tür gesteckt haben musste.

Edgar Ansmann war Kriminalhauptkommissar im Bochumer Präsidium. Wegen seiner Art, sich alles und jeden einverleiben zu wollen, wurde er oftmals zu Unrecht als Leiter des Kommissariats 1 tituliert. Stimmen sagten, er hätte den Sprung dorthin schon vor Jahren verbockt. Aber vielleicht hatte er auch einfach keine Lust, seine Lakaien nur noch vom Bürostuhl aus umherzuscheuchen.

»Frau Roloff«, begrüßte er mich und knallte die Fahrertür zu. »Sie sind wieder im Lande. Und haben sich gleich etwas Arbeit mit nach Hause gebracht?« Hämisch bleckte er seine Zähne. Er trug eine Windjacke, schwarze Stoffhosen und einen schwarzen Rolli, der seinen Hals dünner wirken ließ. Sein Haar war anders als früher, länger. Doch sein Gesicht war wie eh und je von sämtlichen Barthaaren befreit. Er war Mitte 40, konnte bei günstigem Licht aber für Ende 30 durchgehen.

Ich antwortete mit einer Grimasse. Die Sirenen des Rettungswagens jaulten uns aus der Ferne entgegen. Tröpfchen nieselten lautlos auf seine Schultern.

»Also? Was haben wir?«, fragte er voller Tatendrang.

Ich wies in Richtung Tür. »Das können Sie sich vom Notarzt erklären lassen.«

Seine gute Laune begann zu schwinden. »Unkooperativ wie immer, was?« Er trat in den Hausflur und nahm die ersten Treppenstufen. »Und Sie sind sich sicher, dass der Exitus *vor* Ihrer Heimkehr eingetreten ist?«

»Das ist nicht witzig!« Ich versuchte ihm zu folgen, musste jedoch feststellen, dass sich mein Körper von den Beinen an gegen den Aufstieg sträubte.

Ansmann bemerkte meine Anstrengung. »Kommen Sie«, ordnete er an.

»Danke. Aber ich habe genug gesehen.«.

»Blödsinn. Toter als jetzt kann der Kerl nicht mehr werden.«

Hast du eine Ahnung, du forensische Null.

»Außerdem will ich Sie im Auge behalten. Nicht, dass Sie mir wieder klammheimlich die Fliege machen.«

»Was soll das denn heißen?«, rief ich ihm hinterher. »Bin ich für Sie etwa so was wie eine Verdächtige?« Ich nahm zwei Treppenstufen auf einmal, mehrmals hintereinander, was ich sonst nie tat. Infolgedessen hechelte ich nach Luft, als ich ihn in der zweiten Etage einholte. Mein lädierter Unterschenkel begann zu kribbeln; ein kleines Souvenir, verabreicht von einem äußerst angepissten, bewaffneten Holländer. Mittlerweile war mir klar, dass ich außerordentliches Glück gehabt hatte, denn es hätte genauso gut in meinem Kopf landen können. Damals wusste ich das allerdings nicht, sondern nur, dass es scheiße wehgetan hat.

Ansmann grinste, was ihm besser stand als sein üblicher Terrierblick. »Im Moment verdächtige ich Sie nicht. Aber es wäre ja nichts Neues, würden Sie nach einer Stresssituation wie dieser das Land verlassen.« Er lächelte mich an. Dann schaute er über das Geländer hinweg zu meiner Wohnungstür und ich sah zu, wie ihm das Lächeln allmählich wieder abhanden ging. Beinahe stolperte er über die letzte Stufe, weil sein Blick am Gesicht des Toten klebte. Seine Sohlen quietschten an den Notarzt heran und seine Hände ballten sich zu Fäusten, die er flugs in seinen Taschen vergrub.

»Kennen Sie den Mann?«, fragte ich vorsichtig.

Ansmann erwiderte mit eisigen Augen: »Ich stelle hier die Fragen.«

Der Notarzt, der vor dem Toten kauerte, sah zu uns hinauf. Feuchte Strähnen pappten an seiner Stirn. »Sind Sie von der Polizei?«

Ansmann zog seinen Dienstausweis aus der Tasche. »Kripo Bochum.«

»Kripo?«, fragte der Doktor zu Recht.

»Ich war gerade in der Gegend.«

Der Arzt räusperte sich. »Also. Die Totenstarre setzt ein. Ich konnte Totenflecke im unteren Beinbereich feststellen, passend zur Lage des Körpers.« Er schob ein Hosenbein des Toten hoch. Marmorierte, bläuliche Haut schimmerte über dem Sockenrand und mein Herz begann in Richtung Magen zu rutschen. »Er ist höchstwahrscheinlich hier verstorben.«

»Todesursache?«

Er zuckte mit den Schultern. »Sieht nicht nach Fremdverschulden aus. Ich gehe von Herzversagen aus. Vielleicht ein Infarkt.«

Ansmann machte Telleraugen. »Sie machen Witze. Dieser Mann? Vor der Tür dieser Frau?« Er zeigte auf mich. »Auf gar keinen Fall.«

Einige Füße, vier oder sechs, trabten das Treppenhaus hinauf. Offenbar die Besatzung vom Rettungswagen. Ansmann beugte sich über die Brüstung. »Kripo Bochum. Bleiben Sie unten. Hier gibt es nichts mehr für Sie zu retten.« Dann eine Pause. »Sind meine Kollegen schon da?«

Von trabenden Füßen war nichts mehr zu hören. Offensichtlich waren sie auf halbem Wege stehen geblieben. »Nein«, rief einer der Retter hoch.

Ansmann nickte die Brüstung hinunter. »Dann schicken Sie sie rauf, wenn Sie sie sehen.« Er wich zurück und wandte sich wieder dem Notarzt zu. »Stellen Sie den Totenschein aus?«

Er nickte.

»Was wird drinstehen?«

»Ich bin mit der Leichenschau noch nicht fertig.«

»Dann machen Sie weiter.« Er sah mich an. »Und wir unterhalten uns drinnen.«

»Drinnen?«, wiederholte ich. »Aber da gibt es nichts zu unterhalten.«

»Ich glaube, Sie verstehen mich falsch«, raunte er zurück und trat mit großen, leisen Schritten an mich heran. So nah, dass ich sehen konnte, wie seine Pupillen zu Stecknadelköpfen einschrumpften, um dem Braun seiner Regenbogenhäute Platz zu machen. »Das hier ist kein Zirkus und ich bin nicht zu Ihrer Unterhaltung hier! Also los, rein da!« Er zog die rechte Faust aus der Tasche und ließ den Zeigefinger wie eine Klinge hervorspringen.

Ich zuckte zusammen, auch wenn ich es längst gewohnt war, dass Ansmann gern die Furie machte. Die Übellaunigkeit, die urplötzlich über ihn hereingebrochen war, kaum, dass er die Leiche gesehen hatte, machte mich allerdings stutzig. Und neugierig. Daher gab ich nach, ließ zwei Finger in meiner Tasche versinken und zog den dünnen Bund heraus. Ungeduldig rückte er an mich heran, bis ich sein Rasierwasser riechen konnte. Seine Windjacke raschelte wie eine Brötchentüte und mir kam der Gedanke an ein zweites Frühstück.

»Hallo, Sie da oben!« Die Sanitäterstimme von vorhin hallte aus dem Treppenhaus.

Ansmann trat ans Geländer. »Was ist?«

»Ihre Kollegen sind jetzt da. Sollen wir sie hochschicken?«

»Ja, sicher sollen Sie das!«

Quatschende Schuhsohlen beherrschten den Augenblick. Dann tauchten zwei Gestalten in feucht geregneten hellblauen Hemden hinter dem Geländer auf. Ein Duo mit Pferdeschwänzen, der eine Teil weiblich, der andere mit Kinnbart. Das Haar des Mannes war schwarz, wollig und zwirbelte sich an den Spitzen, seine Augen standen weit auseinander. Er schien hartgesotten zu sein, auch wenn er wohl kaum über 25 war, denn sein Grinsen blieb hartnäckig, trotz – oder wegen – der Leiche unter der Klingel. Seine Dienstbegleitung war blond mit einer Blesse aus ölig glänzendem Make-up. Ihr Teint war anstrengend anzusehen, blass am Hals, ein Schminkrand unter den Ohrläppchen. Ihre Augenringe funkelten blau, teilweise lila, und bildeten Furchen wie Reifenspuren auf der Haut. Ihr Mund war halb geöffnet und es war kaum zu übersehen, dass sie um Fassung rang und ihr Hirn anstrengte, es möge ihrer linken Hand befehlen, endlich den Ärmel ihres Kollegen loszulassen. Endlich lockerte sich die Krampfhand.

»Ist das der Tote?«, pisperte sie.

Ansmanns Wangen färbten sich rosig. Ein ärgerliches Rosa. Er sah den Uniformierten an. »Was soll die Anwärterin hier?«

Die Beamtin stemmte ihre Hände in die Hüften. Sie war winzig, um die 1,65, roch süß nach Abitur und machte einen schluderigen Eindruck: Ihre Haare standen elektrisiert in alle Richtungen, ihr Gürtelholster schlang sich lustlos um ihre Taille und ihre Dienstknarre hing wie ein sperriger Werkzeugkasten an ihrer Hüfte. Bei dem Anblick musste ich unweigerlich an Corinna Gläser denken, Metins Sekretärin und Azubi bei Tozduman Securities; und offensichtlich lächelte ich dabei, denn plötzlich starrten mich alle an.

Ansmann hörte als Erster auf damit. »Also, Leute, Schulprogramm.« Er hob die Augenbrauen und sah zur Blondine, als wäre sie begriffsstutzig. »Erster Angriff.« Er buchstabierte es fast. »Irgendjemand muss mit dem Notarzt die Leichenschau zu Ende bringen. Dann solltet ihr euch den Griechen im unteren Geschoss vorknöpfen. Ich bin nicht für den Kriminaldauerdienst hier, der muss auch angerufen werden, damit der Tatort übergeben werden kann. Und keiner drückt auf die Klingel hier! Ich will wissen, ob der Tote das getan hat.« Er wandte sich an mich. »Ziehen Sie sich was an.«

»Mir ist nicht kalt.«

»Ihnen wird gleich kalt werden, wenn wir zur Wache fahren.«

»Ich will aber nicht zur Wache!«

Die Anwärterin bemühte sich erst gar nicht, ihren Hohn zu verbergen, sondern ließ ein Kichern entlang des Gaumens rollen. Ansmann mochte keinen Spott. Seine rosigen Wangen wechselten ins Tomatige, wenige Nuancen unter fuchsteufelsrot.

»Los jetzt!«, fuhr er mich an und wies erneut auf meine Tür. Ich ließ meine Schlüssel zwischen den Fingern klimpern und überlegte, ob ich weiter aufmucken sollte, schloss dann aber – nach fast drei Monaten Abwesenheit – die Tür auf. Ansmann trat nach mir in den Flur.

Dann wurde es zappenduster.

Sämtliche Rollläden in meiner Bude waren heruntergelassen und ließen höchstens ein paar Fetzen Licht in die Zimmer. Die bleierne Schwärze drückte von oben auf mich herab. Ich mochte keine Dunkelheit, und ich hasste es regelrecht, wenn man die eigene Hand vor Augen nicht sehen konnte. Im Flur roch es nach moderiger Pappe und alter Wäsche. Der Mief schnürte mir die Kehle zu und in Kombination mit der Lichtlosigkeit führte das zu einer Hysterie, die für mich völlig neu war. Meine Lungenflügel flatterten, mein Herz hämmerte und der Schwindel fühlte sich träge und frustrierend an, weil mir nicht schwärzer vor Augen werden konnte, als es ohnehin schon war. Ich hörte mich. Ich schnaufte.

»Alles in Ordnung mit Ihnen? Wo haben Sie Licht?« Ansmanns Stimme war ganz nah. Ich hörte, wie seine Schuhe auf dem Parkettboden knatschten. Aber ich erinnerte mich nicht mehr, wo ich war. Ich glaubte, ich sei im Flur; der Raum fühlte sich eng und beklemmend an, obwohl ich es nicht schaffte, mit ausgebreiteten Armen auch nur eine Wand zu ertasten. Seine Windjacke raschelte an der Raufaser. Er entfernte sich von mir. Dann knarrte eine Klinke, Lichtfetzen drangen wie Sternenstaub in meine Augen und jemand knipste das Licht im Nebenzimmer an. Das alles passierte binnen Sekunden. Mir kam es wie eine Ewigkeit vor.

Angespannt sog ich die moderige Luft ein. Ansmann betrachtete mich wie einen Geist. »Meine Güte«, hauchte er und schüttelte ungläubig den Kopf. »Sie haben die Hosen voll.«

»Hab ich nicht«, fauchte ich und ging von Zimmer zu Zimmer, um sämtliche Türen aufzureißen und die Rollläden hochzuziehen. Das Plastik schepperte auf dem Rollband. Manche Fenster öffnete ich. Der Regen war stärker geworden und sein Rauschen erfüllte meine Wohnung. Meine blonden Haare flogen wild durcheinander und ich bekam eine Gänsehaut. Eine Tür knallte zu. In der Bude zog es wie am Wattenscheider Bahnsteig.

Ansmann lachte. »Eine Privatermittlerin, die Angst im Dunkeln hat. Ich habe bis heute nicht verstanden, was Tozduman an Ihnen findet.«

»Das tut nichts zur Sache«, knurrte ich ihn an. »Nicht mehr.« Fröstelnd riss ich die Türen meines antiquarischen Kleiderschranks auf und betrachtete die Wollartikel im höchsten Regal.

Er verschränkte die Arme vor der Brust und bestaunte mich. »Habe ich mich verhört oder herrscht etwa Stunk in der Voedestraße?«

Mit einem Pulli in der Hand knallte ich die Schranktür zu. »Ach kommen Sie! Sie wissen ganz genau, wovon ich rede!«

Er legte eine Hand auf die Brust. »Ich? Woher soll ich was wissen? Was habe ich schon mit Tozduman zu schaffen?«

Er mochte recht haben. Und trotzdem. »Sie waren mit seiner Schwester verheiratet.«

Angesäuerte Züge legten sich auf sein Gesicht. Ich wusste, er sprach nicht gern darüber. »Das befähigt ihn noch nicht dazu, von mir gemocht zu werden.«

Dieses Credo beruhte auf Gegenseitigkeit, denn Metin und Ansmann mieden einander schon immer wie die Pest.

»Also«, ermunterte er mich plötzlich. »Spucken Sie es aus.«

Ich klemmte mir den Pulli unter den Arm und sah ihn lange an. Ich konnte mir nicht erklären, aus welchem Grund er Interesse für meine Belange zeigte, aber ich beschloss, sein Spiel mitzuspielen und die Sympathiekarte auszuspielen. Vielleicht war es ja für etwas gut. »Wissen Sie, Herr Kommissar, soweit ich die Lage einschätzen kann, arbeite ich nicht mehr für Tozduman Securities.«

»Ich verstehe nicht. Welche Lage gibt es denn da einzuschätzen?«

Ich kaute auf der Unterlippe. »Ich war eine ganze Weile weg.«

»Ist mir zu Ohren gekommen. Wo waren Sie überhaupt?«

»In Balatonfüred. Mein Onkel hat einen Campingwagen dort.«

Er sah an meiner flatterigen, knielangen Hose herunter und blieb an meinen Flipflops hängen. »Und dort ist es Anfang Oktober immer noch richtig warm?«

»Normalerweise nicht. Aber dieses Jahr irgendwie schon.«

»Verdammter Klimawandel«, sagte er. »Und was für ein Problem haben Sie mit Tozduman?«

»Ich habe kein Problem mit ihm.«

Er nickte. »Er hat ein Problem mit Ihnen.«

»Es ist so: Meine Abreise war sehr spontan.«

»Überstürzt würde es besser beschreiben.« Er schnaubte.

Dann, einige Sekunden später, merkte ich, dass der Groschen bei ihm gefallen war. Sein zerknittertes Gesicht löste sich in Erstaunen auf. »Sie haben sich von dem Türken nicht verabschiedet, oder?«

»Er hätte meine Auszeit nicht verstanden«, rechtfertigte ich mich. »Und Konflikten mit ihm gehe ich lieber aus dem Weg.«

»Das wird ja immer besser. Sagen Sie mal, haben Sie überhaupt irgendeine Qualität, die Sie dazu befähigt, diesen Detektivjob zu machen?«

Ich stemmte die Hände in die Hüften. »Ich habe einige Qualitäten.«

»Die müssen mir wohl entfallen sein.«

»Ich habe zwei Mordfälle gelöst!«

»Blödsinn«, pöbelte er. »Das Einzige, was Sie geschafft haben, ist unnötig Ihr Leben zu riskieren. Und zwar beide Male. Außerdem haben Sie anderen dabei eine Menge Ärger eingebrockt, weil sie für Sie in die Bresche gesprungen sind.«

Ich schmollte, aber ich schwieg, weil ich nicht über die ›anderen‹ reden wollte. Es stand außer Frage, wen er damit meinte. Allerdings hatte ich mit dem Kapitel Panko ein für alle Mal abgeschlossen. Gregor ›Panko‹ Pankowiak hatte geglaubt, meinen Schutzengel spielen zu müssen, was keine leichte Aufgabe gewesen war. Doch ich hatte ihn nie darum gebeten. Daher würde ich den Teufel tun und mir die Schuld dafür geben, dass er mir einst in meiner Wohnung in die Schusslinie gelaufen war oder den Unmut der Holländer auf sich gezogen hatte, um sie von mir abzulenken.

Ansmann schien aus meinen Querfalten auf der Stirn zu lesen, worüber ich gerade nachdachte. Seine Brauen entspannten sich, doch der Bullenblick blieb. Er holte Schreibkram aus seiner Windjacke. »Also. Was wissen Sie über die Person da draußen?«

»Er ist tot.«

»Noch was?«

»Nein.«

Prompt wurde er wieder knatschig. »Sie glauben doch nicht im Ernst, dass ich Ihnen das abkaufe!«

»Ich kenne den Mann nicht!«

»Warum hat er Sie aufgesucht?«

»Wer sagt, dass er *mich* aufgesucht hat?«

»Er sitzt tot unter Ihrer Türklingel! Also verarschen Sie mich nicht!« Seine harsche Stimme hallte im Wohnungsflur und ich wusste, dass die Leute im Treppenhaus ihn hören mussten. Aus irgendeinem Grund war mir der Umstand peinlich und ich wurde bockig. »Warum sagen Sie mir nicht, woher *Sie* den Mann kennen?«

Er popelte seinen Schreibblock in die Tasche zurück. »Weil ich hier die Fragen stelle.«

Damit ließ ich mich nicht abfertigen. »Kommen Sie mir nicht damit! Sie haben den Toten gesehen und waren sofort mies drauf. Und Sie hielten es nicht für nötig, den Arzt nach den Personalien des Mannes zu fragen. Warum auch? Sie wussten ja längst, wer er ist.«

»Sind Sie fertig?«, herrschte er mich an.

Ich nickte.

»Dann ziehen Sie sich um.«

»Ich fahre nicht zur Wache.«

»Dann werde ich Sie vorladen.«

»Tun Sie das«, trotzte ich.

Er machte einen tiefen Atemzug. Ich wusste, dass er mich am liebsten abgeführt und in seinen Ford Focus geschleift hätte, doch das hier waren nicht ›Die Straßen von San Francisco‹. Sein eisiger Blick durchbohrte meinen Schädel. »Wir hören voneinander.« Ohne weitere Worte marschierte er an mir vorbei, öffnete die Tür und ließ sie saftig hinter sich ins Schloss knallen.

Ich lauschte meinem Puls, der auf 180 war und sich nur langsam beruhigte. Ich war unschlüssig, ob ich mich bewegen, hinsetzen oder einfach stehen bleiben sollte, doch ich wollte auf gar keinen Fall die Wohnung verlassen, solange die Polizisten und der Arzt vor meiner Fußmatte herumwuselten. Allmählich spürte ich wieder den

Luftzug, der durch die Fenster blies, in meinen Haaren und begann erneut zu frösteln. Daher zog ich mir den Wollpulli über und nahm eine halbwegs sauber wirkende Jeans vom Wäschestapel. Ich kickte meine Sommerhose von den Füßen, was dazu führte, dass mir die Notiz mit dem Foto aus der Tasche und über den Boden rutschte. Ich griff mir sofort das Papier und überlegte angestrengt, was zur Hölle ich mir dabei gedacht hatte, es der Polizei wegzuschnappen und vorzuenthalten. Das Engelchen auf meiner Schulter schimpfte wie ein Rohrspatz: ›Esther Roloff! Kaum zu Hause, und schon wieder Bockmist gebaut‹. Aber jetzt war es zu spät. Ich hüpfte in meine Hose und stopfte den Zettel in die Tasche. Kaum erledigt, schellte es an meiner Wohnungstür.

Betont langsam drückte ich die Klinke herunter. Auf der anderen Seite wartete Anastasios mit der blonden Kommissaranwärterin im Schlepptau. Er hielt einen kleinen offenen Pappkarton vor sich, mein türkisfarbener Koffer stand ihm bei Fuß. Seine Hände zitterten. »Deine Post«, flüsterte er.

Ich sah an ihm vorbei auf den Boden. Brülling war bereits abtransportiert worden.

»Das ging aber schnell«, dachte ich laut. Die Polizistin reagierte nicht darauf. Ich sah auf meine Klingel. Sie schien unversehrt. »War es nicht verboten, auf die Klingel zu drücken?«

Anastasios wurde leichenblass und drehte sich zur Polizistin, die ihre Lippen nervös um die Zähne rollte. Ich tat so, als hätte ich nichts gesagt, nahm Anastasios die Schachtel ab und zerrte den Koffer, ohne auch nur einen Schritt über die Schwelle zu tun, in den Flur. Mit einem Nicken ließ ich die Tür zufallen.

Die Post im Karton stellte ich unbeachtet neben der Tür auf dem Boden ab, denn ich hatte eine bunte Vorstellung davon, was mich darin erwartete: Pay-TV-Rechnungen, Handyrechnungen, Stromrechnungen – abgebucht von einem Konto, das seit einiger Zeit keine Pluszahlen mehr gesehen hatte und dessen Saldo sich mittlerweile am Abgrund des Dispokredites befinden musste. Ich wusste, dass ich mit der Bank sprechen musste, aber ich war arbeitslos und pleite, ohne irgendwelche Sicherheiten. Es gab keinen Anlass, mir auch nur einen Cent zu leihen. Vielleicht war es ein Fehler gewesen, so mir nichts, dir nichts abzutauchen. Ich hätte ein paar Leute informieren sollen, die sich um gewisse Dinge hätten kümmern können, wie meine Blumen, die in Ermangelung von Licht und Wasser inzwischen verrottet waren. Damals hielt ich es für eine gute Idee, niemandem von meinem Plan zu erzählen, weil ich gelernt hatte, wie Bösewichte mit Mitwissern umzugehen pflegten. Mittlerweile glaubte ich jedoch, dass ich womöglich überreagiert hatte bei der Vorstellung, die Tulpenpflücker könnten Informationen über meinen Verbleib aus meinem Bruder oder meinen Eltern herausfoltern. Hielt ich mich für so wichtig, dass ich dachte, diese Holland-Mafia würde einen solchen Aufwand betreiben, nur um mich zu finden? Ich schüttelte den Kopf, um die Gedanken loszuwerden. Ansmann hatte recht. Meine detektivischen Qualitäten waren fragwürdig. Mein Gedächtnis funktionierte dafür einwandfrei. Denn mit einem Mal fiel mir wieder ein, warum mir der Name des Toten so bekannt vorkam.

3.

Etwa eine Stunde später waren alle Nichtanwohner fort und der Tatort wieder begehbar. Ich warf mir eine Jacke über und wagte mich die Treppe hinunter bis vor die Haustür. Der Nieselregen tröpfelte mir ins Gesicht. Etliche Schirme waren unterwegs; auf der Dorstener Straße herrschte reges Treiben. Autos preschten durch überschwemmte Schlaglöcher und das Wasser ergoss sich schwallartig auf den Bürgersteig. Ich wich den Schirmen aus und bog einige 100 Meter weiter in die Schachtstraße ein, einer Sackgasse, und suchte sie nach meinem Wagen ab. Doch ich war unschlüssig, wonach genau ich eigentlich suchen sollte. In den 90ern war der Twingo mit einem hellblauen Lack vom Band gegangen. Nach einem Frontalaufprall hatten meine Ersparnisse gerade für eine senfgelbe Stoßstange vom Schrottplatz gereicht. Und nach weniger als einem Jahr bekam der Wagen buchstäblich einen neuen Anstrich. Doch das Schwarz, das verdächtig an asphaltgrau erinnerte, war weder sonnen- noch bürstenresistent und ich fürchtete, dass das feucht triefende Herbstklima ihm den Rest gegeben haben könnte.

Mit verschränkten Armen spazierte ich unter der Platanenreihe umher. Die abgeworfenen Kugelfrüchte der Bäume lagen zerfleddert und nassklebrig auf dem Asphalt verstreut und ich ging Schlangenlinien, damit die Fussel nicht an meinen Sohlen pappen blieben. Schließlich fand ich ein Fahrzeug, das meinem Wagen ähnelte. Der Verdacht bestätigte sich, als ich das Kennzeichen las. Es war definitiv mein Twingo.

Die Konsistenz der Farbe, die ihn ummantelte, war

schwer zu beschreiben. Sie hatte mittlerweile noch stärker an Tiefe verloren und wirkte im Nieselregen rattengrau. Lediglich die minigolfballgroßen Nacharbeiten, die die pickeligen Abschürfungen einer Waschanlagenfahrt vertuschen sollten, funkelten mir nach wie vor nachtschwarz entgegen. Das Faltdach wirkte marode, die Plastikradkappen wölbten sich nach außen. Erleichtert atmete ich auf. Mein Twingo war weitestgehend unversehrt geblieben.

Ich zückte meinen Plip-Schlüssel, zielte auf den Innenspiegel und drückte ab, doch die Zentralverriegelung funzte nicht. Also führte ich den Schlüssel in das Türschloss ein und öffnete den Wagen auf traditionelle Weise. Staub flog im Innenraum auf und ich ließ mich gemächlich auf den Fahrersitz sinken. Mein feuchter Scheitel rieb am Wagenhimmel entlang, eine Sitzfeder stöhnte auf. Die Windschutzscheibe war ölig vom Straßendreck, der sich mit dem Regen vermischt hatte. Taubenkot besprenkelte die Scheibe vor dem Beifahrerbereich, Reste zerpflückter Kugelfrüchte stapelten sich auf dem Scheibenwischer. Mir fiel ein Zettel ins Auge, der vor dem Tacho lag. Es war ein kariertes Blatt, krakelig mit Kugelschreiber beschrieben. Ich kannte die Handschrift.

›Hab dein Zündschloss. Wenn du den Twingo in einem Stück wiederhaben willst, komm in die Voedestraße. Keine Mätzchen! Und wenn du den ADAC rufst‹

Dann was? Ich drehte den Zettel um, doch auf der Rückseite stand nichts. Offenbar war der Schreiberling unterbrochen worden oder ihm war nichts Bedrohliches eingefallen, was er hätte schreiben können. Vielleicht ging er auch davon aus, dass ich bereits wusste, was mir oder meinem Auto blühten, würde ich mich seinen Anordnungen widersetzen. Ich zerknüllte den Zettel, warf ihn auf den Beifahrersitz und wagte einen Blick hinunter am Lenkrad vorbei. Dort, wo das Zündschloss hätte sein müssen, klaffte ein tiefes, schwarzes Loch. Ein paar Kupferkabel blitzten mir aus dem Schlund entgegen. Eine Welle der Wut stieg in mir hoch und ich presste die Lippen zusammen. Metin, dieser Vollpfosten, wusste, dass ich nach meiner Heimkehr als Erstes nach dem Wagen sehen würde. Und offenbar wollte er auf Nummer sicher gehen, dass ich ihm so bald wie möglich unter die Augen trat. Stoisch starrte ich auf das Lenkrad, aus dessen Mitte die französische Raute ragte. So oder so hatte ich mit Metin noch ein Hühnchen zu rupfen. Es gab Papierkram zu erledigen fürs Arbeitsamt. Ich hatte Habseligkeiten in der Detektei liegen gelassen. Und es war augenscheinlich immer noch ein Ersatzschlüssel für meinen Twingo in Umlauf, welchen ich unbedingt einsacken musste, damit dieser Spuk ein Ende fand. Ich hätte den Türken aufgesucht, früher oder später. Doch nun stand ich unter Zugzwang. Ich brauchte mein Auto, war aber zu blöde, es kurzzuschließen. Für einen Werkstattbesuch fehlte mir das nötige Kleingeld. Und der, der mir am besten helfen konnte, war der Letzte, den ich anrufen wollte.

Ich mochte diese Machtspiele nicht – genauso wenig wie die Vorstellung, dass Metin sich ins Fäustchen lachte, würde ich zu Kreuze kriechen.

Ich drückte meinen Schädel gegen die Kopfstütze.

Ein letztes Mal, dachte ich. Ein letztes Mal wirst du antanzen. Dann ist es vorbei.

Ich stieg aus dem Twingo, drehte den Schlüssel im Türschloss und trat den Fußweg zur nächsten Haltestelle der Straßenbahnlinie 306 in Richtung Wattenscheid an.

Die Detektei Tozduman Securities war in einem Ladenlokal auf der Voedestraße in Wattenscheid-Mitte untergebracht. Die Schaufenster waren bodentief und beanspruchten den Großteil der Gebäudefront. Die Glastür war von Aluminium umrahmt, die Türschlösser verkratzt, die Scheiben mit privaten Vermisstenanzeigen zugeklebt. Rechts von der Detektei stand ein froschgrünes Wohnhaus mit vier Klingelschildern, sechs Briefkästen und einer dreistufigen Steintreppe, die erst einmal bewältigt werden musste, wollte man durch die von Termiten zerfressene Holztür schreiten. Zur Linken wartete ein Ladenlokal auf einen neuen Pächter. Vor meiner Abreise hat es dort noch Zeitschriften und Tabakwaren gegeben.

Meine Augen pappten an den Lettern auf dem Schaufenster. ›Tozduman Securities – Private Ermittlungen‹. Die Klebefolie war über die Jahre faserig geworden, die blutrote Farbe einem seichten Rosa gewichen. Die Lamellenvorhänge hingen wie Kiemen hinter der Scheibe und ließen ein paar Einblicke zu, wenn man sich ganz nah ans Fenster stellte. Der Nieselregen hatte mittlerweile aufgehört, doch die graue undurchdringliche Wolkendecke gab Grund zur Annahme, dass es heute noch einmal ordentlich plästern würde. Ich schielte durch die Lamellen in das Büro; es schien niemand dort zu sein. Es war Freitag. Corinna hatte um diese Uhrzeit bereits frei und Sven war höchstwahrscheinlich im Außendienst unterwegs. Metins Mercedes parkte akkurat auf dem Seitenstreifen, doch von dem Türken war weit und breit nichts zu sehen.

Ich drückte die Tür auf. Ihre Borsten schubberten mühsam über den Boden. Die Luft im Raum war warm und verbraucht, die Heizkörper schnurrten Wasser durch ihre Rohre. Um unnötigen Lärm zu vermeiden, drückte ich die Klinke hinunter und die Tür zurück in den Rahmen. Kaum hatte ich mich umgedreht, stampfte auch schon Metin direkt auf mich zu. Ich rechnete mit einem wundgetobten Türken. Zu meiner Irritation grinste er jedoch.

»Rollo!« Feierlich breitete er die Arme aus und ließ seine Finger zappeln.

Aus dem Bauch heraus tat ich einen Schritt zurück und spürte die kalte Glastür im Rücken. Metin ließ sich davon nicht beirren, sondern näherte sich mir bis auf eine Fußlänge. Dann legte er seine Handflächen auf meine Wangen und drückte zu, sodass meine Lippen wie die eines Karpfens auseinanderklafften.

»Endlich bist du da! Komm her. Wie war der Urlaub?« Er legte einen Arm um meine Schulter, was sich als äußerst schwierig erwies, da er 20 Zentimeter kleiner war als ich. Ich beugte mich vor, Metin stellte sich auf die Zehenspitzen und wollte einfach nicht von mir ablassen. Er führte mich zu seinem Heiligtum, einem durchgesessenen, glanzlosen weißen Ledersessel, und bot ihn mir an. Doch ich zog es vor, auf der anderen Seite des Tisches Platz zu nehmen. Dort, wo ich immer saß, wenn es etwas zu bereden gab.

»Gut. Warm. Immer noch«, antwortete ich knapp und sah zu, wie er sich mit hin und her schwingendem Hinterteil in den Sessel schmiegte. »Klimawandel«, gab ich noch als Erläuterung.

»Ja, ja. Versteh schon«, winkte er unruhig ab. »Danke, dass du gekommen bist.«

Ich machte Telleraugen. Seine Geheimratsecken glänzten. Er setzte sich auf und seine Plauze quoll über den Hosenbund. Das weiße Hemd hatte nicht seine Kragenweite, sodass er einen Knopf mehr geöffnet hatte, als zu ertragen war. Alles an ihm sah aus wie immer, und trotzdem war etwas anders. Metin war *nett*.

»Du hast mir wohl kaum eine Wahl gelassen«, sagte ich. »Aber ich wäre ohnehin gekommen.«

»Das klingt gut!« Er klatschte mit seinen Wurstfingern. »Wir haben nämlich dringend was zu besprechen.«

Ich nickte, war mir allerdings nicht sicher, ob wir über das Gleiche sprechen wollten. »Worum geht's?«

»Pass auf. Ich muss hier einiges auf Vordermann bringen. Ein paar Dinge regeln. Das wird kein Pappenstiel, sag ich dir. Und ich bräuchte ein bisschen was Hilfe bei.« Er registrierte mein Stirnrunzeln und fügte schnell hinzu: »Und was dabei für dich abfällt, wird dir sicher gefallen.«

Meine Stirn legte sich in noch tiefere Falten. »Was macht dich da so sicher?«

»Es geht um Geld«, sagte er. »Viel Geld.«

»Für Geld tue ich nicht alles.«

»Das bezweifle ich«, sagte er sofort. »Aber mach dir da keinen Kopp. Dein Teil der Abmachung wird ganz bestimmt keinen Dreck machen.«

›Dreck‹. Eine blumige Metapher. Überzogen atmete ich auf. »Na, dann ist ja alles paletti.«

Seine Augen leuchteten. »Wir sind also im Geschäft?«

»Nein, sind wir nicht«, zischte ich. »Mit dir Heigeige mache ich ganz sicher keine Geschäfte.«

Sein Kinn zuckte verärgert. »Wer ist hier eine Heigeige, Kanonenfutter?« Er sah auf mein Bein. »Warum bist du überhaupt so zickig? Was passt dir wieder nicht?«

Ich klemmte das Bein hinter das andere. »Dein kleinkrimineller Unterton passt mir nicht.« Entsetzt starrte er mich an, was mich nicht überraschte. Zwar hatte ich nie hinter dem Berg gehalten, wie wenig ich von ihm hielt. Dass wir Angestellten ihm allerdings seit Langem kriminelle Machenschaften unterstellten, hatten wir ihm nie gesagt. »Und außerdem machst du in Pornos«, ergänzte ich schnell.

Das Entsetzen in seinen Augen verschwand. »Ach. Den Schweinkram macht längst mein Vetter. Hab selbst nur ein paar Monate damit zu tun gehabt. Irgendwann fängst du an, komische Dinge zu träumen. Das wurde mir zu unheimlich.«

Ich wollte nicht nachfragen. Und Metin sah nicht so aus, als würde er mir mehr erzählen. »Und woher kommt dann das viele angepriesene Geld?«

»Das ist mein Teil der Abmachung und nicht dein Bier.«

»Versteh schon. Aber wissen sollte ich es trotzdem.«

Er schüttelte seine speckigen Schultern. »Lass mal. Wenn ich es dir nicht erzähle, wäre das ganz in deinem Interesse. Und in meinem auch.«

»Ach komm, hör auf. Verarschen kann ich mich alleine.«

Metin schwang sich aus dem Leder. »Jetzt pass mal auf, Trulla. Das ist nicht der richtige Zeitpunkt, um auf die Kacke zu hauen. Du hast mich fast drei Monate in der Scheiße sitzen lassen! Hast du überhaupt eine Ahnung, was hier los war, während du weg warst? Trallafitti, sag ich nur. Trallafitti überall.« Sein monströser Zinken drängte sich in mein Sichtfeld. »Alle klebten mir im Nacken. Die Presse, die Polente. Und meinem Jungen auch. Das war fies von dir. Und eigentlich sollte ich dich auf die Straße setzen.« Ein Lächeln quälte sich zurück auf seine Lippen. »Aber ich sag dir was. Ich mag dich. Du kannst was einstecken, das gefällt mir. Und ich will dir den Gefallen tun, nicht beim Amt stempeln zu müssen. Du darfst also weiter bei mir arbeiten. Ist das was, oder nicht?« Er erhob sich und sein Kopf neigte sich nach vorn. »Ich bin ja kein Unmensch.«

Metin mochte vieles nicht sein. ›Unmensch‹ gehörte definitiv nicht dazu. Er verfolgte nur seine eigenen Interessen. Und eine davon war offenbar, mich für seine Zwecke geschmeidig zu reden.

Er ermahnte mich mit dem Zeigefinger. »Aber damit eins klar ist: Gespielt wird nur nach meinen Regeln. Kapiert?«

»Kapiert«, sagte ich.

»Gut«, sagte er.

»Also?«

»Also was?«

»Also, wo kommt die ganze Kohle her?«, fragte ich.

»Sag mal, bist du taub, oder was?«

»Nein«, sagte ich und wiederholte: »Gespielt wird nach deinen Regeln.«

»Genau. Und Regel Nummer eins lautet: Keine blöden Fragen stellen!«

Ich hatte mit dieser Antwort gerechnet. Daher stand ich auf und kehrte ihm den Rücken. Als er wie erwartet in Panik ausbrach, musste ich mir ein Grinsen verkneifen.

»Was wird das? Wo willst du hin?«

»Ich gehe heim«, sagte ich flach und machte ein paar Schritte. »Dieses Geschäft ist nichts für mich.«

»Was? Warum nicht?«

»Die Spielregeln sind scheiße.«

Schnappatmig stapfte mir der Kobold hinterher. »Was soll das heißen: ›Die Spielregeln sind scheiße‹? Hast du noch alle Nadeln an der Tanne? Ich weiß ganz genau, dass du die Knete brauchst. Du brauchst doch immer Knete.

Und keiner hat gesagt, dass du dir die Hände schmutzig machen sollst. Also, wo liegt dein Problem?«

Ich drehte mich um. »Ihr alle seid mein Problem! Ihr Kerle mit euren Spielregeln. Ich bin nicht euer blödes blondes Plastikpüppchen. Und wovor hast du eigentlich Schiss? Dass ich dir die Butter vom Brot nehmen könnte, wenn ich wüsste, welche krummen Dinger du drehst? Dafür habe ich mich früher nicht interessiert und ich werde jetzt bestimmt nicht damit anfangen.« Protestierend blähte er seine Wangen auf, aber ich war noch lange nicht fertig. »Was sollen die Hamsterbacken? Glaubst du etwa, ich wüsste nicht, dass diese Klitsche hier überhaupt keinen Gewinn abwirft? Bei drei Kunden im Monat? Für wie hirnamputiert hältst du mich eigentlich? Du hast doch noch anderen Kleinmist in petto, von dem keiner was wissen soll.« Das Erstaunen in seinem Gesicht übertünchte jede andere Reaktion auf meine Tirade. Ich senkte mein Kinn Richtung Brust und starrte ihm in die Augen. Angestrengt erwiderten sie meinen Blick und ich glaubte, Funken in ihnen schlagen zu sehen.

»Also gut, Perle«, fing er an. »Was willst du?«

Ich nutzte die nächsten Sekunden, um mich in dramatisches Schweigen zu hüllen. Metin hatte recht. Ich brauchte die Kohle, und zwar dringend. Und aus einem mir unerfindlichen Grund schien er mich – und nur mich – für eine bestimmte Sache zu brauchen. Doch da ich mir eigentlich vorgenommen hatte, zukünftig die Nase voll von krummen Geschäften zu haben, musste das Teufelchen auf meiner Schulter herhalten, um mich zum Einlenken zu bewegen. Und es wisperte: ›Hör mal. Metin mag man zwar einige Schweinereien zutrauen. Aber die sind doch kaum der Rede wert und reichen höchstens für eine Bewährungsstrafe. Außerdem hat er Frau und Kinder. Fünf Kinder! Also schön den Ball flach halten, Esther. Ist alles im grünen Bereich.‹

Meine Sohlen klopften auf dem Teppich. »Ich will genauso wie du, dass du mich aus deinen Geschäften raushältst. Aber ich will schon wissen, von welchen Dimensionen wir hier reden. Und ob es für mich irgendwelche Risiken gibt.«

»Ach!«, stöhnte er. »Überhaupt keine Risiken!«

Ich hatte mit keiner anderen Antwort gerechnet. »Na, dann kannst du es mir ja unbesorgt erzählen.«

Er winkte ab. »Nicht so schnell, Große. Für dich gibt es keine Risiken. Für mich allerdings schon.«

»Und welche sind das?«

»Das weiß ich nicht. Sag du es mir.«

»Wie meinst du das?«

»Du bist eine Bullenfreundin.« Klang vorwurfsvoll.

»Bin ich nicht!«

»Ach ja? Und was ist mit deinem Polizistenlover, diesem Pimpf? Läuft da noch was?«

Mein Magen drehte sich. »Nein.«

»Was heißt hier ›nein‹?«, bohrte er weiter. »Wie wenig läuft da noch?«

Alexander Schalkowski, der Pimpf, auch Schalke genannt, war ein Polizist aus dem Dortmunder Hoheitsgebiet. Wir waren im Sommer beruflich aufeinandergetroffen und relativ schnell, aber auch relativ kurz miteinander ins Bett gegangen. Er war einige Jahre jünger als ich, ordentlich gebaut und gut frisiert. Körperlich zogen wir uns an, geistig drifteten wir auseinander. Er mochte meine Lebensart nicht, war eher für Püppchen mit Hündchen gestrickt. Ich war ihm wohl zu derb und zu sehr an Waffen, Mördern und Blutlachen interessiert. Mir wiederum missfiel seine kleinkarierte Art, jeder rechtlichen Unebenheit auf den Grund zu gehen – was ein echtes Problem darstellte, wenn man bei Tozduman Securities arbeitete. Aber das hätte ich noch ausgehalten, wäre da nicht die obligatorische *andere* gewesen.

»Gar nichts läuft da. Er ist wieder zu seiner Frau gezogen.«

»Und der taucht ganz bestimmt nicht mehr bei dir auf?«

»Nein.« Ein heißer Schauer jagte über meinen Rükken. Ich konnte nichts dagegen tun, ich hing dem Typen immer noch nach.

»Gut. Diese Bullenliebhaberei muss nämlich aufhören, wenn wir zusammenarbeiten wollen. Denn schleppst du irgendwelche dieser Typen an und sie spüren mein Geschäft auf, haben sie uns beide am Arsch.«

Eine Gänsehaut krabbelte über meinen Nacken. Endlich war der Groschen gefallen: Metin fürchtete nicht, dass ich mich in seine Angelegenheiten einmischen und etwas mehr Kohle abgreifen könnte, sondern dass ich ihm unabsichtlich die Bullen auf den Hals hetzte – was keine übertriebene Sorge war, da ich früher öfter mit denen in Kontakt stand; wenn auch eher unfreiwillig.

Ich nickte zum Zeichen, dass ich verstand, doch der Türke sträubte sich immer noch. Die Sache mit der Bullenfreundin schien ihm immer noch quer im Magen zu liegen. Die Falten zerbeulten seine Stirn besorgniserregend und mir schien es, als würde er in seinem Kopf gegen etwas ankämpfen, was bei normalen Menschen vermutlich das Gewissen war. »Das hier ist wie in ›Matrix‹, Lange.

Blaue Pille, rote Pille. Geh durch die Tür und es gibt kein Zurück mehr. Du willst es unbedingt wissen, aber dann steckst du bis über beide Ohren mit drin.«

Ich nickte heftig. Allmählich wurde ich ungeduldig.

Endlich stopfte Metin seine Faust in die graue Stoffhosentasche und zog einen einzelnen, dünnen Schlüssel heraus. Er schien übermäßig erleichtert. »Los geht's. Gehen wir in den Keller. Das wird super, sag ich dir.«

4.

Die Voedestraße war geschätzte 900 Meter lang und bunt vermietet. Vorwiegend wohnte man auf ihr, aber es gingen auch halbe Erwachsene zur Hauptschule sowie Erkrankte ins Martin-Luther-Krankenhaus, wenn eine Innerei oder der Verstand zurechtgerückt werden musste. Das Ladenlokal der Detektei war drei Steinwürfe vom August-Bebel-Platz entfernt und maß über Tage kaum mehr als 40 Quadratmeter. Das Kellergewölbe darunter erstreckte sich allerdings, wie ich erfahren musste, bis weit in das Hofgelände der Nachbarhäuser hinein. Mir schien, als hätte Metin einen Schacht der Zeche Holland entdeckt und in Beschlag genommen.

Die Luft unter der Erde war warm und zäh. Es war anstrengend, sie zu durchschreiten. Sie roch nach morschem Holz und Friedhof. Licht flackerte aus ein paar vergitterten 25-Watt-Birnen von der Decke und verlor sich irgendwo auf Augenhöhe im Halbdunkel. Die Konturen von Möbeln wurden wie fette Lidstriche auf das graue Gemäuer gemalt. Plötzlich rauschte es in meinen Ohren und die Schwere der Luft wurde von Feuchtigkeit zerschnitten. Metin betätigte den Aufputz-Drehschalter unmittelbar neben sich und zahllose 100-Watt-Birnen flammten auf, die mir in der Schwärze gar nicht aufgefallen waren. Ich war geblendet und blinzelte, doch meine Augen gewöhnten sich schnell an die Helligkeit. Endlich bekam ich das ganze Ausmaß des Kellers zu Gesicht.

Ich schätzte ihn auf 100 Meter Länge und 20 Meter Breite. Die Wände waren aus wuchtigen quadratischen Steinen geziegelt. Der Putz war über die Jahrzehnte abgebröckelt und deckte nur hie und da ein paar Fugen ab. Auf dem ungleichmäßigen Estrich war ein grüner Filzteppich verlegt. Er war kaum zwei Meter breit, maß in der Länge aber die vollen 100 Meter bis in einen schwarznebeligen Schlund hinein und teilte den Raum wie einen Hausflur. Links und rechts des Filzes schienen zahllose antiquarische Schrankkombinationen über die Jahrzehnte aus dem Boden gewachsen zu sein. Jedes Möbel ein Individuum, fünf oder fünfzig Jahre alt, Nussbaum oder Kiefer, Antiquität bis Sperrmüll. Sämtliche Türen und Wände waren herausgerissen worden, in den Regalen quetschten sich Schachteln, Kisten, Dosen und Töpfe aneinander. Ich konnte nicht genau erkennen, was sich darin befand, auf den ersten Blick sah es so aus, als quollen Lappen oder Fensterleder aus den Behältern heraus. Das Rauschen, das ich zuvor vernommen hatte, entpuppte sich als Sprühwasser von Sprinkleranlagen der Marke Eigenbau. Ihre Schläuche wanden sich wie Nattern das Gemäuer entlang, ihre Enden spien pulverigen Wasserdunst auf das Mobiliar. Zwangsläufig faulte das Holz an manchen Stellen, an den Wänden rannen trübe Rinnsale hinab.

Ich trat an den nächstbesten Schrank heran. Der moderige Duft alter Kartoffeln stieg mir in die Nase. Jetzt erkannte ich es: Das waren keine Lappen. Auch kein Fensterleder.

»Pilze?«

»Zauberpilze«, entgegnete Metin stolz.

Ich glotzte ihn an. »Das ist alles? Deswegen machst du so ein Riesenbohei?«

Er wirkte beleidigt. »Da sind Halluzinogene drin. Psilo-irgendwas. Die sind in Deutschland und Holland illegal. Machen einen bunten Trip.«

»Wie können Pilze denn illegal sein? Die wachsen doch überall!«

»Diese nicht«, knurrte er und trat näher an mich heran. Fast zärtlich strich er mit der Kuppe seines Zeigefingers über einen dunkelbraunen Pilzhut, welcher mich an einen Regenschirm erinnerte, dessen Kiele bei starkem Wind nach oben gebogen worden waren. »Das ist ein Blaugrünfleckender Kahlkopf. Der wächst in Deutschland so gut wie gar nicht. Der Handel damit blüht; er wird über die tschechische und holländische Grenze nach Deutschland geschmuggelt, aber seit dem neuen Verbot vor zwei Jahren haben die Preise stark angezogen.«

Ich verstand. »Und du verkaufst sie billiger.«

»Aber immer noch teuer genug, dass es sich lohnt.«

Ich schnupperte an einem der Pilze. Als Kind war ich oft mit meinem Vater im Grävingholzer Buschwerk unterwegs gewesen, einer natürlich gewachsenen Grünanlage mit hohem Baumbestand. Mein Vater war ein frenetischer Pilzsammler und wir brachten eimerweise Hallimasch mit nach Hause, aber auch Spinnen, Raupen und seltener Frösche, sofern ich einen zu packen bekam. Meine Mutter kochte die Pilze ein, verpackte sie in Gefriertüten oder servierte sie sofort. Und obwohl keiner in meiner Familie jemals mit Vergiftungen vom Stuhl gefallen war, blieb ich skeptisch und verweigerte jedes Mal die Essensaufnahme. »Und was macht man mit so einem Kahlkopf?«

Metin zuckte mit den Schultern. »Keine Ahnung. Vielleicht wird er einfach gegessen oder geraucht. In einer Pfeife oder so.«

Ich sah ihn an. »Du hast es nie ausprobiert?«

»Ich rühre so einen Scheiß nicht an, Mann.«

Ich war nicht überrascht. Döner und Handys waren seine einzigen Laster. Und Geldgier. Ich drückte mein Kreuz durch. »Was kostet so was?«

Metin lachte höhnisch. »Das würdest du wohl gerne wissen, was?«

»Ich kann es googeln.«

»Pro Gramm um die 15 Euro.«

Ich hielt die Luft an. »Pro Gramm? Aber das ist ja wohl nicht mal ein halber Pilz!« Ich sah noch einmal den Gang hinunter. In ein Töpfchen passten 10 bis 15 Pilze, in eine Schachtel weit über 20. Ein einziges Schrankregal bot demnach Platz für gute 100 Stück. Mein innerer Taschenrechner gab sich geschlagen. Es reichte mir zu wissen, dass hier viel Geld spross. Verdammt viel Geld.

»Das ist mir zu hoch«, sagte ich. »Pilze züchten. Das Zeug kann jeder Schüler in seinem Kleiderschrank anbauen. Wie kann sich das lohnen?«

»Du hast von Tuten und Blasen doch keine Ahnung. Diese Pilzfarm ist eine Wissenschaft für sich! Die Luft muss stimmen. Ist es zu feucht, vergammeln sie, ist es zu trocken, wachsen sie nicht. Ich hab wochenlang mit den beschissenen Pflanzenlampen experimentiert, damit die Beleuchtung passt. Und die Holzspäne lass ich mir extra aus der Schweiz kommen, denn auf den Splittern eurer guten deutschen Eiche wollen sie nicht sprießen. Und glaub ja nicht, dass das alles war. Es gibt noch Konzentrate und spezielle Dünger, aber die krieg ich alle vom Dealer.«

»Vom Dealer?«

»Genau.«

Vor meinem inneren Auge bildete sich eine dunkle, unansehnliche Gestalt ab, die mit einem Bauchladen voller Pilze an einer Hauswand kauerte. Ich konnte mir ein Grinsen nur schwer verkneifen.

Metin knuffte mich in die Seite. »Für diese Plantage kann ich in den Knast einfahren.«

»Wie lange machst du das schon?«

»Nicht lange. Ich probiere noch rum.«

Ich runzelte die Stirn. Wir kannten uns kein Jahr und waren ganz bestimmt nicht auf der Suche nach Freundschaft gewesen, als wir aufeinandertrafen. Das änderte sich auch später nicht, denn Metin war ein testosterongesteuerter, aggressiver und Gewalt verherrlichender Sturkopf, der meinte, über seine Angestellten verfügen zu können wie über sein Auto oder das Telefon. Dass er zugleich mehrfacher Familienvater war, erfuhr ich erst später, als er mir den Auftrag gab, seine halbe Familie zu beschatten. Trotz allem kannte ich ihn kaum und konnte nicht von mir behaupten, genau über seine Wünsche, Träume und Motivation, etwas so und nicht anders zu machen, Bescheid zu wissen. Gewisse Dinge waren mir allerdings nicht entgangen: Metins Steckenpferde waren Handys, Autos und Knarren. Technikkram, den man knacken, bespielen oder zur Schau stellen konnte. Er war einfach nicht der Typ für Pilze.

»Haben dir deine Geschäftspartner diese Plantage aufs Auge gedrückt?«

Er zögerte. »Sie haben mich gefragt und ich habe ja gesagt.«

»Warum?«

»Na, weil es eine Goldgrube ist.«

»Das meine ich nicht. Warum haben sie gerade dich gefragt?«

Seine Pupillen glitzerten streng im Glühbirnenlicht.

»Was willst du damit sagen? Glaubst du, ich hätte es nicht drauf?«

Ich hob die Schultern. »Nun sei doch mal ehrlich. Da draußen gibt es bestimmt 20 oder 30 Leute, die sich mit so etwas auskennen. Allein im Bochumer Norden haben die Bullen vier Marihuana-Lager hochgenommen. Diese Typen haben Erfahrung damit, Grünzeug zu züchten und am Leben zu halten.« Ich lächelte seicht. »Botanik ist doch gar nicht dein Ding. Wenn ich allein an die Yuccapalme und die drei Kakteen denke, die du im Büro gekillt hast.«

Metin lächelte zurück. »Alles, was Geld bringt, ist mein Ding, Schätzken. Und auch wenn diese Nordlichter mehr Ahnung von Bio-Drogen haben, sie haben keine Katakomben zum Anbau wie ich!«

Ich sah in den Schlund hinein und musste zugeben, dass er vermutlich recht hatte. Was jedoch wichtiger war: Kein Mensch würde auch nur ansatzweise auf den Trichter kommen, dass sich ein derart ausgewachsenes Kellergewölbe unter der winzigen Detektei befand. Man hatte seine Ruhe. Und Platz ohne Ende.

»Was kostet das eigentlich an Miete?«, fragte ich.

»Das hier? Gar nichts. Die Nische da hinten habe ich mit der Detektei gepachtet.« Er zeigte auf den Treppenaufgang, vor dem sich ein 25 Quadratmeter großes Räumchen befand. »Den Rest habe ich durchgebrochen.«

»Durchgebrochen?«

»Mit dem Presslufthammer.« Er spendierte mir ein Tausend-Watt-Lächeln. Seine Augen funkelten aberwitzig.

»Aber der Schacht muss doch irgendjemandem gehören!«

»Denkste. Das ist ein bisschen Bunker aus dem Weltkrieg. Und den hat man bei der Nachkriegssanierung wohl vergessen zuzuschütten.«

»Und woher weißt du das so genau?« Metin zögerte, doch ich beantwortete mir die Frage selbst. »Deine dubiosen Geschäftspartner wussten das. Und haben dir diesen Durchbruch aufgeschwatzt.«

Er schnalzte mit der Zunge und beendete damit die Diskussion. »Gehen wir hoch. Ich muss die Lampen abdrehen, sonst verdirbt mir das Gemüse.« Er machte an dem Drehschalter herum und wir blieben in nahezu totaler Dunkelheit zurück, wären da nicht die schwachen Leuchten direkt unter der Decke gewesen, was mich ungemein beruhigte. Metin ging voraus. Ich schlurfte hinter ihm her.

»Also«, fragte ich, als ich die erste Treppenstufe nahm, »was meintest du nun damit, dass du ein paar Dinge auf Vordermann bringen willst?«

Saftig klatschte Metin seine Handfläche gegen die Kellertür. »Es geht um die Pacht. Um die Detektei.« Er winkte mich vorbei. Dann rammte er seine Schulter gegen die Tür, bis diese mit einem Knirschen in der Zarge versank. Er ließ sich in seinem abgehalfterten Ledersessel nieder. »Ich will, dass du das Geschäft übernimmst.«

Ich war bemüht, mich ihm gegenüber auf den Stuhl zu setzen, doch kaum hatte er seinen Satz ausgesprochen, stand ich kerzengerade auf meinen Fußsohlen. Ein Ziehen strahlte von meinem Ischiasnerv bis in meine Halswirbel. So war es wohl, wenn man alt wurde. »Wie bitte?«

»Du übernimmst die Pacht«, redete er weiter. »Ich brauche den Laden nicht länger.« Er zögerte. »Das Ermittlungsgeschäft ist tot.«

Unter meinem rechten Auge zuckte ein Muskel. »Dann mach halt dicht.«

Metin beugte seinen Oberkörper über die Tischplatte. »Sag mal, bist du so dämlich oder tust du nur so? Ich kann die Pacht nicht einfach kündigen! Ich brauche den Keller. Den Schacht.«

»Dann lass doch alles so wie es ist. Wo liegt das Problem? Früher hast du dich auch nicht darum geschert, ob der Laden brummt.«

»Früher«, wiederholte er und lachte hämisch. »Früher war vieles anders.«

»Aber ich will den Laden nicht.«

Ich sah dem Türken zu, wie er, langsam, aber deutlich rot anlief. Plötzlich hüpfte er wie das HB-Männchen aus seinem Sessel und klatschte seine Handflächen auf die Schreibtischplatte. »Du wirst den Laden übernehmen, das bist du mir schuldig!« Sein Zeigerfinger klagte mich an. »*Du* hast ihn in meine Garage gelockt und ihn damit auch auf den Trichter gebracht, dort ein bisschen auszubluten und fast das Licht eures Herrn zu empfangen! Hast du eigentlich eine Ahnung, was das für Wellen geschlagen hat? Die Presse wollte es mir anhängen. *Mir*!«

»Erstens habe ich ihn nirgendwohin gelockt. Er hat sich freiwillig dort versteckt. Und zweitens: Wie hätten sie dir das anhängen können?«

»Na, weil es *meine* Garage ist! Und weil Panko zufälligerweise *meinen* Bruder ermordet hat!«

»Es war Totschlag«, sagte ich.

»Scheißegal, Karim ist tot. Seinetwegen.«

Das stimmte. Tatsächlich sind Karim und Gregor überhaupt aneinandergeraten, weil Karim Gregors Ehefrau, die Bereitschaftspolizistin Julia, während eines Einsatzes bei einer Demo angegriffen und derart schwer verletzt hat, dass sie jahrelang im Wachkoma lag, ehe sie verstarb. Karim hat nie die Verantwortung für die Tat übernommen. Er war gerade gegen Kaution auf freien Fuß gesetzt worden, als er und Gregor sich begegneten. Der Rest ist Geschichte: Ein blutig ausgefochtener Streit, den keiner von beiden gewann. Karim starb, Gregor fuhr wegen Totschlags ein.

»Und die meinen, du wolltest dich rächen? Aber das Ganze ist doch mehr als zehn Jahre her! Wieso glauben die, du hängst der Sache immer noch nach?«

»Weil Türken nachtragend sind.«

»Sind sie das?«

»Nein. Nicht mehr als Italiener.«

Ich glaubte zu nicken, war mir jedoch nicht sicher, ob ich es wirklich tat. Zugegebenermaßen hatte ich die Verstrickungen zwischen den Betroffenen nie so betrachtet, wie es Metin und die Presse taten. Dabei hätte ich bloß mein Hirn ein wenig mehr anstrengen müssen. Schließlich war ich es, die Pankowiaks Vergangenheit gründlicher durchgegraben hatte als jeder dahergelaufene Boulevardblattreporter. Ich hätte von allein draufkommen müssen. Stattdessen ließ ich mir alles vorkauen und schämte mich nun. Ich senkte mein Kinn und Metins Blick brannte auf meinem Scheitel. Seine Stimme wurde ruhiger.

»Das Pflaster ist mir im Moment zu heiß«, schwadronierte er. »Die Presse hängt mir immer noch am Arsch. Am liebsten morgens. Glauben wohl, ich esse Nazis zum Frühstück.« Er setzte sich wieder. »Mir geht das ziemlich auf die Eier. Und meiner Alten erst. Frag nicht nach Sonnenschein.«

Ich musste lächeln.

»Meine Geschäftspartner sind auf 180. Haben Schiss, die Presse könnte von den Psychopilzen Wind bekommen und uns alle vor den Kadi bringen. Sie wollen Tozduman Securities nicht mehr.« Er zögerte. »Und ich auch nicht.«

»Und was willst du jetzt tun?«

»Meine Olle ist mit unseren Kids zu meiner Schwester gefahren. Wenn die Pilzernte durch ist, fahre ich hinterher. Ich habe jemanden an der Angel, der die Aussaat der nächsten Ladung übernimmt.«

»Deine Schwester? Du meinst die Exfrau von Ansmann?«

Er formte die Augen zu Schlitzen. »Bist wohl immer noch eine Bullenfreundin, was?«

»Ich bin ein Mensch«, sagte ich. »So wie Ansmann einer ist. Was hast du bloß gegen ihn?«

»Das verstehst du nicht«, sagte er. »Das ist ein reines Familiending.«

»Du meinst, von wegen Familienehre und so?«

Er lachte laut auf und schlug sich mit seiner Hand auf den Oberschenkel, als hätte ich den Witz des Jahrhunderts gemacht. Dann verschwand der Schalk aus seinem Nacken und er visierte mich an. »Komm Montag früh noch mal rein und wir gehen die Formalien durch. Der Vermieter sitzt auf heißen Kohlen. Der kann es kaum erwarten, mich loszuwerden.«

Mir ging das alles viel zu schnell. »Und danach?«, fragte ich. »Du hast es doch vorhin selbst gesagt: Ich bin pleite. Ich brauche Kohle. Und die Detektei wäre nur ein weiterer Klotz am Bein. Ich kann mir nicht mal einen Eimer Farbe für die Renovierung leisten. Wie soll ich da die Pacht zahlen? Und was ist mit Sven und Corinna? Die kann ich wohl kaum bezahlen.«

»Sven hat gekündigt, gleich nachdem du weg warst. Der ist jetzt Ladendetektiv im Citypoint. Und Corinna arbeitet für einen Hungerlohn. Um die brauchst du dir keinen Kopf zu machen.«

Meine Augenbrauen glitten nach oben. »Und was ist mit dem ganzen Geld, von dem du vorhin erzählt hast?«

»Was soll damit sein?«, fragte er mit leicht angehobener Stimme.

»Wir hatten einen Deal.«

»Was meinst du damit?«

Ich wollte nicht glauben, was ich da hörte. Erst schwadronierte er von der ganz großen Kohle, dann zeigte er mir seine biologisch angebaute Goldgrube im Keller. Und nun tat er so, als hätte es die vorherigen Anpreisungen nie gegeben. »Ich will den Laden«, stellte ich klar. »Und zwar unter drei Bedingungen.«

Er riss die Augen auf.

»Erstens«, fing ich an. »Du gleichst mein Konto aus.«

Entsetzt blähte er die Backen auf und seine Augen quollen hervor.

»Zweitens: Du kommst für die Renovierung auf.«

»Nur, wenn ich die Handwerker stelle!«

Ich zog eine Schnute, wusste ich doch um seine handwerklich geschickten Pappenheimer.

Metin interpretierte dies als Zustimmung. »Und drittens?«, fragte er.

Ich zögerte, aber das Teufelchen auf meiner Schulter piekte mit seinem Dreizack in mein Ohrläppchen, das postwendend zu kribbeln begann. Meine Finger verknoteten sich ineinander und die nervöse Röte auf meinen

Wangen breitete sich auf das restliche Gesicht aus. »Wenn ich mich hier einrichte, sitze ich auf einem Pulverfass, tagein, tagaus, mit Drogen unter dem Hintern. Und ich muss der Versuchung widerstehen können, das ganze halluzinogene Zeug einfach räumen zu lassen, um mich aus dem Fadenkreuz der Rauschgiftpolizei zu bringen. Denn eins ist sicher: Wenn die Bombe platzt, bin ich genauso dran wie du.«

Metins Zähne knirschten so laut, dass man es noch vor der Ladentür hören müsste. »Willst du mich erpressen?«

»Nein«, sagte ich. »Natürlich nicht! Aber ich denke, ich hätte eine gewisse Entlohnung für meine Bemühungen verdient, dich nicht in den Knast zu bringen. Monatlich, versteht sich.«

»*Ich* soll *dir* Schweigegeld zahlen?« Er lachte hysterisch. Tränen schossen aus seinen Augen und sein Hals begann anzuschwellen.

Zeit zu gehen. Ich stand auf. »Wir sehen uns Montag«, sagte ich. »Und bis dahin hat Ragip das Zündschloss gefälligst wieder eingebaut.«

»Das Zündschloss nützt dir nichts. Der Twingo ist Schrott. Kolbenfresser. Frag Ragip.«

Ich stand still, meine Hände ballten sich zu Fäusten und meine Kieferknochen traten hervor.

»Wo bist du eigentlich die ganze Zeit gewesen?«, fragte er.

Doch ich antwortete nicht, sondern tat einen tiefen Atemzug, schloss für einen Moment die Augen und ging hinaus.

5.

Die Räder der Straßenbahn 306 in Richtung Wanne-Eickel ruckelten quietschend über die Schienen. Der Lokführer nahm die Kurven hart und bremste nur für Signallichter, da er spät dran war. Die Köpfe der Passanten schlackerten in den Kurven wie die einer Horde Wackeldackel, festgetackert auf ihren Sitzen. Der Regen schmiss fette Tropfen gegen die Scheibe. Mein Gegenüber, ein rundgesichtiger Teenager, augenscheinlich Autist, atmete weiße Schwaden gegen das Glas. Der Kragen seiner Skijacke war bis zum Anschlag aufgestellt und überdeckte seine Ohren. Die Heizung im Wagen war ausgeschaltet.

Ich hatte Metin erpresst.

Nie zuvor hatte ich etwas von jemandem erpresst. Schon gar kein Geld. Ein paar Hausaufgaben vielleicht. Oder ein gutes Wort für mich beim Pfarrer, als dieser mich beschuldigte, den kirchlichen Briefkasten aufgebrochen und die darin enthaltenen Briefmarkenspenden mitgenommen zu haben. Dabei konnte ich nicht einmal das Schloss eines Kindertagebuches knacken. Dass ich mal Schweigegeld erpressen würde, hätte ich mir in meinen kühnsten Teenagerträumen nicht ausgemalt. Ganz zu schweigen davon, dass ich nicht einmal ein schlechtes Gewissen hatte.

Aber fest stand: Metin schuldete mir Geld. Provisionen, Schadenersatz für den Wagen, Schmerzensgeld für mich. Darüber täuschte auch seine aktuelle Misere mit Pankowiak und der Pornogarage nicht hinweg. Mir tat es leid für ihn, dass seine Geschäfte darunter litten. Doch seine miese Art, mir den Schwarzen Peter zuzuschieben und meine Schuldgefühle für seine Sache zu missbrauchen, war alles andere als bemitleidenswert. Fakt blieb nach wie vor: Ich war pleite. Und dass dies so war, war zu einem großen Teil auch Metins Schuld. Wüsste die EU von seinen Gehaltsmauscheleien und seiner Arbeitgebermoral, würde sie Sanktionen gegen ihn verhängen. Und genau dieses Exempel wollte ich an ihm statuieren, sprich: Sanktionen verhängen, und zwar monatlich. Ganz nach dem Credo: Wer frei sein will, muss zahlen.

Als ich die Bahn an der Haltestelle Amtsstraße verließ, schossen Regentropfen pfeilartig auf mich herab und explodierten kalt auf meinem Schädel. Schnell zog ich die Jacke über meinen Kopf und rannte die Dorstener Straße hinunter, nicht ohne diversen Pfützen und Passanten mit Mordsschirmen auszuweichen. Als ich mein Wohnhaus erreichte, versuchte ich den nassen Herbst abzuschütteln und das Wasser, das sich auf meiner Jacke in einer Lache gesammelt hatte, ergoss sich vor meine Füße. Ich peste die Treppe hinauf, warf die Schuhe von den Füßen und spazierte ohne Umwege ins Bad, um mir heißes Wasser in die Wanne einzulassen. Das deutsche Wetter war deprimierend. In Ungarn herrschten zurzeit zwar nur knapp 20 Grad. Doch die gefühlten fünf, die da draußen in Bochum wehten, grenzten beinahe an Körperverletzung. Ich musste mich aufwärmen, meinen Kopf entlüften und dringend über ein paar Dinge nachdenken.

Ich kippte eine Handvoll Lavendelöl in das Badewasser, verrührte es mit meinen Unterarmen und drehte den Hahn ab. Dann entledigte ich mich meiner Klamotten und quiekte ein wenig, als ich in das heiße Wasser stieg. Wasserdampf schwebte gespenstisch an meinem Gesicht vorbei. Ich lehnte mich zurück und schloss die Augen, doch die Bilder, die hinter meinen Lidern auftauchten, waren nichts, worüber ich nachdenken wollte: ein halb toter, stark aus der Brust blutender Gregor Pankowiak in der Türkengarage liegend; die rasante Krankenwagenfahrt unterbrochen von Wiederbelebungsmaßnahmen – seitdem machte ich mir keinen Kopf mehr, ob ich am Blutverlust einer mit einer Brotmaschine halb abgeschnittenen Fingerkuppe sterben könnte.

Angestrengt richtete ich meinen Fokus auf Arthur Brülling – mit dem Ergebnis, dass mir seine zusammengekauerte Leiche vor dem inneren Auge erschien. Ich dachte an den Zettel mit meiner Adresse, den er in seiner Brieftasche gehabt hatte, und an das Foto.

Wer hatte ihm meine Adresse gegeben?

Ich stand nicht im Telefonbuch. Und ich schloss Metin und Konsorten als Empfehlungsgeber aus, wussten diese doch, dass ich nicht zuhause war. Niemand hatte gewusst, dass ich heute heimkehren würde. Niemand außer meinem Abholdienst, Anastasios.

Ich ließ einen Augenblick das Atmen sein, merkte aber, dass das nicht zielführend war. Anastasios hatte kein Interesse daran, mich für einen Auftrag zu empfehlen. Stünde es zur Wahl, würde er als Erstes einen Zettel in die Urne werfen und dafür stimmen, dass ich den Job an den Nagel hängen sollte.

Doch war der tote Brülling überhaupt ein *Job*?

Es war äußerst blödsinnig gewesen, den Zettel und das Foto aus Arthurs Brieftasche mitgehen zu lassen. Denn dass Brülling mich aufsuchen wollte, war selbst für einen Blinden erkennbar. Die Wohnung gegenüber stand seit Monaten leer und niemand, der einen Herzanfall erleidet, geht spontan ein paar fremde Stockwerke hinauf, um sich beim Treppensteigen den Rest zu geben. Zusätzlich musste ich erfahren, dass Ansmann den Toten kannte. Es war daher nicht auszuschließen, dass er auch über das Mädchen auf dem Foto Bescheid wusste. Doch da ich ihm die Hinweise heimlich weggeschnappt hatte, sah ich keine Chance mehr, ihn mit dem Foto zu konfrontieren.

Er würde mir den Hals umdrehen, soviel war sicher.

Ich war in Panik geraten. Als ich den Toten sah, wollte ich weder ein Comeback mit Leichen und Killern noch wollte ich Spurensicherer in übergroßen Plastiktüten in meiner Wohnung. Deswegen hatte ich den Zettel eingesteckt und gehofft, das Thema hätte sich damit für mich erledigt.

Doch mittlerweile erschien es mir falsch, so zu tun, als hätte es diese ›Angelegenheit‹ nie gegeben. Denn eines musste ich mir vor Augen führen: Der Mann starb an einem Herzinfarkt! Hier gab es weder Richter noch Henker. Keine Killer, die hinter der nächsten Ecke auf mich lauerten, keine Spusi in Tütenschuhen. Und auch keine Kripo, denn die würde ihr Bestes geben, um den Papierkram schleunigst ad acta zu legen. Insofern sollte ich dringend einen Gang runterschalten und aufhören, so zu tun, als ginge mich die Sache überhaupt nichts an. Dieser Mann starb, als er *zu mir* wollte. Und es wäre nur anständig, ich würde wenigstens herausfinden, was er überhaupt gewollt hatte. Zu seiner Wohnung gehen und herumfragen. Obschon mir bei der Vorstellung, dort auf trauernde, heulende Angehörige zu treffen, sich der Magen umdrehte.

Ordentlich durchgebrüht kletterte ich aus der Wanne und wickelte mich in ein Badetuch ein. Ich patschte ins Wohnzimmer, holte den Laptop unter dem Tisch hervor und bearbeitete den Startknopf. Die Leuchtdiode flammte nicht auf, der Akku war leer. Nach einer viertelstündigen Suche nach dem Kabel stöpselte ich den Computer in die Steckdose ein und drehte die Heizkörper auf. Die Rohre röchelten bitterlich, doch die Rippen wurden warm. Im Gegensatz zu dem Handtuch, das ich vorhin auf den Boden geworfen hatte, wo es mittlerweile kalt geworden war. Fröstelnd gab ich meine Suche nach Arthur Brülling bei Mister Google in Auftrag. Die Ergebnisse waren nicht befriedigend. Brüllings gab es kaum welche. Und wenn doch, dann waren sie längst tot oder ihre Namen auf irgendeiner Polizeiwebsite zu lesen, was mich wiederum überraschte. Schließlich traf ich auf einen Gewerbeeintrag für einen Weltladen in der Bochumer Fußgängerrandzone, in dem ein gewisser Arthur Brülling als Geschäftsführer eingetragen war. Die Wahrscheinlichkeit, dass es sich um eben diesen Arthur Brülling handelte, schätzte ich als überdurchschnittlich hoch ein. Ich setzte einen gedanklichen Haken vor der Option, dem Laden einen Besuch abzustatten, sobald ich davon ausgehen konnte, dass eventuelle Angestellte über das Verscheiden des Chefs in Kenntnis gesetzt worden waren. Die Peinlichkeit, ihnen die traurige Nachricht zu überbringen, wollte ich mir weiß Gott ersparen.

Ich scrollte noch ein wenig rauf und runter. Doch weitere brauchbare Informationen über den Weltladen oder einen Arthur Brülling schien es nicht zu geben. Ich gab die Suche auf und begann eine neue – nach einer Kfz-Werkstatt. Die erste Fährte führte mich nach Wattenscheid-Leithe. Ich nahm das Telefonteil von der Ladestation.

»Kfz Puchalski, guten Tag.« Die Stimme rauchig.

Ich kam gleich zur Sache. »Mein Wagen hat einen Kolbenfresser.«

»Also, eigentlich haben wir Mittagspause«, sagte der Mann. »Es ist noch vor drei Uhr.«

»Und warum gehen Sie dann überhaupt ran?«, fragte ich.

»Wäre schlecht fürs Geschäft. Könnt ja ein Auftrag reinkommen.«

»Dessen Auftraggeber Sie dann sagen, Sie hätten Mittagspause?«, blaffte ich.

»Kolbenfresser ist doch kein Auftrag«, sagte er.

»Sondern?«, fragte ich.

»Was meinen Sie?«

»Den Kolbenfresser!« Ich stöhnte auf.

»Ach so. Also das ist, wenn die Kolben im Zylinder blockieren. Meistens, wenn zu wenig Öl drin ist. Oder zu viel. Kann allerdings auch ein Kühlmittelproblem sein. Oder einfach nur saublöde Fahrerei auf Drehzahl vier plus.«

»Danke für die Erläuterung. Aber kann ich den Wagen bei Ihnen zur Reparatur geben?«

Werkzeug schepperte im Hintergrund. »Was haben Sie denn für einen?«

»Renault Twingo. 93er Baujahr.«

»Tut mir leid, aber da hilft nur der Schrottplatz.« Es kam wie aus der Kanone geschossen.

»Moment mal. Das sagen Sie so einfach?«

»Nichts für ungut.« Mir schien, als lächelte er.

»Sie sollten sich den Wagen ansehen. Womöglich ist der Kolbenfresser nur vorgetäuscht.«

Er zögerte. »Wozu?«

Ich biss mir auf die Unterlippe. »Vielleicht, um mich zu zwingen, mein Auto zu verschrotten?«

»Haben Sie den Motor schon einmal angelassen?«

»Nein. Ich habe kein Zündschloss mehr.«

Er seufzte. »Hören Sie, Lady, Sie täten gut daran, diesem Rat zu folgen. Mit Renault hat man eh nur Ärger am Bein.«

»Die Pannenstatistiken sahen für Renault immer moderat aus«, argumentierte ich trotzig.

»Sie meinen, die für die Autobahn?« Er lachte auf. »Klar, denn bis rauf auf die Autobahn schaffen die es ja nicht.« Sein Lachen wurde aufdringlich.

»Danke für Ihre Einschätzung«, sagte ich und legte auf.

Ordentlich angesäuert rief ich Ragip an.

»Hallo?«

»Ist da Ragip?«

»Nein«, kam es aus dem Hörer.

»Kann ich ihn sprechen?«

»Nein.«

»Wieso nicht?«

»Ist weg«, antwortete der andere.

»Und wann kommt er wieder?«

»Weiß nicht.«

Ich verdrehte die Augen. »Okay. Dann hör mal zu. Hier spricht Esther Roloff. Ich habe für Metin Tozduman gearbeitet«, fügte ich hinzu.

»Ah, Esther!«, feierte der Typ am anderen Ende des Kabels. »Wieder da? Wie geht's?«

Ich überging seine Frage. »Richte Ragip Folgendes aus: Wenn er mir bis heute, 17 Uhr, nicht signalisiert, dass er den Schaden an meinen Twingo kostenlos beseitigt, komme ich um 19 Uhr mit einem Sachverständigen, einem Anwalt und einem Bullen bei ihm vorbei. Dann werden wir seinen Laden auf den Kopf stellen und ich werde ihm seine türkische Seele aus dem Leib klagen. Haben wir uns verstanden?!« Ich legte auf, ohne eine Antwort abzuwarten.

Das Display des Laptops flimmerte in meinen Augen, die Google-Seite gähnte weiß. Der Cursor im Suchfeld klimperte ungeduldig, doch irrsinnigerweise zögerte ich, ehe ich den Namen der Detektei in Bochum-Gerthe, Brülling & Rowohlt, eintippte. Womöglich, weil zu viele Erinnerungen daran hingen. Die Detektei brannte einst lichterloh, und den Privatermittler Rowohlt kostete seine Neugier das Leben. Von seinem Partner, Guido Brülling, fehlte seither jede Spur. Glaubte ich zumindest. Schließlich hatte ich seitdem nicht wieder nach ihm gesucht.

Google gab mir Adresse und Telefonnummer der Detektei preis. Der Link zur Homepage funktionierte nicht mehr. Ich wählte die angezeigte Nummer und eine Automatenstimme klärte mich auf, dass in naher Zukunft niemand mehr abheben würde. Es wäre auch zu einfach gewesen.

Ich fuhr das System herunter und schlüpfte in ein paar Klamotten. Mich zog es zu meinem Handy im Expedit-Regal, wo es während meiner Abwesenheit auf mich gewartet hatte. Wenn ich eine Reaktion von Ragip wünschte, sollte ich es besser einschalten. Also nahm ich es in die Hand, drückte lange auf den Knopf mit dem roten Hörer und wartete. Die Willkommensanimation dauerte ewig und eine, wenn nicht sogar zehn weitere Minuten vergingen, ehe sich in meinem kleinen Kommunikationskoreaner etwas rührte. Ich drehte ihn sogar zum Fenster, weil ich befürchtete, er würde nicht genügend Funksignale abbekommen. Dann schließlich spuckte es die Meldung über vier entgangene Anrufe sowie drei Textnachrichten aus.

Wie enttäuschend.

Ich scrollte durch die Rufliste. Die Anrufer waren mein Bruder Olaf, meine Eltern, Metin und eine dem Adressbuch unbekannte Nummer, deren Ziffernkombination nach Polizei Bochum aussah. Die Textnachrichten kamen ebenfalls von Olaf und Metin, letztere war mit üblen Phrasen und Schimpfwörtern gespickt. Die jüngste Nachricht stammte von Schalke. ›Du fehlst mir.‹

Ich löschte sie alle.

Der Sekundenzeiger meiner Wanduhr tickte emsig, doch meinem Empfinden nach nicht schnell genug. Mittlerweile war es kurz vor fünf und Ragip hatte sich immer noch nicht gemeldet.

Und das Letzte, das mir hier weiterhalf, waren leere Drohungen einem gewieften Türken gegenüber.

Ich wusste, dass ich im Recht war. Aber weder hatte ich die Kohle, einen Sachverständigen oder gar einen Anwalt anzuheuern noch hatte ich im Augenblick ausreichend Mumm in den Knochen, Ragip die Polizei auf den Hals zu hetzen. Ich kannte den Türken kaum. Ich wusste, dass er Dinger mit Autos drehte. Und ich nahm an, dass er Familie hatte. Wenn er aus dem gleichen maroden Eisen geschmiedet war wie Metin, könnte die Polizei weiß Gott was für Hehlerware auf seinem Kfz-Gelände finden. Wegen eines kaputten Autos wollte ich niemanden in den Knast bringen. Doch würde ich meine Drohung nicht wahr machen, würde er komplett den Respekt vor mir verlieren.

Herrje, ich klang schon wie eine Mafiosa.

Endlich klingelte das Handy.

»Esther«, knurrte Ragip in den Hörer. »Was ist los mit dir? Warum willst du mich verklagen?«

»Du hast mein Auto kaputt gemacht.«

»Es ist nur ein Schloss«, sagte er anklagend. »Ist ganz schnell wieder drin und das Auto ist wie neu.«

»Auch mit einem Kolbenfresser?« Es war nicht wirklich eine Frage, aber ich hob trotzdem die Stimme.

Er schwieg sich aus.

»Der Wagen ist Schrott«, fügte ich hinzu.

»Wer sagt das mit dem Kolbenfresser?«, fragte er zurück.

»Metin.« Ich hörte ihn Türkisch sprechen. Meinem Sprachgefühl nach zu urteilen war es nichts Nettes.

»Ist halb so wild«, sagte er dann mit geschmeidiger Zunge. »Muss nur ein neuer Motor rein. Schon ist alles ok.«

»In Ordnung. Hast du einen Motor?«

»Für einen Twingo?« Er lachte. »Nein.«

»Kannst du mir einen Motor besorgen?«

»Klar kann ich.«

Ich atmete auf. »Gut. Und wie lange wird das dauern?«

Er schien zu überlegen. »Für einen Twingo?«, sagte er erneut. »So etwa vier bis sechs Monate.«

»Was?« Ich schrie aus der Entfernung.

»Was ist los mit dir? Du willst die Reparatur doch umsonst, oder? Und Motoren von Twingos liegen nicht auf Autobahnen herum!«

Ich stimmte ihm zu und dachte an die Anmerkung von Kfz Puchalski in Bezug auf die Unmöglichkeit, dass Renaults Pannen auf der Autobahn hatten. Danach überlegte ich, was genau an der Beschaffungsmaßnahme vier bis sechs Monate dauern konnte. »Kannst du ihn nicht einfach reparieren?«

»Das ist die Reparatur. Kaputtes Teil raus, heiles Teil rein. Der Motor ist kaputt.«

»Verstehe. Aber ich brauche den Wagen.« Ich verlieh

meiner Stimme einen schärferen Klang. »Und du hilfst mir, das Problem zu lösen, sonst werden es andere tun. Und das wäre nicht gut für dich.«

»Du drohst mir«, stellte er fest.

»Ich erkläre dir nur die Rechtslage«, antwortete ich. »Und die sieht vor, dass du mit Sachen anderer Menschen keine Scheiße bauen darfst, ohne vorher zu fragen.«

»Du drohst mir«, wiederholte er.

»Exakt«, sagte ich.

»Und du hast ein Problem mit mir, weil du keinen Wagen hast?«

»Ja, so kann man es ausdrücken.«

»Okay. Das kriegen wir geregelt«, sagte er und legte auf.

Es dauerte keine zwei Minuten und ich war wieder am Hörer. Diesmal, um mich bei meinem Bruder für meinen spontanen Abgang zu entschuldigen. Unentwegt.

»Manchmal dachte ich, du wärst tot«, sagte er. »Nicht immer, aber manchmal. So, ein- bis zweimal in der Woche.«

»Tut mir leid«, sagte ich mittlerweile zum 50. Mal und überlegte ernsthaft, ob die Tatsache, dass er nicht öfter, wenn nicht sogar täglich, über diese Möglichkeit nachgedacht hatte, richtungweisend für eine schlechte Bruder-Schwester-Beziehung war. Doch ich verbannte diesen Gedanken.

»Warum konntest du nicht wenigstens einmal ein Lebenszeichen von dir geben?«

»Hab ich ja«, log ich. »Ich habe eine Karte geschrieben.«

»Ach ja? Ist nie angekommen.«

»Schade aber auch. War eine echt schöne.«

Er seufzte.

»Sag mal«, fing ich langsam an. »Erinnerst du dich noch an diese Brandstiftung in Bochum-Gerthe? Die Detektei Brülling & Rowohlt?«

»Schwach. Da hat sich die Bochumer Redaktion drauf gestürzt. Hier in Dortmund war es keinen Fünfzeiler wert. Wieso?«

»Ich habe mir überlegt, ob dieser überlebende Typ, Guido Brülling, irgendwann irgendwo wieder aufgetaucht ist.«

»Keine Ahnung. Vielleicht hat er sich ja nach Balatonfüred abgesetzt.«

Gespielt lachte ich auf.

»Was willst du denn mit dem?«

»Nichts weiter«, sagte ich. »War nur neugierig.«

»Nimm es mir nicht übel«, sagte Olaf plötzlich. »Aber hast du im Moment nicht dringendere Brände zu löschen?«

»Ich arbeite dran«, knirschte ich.

»Die DAK in Lünen stellt wieder ein. Die neue Gesundheitsreform scheint bei denen wohl einiges an Arbeit zu hinterlassen.«

»Danke für den Tipp. Ich werde mich dort erkundigen.«

»Wirst du nicht«, giftete er. Womit er natürlich recht hatte.

Samstagmorgen zwischen eins und vier regneten sich die Wolken leer. Zwar schlief ich von halb zwei bis drei, nahm aber nicht an, dass das Wetter in dieser Zeit umgeschlagen hatte. Ein merkwürdiges Surren, das, wie sich herausstellte, alle zwei Stunden für knapp 25 Minuten durch den Flur krebste, weckte in mir die paranoide Vorstellung, jemand könnte sich, dem Geräusch nach zu urteilen, mit einem Vibrator oder einer elektrischen Zahnbürste bewaffnet in meiner Wohnung aufhalten. Doch die Angst löste sich auf, als ich mich in die Küche zwang, um mich mit einem Buttermesser zu bewaffnen – und den Kühlschrank als Störenfried entlarvte. Danach schlief ich bis zehn, das heißt, bis ich von der Matratze geklingelt wurde. In T-Shirt und Pyjamahose öffnete ich die Tür.

Ein Mann mit dunklen, silbern durchzogenen Haaren kam die Treppe hinauf. Er trug eine weiße Leinenhose, wie ich sie von Malern und Lackierern kannte, und einen grauen, grobmaschigen Strickpulli. Schwarzbraune Schmierspuren umkreisten die Knie. Als er meine Etage erreichte, roch es nach Lack und Motoröl.

»Esther«, sagte er.

Ich erkannte seine Stimme. »Ragip.«

Zwei schwarze Fellraupen sanken ihm tiefer ins Gesicht, als seine von Falten umrandeten Mandelaugen begannen, mein Outfit zu durchleuchten. Sein bizarres Grinsen ordnete ich als belustigt ein. Dann streckte er einen Arm aus. Intuitiv tat ich es ihm gleich. Doch anstatt mir zur Begrüßung meine Hand zu schütteln, legte er einen Autoschlüssel hinein. Er war rund, schwarz und flach, das VW-Logo war aus Metall ausgefräst und in der Mitte eingelassen.

»Was ist das?«, fragte ich.

Ragips Fellbrauen hoben sich. »Den kannst du erst einmal fahren. Nimmt auf dem Hof sowieso nur Platz weg.«

»Warum? Will ihn keiner kaufen?« Ein Indiz dafür, dass der Wagen eine rollende Katastrophe oder unfassbar hässlich war.

»Nein. Ist ein Kundenwagen.« Als Ragip sah, wie sich meine Augen aufsperrten, winkte er ab. »Die kommt so schnell nicht wieder.«

»Tot?«

»Abgeschoben.«

Ich biss mir auf die Unterlippe. »Okay.«

Ragip grinste. »Wir sind quitt, oder?«

»Vorerst.«

Er drehte sich um und ging. Ich erwog, ihn nach dem Kennzeichen zu fragen. Doch mein Bauchgefühl sagte mir, dass ich keine Probleme haben würde, den Wagen zu finden.

Eine Viertelstunde später verließ ich, so sauber wie nötig, die Wohnung. Der Himmel war wolkenverhangen, aber es regnete nicht. Der Asphalt war mit Pfützen überzogen, der Geruch feuchter vermooster Steinfugen vermischte sich mit den Düften vorbeirollender Abgase. Ich warf einen Blick zu meiner Rechten auf den Parkstreifen, der aufgrund des Zusammentreffens von Samstag und gutem Wetter lückenlos mit Autos befüllt war. Ein flacher, tannengrüner Wagen stand mit einem Vorderreifen auf dem Bürgersteig. Die Vorderräder waren stark eingeschlagen, das lang gezogene Fließheck ragte in die Hauptstraße hinein. Insgesamt erschien mir der Wagen eilig in das Parklückendrittel gefahren worden zu sein.

Außerdem war mir ein solches Modell in dieser Gegend nie aufgefallen. Und dass es sich um einen Volkswagen handelte, war das dritte sichere Indiz für mich, dass dies mein Leihwagen sein musste.

Ich trat näher heran. Das Fahrzeug war ein VW Scirocco der zweiten Generation. Seine breiten, rechteckigen Rücklichter erinnerten beinahe an den gepimpten De Loren aus ›Zurück in die Zukunft‹. Prollige Reifen, dicker Sportauspuff; vermutlich verchromt, aber bis zur Oberkante verrußt, rundeten das gewollte, aber nicht gekonnte sportliche Bild ab.

Ich drehte den Schlüssel im Schloss der Fahrertür. Sie öffnete sich einsam; keine Zentralverriegelung. Im Innenraum breiteten sich zwei Sportsitze aus, graues Leinen mit schwarzen Längsstreifen aus Velours. Die Standardsicherheitsgurte waren mit roten Schroth-Gurtpolstern aufgehübscht worden, das Armaturenbrett war in Holzoptik gehalten. Im aufgeklappten Aschenbecher war ein kleiner Kaktus eingepflanzt. Er lebte noch. Was den Schluss zuließ, dass die Abschiebung nicht lange her sein konnte oder Ragip ein Interesse daran hatte, den Kaktus am Leben zu erhalten.

Ich ließ mich in den Fahrersitz fallen und klammerte mich am Lenkrad in Holzoptik fest, weil ich das Gefühl hatte, ich würde direkt durch den Unterboden auf die Straße knallen. Ich saß tief, verdammt tief. Ich könnte quasi einen Trinkbecher neben der Ein- und Ausstiegsleiste auf dem Asphalt abstellen und käme sehr gut an ihn heran. Doch die Sicht nach vorn war in Ordnung, die Sitze gemütlich und die Beinfreiheit phänomenal. Ich stellte den Motor an. Der Sound eines halbstarken Motors erklang, der kleine Kaktus bebte. Ich nahm mir die Zeit, mich mit den VW-Gimmicks vertraut zu machen, drehte sämtliche Spiegel zurecht und erkannte, dass die Motorhaube unendlich lang und die Heckscheibe winzig war. Zwar war die hinterste Scheibe des Twingos auch nicht größer, das Heck dafür jedoch wesentlich näher.

Die Kupplung ging nur schwer und ich brauchte ein wenig, um den Rückwärtsgang zu finden. Dann ließ ich die Karre auf die Straße rollen, wechselte in das Vorwärtskommando und drückte auf die Tube.

6.

Mit dem Fuß auf dem Gas nahm ich den Nordring in südöstliche Richtung, um mich querfeldein bis nach Altenbochum durchzuschlagen. Keine fünf Minuten später bog ich in die Wittener Straße ein. Und als ich den Freigrafendamm passierte, flog das mondäne Eingangstor des neoklassizistisch angehauchten Friedhofes an mir vorbei.

Die Bürgersteige im Kreuzkamp waren lückenlos zugeparkt – bis auf eine vier Meter lange Fläche, in die ich mich allerdings nicht hineinzumanövrieren traute. Daher stellte ich den Wagen einige Meter die Straße hinunter in einer privaten Garageneinfahrt mit Warnschild ab. Ich legte den Gang ein, zog die Handbremse an und ließ das Lenkradschloss einrasten, um einen Abschleppdienst so lange wie möglich mit dem Scirocco zu beschäftigen. Dann ging ich zu jenem Haus, in welchem Arthur Brülling seinem Ausweis zufolge gewohnt hatte. Es stellte sich als zweigeschossiges babyblaues Mehrparteienhaus heraus. Ein Seitenweg lud dazu ein, die vorn nicht vorhandene Eingangstür zu suchen. Bereits auf dem Weg dorthin drang lautes Geplapper an mein Ohr und der Duft röchelnder Holzkohle manifestierte sich. An die Rückseite des Hauses angebunden war ein rechteckiger, durch einen Jägerzaun begrenzter Garten. Ein paar Bäume waren über zig Jahre und scheinbar per Zufall auf der Fläche herangewachsen, einige leere Blumenkübel stapelten sich am Gartentor. Der Rasen war äußerst mähbedürftig. Ein blauweiß gestreifter Stoffpavillon mit windschiefer Zeltspitze war im vorderen Bereich aufgebaut. Drei Leute, durcheinander plappernd und an Bierflaschen fingernd, hatten es sich unter ihm bequem gemacht. Um sie herum triefte der Rasen noch vom letzten Schauer, daher trugen sie festes Schuhwerk oder Gummistiefel. Der Holzkohleduft hatte seinen Ursprung in einem rot geziegelten Grill der Marke Eigenbau, ein paar Schritte vom Pavillon entfernt. Ein weiterer Typ, ohne Haare und mit Grillmeisterschürze, hatte sich breitbeinig vor den röstenden Würsten und Fleischstücken aufgebaut. Mit einem Ast stach er in die Kohle. Marinade tropfte in die Glut und ein paar Flammen züngelten. Ein Schirm lag vorsorglich neben ihm auf dem Boden.

Ich stieß das kleine Gartentor auf und ging auf die Sitzgruppe zu. Ein Fladenbrot war angeschnitten, Teller mit Soßenresten besudelt. Die Herrschaften hatten bereits zu Mittag gegessen – immerhin war es erst kurz nach zwölf. Drei Paar verdutzte Augen sahen zu mir hinauf.

»Darf ich mich zu euch setzen?« Die Lehne des Gartenstuhls war nass. Ohne weiter zu fragen, nahm ich eine Stoffserviette, wischte die Sitzfläche trocken und setzte mich, den Lappen noch in der Hand haltend. Am Tisch saßen zwei Frauen und ein Mann, alle in meiner Altersklasse. Jeder von ihnen trug einen Ehering. Daraus schloss ich, dass es sich um zwei Mieterpärchen handeln musste. »Es geht um euren Nachbar, Arthur Brülling.«

»Wissen wir schon«, sagte sofort die Rothaarige unmittelbar zu meiner Linken. Ihr lockiges Haar war mit mikadoartigen Stäbchen zu einem Klumpen zusammengesteckt. In ihrem Mundwinkel klebte ein Krümel vom Fladenbrot. »Herzanfall. Traurige Sache.«

»Woher wisst ihr das?«

»Du bist nicht die Erste, die hier auftaucht«, sagte die

Dame neben ihr, deren schwarzes Haar zu kurz war, als dass es mit irgendwelchen Spangen oder Mikadostäbchen zusammengehalten werden konnte. Ihr schwarzer Lidstrich machte in der äußeren Lidfalte eine Kurve. »Gestern war schon jemand da.«

»Polizei«, rief der Grillmeister herüber.

»Quatsch«, sagte die Dunkle. »Der war nicht von der Polizei.«

»Natürlich war der das!«, protestierte er.

»Der hatte doch gar keinen Polizeiausweis«, sagte sie. »Den hätte er uns sicher gezeigt.«

»Conny-Schätzchen, du hast von Tuten und Blasen keine Ahnung. Bullen zeigen ihren Ausweis nie. Es sei denn, sie wollen jemanden verhaften oder kommen nicht weiter, weil die Leute nicht das Maul aufmachen.« Mister Oberschlau lupfte den Ast aus der Kohle und fuchtelte damit herum. Die Spitze glühte. »Aber das war bei euch Quasselstrippen ja nicht zu befürchten.«

»Und wennschon, Piet!«, schimpfte Conny. »Er war sehr nett. Und weiß der Teufel, ob wir sonst jemals erfahren hätten, was mit dem Arthur passiert ist. Nachbarn sagt man ja nix.«

»Genau. Nachbarn fragt man nur aus. Nach irgendwelchen Tussis, zum Beispiel.« Scheinbar ziellos popelte Piet im Kohlehaufen herum. »Den Vogel habe ich ihm gezeigt. Wollte wissen, ob er dann seinen Ausweis zeigt. Hat er aber nicht.«

Die Rothaarige verdrehte genervt die Augen. Es sah unheimlich anstrengend aus.

»Um welche Tussi geht es denn?«, fragte ich.

»Nun fang du nicht auch noch damit an!«, maulte er. »Wer bist du überhaupt?«

Vier mal vier Augen richteten sich auf mich, einschließlich jener des schweigsamen Typen am hintersten Tischrand. Er hatte schütteres Haar und trug eine randlose Brille mit kreisrunden Gläsern. Ich sah den Leuten reihum ins Gesicht. Sie erschienen mir sehr nett, wenn auch ein wenig uneins. Deswegen versuchte ich es ausnahmsweise mal mit der Wahrheit. »Ich bin Esther Roloff. Ich wohne in Bochum-Hamme. Euren Nachbarn habe ich gestern erst kennengelernt, aber da war er leider nicht mehr am Leben. Er starb vor meiner Wohnungstür.«

»Ach Gottchen«, sagte Conny. »Ich hoffe, du hast versucht, ihn wiederzubeleben.«

»Der Notarzt konnte nichts mehr für ihn tun.«

»Ja, so weit waren wir auch schon«, sagte die Rothaarige mit den Stäbchen und zog eine Zigarettenschachtel aus ihrer Hose. Mit einem gekonnten Griff öffnete sie die Packung, nahm sich eine Filterlose heraus und bot mir eine an. Ich lehnte dankend ab. »Und jetzt? Ist das irgend so ein Seelending, das du hier abziehst? Hast du irgendwelche Nachrichten aus dem Jenseits empfangen und machst dich nun auf die Suche nach dem unendlichen Weiß?« Sie schob sich die Fluppe zwischen die Lippen und nahm das Feuerzeug aus der Packung. Eine Mordsflamme loderte heraus und ein Drittel des Zigarettenpapiers verglühte sofort. Das zweite Drittel ging während ihres ersten Zuges drauf. Ich wartete darauf, dass ihr der Qualm aus den Ohren herauskam, aber es passierte nichts. Sie wollte einfach nicht ausatmen.

Conny reagierte. »Die ganze Sache hat Bärbel ziemlich gestresst«, erklärte sie. Dann hob sie ihren Arm, nahm etwas Schwung und versetzte Bärbel einen Hieb zwischen die Schulterblätter, sodass der inhalierte Qualm aus ihrem

Mund stob. »Ihre Großtante ist ein paar Tage vor Arthur verstorben. Bauchspeicheldrüsenkrebs. Wie der Swayze.« Sie begann zu flüstern, was aber nicht half, da Bärbel zwischen ihr und mir saß. »Seitdem hört sie Stimmen und der Fernseher geht ständig aus, sagt sie.«

Bärbels Blick schien in andere Dimensionen zu reisen und ich tat so, als hätte ich nichts gehört. »Arthur ist nicht zufällig unter meiner Türklingel gestorben. Er hatte einen Zettel bei sich, auf dem meine Adresse stand. Ich möchte wissen, warum er nach mir gesucht hat.«

»Ich glaube nicht, dass wir dir helfen können, Kleines«, sagte Conny mit einer ölig-sanften Stimme und schürzte entschuldigend die Lippen. Ich mochte es, dass sie mich Kleines nannte. Zumal sie meiner Einschätzung nach einen ganzen Kopf kleiner sein musste als ich. »So gut kannten wir den Arthur nun auch wieder nicht.«

»Und was hat es mit dieser Tussi auf sich?«, fragte ich noch einmal.

Sie schüttelte den Kopf. »Es gab nie eine Tussi. Weder jetzt noch früher. Arthur war geschieden. Und die Scheidung schien ihm den Rest gegeben zu haben. Ich habe keine Ahnung, warum dieser Mann nach einer Tussi gefragt hat.«

Aus den Augenwinkeln sah ich Piet, wie er entnervt den Kopf schüttelte.

»Wie lange ist seine Scheidung her?« Ich flüsterte beinahe.

»Weiß nicht. Muss aber schon ewig her sein. Immerhin wohnte er seit über sechs Jahren hier. Allein. Seine Ex lebt irgendwo in Düsseldorf.«

»Irgendwelche Kinder?«

Conny, Bärbel und der stille Typ zuckten synchron mit

den Schultern. Ich nickte und ersparte mir weitere intime Fragen. Nicht nur, weil Piets Laune ins Bodenlose zu sinken schien. Ich glaubte ohnehin nicht, dass ich noch mehr erfuhr. Ich stand auf. Doch ich wollte ganz sicher sein. Daher fragte ich: »Eine Sache noch. Dieser Typ, der euch gelöchert hat – wie sah er aus?«

Conny ratterte eine Allerweltsbeschreibung herunter: Braune Haare, braune Augen, mittelgroß, normale Statur, zwischen 30 und 50.

»Er kam mit einem Ford Focus«, sagte schließlich Konstantin. »Einem weißen.«

»Danke«, sagte ich, penibel darauf bedacht, mir nicht anmerken zu lassen, dass dies genau die Antwort war, auf die ich gewartet hatte.

Eigentlich war es erst spät am Mittag, doch es fühlte sich wie Abend an, als ich zu Hause eintrudelte. Graue, fast fluffig wirkende Wolken kauerten sich dicht aneinander und schienen der Sonne gehörig auf die Nerven gehen zu wollen.

Glücklicherweise tat sich ein langer, freier Parkstreifen direkt vor dem Mietshaus auf und ich nahm ordentlich Anlauf, um den flachen Schlitten vor der Tür zu parken. Mühsam hievte ich mich heraus. Eine kalte Brise wehte mir um die Ohren und ich zog meinen Kopf ein, um mich bis zu den Ohrläppchen unter dem Wollkragen zu verstecken. Ich hastete zum Haus. Prompt schwang zu meiner Rechten die Tür zum ›Adolfo's‹ auf und eine warme, nach Tomaten und Oregano duftende Wolke schlug mir entgegen. Ich schrak zurück, als eine Person aus der Tür trat. Sie blieb unmittelbar vor mir stehen. Ich erkannte das Gesicht sofort. Meine Wangen wurden heiß, doch ich wollte mir nicht die Blöße geben, verlegen zu Boden zu sehen, sondern starrte ihm direkt in die Augen. »Was machst du denn hier?«

»Ich habe auf dich gewartet.« Seine haselnussbraunen Augen starrten zurück, offenbar unentschlossen, ob sie lächeln wollten.

»Wie lange schon?«

Er schüttelte den Ärmel seiner braunen Wildlederjacke und sah auf seine Armbanduhr. »So ungefähr zweieinhalb Monate.«

Ich verdrehte die Augen. »Und woher weißt du, dass ich wieder zu Hause bin?«

»Ich bin Polizist«, sagte er nur und schien diese Erklärung nicht weiter erläutern zu wollen.

»Hat es dir Ansmann etwa gesteckt?« Ich biss mir auf die Zunge, aber da war es bereits zu spät.

Prompt hob er eine Augenbraue. »Ach. Der war also schon hier?«

Mist. Mist. Mist.

»Ja, klar. Er ist ja Polizist«, gab ich ihm seinen blöden Kommentar zurück.

Er fand es nicht lustig. »Und was wollte er hier?«

»Ich wüsste nicht, was dich das angeht. Und überhaupt: Wieso ist dir das jetzt plötzlich so wichtig? Ich dachte, du wärst meinetwegen hier, aber da habe ich mich wohl geirrt.«

Meine Enttäuschung zeigte Wirkung. Erschrocken griff seine Hand nach meiner Schulter. »Das bin ich.« Dann ließ er sie wieder fallen. »Warum hast du nicht angerufen?«

»Warum sollte ich? Schließlich ist es aus zwischen uns.« Eilig sortierte ich den Schlüsselbund in meiner Faust und machte einen Schritt vorwärts. Die wehende Kälte des

Herbstes umrahmte mich und wurde nur von Schalkes Körper durchschnitten, als er mir folgte.

»Das war nicht meine Entscheidung«, sagte er.

»Aber es war deine Entscheidung, zu deiner Exfrau zurückzukriechen!« Ich schob den Schlüssel in das Haustürschloss und drehte ihn derart hastig, dass ich ein paar Anläufe brauchte, ehe der Mechanismus reagierte. Schließlich flog die Tür auf und eine Duftwand aus Essig und Seife schlug mir gegen die Nase. Fraglos wollte sich da jemand sämtlicher herumlungernder Leichenviren entledigen.

Schalke folgte mir auf dem Fuße. Ihm schien die Putzmittelattacke nichts auszumachen. »Woher weißt du das mit Britta?«

Britta. Klang nach einem Kaffeefilter. »Ich weiß es eben«, sagte ich und nahm die ersten Stufen.

»Verdammt, Esther. *Du* bist untergetaucht, verschwunden. Du hast dich nicht einmal von mir verabschiedet. Von einem Tag auf den anderen warst du einfach weg!« Er machte eine Pause. »Ich hatte nicht einmal Gelegenheit, es wieder gutzumachen.«

Ein paar Kaninchen schienen über meine Magenwände zu galoppieren. »Es ist egal. Es ist zu spät.« Ich schaffte die letzten Stufen, ohne in beschämendes Keuchen auszubrechen. Vor meiner Wohnungstür schien sich das Epizentrum der Essigmischung zu befinden und mir wurde übel.

Schalke schien es mir anzusehen. Von dem Gestank war er völlig unbeeindruckt. »Geht es dir gut?«

»Ich habe noch nichts gegessen«, gab ich zu. Er lächelte vorsichtig und ich schimpfte über meinen Puls, der prompt ein paar weitere Takte über normal schlug.

»Dann lass uns doch unten etwas essen«, schlug er vor. Seine Züge wurden weicher. »Ich würde gerne ein paar Dinge wissen.«

Da fiel mir etwas ein. »Ja, ich auch.«

»Ach ja?« Seine Augen erhellten sich. »Was denn?«

»Sind Polizisten in freier Wildbahn eigentlich dazu verpflichtet, jedem Befragten ihren Ausweis zu zeigen?«

»Was zum Teufel soll denn nun wieder diese Frage?«

»Ich hatte vorhin ein kleines Streitgespräch.«

»Mit wem?«

»Ist das wichtig?«

»Nein.« Mit dem Zeigefinger berührte er meinen Handrücken und schenkte mir ein beseeltes Lächeln. »Gehen wir runter und essen was. Dann beantworte ich deine Frage.«

»In Ordnung«, sagte ich. »Die anderen Fragen auch?«

»Welche anderen Fragen denn?« Langsam wich das Lächeln aus seinem Gesicht. Schließlich schien der Groschen gefallen zu sein. »Falls du auf den Casino-Fall zur sprechen kommen willst: Er ist noch nicht abgeschlossen«, sagte er schnell. »Und über den Stand der Ermittlungen kann und werde ich dir nichts erzählen. Das ist Verschlusssache.«

Langsam begann es bei mir zu brodeln und mir schien, als würden hie und da ein paar Äderchen in meinen Augen platzen. Ich blinzelte. »Ich erinnere dich nur ungern daran, aber ich war Beteiligter während der Ermittlungen. Ich habe mit Ansmann *zusammengearbeitet*.« Das letzte Wort betonte ich durch etwas mehr Lautstärke.

»Er hat dich als Zeugin *vorgeladen*«, sagte er und betonte das Schlusswort ähnlich intensiv.

Ich stampfte auf den Boden. »Und hättet ihr den Kerl

geschnappt, wäre ich als Nebenklägerin vor Gericht aufgetreten. Als Geschädigte. Wegen versuchten Mordes!«

Seicht schüttelte er den Kopf. »Er hat dir gezielt ins Bein geschossen, Süße. Das ist kein versuchter Mord.«

»Nenn mich nicht Süße!«, brüllte ich. »Und sag mir nicht, was versuchter Mord ist und was nicht!« Verdrängte Bilder von einer Waffe rollten mir über die Linsen und der faulig-feuchte Schweißgeruch jenes Holländers stieg mir in die Nase, der mich in seinen Karren verladen und wegbringen wollte, um mir irgendwann, irgendwo eine Kugel durch den Kopf zu jagen.

»Tut mir leid«, sagte Schalke leise. »Aber so sind die Spielregeln. Es steht Aussage gegen Aussage. Und es gab keine Zeugen.«

Ich wollte ihm widersprechen, schwieg jedoch. Stattdessen kehrte ich ihm den Rücken zu und bohrte den Wohnungsschlüssel in den Schließzylinder. »Danke, dass du nach mir gesehen hast«, sagte ich. Dann stieß ich die Tür auf.

Aus den Augenwinkeln sah ich Schalkowski den Kopf senken. Er scharrte mit einem Fuß über die Fußmatte. »Also. Die Vorschriften darüber, unter welchen Umständen Polizisten ihren Ausweis zeigen müssen, sind in den Bundesländern unterschiedlich geregelt. Hier in Nordrhein-Westfalen müssen sich Zivilbeamte bei Kontakt unaufgefordert ausweisen. Das gilt natürlich nicht, wenn der Beamte sich mitten in einer verdeckten Ermittlung oder einer ähnlich brisanten Situation befindet. Ich hoffe, das hilft dir weiter.«

»Danke«, sagte ich und lächelte.

Schalkowski nickte. Dann wandte er sich um, während ich in meiner Wohnung verschwand. Mit dem Rücken drückte ich die Tür hinter mir zu, ohne auf eine Reaktion wie ein »Ruf mich an!« zu warten. Stattdessen verharrte ich und schwieg in der Hoffnung, er würde sich regen, klingeln oder protestierend gegen die Tür hämmern. Doch Schalke tat nichts davon. Im Gegenteil. Alles, was ich hörte, war das Knarzen seiner Schuhe, als sie mit ihm die Treppe hinuntergingen.

Eine sehr lange Zeit blieb ich an die Tür gelehnt stehen. Es fühlte sich wie Stunden an, tatsächlich dauerte es keine fünf Minuten, bis ich mich ins Wohnzimmer verfrachtete. Ich ließ mich auf meinem Sofa nieder, parkte die Füße auf dem Tisch und warf den Fernseher an. Auf RTL Crime wurde gerade eine Leiche in einem anthrazitfarbenen Sack abtransportiert. Es war Nacht, es regnete und es geschah in einem Park. Die Blaulichter der geschätzt 30 Polizeiwagen spiegelten sich in den sich auf der Folie perlenden Regentropfen. Eine dauergewellte Blondine weinte, ihr Make-up verschmierte aber nicht. Ein Zivilbulle mit Krawatte und Manschettenknöpfen verteilte Anweisungen an drei uniformierte Kollegen, deren Hauptfunktion darin zu bestehen schien, den Tatort bis zur Unbrauchbarkeit zu zertrampeln. Ein weiß gekleideter Rechtsmediziner trat vor die Kamera und hob eine gefrierbeutelartige Tüte ins Bild, in dem sich ein Dolch befand. »Die Tatwaffe«, sagte er. »Steckte in der rechten Herzkammer.«

Angewidert verdrehte ich die Augen, schaltete um und fragte mich, wie viele Kriminalbeamte zu Hause wohl schon wegen der Schlampigkeit mancher TV-Pendants aus Frust randaliert hatten. Ein Pärchen knutschte auf Sat.1, mit Amy Grants 90er-Hit ›Baby, Baby‹ als Stimmungsmacher im Hintergrund.

Ich konnte mich nicht so recht darauf konzentrieren.

Edgar Ansmann war auf einem privaten Ermittlungstrip. Er hat Arthurs Nachbarn einen Besuch abgestattet und sie befragt, ohne sich als Bullen auszuweisen. Und mir war klar, dass er bald versuchen würde, mit Brüllings Exfrau in Düsseldorf Kontakt aufzunehmen. Es war der nächste logische Schritt, dicht gefolgt von einem Abstecher zu Brüllings Weltladen in Bochum. Ich überlegte angestrengt, ob mich diese Schlussfolgerung in meinem Vorhaben beeinflusste herauszufinden, was Brülling vor meiner Wohnung zu suchen hatte. Zugegebenermaßen war ich nicht begeistert davon, dass auf der Suche nach einer Antwort einige Berührungspunkte mit Ansmann zu erwarten waren. Ich wollte ihm nicht über den Weg laufen. Und die Tatsache, dass er mit seinen Recherchen in dieselben Wespennester stach, machte die Aufgabe nicht einfacher. Im Gegenteil. Nichts ist unergiebiger, als an zweiter Stelle die gleichen Fragen zu stellen.

Ich musste allerdings zugeben, dass ich außerordentlich neugierig war. Zwischen Brülling und Ansmann bestand definitiv eine Verbindung. War sie freundschaftlich? War sie beruflicher Natur? Und wie passte das unbekannte Mädchen auf dem Foto da rein? Angestrengt rieb ich mir die Stirn. Ansmann hatte sich bei Brüllings Nachbarn nach einer Frau erkundigt. Und zwar als *Privat*mann. Mein erster Verdacht war, dass er Erkundigungen über mich anstellte. Es konnte aber genauso gut sein, dass es sich bei der gesuchten Frau eben um das Mädchen von dem Foto handelte. Für mich war es augenblicklich alterslos – die Art der Aufnahme, in einer Bluse vor weißem Hintergrund, ohne Schmuck oder Tamtam, ließ keine Spekulationen über das Aufnahmedatum zu. Das Motiv könnte heute zwölf, zwanzig oder mittlerweile in Brüllings Alter sein.

Eine gemeinsame Bekannte?

Ich spannte ein paar Fäden im Kopf, doch das bimmelnde Telefon zerriss mein Netz und ich stand auf, um das Bedienteil von der Ladestation zu holen.

»Tach auch«, sagte ich in den Hörer.

»Wann hattest du vor, uns mitzuteilen, dass du wieder zu Hause bist?«, meckerte mein Vater.

»Gerade eben«, sagte ich. »Ich war quasi auf dem Weg zum Hörer, als es schon klingelte.«

Er schien darüber nachzudenken. »Willst du morgen zum Essen kommen? Deine Mutter will die Pute von letztem Weihnachten auftauen.«

Ich atmete tief durch. »Ich versuche es. Ich habe einige Dinge zu erledigen.«

»Morgen ist Sonntag«, sagte Paps. »Das Einzige, was man sonntags zu erledigen hat, ist im Garten zu werkeln oder bei seinen Eltern zum Essen aufzutauchen. Und du hast keinen Garten.«

Ich pflichtete ihm weitestgehend bei, schwenkte dann zum ungarischen Wetter und prognostizierte schließlich eine Wahrscheinlichkeit von über 50 Prozent, dass ich zum Essen erscheinen würde. Mehr als 40 Prozent Luft also, um morgen nicht dort aufzutauchen, sondern nach Düsseldorf zu fahren.

7.

Der Scirocco maulte, als ich seinen Motor am Sonntag gegen elf Uhr aufdrehte. Ich war in einen grobmaschigen weißen Strickpullover eingewickelt. Seine Fasern pappten am Klett des roten Schroth-Gurtpolsters und ein Kaktusstachel verfing sich in meinem Ärmel, als ich den ersten Gang einlegte. Die Frontscheibe war von innen beschlagen und ich kurbelte an dem Heizungsregler herum, um Motorenwärme gegen das Glas zu pusten. Währenddessen steuerte ich den Wagen auf die Dorstener Straße in Richtung Ruhrschnellweg. Der Auspuff schlackerte, der Kaktus zitterte. Im dritten Gang fing ich mir ein paar weitere Stacheln ein und ich zog den Ärmel bis über meine Fingerknöchel.

Auf Höhe Gelsenkirchen-Süd erfreute ich mich an dem Anblick zweier Sonnenstrahlen, die wagemutig durch die dicke, ins Weißliche wechselnde Wolkendecke stachen. Kurz darauf kam der Verkehr für einen Augenblick zum Erliegen, als sich ein Escort-Fahrer erbarmte, einen am Ende des Beschleunigungsstreifens zum Stehen gekommenen Sonntagsfahrer auf die Autobahn zu lassen. Ich ruderte auf die A 52 herunter. Auf der Fahrt über die Ruhrbrücke erschloss sich mir das hügelige grüne Ruhrtal, dessen Grund ich aus dem Auto nicht sehen konnte, und mir wurde ein wenig flau im Magen. Als ich mich dem Kreuz Breitscheid näherte, blätterte ich noch einmal durch meine Wegbeschreibung aus dem Internet. Ilona Brülling lebte in Düsseldorf-Benrath. Es war der einzige Eintrag unter dem Namen ›Brülling‹ in Düsseldorf gewesen und ich hatte frohen Mutes die Wohnung verlassen, dass sie demnach die Exfrau von Arthur Brülling sein musste. Etwaige Einwände, dass sie mittlerweile ihren Mädchennamen wieder angenommen haben könnte, ließ ich nicht gelten.

Ich wechselte noch einige Male die Autobahn. Von der A 52 ging es auf die A 3, dann kurz auf die A 46 und zu guter Letzt auf die A 59.

Düsseldorf war ein unerforschtes Fleckchen für mich. Im Kopf hatte ich Bilder eines ziemlich breiten Rheines mit einer ausladend grünen Rheinwiese und einem Funkturm darauf, der die Touristen mit seinen kryptisch blinkenden Lämpchen, die angeblich Jahr, Tag und Uhrzeit zeigen sollten, zum Grübeln brachte. Doch nichts dergleichen erwartete mich, als ich in Benrath aufschlug. Stattdessen streifte ich Grünstreifen mit neuen wie mittelalterlichen Villen und ein in rosa Farbe gehülltes Schloss mit grauen, von Engelsskulpturen geschmückten Giebeln sowie einem den Komplex umgebenden Kanalsystem. Jogger hüpften auf den hellen Schotterwegen, Bäume wuchsen die Bürgersteige voll.

Ich verließ die Benrather Schlossallee und bog in eine Sackgasse ein. Bereits am dritten Haus konnte ich nach einem Parkplatz Ausschau halten, was sich zur Abwechslung mal als nicht besonders schwierig erwies. Ilona Brüllings Bleibe gehörte zum linken Ende einer Dreihäuserreihe, weiß verputzt und von hohen schmalen Fenstern durchsetzt. Der mit winzigen, kleinen und riesengroßen Kieseln dekorierte Vorgarten war wohl architektonisches Trendsetting für Kenneraugen, mir entlockte der Anblick jedoch kaum mehr als ein Mundwinkelzucken – ganz im Unterschied zur pedantisch angelegten Gartenanlage hinter dem Haus, die mein Detektivauge entlang der Mauerseite abfotografierte und kartografierte: Großer Garten. Reiche Frau.

Ich ging die beiden Stufen hinauf, drückte auf die schlichte, runde, filigran klimpernde Klingel und wartete gespannt.

Mit einem Gardemaß von 1,75, einer Wespentaille und einer Oberweite in Körbchengröße A öffnete mir Ilona Brülling die Wohnungstür. Ihr Gesicht hatte balkanische Züge: hohe Stirn, kleine Nase, rund zulaufendes Kinn. Ihr dunkelblondes Haar war hochgesteckt, die Haarspitzen ragten pinselartig über ihren Hinterkopf. Ihre braunen Augen waren durch golden schimmernden Lidschatten betont. Sie guckten nicht freundlich drein.

»Guten Morgen, Frau Brülling«, versuchte ich es äußerst nett. »Mein Name ist Esther Roloff.«

»Ich weiß, wer Sie sind«, sagte sie sofort.

Ich war nicht überrascht. Und trotzdem ärgerte es mich. »Ich hoffe, Herr Ansmann hat nur Gutes über mich berichtet.«

Für einen kurzen Augenblick entglitten ihr die selbstsicheren Züge. »Er hat zumindest nichts Gegenteiliges erzählt.« Sie trug schwarze Hosen und einen dünnen schwarzen Rollkragenpullover. Trauerkleidung.

»Ich bin nicht gut darin, fremden Menschen zu kondolieren«, gab ich zu. »Mein Beileid.«

»Schon gut.« Sie nickte schwach. »Woher kennen Sie Arthur?«

»Ich kannte ihn nicht«, sagte ich sofort. »Ich hatte nicht mehr die Gelegenheit, ihn kennenzulernen.«

Sie wirkte überrascht.

»Ich weiß, dass Ansmann da andere Ansichten vertritt«, fügte ich hinzu.

»Und warum sind Sie hergekommen? Sie haben den langen Weg sicher nicht auf sich genommen, nur um mir Ihr Beileid für einen Fremden auszusprechen.«

Also wusste sie nicht nur, wer ich war, sondern auch, wo ich lebte. »Was hat Ansmann Ihnen noch über mich erzählt?«, stocherte ich.

»Er hat nach Ihnen gefragt«, sagte sie. Dann wurde ihre Stimmt schärfer. »Und nun tauchen Sie hier auf und fragen mich über ihn aus.« Sie schüttelte den Kopf. »Sie zwei sollten mal dringend miteinander sprechen.«

»Ist in Planung. Ich erwarte seine Vorladung.«

»Sie können ihn nicht leiden, oder?«

»Wir hatten einen holprigen Start«, sagte ich. »Was ist mit Ihnen?«

Sie lehnte sich gegen den Türrahmen. »Edgar war bereits vorgestern Mittag hier, um mich über Arthurs Herzanfall zu informieren. Er wollte nicht, dass irgendwelche fremden Kollegen hier auftauchen. Er wollte es selbst machen. Die beiden waren befreundet.«

Ich dachte an die Google-Treffer in Bochum. »War Ihr Exmann auch Polizist?«

»Nein.«

Ich trat näher an sie heran. Sie duftete nach Frühling. »Können wir uns nicht drinnen unterhalten?«

Ihre Augen verkleinerten sich zu Schlitzen. »Warum sollten wir das tun?«

»Ich habe Arthur gefunden.« Ich sagte es ihr in der Annahme, Ansmann hätte sie über diesen Umstand aufgeklärt. An ihrer Reaktion erkannte ich allerdings, dass dies nicht der Fall war. »Zu diesem Zeitpunkt war er allerdings nicht mehr am Leben. Es tut mir leid, doch ich konnte nichts mehr für ihn tun.«

Tränen stiegen ihr in den Augen und meine Hände wurden schweißnass. Weinende Menschen verursachten bei mir ein nervöses Unbehagen.

Mit ihrem Hinterteil schob sie die Tür weg. »Kommen Sie.«

Dann trat ich ein.

Im Flur duftete es nach Zitronengras. Die Wände entlang des hellen Laminatbodens waren reinweiß verputzt, keine Tapeten. In einer kleinen Einbuchtung war eine Garderobe untergebracht, in der ausschließlich weibliche Kleidungsstücke aufbewahrt wurden: Sandaletten, Pumps, Strickjäckchen. Zwangsläufig kam mir der Gedanke, ob Ilona ähnlich wie Arthur dem anderen Geschlecht eine Zeit lang überdrüssig geworden war. Wir durchquerten den L-förmigen Flur und endeten rechtsherum in einem kleinen Wohnzimmer. Das rote Ecksofa war kaum verwohnt, der Bezug roch nagelneu. Das Polster war nicht sonderlich bequem. Ein Sideboard war mit allerlei Gläsern bespickt, obenauf standen haufenweise Fotos in Bilderrahmen mit Aufstellern. Die Heizung unter den Fenstern rauschte.

»Ich muss zugeben, Sie haben mich überrascht.« Sie setzte sich neben mich. Ihr hochgesteckter Haarschopf wippte. »Edgar erzählte mir nur, Arthur sei draußen gefunden worden.« Das Wort ›draußen‹ unterlegte sie mit einem langen Doppelvokal. »Aber dass *Sie* ihn gefunden haben, hat er mir nicht gesagt.« Sie wiegelte ab. »Das erklärt allerdings, warum er nach Ihnen gefragt hat.«

»Er hofft, eine Verbindung zwischen mir und Ihrem Exmann zu finden«, erklärte ich.

»Wozu?«

Ich sah sie lange an. Was sollte ich ihr schon sagen?

Dass Arthur nicht der erste Brülling war, der mein Leben durcheinandergebracht hat? Dass Leute, mit denen ich beruflich zu tun hatte, häufig eines nicht natürlichen Todes starben? Und dass Ansmann möglicherweise nicht akzeptieren wollte, dass Arthur eines natürlichen Todes gestorben war? Vorsichtig beugte ich mich vor. »Darf ich fragen, was genau Edgar Ansmann Ihnen über mich erzählt hat?«

Sie sah an mir herunter und betrachtete für eine Weile meine abgelaufenen, vom Wetter angefressenen Turnschuhe. »Sie sind Privatdetektivin. Arthur hat Sie engagiert. – Hatte«, berichtigte sie.

»Arthur und ich haben kein Wort miteinander gewechselt. Es hat nie einen Auftrag gegeben.«

»Und was wollen Sie dann von mir?«

»Ich schließe nicht aus, dass Ihr Exmann mich engagieren wollte. Und ich möchte wissen, warum.«

»Wozu? Arthur ist tot.« Sie sagte es, als sei ich begriffsstutzig. »Was er wollte, ist nicht mehr wichtig. Und selbst wenn: Wir sind geschiedene Leute. Seine Angelegenheiten gehen mich schon lange nichts mehr an.« Sie versuchte zu lächeln. »Sie sollten die Sache auf sich beruhen lassen.«

»Das kann ich nicht.« Ich zögerte. »Ich hatte bereits mit einem anderen Brülling zu tun. Guido Brülling von der Privatdetektei Brülling & Rowohlt. Kennen Sie ihn?«

Sie nickte. »Das ist Arthurs Bruder.«

Ich hob die Brauen. Da lag also die Verbindung.

»Wissen Sie etwa, wo er gerade steckt?«, fragte sie sofort. Sie schien ein wenig aufgeregt.

»Ich hatte gehofft, Sie würden es mir sagen.«

»Nein.«

Gemeinschaftliches Seufzen.

Ich war enttäuscht. Zwar verlief die Unterhaltung weniger zäh, als ich es befürchtet hatte. Aber sie war auch nicht besonders ergiebig. Was vor allem daran lag, dass Ansmann Ilona Brülling nichts Konkretes über die Todesumstände ihres Exmannes erzählt hatte. Zwangsläufig stellte sich mir die Frage nach dem Warum. Zwar würde ich eine Angehörige auch nicht mit irgendwelchen Details über die Todesumstände behelligen. Doch würde mich jemand über eine Frau, noch dazu eine Privatdetektivin, befragen, die als letzte Person meinen verstorbenen Exmann gesehen haben soll, wäre ich neugierig geworden. Ich hätte nachgefragt. Und würde die Sache – anders als sie – *nicht* auf sich beruhen lassen.

Und wenn Ansmann ihr einfach keine Antworten hatte geben wollen?

Spontan fielen mir hierfür gleich drei Gründe ein. Erstens: Arthur und Ilona waren geschieden. Gut möglich, dass es Gesetze gab, die die Weitergabe ›intimerer‹ Informationen an eine Exfrau verbaten. Zweitens: Ansmann kam, wie im Falle von Arthurs Nachbarn, als Privatperson und war an keine Vorschriften gebunden, außer vielleicht nicht zu viel auszuplaudern, wovon er offensichtlich auch Gebrauch gemacht hatte. Drittens: Arthurs Todesursache war noch nicht hinreichend geklärt und Informationen wurden aus ermittlungstaktischen Gründen zurückgehalten.

Ich wollte den Gedanken später weiterstricken, legte ihn im Langzeitgedächtnis ab und sah zur Seite. Ich zeigte auf das Sideboard. »Gestatten Sie?«

Sie nickte und ich stand auf, um die Fotoreihe auf dem Schrank zu betrachten. Ich fand Bilder von Ilona und Arthur aus glücklicheren Zeiten, offenbar auf Urlaubsreise in Afrika. Arthur trug einen Strohhut, Ilonas khakifarbenes Tanktop legte ein flaches, braun gebranntes Dekolleté frei. Beide grinsten ausgelassen vor einem für Afrika typischen Steppengebiet. Auf einem anderen Foto hielt Ilona Brülling ein junges blondes Mädchen im Arm. Die langen Haare des Kindes wehten ihr um die Nase. Sie lächelten beide. Im Mund des Mädchens funkelte eine Zahnspange.

Mein Puls beschleunigte sich. Ich zog das Foto, welches ich aus Arthurs Brieftasche stibitzt hatte, aus der Hosentasche und zeigte es der Witwe.

»Kennen Sie dieses Mädchen?« Ich hielt es für eine rein rhetorische Frage.

Sie sah es sich lange an. »Nein.«

Verdutzt wies ich in Richtung Sideboard. »Bei allem Respekt, Frau Brülling. Aber ich denke, Sie kennen sie.«

»Na und? Das beweist gar nichts.« Ihre Augen blitzten und meine Gesichtszüge schienen sich verflüssigen zu wollen. Was hatte sie da gerade gesagt?

»Ich will auch gar nichts *beweisen.*« Ich hielt ihr das Bild immer noch hin. »Aber Arthur trug dieses Foto bei sich.« Kaum hatte ich das gesagt, bereute ich es bereits. Doch Frau Brülling verschwendete keine Zeit damit, mir vorzuhalten, wie ich dazu käme, die Klamotten ihres toten Mannes zu durchsuchen. Im Gegenteil: Sie stand auf und stierte mir hypnotisch in die Augen.

Plötzlich zog sie mir das Bild aus der Hand. Sie neigte den Kopf und bedachte mich mit einem eisigen Blick, der selbst einen Löwen in die Flucht geschlagen hätte. »Sie sollten jetzt gehen. Und ich warne Sie: Ich werde kein zweites Mal darum bitten.«

Das saß. Wortlos und mit einem kaum merklichen Nicken trat ich den Rückzug an. Ich schlich wie eine alte

Frau. Ich wollte nicht unverrichteter Dinge gehen. An der offenen Tür wandte ich mich noch einmal um. »Ich bitte Sie: Sagen Sie mir wenigstens, wer sie ist. Dann schwöre ich, lasse ich Sie in Ruhe.«

Ein Versprechen, das ich noch bitter bereuen würde.

Sie überlegte lange. Schließlich reagierte sie: »Ihr Name war Theresa. Unsere Tochter. Aber Sie brauchen nicht nach ihr zu suchen. Sie ist tot.«

Ein schwacher Regen glitt wie Spinnenfäden den Himmel hinunter. Die Erde unter dem Gras im Vorgarten sog die Feuchte auf und verströmte den Duft von Friedhof. Die Wagen gut betuchter Leute fegten an mir vorbei und spritzten den Scirocco nass, wann immer sie die Pfütze zwischen Bürgersteigkante und Straße streiften.

Ich war wie betäubt.

Arthur Brülling hatte eine Tochter.

Eine tote Tochter.

Ein ungutes Gefühl spülte bei dem Gedanken an das abrupte Ende der Unterhaltung durch meine Eingeweide. Welche Wunde hatte ich da bloß aufgerissen? War das Mädchen erst kürzlich gestorben? War Arthur Brülling vielleicht mitverantwortlich für ihren Tod? Dies würde Ilona Brüllings rasante Art erklären, meinen Versuch, eine Verbindung zwischen Arthur und Theresa zu stricken, im Keim zu ersticken. Und es wäre ein mögliches Motiv, einen Detektiv aufzusuchen. Sprich: Arthur fühlte sich unschuldig am Tod des Mädchens und brauchte Beweise, um seine Weste reinzuwaschen.

Und da waren sie wieder, die *Beweise*.

Was zum Teufel hatte Ilona Brülling nur damit gemeint?

Ich öffnete die Autotür und ließ mich in den tiefen Fahrersitz fallen. Prompt zitterte das Handy in meiner Arschtasche. Es war eine Textnachricht von Metin. Der Vermieter des Ladenlokals würde morgen früh um neun bei ihm zu Hause aufschlagen und ich wäre dringlich dazu angehalten, meinen ›gottverdammten, schmierigen und erpresserischen Arsch‹ ebenfalls dorthin zu bewegen.

Klang ganz danach, als würde sich Metin auf den Deal einlassen.

Ich warf das Telefon auf den Beifahrersitz, drehte den Zündschlüssel um und steuerte den Scirocco in Richtung Autobahn. Auf der Lichtgeschwindigkeitsspur der A 59 kreisten meine Gedanken um die kleine blonde Theresa einige Zentimeter unter dem Glasdach und schienen Kerben in die Scheibe zu schneiden. Dann begann mein Telefon den Beifahrersitz zu massieren und wollte gar nicht mehr aufhören. Ich sah auf das Display. Eine unterdrückte Nummer.

»Ilona Brülling hat mich gerade angerufen. Sie war völlig außer sich.«

Ich verdrehte die Augen. »Ich habe nichts Verwerfliches getan oder gesagt. Sie hat mich einfach rausgeworfen.«

»Was wollten Sie von ihr?«, fragte er.

»Das Gleiche könnte ich Sie fragen.« Ich machte eine Pause. »Sie und Arthur Brülling kannten sich von früher.«

»Flüchtig«, gab Ansmann zu.

»Sie sagte, Sie seien eng befreundet gewesen.«

»Nein. Nicht mit ihm.« Zu meiner Überraschung schien sein Blutdruck diesmal nicht in astronomische Höhen zu schießen. »Wie sieht's aus? Sind Sie mittlerweile bereit zu reden?«

»Wollten Sie mich nicht vorladen?«, fragte ich.

»Nein.« Er flüsterte fast. »Keine Vorladung.«

Mit einer Hand drehte ich am Lenkrad und wechselte auf die A 46. Einige hundert Meter weiter entwickelte sich der Verkehr zu einem zähen Brei aus Bremslichtern und Rückleuchten. Wasser wurde aufgewirbelt und hing wie dichter Nebel über der Straße. Ein paar Steinwürfe voraus schleppte sich ein Streifenwagen über den Fahrstreifen. Langsam ließ ich das Handy los und von meinem Ohr in den Schoß hinunterplumpsen.

Irgendetwas war anders. Und ich war mir sicher, es hatte mit Ansmanns Intonation zu tun.

Ich drückte das Handy wieder an mein Ohr. »Ich kann jetzt nicht reden. Ich bin in einer Dreiviertelstunde im Präsidium.«

»Nein, nicht auf dem Präsidium«, erwiderte er sofort. »Ich komme zu Ihnen nach Hause.« Dann legte er auf.

Mir blieb keine Zeit, den unansehnlichen Wäschehaufen im Flur hinter irgendeiner Tür verschwinden zu lassen und Klarschiff zu machen, da Ansmann mich vor dem Haus bereits erwartete. Als er mich sah, nahm er sein Handy vom Ohr.

»Ich kann Ihnen nichts anbieten. Ich habe noch nicht eingekauft«, sagte ich sofort.

»Möchten Sie lieber bei Marinelli einen Kaffee trinken?«

»Marinelli?«

»Adolfo Marinelli, Begründer vom Adolfo's. Ein Baum von einem Mann. Und ein echter Italiener.« Er wies auf die Restauranttür. »Die drei Stooges hier haben ihm den Namen abgekauft, als er sich zurückzog. Der Krebs hat ihm vor drei Jahren den Rest gegeben. Ein guter Mann. Ich kenne seinen Sohn.«

Überrascht hob ich die Brauen. »Also gut, meinetwegen. Aber nur, wenn Sie bezahlen.«

Mit den drei Stooges hatte Edgar Ansmann jene Männer gemeint, die das Adolfo's gegenwärtig betrieben. Keiner von ihnen war Italiener. Das antiquarische Inventar versprühte dennoch eine altitalienische Romantik: Schwere Vorhänge, karierte, von Bleichmitteln abgewrackte Tischdeckchen und bis zum Abwinken abgebrannte Kerzen. Ich konnte mir gut vorstellen, dass hier einst ein rassiger Italiener den Boden gewienert hatte. Mittlerweile wienerte neben dem Inder und dem zweiten Griechen vorwiegend Anastasios Galanis den Boden – meist unter Zuhilfenahme deutsch-südafrikanischer Rockschlager, sprich: Roger Whittaker.

Ansmann suchte uns einen muckeligen Fensterplatz fernab der säuselnden Lautsprecher aus. Die Vorhänge dufteten nach Zigarettenqualm und Knoblauch, am Tischrand haftete ein versteinerter Käsefleck. Anastasios stand hinter der massiven Bar und drückte die Gläser ins Spülbecken, dass es nur so spritzte. Er sang Vokale. Die Tür hinter ihm spuckte eine Kellnerin aus, die ich nie zuvor gesehen hatte. Dem ersten Anschein nach war sie Türkin, konnte aber genauso gut aus dem Nahen oder Mittleren Osten sein.

»Ciao, prego«, sagte sie in verteufelt schlechtem Italo-Dialekt. »Du wolle bestellen, eh?« Sie drückte die Fingerspitzen ihrer rechten Hand zusammen und ließ die Hand vor- und zurückbaumeln.

»Altobelli«, staunte ich.

Sie sah in die Falten des müffelnden Vorhangs, woraus

ich schloss, dass sie nachdachte. Dann beugte sie sich vor und blätterte durch die Speisekarte, die sechsseitig war, weil Anastasios sie in Schriftgröße 24 drucken ließ. Für die alten Leute.

»Haben wir nicht«, stellte sie fest.

Ansmann verkniff sich ein Grinsen. Anastasios schüttelte schweigend den Kopf.

»Dann nehme ich einen Latte macchiato.«

Sie nickte Ansmann zu.

»Kaffee«, sagte er. »Einfach nur Kaffee.«

Die Pseudo-Südeuropäerin verließ unseren Radius.

Ich begann das Gespräch. »Und? Was hat Arthur Brülling nun getötet?«

»Keine Ahnung.«

»Seiner Witwe und seinen Nachbarn haben Sie gesagt, er sei an einem Herzanfall gestorben.«

»Wozu fragen Sie mich dann noch?«

Ich lehnte mich zurück. »Weil Sie hier mit mir sitzen und meinen Latte macchiato bezahlen. Ein 08/15-Herzanfall hätte Sie doch kaltgelassen.«

»Das mag sein. Aber ich kannte Arthur.«

»Flüchtig«, ergänzte ich.

»Gut genug, um mir Sorgen zu machen.«

»Sorgen weswegen?«

»Leute sterben bei Ihnen nicht einfach so.«

Ich schnaubte. »Für was halten Sie mich? Einen Todesengel? Die Sensenfrau?«

»Sie müssen selbst zugeben, dass das Ganze äußerst eigenartig aussieht. Noch dazu ein Brülling.«

Der Schatten einer Gänsehaut streifte meinen Rücken. »An dem Verschwinden von Guido Brülling trage ich keine Verantwortung.«

Entspannt lehnte er sich zurück. »Guido Brülling ist nach dem Brand untergetaucht. Er hat die Stadt verlassen. Ich spekuliere auf irgendwas an der Mosel. Da hat er schon immer gerne Urlaub gemacht.«

»Sie kennen ihn?«

»Vom Polizeidienst. Ein Schuss in den Oberschenkel vermasselte ihm die restliche Karriere und er machte nach ein paar Jahren als Detektiv weiter.«

»Das totale Klischee also«, sagte ich. »Warum haben Sie mir das nicht früher erzählt?«

Er zuckte mit den Schultern. »Sie waren in Urlaub.«

Es klang noch nicht einmal nach einer faulen Ausrede.

Ansmann atmete tief durch und rutschte sich seinen Hintern zurecht. Was immer er sagen wollte, es schien ihm äußerst schwerzufallen. »Arthurs Leiche wird im Augenblick obduziert. Es war nicht einfach, die Genehmigung vom Staatsanwalt zu bekommen, weil der Arzt nach wie vor darauf plädiert, dass es ein 08/15-Herzanfall war. Wenn sie im Institut nichts finden, wird die Akte geschlossen und Arthur zur Beerdigung freigegeben.«

»Und was hoffen Sie zu finden?«

»Ich glaube nicht an einen Infarkt«, sagte er. »Doch mir sind die Hände gebunden. Alle Indizien sprechen dagegen.«

»Das erklärt, warum Sie den Nachbarn nicht Ihren Dienstausweis gezeigt haben.«

»Ich will die Nerven des Staatsanwalts nicht unnötig strapazieren.«

Die Nahöstlerin kam mit einem Tablettchen und zwei Tassen an den Tisch und stellte uns das Porzellan vor die Nasen.

»Aber ich habe einen Latte macchiato bestellt«, sagte ich.

»Prego. Alle Macchiato-Gläser schmutzig. Das ist Cappuccino. Das Gleiche wie Latte macchiato, nur in Tasse.«

Ansmann streute Zucker in seinen Kaffee. »Ich habe genug geredet. Es wäre schön, wenn Sie auch etwas zu der Sache beitragen könnten.«

Fast wollte ich mir die Ohren auswaschen. Denn im Augenblick hörte es sich ganz danach an, als würde er mich darum *bitten*. Ich lehnte mich vor. Einen Versuch war es wert. »Kennen Sie Theresa Brülling?«

Er hob die Brauen. »Nein.«

Dies wiederum überraschte mich. »Arthurs Tochter.«

»Ich kann mir nicht alle Namen merken«, erklärte er sich. »Was ist mit ihr?«

»Sie ist tot.«

Er nickte. »Ich erinnere mich. Hirnhautentzündung. Das war Ende der 90er. Sie war noch nicht einmal ein Teenager.«

Ich rührte den Milchschaum unter den Kaffee. »Ich möchte mir nicht ausmalen, wie es sich anfühlt, das eigene Kind zu verlieren.«

»Ich habe keine Kinder.« Es klang wie eine Rechtfertigung. »Warum kommen Sie mit einer solch alten Geschichte?«

»Ich habe ein Foto von ihr in Arthurs Brieftasche gefunden.«

»Sie haben ihn durchsucht?« Ein düsterer Schatten legte sich über seine Augen.

»Ich wollte fühlen, ob sein Herz noch schlägt. Da war die Brieftasche im Weg.«

»Sagen Sie mir jetzt bitte nicht, dass Sie ihn beklaut haben.«

Ich stand auf.

»War nur ein Witz!«

Ich glaubte ihm nicht, setzte mich aber trotzdem wieder. »An das Foto war ein Notizzettel mit meiner Adresse geheftet. Deswegen glaube ich, dass das, was er von mir wollte, mit Theresa zu tun haben muss.«

»Er hatte Ihre Adresse bei sich?«

»Ich habe Sie nicht angelogen. Ich kannte Arthur Brülling nicht. Ich habe ihn nie zuvor gesehen.«

Ein wenig angesäuert nippte er an seinem Kaffee.

»Was denken Sie?«

Er ließ die Tasse auf der Untertasse nieder. »Zu Theresa kann ich nichts sagen. Das Einzige, was mich an ihren Tod erinnert, waren die beiden Krankschreibungen ihrer Onkel nach der Beerdigung.«

»Ihrer Onkel?«

Er lehnte sich zurück. »Die Brüllings gehören zu den traditionellen Polizeidynastien in Bochum. Würde man es negativ behaften, könnte man sagen, sie seien wie eine Seuche, die alles infiltriert. Aber der Name Brülling stand auch schon immer für Scharfsinn. Jeder zweite Brülling war am Ende seiner Karriere Dezernatsleiter. Ich habe bereits mit zwei von ihnen zusammengearbeitet. Guido und Wolfgang.«

»Und Arthur?«

»Arthur war eine der wenigen Ausnahmen bei den Brüllings, die der Polizei den Rücken gekehrt haben. Er verweigerte den Grundwehrdienst, heiratete diese Altruistin und machte einen Ökoladen auf.«

»Das klingt nicht danach, als hätten Sie ihn gemocht.«

»Wie gesagt, ich kannte ihn nur flüchtig. Ich habe mir kein Urteil über ihn gebildet.«

Ich schlürfte am Tassenrand, nicht ohne zu bemerken, dass Ansmann mich eingehend beobachtete. Er trug einen braunen Wollpullover mit V-Ausschnitt, aus welchem glücklicherweise keine Brusthärchen ragten. Zwangsläufig fragte ich mich, wie viele Haare er auf der Brust hatte. Und ob er sie regelmäßig rasierte.

»Werden Sie nun aufhören, andere Leute über mich auszufragen, Herr Ansmann?«

»Auch wenn Sie es nicht glauben, Frau Roloff, aber ich habe es nicht auf Sie abgesehen.«

»Was werden Sie jetzt tun?«

»Warten.«

»Und wenn die Obduktion keine Ergebnisse bringt?«

»Dann werde ich nachdenken.« Er schlürfte noch einmal aus seiner Tasse, ehe aufstand, in seiner Brieftasche herumwuselte und einen Zehner auf den Tisch warf. »Es wäre schön, wenn Sie in der Zwischenzeit die Ohren aufsperren würden.«

»Ich wollte morgen früh den Weltladen besuchen«, sagte ich.

»Gut. Lassen Sie es mich wissen, wenn sich daraus etwas ergibt.«

»Heißt das etwa, Sie wollen mich engagieren?«

»Klang es etwa so?« Er lächelte. Dann nickte er mir zu und ging.

Ich wusste nicht, ob Anastasios gelauscht hatte. Doch kaum hatte mir Ansmann den Rücken gekehrt, tauchte er auch schon aus dem Hintergrund auf. Unter seine Achsel hatte er einen Stapel Zeitungen geklemmt, der so dick war, dass er seine Hand nicht mehr in die Hosentasche stecken konnte. Er setzte sich mir gegenüber. Seine Stadtspiegel-Sammlung legte er auf den Tisch.

Ich schob ihm Ansmanns Zehner hin. »Reicht der Rest für eine Pizza?«

Er musterte den Schein, als müsse er erst die Seriennummer identifizieren. »Aber ohne Oliven oder Parmaschinken.«

»Ich hasse Oliven«, sagte ich und wies auf die Zeitungen. »Sind die für mich?«

»Ich dachte, dich würde interessieren, was bei uns so los war in der Zwischenzeit.«

»Mein Chef sagt, wegen Gregor hätte ihm die Presse ordentlich Trallafitti an den Hals gehangen.«

»Mit Gregor meinst du wohl deinen dauerbesoffenen bärtigen Freund.« Er zuckte mit den Schultern. »Also hier war's ruhig. Und Zeitungen lese ich sowieso nie.«

Ich war es leid, Anastasios noch einmal zu informieren, dass Gregor mittlerweile trocken war. Ohnehin könnte sich dies nach den letzten Vorfällen auch geändert haben.

»Aber Tote gab es auch so – ohne dich«, sagte er, stand auf und ging.

8.

Als ich die Augen aufschlug, war es kurz nach zwei Uhr morgens. Der Mantel der Nacht hatte sich längst über Hamme und das restliche Deutschland ausgebreitet, fette reife Wolken deckten sämtliche Sternenlichter zu. Lediglich das giftgrüne Display meines Digitalweckers leuchtete zaghaft durch die Dunkelheit. Ich wusste ungefähr, wo ich meine Füße hinsetzen musste, um mich im Halbschlaf einigermaßen sicher aus dem Zimmer zu bewegen. Ich torkelte durch die Tür, durchquerte den quadratischen Flur und hörte den klappernden Parkettbrettern unter meinen Fußsohlen zu. Als ich das Licht im Badezimmer anwerfen wollte, merkte ich, dass ich nicht wegen meiner Blase aufgewacht war. Einerseits, weil ich gar nicht aufs Klo musste. Andererseits, weil es an der Tür schellte.

Um zwei Uhr morgens.

Bei mir hätten sämtliche Alarmglocken angehen sollen, aber in diesem Moment hörte ich einfach keine. Vielleicht lag es an der Uhrzeit, vielleicht daran, dass ich glaubte, in einem Traum zu stecken, in dem einem bekanntermaßen niemand wirklich wehtun konnte. Mit völlig ausgeknipstem Hirn ging ich daher an die Tür und öffnete sie einen Spalt weit. Ein kalter Windzug trieb in meine Wohnung und mich fröstelte es an den nackten Füßen. Verdammt realer Traum, dachte ich, als ich die aufgerichteten Haarstoppel in der Pyjamahose spürte.

Das Treppenhaus entfaltete sich vor mir wie ein viereckiger dunkler Schlund. Das Flurlicht war nicht eingeschaltet, lediglich das Birnchensymbol leuchtete am anderen Ende des Raumes orange aus dem Lichtschalter heraus. Der Boden erstreckte sich wie ein schwarzes Meer unter den rattengrauen Wänden. Ich bemerkte eine Schattengestalt im äußersten Augenwinkel. Ihre Konturen waren klobig durch den Mantel, den sie trug, sie war groß und mit breiten Schultern ausstaffiert. Obenauf machte ich einen Hut mit einer ausgeprägten Krempe aus. Aus dem groben Körper ragten beinahe horizontal die Arme heraus; die linke Hand ruhte auf einem Stock, die rechte stützte sich auf dem Geländer ab. Ich hörte, dass die Gestalt schnaufte.

Mein Gehirn sendete Signale an meine Hand an der Klinke aus, sie möge die Tür zustoßen und sie abschließen. Aber sie erreichten meine Hand nicht, sondern verbrannten auf dem Weg durch meinen heiß gelaufenen Körper. Also stand ich einfach da, barfuß und in meinem lila-weiß karierten Lieblingsflanellpyjama der Sorte extraweich, an dem ein Knopf fehlte und ein weiterer müde am Faden baumelte, und starrte in ein facettenloses schwarzes Nichts – dorthin, wo ich das Gesicht vermutete.

Plötzlich schlugen die Nervenblitze einen Umweg quer über mein Gesicht ein und regten die Mundmuskeln an. Ich sog Luft in meine Lungen, der Brustkorb blähte sich auf und ich riss meinen Mund auf, um zu schreien.

Sofort stürzte die Gestalt nach vorn. Der rechte Arm schwang herum und eine riesige menschliche Pranke flog auf mich zu. Der Schotter unter seinen feuchten Schuhsohlen knirschte, der Stock prallte mit einem Scheppern auf die Fliesen. Das warme Fleisch seiner Handinnenseite drückte sich wie ein nasses Handtuch auf mein Gesicht und die Luft, die ich hinauszuschreien versuchte, wurde von ihr zurückgedrängt. Wie eine Wäscheklammer drückten Daumen und Zeigefinger meine Nasenlöcher zu. Es genügte ein Schubser und ich torkelte zwei Schritte in die Wohnung zurück. An ein Schwingbein, das nach seinen Kronjuwelen ausholte, war in diesem Augenblick nicht zu denken; ich wäre sofort rücklings zu Boden gefallen.

Ich schrie weiter, doch hörte sich meine Stimme an, als würde sie gedämpft aus meinen Ohren kriechen. Mit beiden Händen krallte ich mich an seine Handgelenke und kratzte ihn. Meine Fingernägel waren zu kurz, um bleibende Schäden zu hinterlassen, aber lang genug, um DNA-Spuren unter ihnen zu sammeln. Mein Kopf hämmerte, doch auf einmal dachte ich unheimlich klar. Ich schlug ihm den Hut herunter, griff nach seinen Haaren und riss ihm ein paar Strähnchen aus.

Wenn es mit mir schon zu Ende ging, so sollte mein Mörder wenigstens zweifelsfrei zur Rechenschaft gezogen werden können.

Er drückte mich an die Wand. »Frau Roloff.« Er wollte flüstern, merkte aber schnell, dass ich ihn unter meinem halbstummen Geschrei nicht hören konnte. »Ich bin Guido Brülling!«

Ich nahm meine Hände aus seinen Haaren.

»Ich lasse Sie jetzt los. Nicht schreien, bitte.«

Ich nickte. Dann löste er seinen Griff und ich sog einen gefühlten Hektoliter Luft ein. Prompt wurde mir schwindelig.

Er trat zurück. »Entschuldigung.«

»Was sollte das? Warum haben Sie nicht gleich gesagt, wer Sie sind?«

»Sie wollten schreien.«

»Haben Sie mal auf die Zeiger geschaut?«

Er machte eine halbe Drehung, humpelte durch die Tür ins Treppenhaus und nahm seinen Gehstock auf. Dann kam er zurück. Als ich nach dem Lichtschalter ausholte, hielt er mich mit einer Handbewegung davon ab. »Kein Licht anschalten, das man von draußen sieht.«

»Warum nicht?«

»Arthur sagte mir, er fühlte sich verfolgt. Ich möchte ganz sichergehen.« Brülling sprach mit einem ausgeprägten Bass.

Ich schloss die Tür hinter ihm. »Gehen wir ins Schlafzimmer. Ich mache dort nie die Rollläden runter, also haben wir etwas Licht.«

Ich tappte durch die Dunkelheit und hörte Brüllings vollgeregneten Schuhe, wie sie hinter mir her quatschten. Ich setzte mich aufs Bett, ohne das Licht einzuschalten. Das Weckerlicht bemalte meine Hausschuhe am Bettrand mit einem Neonglanz, der Mond kroch vorsichtig aus einem Wolkendickicht hervor und schimmerte durchs Fenster. Brülling setzte sich neben mich. Er roch nach feuchtem Laub, Regenwasser und Erde. Das Mondlicht streifte sein Gesicht und ich konnte ein paar Konturen erkennen. Sie ließen keinen Schluss auf sein Alter zu, doch aus der sich zurückbildenden Haarpracht schloss ich, dass er älter als Arthur war. Gewisse Züge, wie seine ausgeprägte Hakennase und sein spitzes Kinn räumten jeden Zweifel, er könnte nicht mit ihm verwandt sein, aus.

»Was ist passiert?«, fragte ich.

»Arthur rief mich vor einer Woche an. Er brauchte Hilfe, allerdings von niemandem aus der Familie. Er wollte nicht sagen, worum es ging.«

»Und dann haben Sie ihn an *mich* weiterverwiesen?«

»Ich habe von Ihnen in der Zeitung gelesen.«

Ich glaubte ihm nicht. »Hat Ansmann Sie geschickt?«

»Edgar hat keine Ahnung, dass ich hier bin. Und das soll auch so bleiben.«

»Was soll das heißen? *Hier* in Bochum oder *hier* in meiner Wohnung?«

Stutzig sah er mich an. »Ich war nie weg. Was glaubt er denn, wo ich sei? An der Mosel?«

Ich nickte, was er wiederum mit einem stummen Kopfschütteln quittierte.

»Was wollen Sie hier?«, fragte ich direkt heraus.

»Ich will wissen, was Arthur Ihnen noch erzählen konnte.«

»Und wenn ich es Ihnen nicht verraten will?«

Er sah mich eindringlich an, als würde er versuchen, im Dunkel meine Augenfarbe zu erkennen. »Er war schon tot, als Sie ihn fanden, oder?«

Ich nickte.

Mit einem lauten Seufzer strich er sich durch die Haare. »Was ist mit Edgar? Sie haben mit ihm gesprochen«, fuhr er fort. »Wie ist der Stand der Ermittlungen?«

Woher zum Teufel wusste er das?

»Es gibt keine Ermittlungen. Arthur ist an einem Herzanfall gestorben.«

Er sah mich an, als wäre ich nicht ganz bei Trost.

»Ansmann hat allerdings eine Obduktion erwirken können. Er glaubt nicht an einen Herzanfall.«

»Und was glauben Sie?«, fragte er mich.

Ich rieb mir die verschlafenen Augen. »Ich wünschte, es wäre einer.«

»Möchten Sie lieber aussteigen?«

Ich hob die Schultern. »Aussteigen? Woraus denn? Bin ich denn schon irgendwo ›drin‹?«

»Ich weiß, dass Sie bei Arthur zu Hause waren und Ilona besucht haben.«

»Woher wissen Sie das alles? Beschatten Sie mich etwa?«

»Sagen wir es mal so: Ich passe auf.«

Da war er wieder, der vermaledeite Beschützerinstinkt. »Ich habe versucht herausfinden, warum Arthur bei mir war.«

»Niemand außer ihm wusste das.«

»Dann ist die Sache wohl hoffnungslos.«

»Nein. Sie sollten sich nur ein bisschen mehr Mühe geben.«

»Wozu? Ich tue das zu meinem Privatvergnügen. Kein Auftraggeber, keine Überstunden, kein Geld. Oder möchten Sie mich etwa engagieren?«

»Ich tue, was nötig ist«, sagte er sofort.

Ich rückte von ihm weg, setzte mich auf mein Kopfkissen und streckte die nackten Füße unter die noch warme Bettdecke. »Über die Konditionen unterhalten wir uns noch.« Wenn ich Chef meiner eigenen Detektei geworden bin, dachte ich. »Bevor wir weitermachen, würde ich allerdings gerne ein paar grundlegende Dinge wissen.«

Er drehte seinen Oberkörper in meine Richtung. Der Kragen seines Mantels war vom Regen aufgeweicht. »In Ordnung. Was wollen Sie wissen?«

»Erzählen Sie mir von Arthur. Und fangen Sie am besten ganz von vorn an.«

Guido Brülling atmete tief ein, was mich erahnen ließ, wie weit vorn er bereit war, anzufangen. Ich zog die Decke über die Knie. »Arthur war mein jüngster Bruder und schon von Kindesbeinen an Pazifist. Was einer Karriere als Polizist natürlich nicht entgegenstand«, fügte er schnell hinzu. »Aber diese Neigung ging so weit, dass er sogar den Grundwehrdienst verweigerte, um wildfremden Omis die faltigen Ärsche abzuwischen.«

»Zivildienst ist eine heroische Alternative. Zu so etwas ist nicht jeder imstande. Ich beispielsweise könnte das nicht.«

»Könnten Sie es auch nicht, wenn Sie mit Waffengewalt dazu gezwungen werden?«

»Dann wahrscheinlich schon«, gab ich zu.

»Sehen Sie. Der Krieg nimmt keine Rücksicht auf Pazifisten. Scheiß auf die ganzen Emanzipationswellen und Feministinnenbewegungen. Da, wo es wehtut, nämlich im Krieg, sind es die Männer an der Waffe, die unsere Frauen und Kinder retten. Die, die sich nicht trauen, den Abzug zu drücken, werden niedergeschossen und überlassen ihre Familien dem grausigen Schicksal der Misshandlung, Ausbeutung und dem Tod.«

»Sie kommen vom Thema ab«, sagte ich schnell und leicht angenervt, wohl wissend, dass jedes Veto sowieso nur mit weiteren Gegenargumenten niedergeschmettert würde. Das, was da aus ihm herauskam, war ganz offensichtlich nicht nur eine Meinung. Es war eine Lebensphilosophie.

»Dass Arthur nicht in den Polizeidienst eintreten würde, löste bei unserem Vater natürlich keine Welle der Begeisterung aus. Jeder Brülling leistete bisher seinen Dienst bei der Polizei, beim Bundesgrenzschutz oder der Bundeswehr ab. Warum sollte man es auch nicht tun? Allein der Name Brülling verschaffte einem Vorteile und einen Vorsprung gegenüber Kollegen. Arthur hingegen wollte die Welt auf seine eigene Weise retten. Meine Mutter, Gott habe sie selig, mochte das. Wir Kinder lachten ihn aus.«

Ich konnte mir nicht helfen, doch sofort empfand ich Sympathie für die Mutter.

»Das ist alles lange her«, sagte Brülling. »Arthur machte sein Abi, studierte BWL und heiratete Ilona, eine Düsseldorfer Bankierstochter. Die beiden schienen wie füreinander geschaffen. Die gleichen philanthropischen Wesenszüge, die gleichen Visionen hinsichtlich Ökologie und Umweltschutz. Gemeinsam zogen sie ein paar kleinere Aktionen und Projekte auf, verkauften Fair-Trade-Produkte und warben auf dem Stadtparkfest oder dem Sparkassenjubiläum für den Erlass der Schulden von Drittländern. Bei Menschenrechtsthemen war Ilona auf dem Anti-Beschneidungstrip. Arthur war mehr wirtschaftlich aktiv. Er machte in der Stadt einen Dritte-Welt-Laden auf. Weil der Laden aber nicht den verschwenderischen Lebensstil der beiden finanzieren konnte, musste Ilona ihrem Vollzeit-Halsabschneiderjob bei der Bank weiterhin nachgehen. In den 90ern fand das philanthropische Gehabe schließlich seinen Höhepunkt, als Arthur beschloss, das Leid direkt an der Wurzel zu packen und als Entwicklungshelfer für eine Weile nach Afrika zu gehen.«

»Geht das denn so einfach?«

»Natürlich nicht. Institutionen wie die GIZ betreiben eine Erbsenzählerei nach dem Aschenputtelprinzip, wonach nur die geeignetsten Leute zu Entwicklungsprojekten gerufen werden. Und Arthur war nicht dumm. Er hat sich Jahre Zeit genommen, um sich auf die Bewerbung vorzubereiten. Und er hatte gespart. Die GIZ schickte ihn nach Nairobi.«

Prompt drängte sich mir das vermeintliche Urlaubsfoto aus Afrika auf Ilona Brüllings Sideboard ins Gedächtnis. »Was ist mit Theresa?«, fragte ich. »Ilona war außer sich vor Wut, als ich auf sie zu sprechen kam.«

»Das wundert mich nicht. Das Kind starb an einer tuberkulösen Meningitis, die sie sich in Nairobi eingefangen hat. Damals war sie zwölf. Ilona hat Arthur dafür die Schuld gegeben.«

Also doch.

»Aber was macht eine Zwölfjährige in Kenia? Das Mädchen musste doch zur Schule gehen.«

»Sie war nur während der Sommerferien dort. Währenddessen zeigte sie angeblich keine Symptome. Lebensbedrohlich wurde ihr Zustand erst zwei Monate später in Deutschland.«

Ich schluckte. Kein Wunder, dass die Ehe daran zerbrach. Ich wollte mir nicht ausmalen, wie es für eine Mutter sein musste, dem eigenen Kind beim Sterben zuzusehen. »Ich dachte, Tuberkulose wäre mittlerweile ausgerottet.«

»Auf gar keinen Fall. Sie ist eine Seuche und neben AIDS die häufigste Todesursache in Afrika. In Deutschland gibt es ein paar tausend Fälle jährlich. Mit ausreichend Antibiotika und ärztlicher Fürsorge ist die Krankheit relativ gut in den Griff zu bekommen. Die Behandlung jedoch ist langwierig und für Menschen in den Drittländern unbezahlbar. An Impfstoffen, die man unter das Volk bringen könnte, hat man sich versucht, jedoch erfolglos.«

»Aber wenn Theresa in Deutschland erst richtig erkrankte, hätte man ihr doch noch helfen können. Medizinisch sind wir schließlich eines der am besten ausgestatteten Länder der Welt.«

»Eine Hirnhautentzündung ist nie ein Spaziergang. Vor allem nicht, wenn eine geschlossene Tuberkulose der Träger ist, die anfangs kaum Symptome hervorruft, sodass sich die Infektion für eine Weile ausbreiten und manifestieren kann. Hinzu kam, dass der Erreger Resistenzen entwickelt hatte und auf viele Antibiotika nicht ansprach. Es war schwierig, es blieb zu wenig Zeit. Eine Verkettung unglücklicher Umstände. Doch das wollte weder Arthur noch Ilona hören. Sie warfen sich gegenseitig vor, auf Theresa nicht ausreichend aufgepasst zu haben. Wobei ich nicht behaupten will, dass Arthur sich großartig gegen die Vorwürfe und Aggressionen seiner Frau gewehrt hat. Er kam nicht einmal zur Beerdigung. Aus Angst, wie ich glaube.« Das Mondlicht legte einen traurigen Schatten über seine Augen. Offensichtlich hatte Guido Brülling selbst mehr als einmal über das Warum gegrübelt und eigene Erkundigungen angestellt. Ich konnte mir ansonsten nicht erklären, warum ein Mann, der über den Pazifismus und Altruismus seines Bruders und dessen Frau schimpfte, so gut über Tuberkulose und die Lebensverhältnisse in Afrika Bescheid wissen sollte.

»Wie dem auch sei. Zwei Monate später kehrte er heim, wo ihn nur noch eine leere Wohnung und die Scheidungspapiere erwarteten. Der Rest ist Geschichte.« Brülling machte eine Pause, wohl um auf eine Bemerkung von mir zu warten. Doch ich sagte nichts. »Arthur mag ein Spinner gewesen sein. Aber niemand, auch nicht Ilona, trachtete ihm nach dem Leben.«

Es klang, als wollte er meine Gedanken vorwegnehmen. Dabei hatte ich es nicht annähernd für möglich gehalten, dass Ilona ihren Exmann tot sehen wollte. Es standen einfach zu viele Bilder von ihm auf ihrem Sideboard.

»Vielleicht war es ja wirklich nur ein Herzanfall. Eine Verkettung unglücklicher Umstände.« Ich dachte an Theresa. »Es wäre in der Familie nicht das erste Mal.«

»Nein«, sagte er. »Das wäre es allerdings wirklich nicht.«

Ich konnte mir nicht helfen, doch es kam mir vor, als hatte er bei dem Gedanken etwas völlig anderes im Sinn.

Er stand auf. »Sehen Sie zu, dass Sie Informationen aus diesem Obduktionsbericht bekommen, aber versuchen Sie, Edgar aus der Sache rauszuhalten. Er fingert mir jetzt schon viel zu sehr in Familienangelegenheiten herum und ich möchte nicht, dass mein Vater oder Wolfgang auf dienstlichem Wege davon Wind bekommen.« Er schritt durch die Schlafzimmertür. Sein Stock stieß gegen die Zarge.

Ich folgte ihm. »Woher kennen Sie ihn eigentlich?«

»Edgar Ansmann?« Seine Schritte verlangsamten sich. Er bückte sich nach seinem Hut, der immer noch im Flur auf dem Boden lag. »Aus Dortmund. Wir machten Dienst in der Polizeiinspektion 1. Wegen meinem Kollateralschaden hier«, er wies auf sein Bein, »lernte er mich zu seiner Zeit als Kommissaranwärter nur noch am Schreibtisch kennen. Ich half ihm eine Zeit lang durch seine Anwartschaft und arbeitete auch später mit ihm, bis er sich nach Bochum versetzen ließ.« Er drückte die Klinke meiner Wohnungstür herunter. »Mit Gregors Haftantritt war dort ein Stuhl direkt unter dem Dezernatsleiter freigeworden.«

Ein leichtes Kribbeln zog durch meine Eingeweide. »Sie kennen Gregor gut, oder?«

»Natürlich.«

»Warum haben Sie Arthur dann nicht *ihn* empfohlen? Er ist ein hervorragender Detektiv.«

Er suchte nach dem Geländer und klammerte sich fest. Sein Gehstock klapperte. »Wie schon gesagt: keine Familie.«

Er sah mich nicht mehr an, sondern hinkte direkt die Stufen hinunter.

Eigentlich wollte ich die Zeitungen gar nicht mehr lesen. Doch ich konnte einfach nicht einschlafen.

Und natürlich hatte Anastasios mit seiner Bemerkung recht behalten. Tote gab es in Bochum auch ohne meine Anwesenheit genug zu beklagen – schließlich waren die Traueranzeigen in jeder Ausgabe Seiten füllend.

Mittlerweile war es kurz vor halb vier Uhr morgens und ich saß auf meiner ›kleinen Wolke‹ im Badezimmer. Der Rollladen war heruntergelassen, die Tür geschlossen. Kein Hinweis nach draußen also, dass ich wach und nachdenklich war. Über mir flackerte die Funzel im Sparmodus und ich bemühte mich, jene hin und wieder auftauchende Schlagzeile über einen Mann mittleren Alters mit einer lebensgefährlichen Schussverletzung zu übersehen.

Natürlich klappte das nicht.

Zugegebenermaßen waren die Berichte nicht ansatzweise so bissig, wie Metin sie mir beschrieben hatte. Aber vielleicht las ich auch einfach die falsche Zeitung. Ob der Fall es bis in die Bildzeitung geschafft hatte?

Ich wühlte mich chronologisch durchs Papier, ehe ich es nach und nach in die Badewanne warf. Mitte August tauchte der Fall Pankowiak im Stadtspiegel schon gar nicht mehr auf und Banalitäten wie eine baustellenbedingte Straßensperre oder das kulinarische Stadtfest rückten in den Vordergrund. Selbst die überregionalen Schlagzeilen des Spätsommers waren kaum ein Wimpernzucken wert, fanden aber mit der Nachricht über den Doppelselbstmord eines nach Bonn berufenen Exdiplomaten und seiner Frau Ende September ihren dramatischen Höhepunkt. Die Nachricht reichte von einer Zeitungsecke in die andere, was nicht sonderlich überraschend war. Eduard Schwarzinger galt nicht nur als aufstrebender Politiker. Er hatte sich außerdem einen äußerst plakativen Ort für die Selbstmorde ausgesucht: sein Büro im Düsseldorfer Landtag. Ich durchsuchte die jüngeren Blätter nach Erkenntnissen hinsichtlich des Motivs, doch alles, was ich fand, war eine Aussage des Polizeisprechers, dass man davon absehe, Inhalte aus dem Abschiedsbrief zu veröffentlichen. Danach trauerte die Medienwelt um Tony Curtis, eine Woche später gab es die besten Rezepte zum Erntedankfest.

Was hatte Brülling damit gemeint, Gregor Pankowiak wäre Teil der ›Familie‹? Sollte es als eine Metapher für die hiesige Polizeifamilie zu verstehen sein, welcher Gregor ja fraglos vor ewigen Zeiten angehört hatte? Es klang ein wenig müßig in meinen Ohren und erinnerte an kriminelle Familien oder Organisationen wie die Cosa Nostra oder die Yakuza, aber es würde zu Guido Brüllings verquerem Schubladendenken passen.

Ich warf die letzte Zeitung in die Wanne, mühte mich hoch und schlich mit vor Erschöpfung geschwollenen Froschaugen zurück ins Bett. Schlammige Schuhabdrücke trockneten am Bettende, ein müffelnder feuchter Fleck verzierte die Daunendecke dort, wo Brülling gesessen hat. Ich krabbelte unter die Decke und rieb mir die Augen. Meine Fingerspitzen rochen nach Druckerschwärze.

Eigentlich hatte ich meine Rückkehr ganz anders geplant.

Denn auch, wenn andere es in Zweifel zogen: Mein Urlaub in Balatonfüred diente nicht nur dazu, mir am schattenlosen steinigen Ufer tagein, tagaus das Hirn von der Sonne weichbrutzeln zu lassen. Ich wollte die Abgeschiedenheit nutzen, um mir klar darüber zu werden, was ich von einem perfekten Leben erwartete – und was ich selbst dazu beitragen konnte, damit dieses Lieblingsleben tatsächlich in Erfüllung ging.

Das Gröbste lag bereits auf der Hand: Neuer Job, neuer Freund, neue Wohnung. Mit roten Tapeten und einem weiß gekacheltem Bad. Als Freund hatte ich mir einen Blonden ausgemalt; ohne Bart, ohne Nikotinsucht und irgendwo in der Privatwirtschaft tätig. Er durfte ruhig ein paar Zentimeter kleiner sein als ich. Was meinen Job anging, so war ich in meinen Fantasien außerordentlich flexibel. Ich konnte mir alles vorstellen, solange er nichts mit Toten, potenziell Toten oder Krankenversicherungen zu tun hatte. Porno wäre ebenfalls nichts für mich. Und wenn ich es mir recht überlegte, wollte ich auch nicht in einem Fast-Food-Restaurant die Fleischklopse wenden. Oder die Toiletten an Bahnhöfen putzen. Oder in einem Modegeschäft die von Kunden zerknüllten Pullover neu falten. Das wäre wirklich der reinste Horror für mich, vielleicht noch schlimmer als Porno.

Aber seit ich wieder zu Hause war, schien alles aus dem Ruder zu laufen.

Mental hatte ich längst mit Metin abgeschlossen und war bereits auf dem Sprung, den Arge-Zimmerwächtern auf der Universitätsstraße die Füße zu massieren, um mir ein paar Dollar bei Onkel Hartz zu verdienen, solange der passende Job ohne Tote, Porno und kleinkriminelle Machenschaften für mich nicht herausspringen wollte. Stattdessen grinsten mich nun die fleischig-runden Fußstapfen eines kleinkriminellen Exhobby-Pornoproduzenten an, in ebendiese reinzutreten und ein völlig verkorkstes Geschäft zu übernehmen, das für nichts anderes gut war, als ein noch viel größeres und verkorksteres Geschäft zu verschleiern. Bei dem Gedanken vergaß ich für einen Augenblick, warum ich überhaupt darüber nachdachte, mich diesem Himmelfahrtskommando anzuschließen. Doch dann fiel es mir wieder ein: *Ich* wäre der Boss. Ich hätte einen eigenen Schreibtisch und könnte andere die Drecksarbeit machen lassen. Ich könnte aufstehen und gehen, wann immer ich wollte. Und ich könnte mir meine Fälle aussuchen. Hinzu kam, dass ich von Metin subventioniert werden würde, wenn auch nicht ganz legal, geschweige denn steuerlich absetzbar.

Vorausgesetzt, ich würde mein Wort halten.

Und genau da lag das Problem.

Es war unstrittig, dass Edgar Ansmann kein Freund von mir war. In Ausübung unserer beruflichen Pflichten gerieten wir schon mehr als einmal aneinander und es lag in der Natur der Sache, dass wir uns nicht leiden konnten. Dessen ungeachtet erkannte ich jedoch, dass es von entscheidendem Vorteil sein konnte, einen Vertreter der Staatsmacht, noch dazu auf gut bekleidetem Posten, auf meiner Seite zu wähnen. Sei es, um hie und da einen ermittlungstaktischen Hinweis einzuholen, oder schlichtweg, um ein wenig Nachsicht zu erbitten, wenn es an der Grenze zur Legalität mal wieder etwas knapper wurde.

Wenn ich Ansmann den Gefallen tun würde, ein paar Nachforschungen über seinen verstorbenen flüchtigen Bekannten anzustellen, wäre er mir zu Dank verpflichtet – zumindest für eine Weile. Währenddessen könnte ich seinem Gedächtnis gleich auf die Sprünge helfen und ihm zeigen, welche Qualitäten als Ermittlerin ich tatsächlich hatte – in der Erwartung, er würde zukünftig weniger hinterfragen, was ich tat. Und warum.

Unterschätzen wollte ich außerdem nicht den Wert, einen noch lebenden Brülling unter meinen Sympathisanten zu wissen. Auch wenn er einige verkorkste Ansichten vertrat; mit abgedrehten Leuten hatte ich mittlerweile genug Übung und konnte mit ihnen umgehen.

So oder so. Der Fall Arthur Brülling könnte mir den Start in die Selbstständigkeit ungemein versüßen. Und ich wäre blöd, diese Gelegenheit nicht beim Schopf zu fassen.

Fragte sich nur, wie ich dieses Szenario meinem scheidenden Chef und zukünftigen Partner schmackhaft machen konnte.

Um zehn Minuten nach neun schlug ich mit trägen Lidern und schweren Beinen in Wattenscheid auf. Nach meinem nächtlichen Plausch und der Lesestunde neben der Badewanne waren mir keine vier Stunden geblieben, um mich ins heilsame Halbnirwana zu schicken. Und natürlich war ich nicht sofort eingeschlafen. Genau genommen konnte ich mich gar nicht daran erinnern, zu irgendeinem Zeitpunkt überhaupt die Augen geschlossen zu haben.

Metin Tozduman residierte mit seiner Frau und seinen fünf Kindern in einer Doppelhaushälfte in der Graf-Adolf-Straße. Die Fassade des Hauses war sonnengelb überstrichen worden und ein Schattenspiel aus gelben Ziegeln und noch gelberen Fugen bot sich mir in der milden morgendlichen Herbstsonne. Ein gutes Viertel der zur Straße weisenden Seite war von unverwüstlichem sattgrünem Efeu bewuchert. Angestrengt blickte ich durch die Ranken hindurch und machte tatsächlich ein einzelnes Fenster aus. Was für ein Zimmer sich dahinter auch verbarg – es drang ganz sicher kein Sonnenlicht mehr hinein.

Ich drückte auf die Klingel und wartete, mich eifrig umsehend, um nicht in Versuchung zu geraten, gleich hier auf der Treppe ein Nickerchen zu machen. Der Rasen hinter mir war hinüber. Blutgrätschen hatten ihn weitestgehend skalpiert, Fußballstollen hatten kleine Löcher in den Boden geschlagen. Erdbrocken mit grünen bis gelben Grashalmen, welche sich an ihnen festkrallten, lagen über die Fläche verteilt herum. Entlang der Hauswand wiederum reihten sich ein Haufen Fahrräder, ein Skateboard sowie Sohnemanns nachtschwarzer Motorroller nebeneinander auf. Der Lack des Rollers glänzte in der schwachen Sonne.

Metin öffnete mir die Tür. Er trug einen wollweißen

Strickpullover mit einem weiten Rundkragen, aus welchem sich gut zwei Handvoll schwarzer Brusthaare in meine Richtung rekelten. In Kombination mit seinem vorwiegend kugeligen Vorbau erschien es, als verberge er ein Haustier unter seinem Pullover. Seine Jeans war auf Höhe der Knie verbeult. Nie zuvor hatte ich ihn eine Jeanshose tragen sehen.

»Du siehst aus, als hätte dein Gewissen dich nicht schlafen lassen«, begrüßte er mich.

Ohne auf seinen Kommentar zu reagieren, mogelte ich mich an ihm vorbei und bog in den von ihm gewiesenen Raum. Die dortigen Bodenfließen bleckten krankenhausweiß. Es roch nach Raumdeodorant der Sorte ›Meeresfrische‹. Ein Esstisch mit acht Stühlen, ein Stuhl jeweils an der Stirnseite, füllte den halben Raum. In einer Glasvitrine im hellsten Zimmereck waren um die 30 Porzellankatzen zur Schau gestellt: grinsende Katzen, schielende Katzen, ein wenig bräsig aus der Wäsche guckende Katzen. Schlafende Katzen, zu einer Porzellankugel eingerollt. Katzen, die Pfötchen geben. Rücklings liegende Katzen, die mit einem Wollknäuel spielen. Minikatzen und Katzenmonstren, die mit ihren Porzellanohren gegen den oberen Glasboden stießen. Ich betrachtete sie nur kurz. Einerseits, da die Figuren vor meinen müden Augen zu verschwimmen drohten. Andererseits, weil meine Erziehung es verlangte, die fremde Person, die am hinteren Tischende über Dokumenten brütete, zu begrüßen.

Metin kam mir zuvor. »Das ist Herr Lutz. Der Vermieter.«

»Verpächter«, korrigierte ihn Herr Lutz und hob den Kopf, um mich abzunicken. »Sie sind diejenige, die die Pacht in der Voedestraße übernehmen möchte?«

»Ich glaube nicht, dass ich mit Herrn Tozduman bereits sämtliche Konditionen ausgehandelt habe«, gab ich zu bedenken.

»Haben wir wohl«, sagte Metin sofort, rümpfte seine Nase und packte mich am Arm. »Das besprechen wir draußen.« Dann zog er mich hinaus. Die schwache Sonne stach mir grimmig in die Augen und das Blinzeln tat meinen Augenlidern weh. Konnte man überhaupt Muskelkater in den Augen haben?

»Sag mal, brennt dein Helm? Was stimmt nicht mit dir? Ist dir der Urlaub nicht bekommen?« Er kratzte sich am Kragen, dass das Fell nur so raschelte. »Seit du wieder da bist, benimmst du dich daneben. Erst wagst du es, mich zu erpressen. Mich! Dann willst du Ragip vor den Kader ziehen.«

»Er hat dich angerufen«, stellte ich fest.

»Er war ganz schön angepisst.«

»Nur zu deinem Verständnis«, entgegnete ich. »Ich benehme mich nicht daneben. Ich lass mir nur nicht mehr alles gefallen. Und Ragip hat meinen Twingo getötet.«

»Er repariert ihn doch!«

Ich nickte. »Aber nur, weil ich ihn vor den Kader ziehen wollte.«

Kopfschüttelnd winkte er ab. Offenbar wurde ihm das Thema zu abstrakt. Ich interpretierte dies als Anerkennung. »Und was ist mit uns, Lange? Willst du mir jetzt auch das Blut dick machen?« Er zog die Brauen hoch und fleischige Stirnlappen wellten sich bis zu seinen Geheimratsecken.

»Eine monatliche Pacht neben der Miete würde mir das Genick brechen«, gab ich zu.

»Und was erwartest du von mir?«

»Zahl du sie.«

»Sehe ich so aus, als könnte ich Geld scheißen?«

»Nein, tust du nicht«, sagte ich. »Aber das tun die wenigsten Türken mit einem Mercedes vor der Doppelhaushälfte.«

Er hob den Finger. »Ganz vorsichtig, Perle. Mir sitzt die Hand eh schon locker.«

»Warum?«

»Nix weiter.« Er ließ die Hand sacken. »Familiensache.«

»Sagen wir, du übernimmst die Pacht für ein Jahr. Bis dahin stehe ich auf sicheren Füßen und kann mich selbst haushalten.«

»Dönekes. Geh zum Arbeitsamt. Die geben freundlich dreinblickenden Existenzgründern wie dir bestimmt etwas Stütze.« Er inspizierte mich. »Aber nicht heute. Du siehst scheiße aus.«

»Du meinst für die Ich-AG«, klärte ich ihn auf. »Die gibt es nicht mehr.«

»Dann nimm halt einen Kredit auf.«

»Die Bank gibt mir kein Geld.«

»Woher willst du das wissen?«

Ich presste meine Handflächen gegen die Augen. »Metin. Meine Nacht war lang. Und meine Geduld ist am Ende der Fahnenstange. Ich will die Diskussion nicht noch einmal aufrollen. Aber vor allem werde ich mich nicht wegen deiner muffeligen, fauligen und – nicht zu vergessen – illegalen Pilzfarm in den finanziellen Ruin treiben lassen. Falls es dir noch nicht aufgefallen ist: Wattenscheid ist nicht der Nabel der Welt. Mit einem Ein-Euro-Shop oder einer Apotheke würde ich hier mehr Geld verdienen. Aber weder will ich Centstücke zählen noch irgendwelchen Omis die Packungsbeilage ihrer Hämorrhoidensalbe vorlesen. Eine Alternative wäre Ansichtskarten. Leider will die hier keiner kaufen.«

»Was soll das Gelaber?«

»Was ich sagen will, ist: Im Moment kann ich keinen anderen Job als Detektivin. Aber eine Detektei bringt kein Geld rein.«

»Willkommen in der Wirklichkeit, Baby.«

»Ich würde es nicht machen, würdest du mich nicht darum bitten.«

»Ich verstehe«, sagte er. »Jetzt tust du es also nur mir zuliebe!«

»Genau.«

»Auf diese Art von Hilfe kann ich gerne verzichten!«

Ich zuckte die Schultern. »Von mir aus.« Dann kehrte ich ihm den Rücken.

»Jetzt fang nicht wieder damit an!«, jaulte er. »Ich zahle dir ein halbes Jahr!«

Ich drehte mich um und schüttelte den Kopf. »Ein Jahr.«

»Darüber reden wir, wenn das halbe Jahr rum ist.« Er lächelte und streckte die Arme nach mir aus. »Komm, Rollo. Du musst noch den Vertrag unterschreiben.« Er tätschelte meine Schulter. »Wir hübschen das Lädchen ein bisschen auf und ehe du dich versiehst, hast du den ersten Klienten am Bein.«

»Und was nimmt man so als provisionsunabhängige Chefdetektivin pro Stunde?«

»Kalkuliere nie unter 50 Euro die Stunde, je nach Stadtlage und Qualität der Legierungen in der Mandantenvisage. Bei Goldzähnen kannst du bis zum Dreifachen hochgehen.«

»*So viel* sind die Leute bereit, zu zahlen?«

»Kommt drauf an. Nach oben gibt's keine Grenzen. Nach unten schon. Wenn du wucherst, gehen die Kunden woanders hin. Wenn du allerdings zu billig bist, steigen dir die Konkurrenten aufs Dach. Wegen Dumping.«

»Welche Konkurrenten denn?«, fragte ich.

»Keine Ahnung. Aber es gibt immer welche. Wenn's ums Geld geht, kann Wattenscheid echt ein Dschungel sein.«

Metin drückte die Zimmertür auf.

Am Tischrand räumte Herr Lutz einen Stapel Papiere von rechts nach links. »Also, Herr Tozduman«, fing er an. »Sie möchten den Pachtvertrag für das Ladenlokal in der Voedestraße auflösen.«

Metin setzte sich auf den Stuhl neben ihn. »Jawohl.«

»Eigentlich beträgt die Kündigungsfrist sechs Monate zum Jahresende.« Er sah von seinen Blättern auf in meine Richtung. »Zu welchem Zeitpunkt haben Sie geplant, als Nachpächterin das Geschäft zu übernehmen?«

Metin sah auf seine Uhr. »Den Wievielten haben wir heute?« Er schien es eilig zu haben.

»Wenn ich die Renovierungen seitens Herrn Tozduman abgenommen habe.«

Metins Gesicht lief glutrot an.

»Möchten Sie eine Liste über ausstehende Instandsetzungspflichten aufsetzen?«

Ich zögerte kurz. Dann ließ ich mir von Herrn Lutz Stift und Papier geben und schrieb:

›Wände streichen (weiß)

Altes Klimagerät entsorgen‹

Ich hob den Stift vom Papier und las die beiden Zeilen ein paarmal. Das konnte nicht alles gewesen sein.

Also fügte ich hinzu:

›Teppich auslegen (rot oder blau)‹

Ich überlegte einen Moment, ob ich Metin auffordern sollte, sämtliche Waffen aus seinem Schrank zu räumen, dachte dann aber, dass ein Text mit derartigem Inhalt nicht gut beim Verpächter ankommen würde. Daher codierte ich meine Forderung in: ›Spind leeren‹.

Aber Metin würde mir so oder so niemals die Waffen überlassen. Selbst wenn ich sie gewollt hätte.

Ich warf den Stift hin und Metin riss mir den Zettel aus der Hand.

Herr Lutz sah zu ihm hinüber. »Wie lange werden Sie für die Renovierungen brauchen?«

Das Papier zitterte in seinen Händen. Aus der Lücke zwischen seinen Lippen drang ein Grummeln. Es klang wie: »Paar Tage.«

»In Ordnung«, sagte Herr Lutz und wollte Metin den Zettel wieder abnehmen. Er ließ ihn jedoch nicht los. »Die Liste wird als Anlage zum neuen Pachtvertrag genommen, Herr Tozduman«, sagte Herr Lutz.

Metins Stirn belegte sich mit Schweiß. Herr Lutz zupfte noch mal an dem Papier, aber es geschah nichts. »Wenn Sie die Renovierungen nicht vornehmen, verliert der Vertrag seine Gültigkeit«, versuchte es Herr Lutz erneut.

Ich gab mir Mühe, nicht zu grinsen, um Metin nicht noch mehr in Rage zu bringen. Daher wand ich mich ab. Just in diesem Moment trat ein junges Mädchen in den Raum. Ich schätzte sie auf irgendwo zwischen zehn und zwölf. Ihre Haut hatte einen südländischen Teint, ihre Augen waren dunkel und mandelförmig. Die Form ihres Mundes hatte sie unverkennbar ihrem Vater zu verdanken, und auch die Nase schien ganz nach seinem Vorbild zu wachsen. Ihre augenscheinlich schmale Figur verhüllte sie in einem knöchellangen seidigen Rock, dekoriert mit Rosenmustern, sowie einer langärmeligen rosafarbenen Bluse. Deren Knopfleiste war bis unter das Kinn geschlossen. Doch ganz besonders imponierte mir das, was sie auf ihren Haaren trug: Ein pinkfarbenes, modern gewickeltes und mit aufwendigen Stickereien verziertes Kopftuch.

Metin ließ den Zettel fallen und stand auf. »Hab ich dir nicht gesagt, du sollst oben bleiben?« Er schlappte mit dem Mädchen um die Ecke und scheuchte sie wieder hoch.

Ich nutzte die Gunst des Augenblicks, schnappte mir die Mängelliste und reichte sie an Herrn Lutz weiter, um noch im gleichen Atemzug den Vertrag zu unterzeichnen.

Herr Lutz bemühte sich nicht, ein Grinsen zu verkneifen, schien es plötzlich jedoch sehr eilig zu haben. Er rollte sämtliche Dokumente ein und stand auf. »Ich werde Sie demnächst in der Voedestraße besuchen kommen«, drohte er mir noch an und huschte an Metin vorbei. »Auf Wiedersehen, Herr Tozduman!«

Metin sah ihm kurz nach. Dann setzte er sich zurück an den Tisch. Seine fleischige Stirn war von Falten durchzogen, seine Mundwinkel hingen schlapp herunter.

»Was war das denn gerade?«, fragte ich.

»Frag mich nicht«, sagte er und schüttelte den Kopf. »Das macht Aylin, seit sie auf die neue Schule gekommen ist. Dabei hat die Schule einen wirklich guten Ruf.«

»Was meinst du?«, fragte ich verdutzt.

»Na, das Kopftuch!«, schimpfte er. »Das hat sie nicht von mir! Und von meiner Frau schon gar nicht. Sie hat sich mit einem türkischen Mädchen angefreundet. Begüm.« Er schimpfte ihren Namen heraus. »Die muss ihr diesen Floh ins Ohr gesetzt haben.« Erneut schüttelte er den Kopf. »Begüms große Schwester wurde erst letzte Woche nach Gebze verladen, um zu heiraten. Man hat nur Ärger mit den Kindern, ehrlich.«

»Das ist die Pubertät«, beschwichtigte ich. »Da befinden sich alle Kinder in einer Identitätskrise.«

»Sie ist doch erst zwölf!« Er schnaubte und legte seine Stirn in die Handflächen. »Hast du ihre Bluse gesehen?«

Ich grinste. »Bist du sauer?«, frage ich nach einer kurzen Pause.

»Also das mit dem Teppich war ein Tacken zu viel des Guten.«

Ich schürzte die Lippen.

»Aber der Schwager meiner Schwägerin, also der Bruder der Ehefrau meines Bruders«, er tippte mit dem Zeigefinger Löcher in die Luft, »arbeitet in einem Teppichgeschäft in der Bornstraße. Der kann mir bestimmt mit einem Teppichrest aushelfen.«

Ich nickte und unterdrückte ein Augenrollen. Prompt kamen Erinnerungen an meinen verschandelten Twingo hoch. »Du kriegst das schon hin.«

9.

Der auf zehn Uhr morgens vorverlegte Mittagsschlaf währte keine Stunde, half aber zumindest über die Sekundenschlafattacken im Auto hinweg. Mit Kopfschmerzen, die ich sonst nur von einem Kater kannte, schlappte ich den Südring entlang. Flache wie breite Wagen rauschten mit teils knurrendem, teils brüllendem Motor über die doppelspurige Straße und schleuderten ihre Abgase über die Bürgersteigkante. Es war laut, aber nicht laut genug, um das streitende Pärchen auf der gegenüberliegenden Seite des Ringes zu überhören. Es ging um eine Hose und ein Handy. Beides schien nicht mehr in ihrem Besitz zu sein. Ich strengte mich an, nicht hinzuhören, und wurde dann ohnehin abgelenkt, als ich Arthur Brüllings Weltladen ausmachte.

Er war ein kaum drei Meter breites Ladenlokälchen auf der ungeraden Straßenseite, eingepfercht zwischen einer Low-Budget-Modeboutique und einem Retro-Schallplattenladen. Von keinem dieser Geschäfte hatte ich je etwas gehört, was wohl vor allem meinem nicht vorhandenen Interesse für Vinyl und Strass-Steinchen geschuldet war. Ein großes, mit Edding bekritzeltes DIN-A3-Blatt war von innen quer ins Schaufenster des Weltladens geklebt: ›Wegen Todesfall geschlossen‹. Ich rüttelte trotzdem an der Tür, war aber nicht sonderlich überrascht, als diese sich nicht öffnen ließ. Ich ließ von ihr ab. Dann schellte es plötzlich aus meiner Jackentasche.

»Hallo?«

»Hallo«, erwiderte eine männliche Stimme. Ich erkannte den latent grimmigen Singsang sofort und ein

Zucken durchfuhr meinen Körper. »Wo bist du?«, fragte er.

Ich überging seine Frage. »Es ist doch kein Zufall, dass du dich ausgerechnet jetzt meldest.«

»Edgar hat mich angerufen. Warst du schon am Weltladen?«

»Ja. Er ist geschlossen.«

»Wir zwei müssen uns dringend unterhalten.«

»Du hast Glück. Ich habe heute nichts mehr vor.« Kaum hatte ich es ausgesprochen, bereute ich es auch schon wieder. Ich hätte ihn zappeln lassen oder ihm eine Abfuhr erteilen sollen. Oder noch besser: Ich hätte gleich auflegen sollen. Aber es schien, als würden mich in diesem Moment ganz andere, wesentlich ältere Instinkte lenken.

»Gut. Dann treffen wir uns in einer Stunde. Auf dem Friedhof in Altenbochum. Freigrafendamm.«

Ich spürte förmlich, wie mir die Farbe aus dem Gesicht wich. Es war nicht schwierig für mich, eins und eins zusammenzuzählen. Ansmann hatte sich nicht mehr gemeldet. Die Obduktion war abgeschlossen. Arthur kam unter die Erde. »Ilona Brülling wird mich zu Hackfleisch verarbeiten, wenn sie mich auf seiner Beerdigung entdeckt.«

»Dann halt dich im Hintergrund«, sagte Gregor und legte auf.

Arthur Brüllings Leichnam wurde in der großen Trauerhalle des Hauptfriedhofes Freigrafendamm aufgebahrt. Die Halle war ein Kubus, durch und durch eckig, vielleicht 15 Meter hoch und aus flachen braunen Steinen geziegelt, die aus der Ferne wirkten, als seien sie aus Holz. Das gut zehn Meter hohe Eingangstor war dreigeteilt, gespalten von zwei schlanken, viereckigen Mauersäulen. Die ähnlich hohe Eingangstür war aus schwarzem Metall gefertigt, die mich postwendend zu Brei geschlagen hätte, wäre sie aus den Angeln geraten. Sie war geschlossen; die Trauerzeremonie war bereits in vollem Gange. Ich wagte ein paar Schritte die breiten Stufen hinauf, was nicht unbemerkt blieb, da zu meinen Flanken jeweils drei mit Schwert und Speer bewaffnete Steinskulpturen überlebensgroß auf mich hinunterstarrten. Ich sah ihnen entgegen. Die aufgerichteten Brustwarzen der vorwiegend nackten Steinfrau irritierten mich.

Ich drückte ein Ohr gegen die mit unzähligen Fenstern gespickte Tür. Eine männliche Stimme nuschelte durch die Scheibe. Dann erfüllten Orgelklänge sowie das Poltern zahlreicher rutschender Stuhlbeine die Halle und ich suchte Schutz hinter einer nahestehenden Trauerweide. Wenige Minuten später knarzten die riesigen Scharniere, die Tür schlug wie ein monströser Flügel auf und ein Trauerzug, dessen Umfang, Fülle und Facettenreichtum mir die Tränen in die Augen trieb, machte sich auf den Weg zu Arthur Brüllings letzter Ruhestätte. Arthurs Leichnam war in einen schwarzen Sarg mit silbernen Beschlägen gebettet worden, dessen Lackierung mondän in der trüben Herbstsonne funkelte. Ein aus weißen Lilien gefertigter Blumenschmuck zierte die Mitte des Sargdeckels. Die Blüten federten beschwingt im Rhythmus der Schritte jener sechs Männer, die den Sarg geschultert hatten. Ihnen folgten schätzungsweise 40 trauernde Individuen, Zivilisten wie Polizisten, welche dem Verstorbenen in ihren besten Uniformen das letzte Geleit gaben. Ich hatte den Eindruck, sie versuchten, ihre Schritte in Einklang mit dem Glockengeläut zu bringen, gaben die Bemühungen jedoch bald wieder auf. Mein Magen drückte sich gegen meine Bauchdecke und verbreitete ein beklemmendes Gefühl. Ich versuchte, ein paar bekannte Gesichter auszumachen. Doch alles, was ich auf Anhieb identifizieren konnte, war Ilona Brüllings rot geweintes Gesicht, welches dürftig mit einer schwarzen, vom Hut herunterbaumelnden Spitze verschleiert war. An ihrer Seite schritt ein weißhaariger vollbärtiger Mann. Sein Rücken war steif, seine Mimik von Stolz und Würde verzerrt, penibel darauf achtend, nicht zu viel Trauer durch die Poren zu lassen.

Die Brülling'sche Hakennase war unübersehbar. Es musste Arthurs Vater sein.

Ich sah dem Marsch noch eine Weile nach. In einem respektablen Abstand folgte ich dem Zug bis zu der ausgehobenen Grabstelle und versteckte mich einige Meter entfernt hinter dem wuchtigen Stamm einer alten Eiche. Ich beobachtete die Menge, wie sie sich um das Erdloch zu sammeln begann, und sah glücklicherweise nur bedingt die leidvolle Szene mit den Seilen und dem Sarg, als dieser in die Erde herabgelassen wurde. Dennoch entgingen mir die zitternden Schultern nicht – sowie jene Taschentücher, die ausgefaltet wurden, um Tränen aus den Gesichtern zu wischen. Eines von ihnen gehörte Edgar Ansmann. Ich fand ihn am Rande des familiären Geschehens. Er trug einen adretten schwarzen Einreiher sowie ein reinweißes Hemd ohne Krawatte. Dass ihm die Veranstaltung die Tränen aus den Augen drückte, überraschte und überwältigte mich zugleich, hatte er doch steif und fest behauptet, er würde diesen Mann so gut wie gar nicht kennen.

Das Unwohlsein in meinem Magen begann auf meine übrigen Eingeweide überzugreifen und ein eigenartiger Geschmack überzog meine Zunge. Die Zeremonie fand ihren Abschluss, als sich die Trauernden bemühten, eine Schlange zu bilden, um nacheinander eine Schaufel voller Erde auf den Sarg zu werfen. Ich ertappte mich dabei, wie ich eine zähe Träne aus meinem rechten Augenwinkel wischte, erinnerte mich aber schnell wieder daran, dass ich beruflich hier war, und stierte blindlings durch die Veranstaltung hindurch.

Etwa zehn Minuten später löste sich die Gruppe allmählich in sämtliche Himmelsrichtungen auf. Ich wurde langsam unruhig, spürte jedoch bald eine sich nähernde Gestalt in meinem Rücken und drehte mich um.

Ein groß gewachsener Trauergast hatte sich an mich herangeschlichen. Er trug ein nachtschwarzes Dinnerjacket, sein weißes Hemd war akkurat bis über das Brustbein zugeknöpft. Seine kurzen braunen Haare zeigten entlang der Ohren leichte Andeutungen von Locken. Das Gesicht war glatt rasiert, die Mundwinkel von kleinen tiefen Falten geprägt. Unter den dunklen Augenbrauen fingen salbeigrüne Augen das schwache Licht der Mittagssonne ein. Ihre Farbe zog jede Aufmerksamkeit auf sich, lenkte jedoch nicht von der hellen frischen Narbe ab, die sich entlang des Halses über den Hemdkragen in mein Sichtfeld drängte. Ihm schienen sämtliche Klamotten zu weit.

Kein Wunder, dass ich ihn nicht unter den Trauergästen hatte entdecken können. Als sich meine und Gregors

Wege zum ersten Mal kreuzten, trug er einen Vollbart, ein Paar ausgemergelte Jeans und seine lockigen Haare offen bis zum Kinn. Er stank meistens nach Nikotin, häufig nach Alkohol. Doch allen voran störte das spinnenartige schwarze Hakenkreuztattoo an seinem Hals, das sich immer ins Blickfeld drängte, ganz egal, wie hoch er seinen Kragen aufstellte.

»Wie geht es dir?«, fragte mich Gregor und sah an mir herunter.

»Gut. Und selbst?«

Er wiegelte ab. »Es dauert. Ich bin ungeduldig.«

»Das glaube ich dir.« Ich lächelte. »Gut siehst du aus.«

Er lächelte nur kurz zurück. Dann senkte er seinen Blick.

Ein lauwarmer Schauer rann mir über den Rücken. Ich war überrascht, erstaunt, fühlte mich überrumpelt. Warum zum Teufel hatte mich niemand vorgewarnt?

Ich wies mit meinem Kinn auf seine Narbe. »Wie ich sehe, hast du das Tattoo entfernen lassen.«

Er sah durch mich durch. »Es war einfach an der Zeit.«

Ich nickte. Dann schaute ich an ihm vorbei und beobachtete Ansmann, wie er auf uns zu spazierte. Er schien nicht überrascht, mich hier zu sehen, und ich begann den Braten zu riechen. Ich verdrehte die Augen und schob meine Hände in die Taschen. Gregor drehte seinen Kopf, um meinem Blick zu folgen.

»Ich sehe, ihr habt einander schon bekannt gemacht«, scherzte Ansmann, ohne zu lächeln.

»Was hat die Obduktion ergeben?«, fragte ich sofort – aus Neugier. Aber auch, um Gregor klarzumachen, dass ich in der Sache ›drin‹ war.

Ansmann bohrte seine Fußspitze in die Erde. »Nichts.«

Ich nickte, denn ich hatte mit keinem anderen Ergebnis gerechnet. Gregor öffnete sein Dinnerjacket und griff in die Innentasche, um eine Zigarettenschachtel herauszuholen.

»Also«, fragte ich in die Runde. »Was haben wir nun so dringend zu besprechen?«

Gregor schob sich eine Fluppe zwischen die Lippen und steckte seine rechte Hand in die Hosentasche. Die Flamme eines polierten Zippos züngelte vor seiner glatten Haut.

»Ich sehe noch etwas Klärungsbedarf«, sagte Ansmann.

»Ach ja? Inwiefern?«

»Uns will immer noch nicht in den Kopf, was Arthur Brülling ausgerechnet bei Ihnen zu suchen hatte.«

»Uns?«, wiederholte ich. »Ermittelt ihr zwei nun gegen mich?«

Gregor drehte seinen Kopf, um den Qualm fernab meines Gesichtes in die Luft zu blasen. Die vernarbte Haut über seinem Kragen spannte sich. Sein Gesicht zeigte keinerlei Ausdruck. Dabei hätte ich schwören können, dass er über Guido Brülling und mich längst im Bilde war.

»Arthur hatte Ihre Adresse«, betonte Ansmann.

»Die muss ihm jemand wohl zugesteckt haben«, spielte ich den Ball zurück. »Jemand, der ihn kannte. Und mich.« Fragend sah ich die beiden nacheinander an. »Ich jedenfalls hatte bis zu seinem Tod keinen Schimmer, dass er überhaupt existierte.«

»Warum sollte ihm jemand *Ihre* Adresse geben?«

»Weil ich von Beruf Privatermittlerin bin!«

»Ach ja? Ich dachte, das seien Sie nicht mehr.«

Ich merkte, wie Gregor die Ohren spitzte. Doch ich ließ mich nicht auf diese Diskussion ein.

»Womöglich hatte Arthur ein Problem und brauchte Hilfe«, sagte ich.

»Was ihn am Ende das Leben gekostet hat.«

»Glauben Sie das wirklich?« Ich verschränkte die Arme vor der Brust. »Kann es nicht sein, dass er wirklich nur an einem Herzanfall gestorben ist? So etwas kommt hin und wieder vor. Sogar bei um die 40-jährigen.«

»Er ist an einem Herzanfall gestorben. Aber nicht unter natürlichen Umständen.«

»Also hat die Obduktion doch etwas ergeben.«

»Nein«, sagte Ansmann. »Oder zumindest im Augenblick nicht. Es liegen noch Gewerbeproben bei der Toxikologie.«

»Sie tippen also auf Drogen?«

»Oder auf Gift.«

»Aha.« Ich war nicht sehr überzeugt. Eher kam es mir vor, als wollte Ansmann auf Teufel komm raus einen Hinweis finden. »Und wie?«

Herr Kommissar zögerte. Anscheinend gefiel es ihm nicht mehr, mich mit Informationen zu versorgen. Ich gab Gregor dafür die Schuld. Denn immer, wenn er auftauchte, schien Ansmann sich ihm gegenüber profilieren zu müssen. Und natürlich zeugte es nicht von Professionalität, wenn ein Bulle mit einem *Mädchen* kooperierte – oder noch schlimmer, wenn er zugeben musste, dass er mit der Situation nicht allein fertig wurde. Letzteres hatte er sich allein dadurch vermasselt, dass er Gregor überhaupt auf den Plan gerufen hatte. Daher wollte mir auch einfach nicht in den Kopf, was Gregor überhaupt hier zu suchen hatte.

»Also.« Ansmann fasste sich ein Herz. »An Arthurs Körper fand man weder Einstiche, Schnittwunden noch irgendwelche Verbrennungen oder Verätzungen der Atemwege. Für Barbiturate fehlten die ersten äußerlichen Hinweise. Auf Oleandrine und Digitaloide sollen die Gewebeproben noch getestet werden. Aber das dauert.«

»Was er damit sagen will …« Nun klinkte sich Gregor in die Unterhaltung ein. »Das Gift muss Arthur oral zugeführt worden sein.«

»Oral«, wiederholte ich. »Ihr meint also, jemand hat ihm etwas ins Essen oder Getränk gemischt?«

Die beiden sagten nichts.

»Was hat er denn zuletzt gegessen?«

»In seinem Magen fand man halb verdaute Reste von Pizza, Variante Salami mit Paprika und Peperoni.«

»Klingt mir nach einer Nadel im Heuhaufen.«

»Nicht unbedingt. Wir sind uns ziemlich sicher, dass die Pizza kein Tiefkühlprodukt war. Somit können wir die Suche nach dem Täter auf die Imbissstuben in Arthurs näherer Umgebung eingrenzen.«

»Und woher wissen Sie das so genau?«

»Es liegt an dem Käse.«

Verwirrt legte ich den Kopf schief.

Er seufzte. »Entschuldigen Sie, wenn ich eine Ihrer Traumblasen zum Platzen bringen muss. Aber es sind längst nicht mehr die Tiefkühlwarenhersteller, die dieses billige Gemisch aus Eiweißpulver, Wasser und Öl als Käseersatz verwenden. Seit den verschärften Kontrollen sehen sich Dr. Oetker und Co. dazu genötigt, auf Kunstprodukte zu verzichten und den sensibilisierten Kunden echten Käse anzupreisen. Pizzerien und Restaurants hingegen können weiterhin unbemerkt bescheißen, weil es dort weniger Kontrollen und keine Packungsbeilagen gibt. Lange Rede, kurzer Sinn: Richtiger Käse ist schwer verdaulich. Die Rechtsmediziner hätten Reste davon in Arthurs Magen finden müssen. Aber Fehlanzeige. Vermutlich war der Kunstkäse also bereits von seiner Magensäure zersetzt worden.«

»Ist das nicht ein bisschen dünn?«, warf ich ein. »Wer sagt Ihnen, dass die Pizza schuld war, vor allem, wenn Sie nicht einmal wissen, ob er überhaupt vergiftet wurde? Abgesehen davon bezweifle ich, dass die Billigtiefkühlpizzen ausnahmslos echten Käse verwenden. Haben Sie sich mal eine Aldi-Pizza in den Ofen geschoben? Zehn Euro, dass der Käse nicht echt ist.«

»Sie könnten recht damit haben«, erwiderte Ansmann. »Aber wir von der Polizei sind es gewohnt, sämtlichen noch so dünnen Spuren auf den Grund zu gehen.«

»Und was erwarten Sie von mir?«

Ansmann stopfte sich die Hände in die Taschen. »Da Arthur offiziell eines natürlichen Todes starb, hat die Kripo keinerlei Interesse daran, seinen Nachlass zu durchleuchten. Im Moment würfeln die Verwandten aus, wer von denen sich um seinen Hausrat kümmert. Sie können sich vorstellen, dass dies nichts ist, wofür die Leute Schlange stehen. Gregor als engerer Freund der Familie hat sich gegenüber Ilona bereits angeboten, diesen Job zu übernehmen. Wenn er die Schlüssel vom Vermieter bekommt, können wir Arthurs Wohnung, sprich seinen Müll, nach Hinweisen durchsuchen, ob er eine Pizza gekauft hat – und wenn ja, wo. Ich will, dass Sie dabei sind.«

»Wozu?«

Er seufzte. »Wenn Arthur ausgerechnet Sie als Ermittlerin auserkoren hat, muss er einen Grund dafür gehabt haben. Mir will sich dieser Grund im Moment nicht erschließen. Und Ihnen ja angeblich auch nicht. Aber vielleicht fällt es Ihnen wieder ein, wenn Sie mit seinen Habseligkeiten in Berührung kommen. Ich verspreche mir etwas davon. Fragen Sie mich allerdings nicht, was. Ehrlich gesagt weiß ich es selbst nicht.«

Ich gab mich skeptisch. Es wäre gelogen, würde ich sagen, ich wäre für diese Gelegenheit nicht dankbar. Nie im Leben hätte ich geglaubt, dass sich mir die Möglichkeit bieten würde, in Arthurs Wohnung zu kommen und ein wenig rumzuschnüffeln. Doch die Aussicht, mich dafür mit Gregor ›Panko‹ Pankowiak noch einmal zusammenraufen zu müssen, bereitete mir Bauchschmerzen. Er mochte mit seinem Anzug und seiner gestutzten Haarpracht zwar einen geläuterten, fast charmanten Eindruck machen. Aber ich ließ mich nicht einlullen. Das hier war immer noch eine Beerdigung. Er hätte sich schämen müssen, wäre er ungepflegt, oder sogar mit einer Fahne, hier aufgetaucht.

Ich ritt ein wenig auf diesen Gedanken herum, wurde dann aber von einem penetranten Brummen an meinem Hintern abgelenkt. Ein Anruf.

»Wir haben ein Problem«, begrüßte mich Metin. »Es geht um Corinna.«

»Oh Gott.« Intuitiv erwartete ich das Schlimmste. »Hatte sie einen Unfall? Geht es ihr gut?« Mit dem Schrecken, der sich auf meinem Gesicht ausbreitete, bekam ich die volle Aufmerksamkeit der beiden Anwesenden. Sie wandten ihre Köpfe zu mir, doch ich wandte mich ab.

»Dreh nicht immer gleich durch. Ihr geht es bestens. Könnte sich aber bald ändern.«

»Was meinst du damit?« Ich ging ein paar Schritte.

»Ich habe vorhin mit der IHK telefoniert. Wegen Betriebsaufgabe und so. Dabei ist denen aufgefallen, dass ich ja noch eine Azubine habe. Und wenn ich den Betrieb aufgebe, hat unsere kleine Blutsaugerin keinen Ausbildungsplatz mehr. Hab mir fast schon gedacht, dass die mir deswegen Stress machen werden.«

»Ich verstehe die Aufregung nicht«, sagte ich. »Sie kann doch bei mir weiterarbeiten. Derselbe Job, dieselben Aufgaben. Sie muss nicht einmal woanders hinfahren.«

»Fand ich auch gut, die Idee. Du bist jedoch keine geprüfte Ausbilderin. Und wer ausbilden will, muss einen Schein bei der IHK machen.«

Ich stöhnte in den Hörer. »Und jetzt?«

»Drei Möglichkeiten. Entweder stellst du schleunigst einen ein, der so einen Ausbilderschein hat, oder Corinna macht ihre Ausbildung woanders zu Ende.«

Ich wartete ab, aber Metin schien fertig zu sein. »Und die dritte Option?«, erinnerte ich ihn.

»Ach so«, sagte er. »Die dritte Option ist, dass Corinna ihre Prüfungen vorzieht, das wird die IHK allerdings nicht genehmigen, weil sie Scheißnoten hat.«

»Haben die das jetzt schon gesagt?«

»Nein. Die kennen ihre Noten nicht«, sagte er. »Aber ich kenn das Notendrama von woanders her.«

Ich wollte nicht weiter nachfragen, woher genau er das kannte.

»Du kannst sie auch rausschmeißen«, sagte er. »Ich hätte da einen Karton voller Kündigungsgründe im Schrank, falls du Hilfe brauchst.«

»Nein!«, quiekte ich in den Hörer. Dann versuchte ich mich zu beruhigen. »Hör zu. Ich komme morgen Früh vorbei und wir besprechen das Ganze.« Ich legte auf, starrte aber noch eine Weile das Handy an und versuchte, das Gehörte zu verarbeiten.

»Alles in Ordnung?« Gregor hatte sich hinterrücks an mich herangeschlichen.

»Ja. Nein. Ich weiß nicht«, stotterte ich. Die Aussicht, dafür verantwortlich zu sein, dass Corinna keine adäquate Ausbildung bekam und irgendwann biertrinkend und um Euros bettelnd auf der Straße landete, stiftete Panik in meinem Kopf. Nicht nur, weil es schlechte Aussichten für Corinna waren. Paps kannte außerdem ihren Vater. Und mindestens einer von ihnen würde mir die nächsten Jahre die Hölle heißmachen. Ich hörte, dass Ansmann sich verabschiedete, reagierte jedoch nicht.

Gregor blieb. »Kann ich irgendetwas tun?«

Sein zuvorkommendes Verhalten irritierte mich nur noch mehr. »Ich fahr heim«, sagte ich schnell. »Ruf mich an, wenn es losgeht. Mit der Wohnung, mein ich.« Ich machte einen Schritt vorwärts.

Gregor hielt mich an der Schulter fest. »Geht's dir gut?«

»Ja.«

»Das meine ich nicht«, sagte er sofort, legte die zweite Hand auf meine andere Schulter und drehte mich wie eine Puppe, sodass ich ihm ins Gesicht sehen musste. Seine Augen suchten meinen Blick und er schwieg so lange, bis ich ihn endlich ansah. »Wie geht es dir?«, fragte er langsam und deutlich, als sei ich begriffsstutzig.

Ich verstand, worauf er hinauswollte. Ich nickte. »Besser. Ich kann wieder etwas schlafen.«

Er lächelte. Die Wärme seiner Hände drang durch meine Windjacke. »Auch ohne Licht?«

»Woher weißt du davon?«

Er ließ seine Hände an meinen Armen hinuntergleiten. Sein Lächeln verflüchtigte sich. »Bevor du fort warst, bin ich öfter nachts an deiner Wohnung vorbeigefahren und habe es brennen gesehen.«

Ich merkte, wie ich vor Verlegenheit rot wurde.

Sein Blick schien mein Gesicht zu durchsuchen. »Minderhoud und van Spreuwen wurden vor drei Wochen von Europol in Belgien aufgegriffen.«

Erst wusste ich nicht, wovon er sprach. Dann plötzlich begann sich mein Puls zu beschleunigen und das Blut brodelte durch meine Adern. Mir wurde schwindelig. »Van Spreuwen? Ist das …?« Meine Stimme versagte.

Er nickte »Der Holländer, der dir die Kugel verpasst hat.«

Meine Knie wurden weich und meine Hände begannen zu zittern. »Dann ist es also vorbei?«

Er nickte wieder.

Es war, als hätte er mir ins Gesicht geschlagen, doch es tat nicht weh. Ich taumelte; meine Augen füllten sich mit Tränen. Ich vergrub mein Gesicht in die Hände und versuchte, nicht loszuheulen. Gregor nahm mich an meinen Handgelenken und legte meine Hände in seinen Nacken. Dann schlang er seine Arme um meine Hüften und zog er mich an sich. Der Duft von dezentem Aftershave, durchsetzt von Nikotin, drang mir in die Nase. Und als ich seine weiche Wange an der meinigen spürte, brach plötzlich alles aus mir heraus. Ich klammerte mich an ihn, drückte mein Gesicht in seine Schulterbeuge und heulte los.

Der böse Geist war verflogen. Der Spuk hatte ein Ende. Und niemand würde nachts in meine Wohnung einbrechen und mir halb zugedröhnt einen Lauf zwischen die Augen drücken.

Nie wieder musste ich mit einem Messer unter dem Kissen schlafen.

Warum zum Teufel hatte Schalke mir nicht gesagt, dass der Holländer längst im Knast saß? Er muss darüber Bescheid gewusst haben. Immerhin war er in die Ermittlungen involviert. Aber offenbar hätte er mich lieber dumm sterben lassen.

Ich hob den Kopf. »Von wem hast du die Information?«

Er inspizierte mich eingehend. »Du bist sauer, weil du es von mir erfährst. Und nicht von ihm.«

Ich löste mich aus seinen Armen, erwiderte aber nichts.

»Die Fäden hat Europol zusammen mit dem LKA gezogen. Ich glaube nicht, dass er von alldem etwas wusste.«

Ich konnte nicht fassen, dass er sich für Schalke einsetzte. »Und wieso weißt *du* es?«, fragte ich und schüttelte den Kopf. »Und sag mir jetzt bloß nicht, dass du einen heißen Draht zum LKA hast.«

»Nein. Den habe ich nicht.« Mehr hatte er nicht zu sagen. Er starrte auf den Boden und sein Kiefer verkrampfte sich.

Mir reichte der Anblick, um zu verstehen, was er nicht sagen wollte. »Einer von Minderhouds Leuten hat es dir gesteckt.«

Gregor schwieg, was ich sogleich als Bestätigung einstufte. »Ich fasse es nicht«, fauchte ich. »Was glaubst du, was du für sie bist? Ein Drahtzieher? Ein Partner? Ein Lakai bist du, nicht mehr und nicht weniger.« Ich wich einen Schritt zurück. »Und damit nicht genug. Du fängst dir eine Kugel ein, *ich* fange mir eine Kugel ein. Und dann kriechst du vor ihnen zu Kreuze. Wie lange willst du das machen? Bis du tot bist?« Ich schnaubte. »Du bist erbärmlich.«

»Aber so ist es nicht!«, fuhr er mich an.

Ich reagierte nicht darauf, machte kehrt und marschierte quer über den Rasen geradewegs auf den Schotterweg zu. Als ich hörte, dass er mir folgte, legte ich einen Gang zu, doch er wurde ebenfalls schneller. Das Ganze wiederholte sich, bis ich schließlich zu traben begann. Es war nur eine Frage der Zeit, bis er mich einholen würde. Schließlich hielt er mich am Arm fest. »Lass es mich erklären.«

»Du brauchst es mir nicht zu erklären«, zickte ich, immer noch laufend.

»Ich will es aber!«, keuchte er. Er war völlig aus der Puste, was mich wiederum erschreckte. Daher blieb ich stehen und sah ihn an. Reste meiner Schminke waren auf seinem Hemdkragen verschmiert und mir wurde klar, dass ich gerade schrecklich aussehen musste.

»Ich bin erst vor drei Wochen entlassen worden«, fing Gregor an. »Es gab ein paar Probleme. Einen Pleuraerguss, der eine Drainage nötig machte. Danach Reha mit Physiotherapie und weiteren Übeln.«

Ich hob eine Braue. »Welchen Übeln?«

»Nikotinentwöhnung.«

»Hat wohl nicht geklappt.«

Er lächelte. Aber nur kurz. »Mein Ansehen im Präsidium hat nach dem Vorfall ziemlich gelitten. Es kursieren Gerüchte, ich würde vertrauliche Informationen aus Polizeikreisen verkaufen. Ich würde Verrat an meinen ehemaligen Leuten begehen. Edgar bemüht sich um Schadensbegrenzung, wofür ich ihm sehr dankbar bin.« Er schüttelte den Kopf. »Es war schwierig, mich wegen der Ermittlungen auf dem Laufenden zu halten.«

»Deswegen hast du dir einen anderen Kontakt gesucht.« In seinem Gesicht rührte sich nichts, doch ich brauchte nicht lange zu suchen, um zu entdecken, wie viel Schaden die sogenannten Gerüchte bei ihm angerichtet haben. »Ist ein Verfahren gegen dich eröffnet worden?«

»Es ist nur Gerede«, fuhr er mich an. »Niemals habe ich irgendeinen Polizisten verraten oder verkauft!«

»Warum erzählst du mir das alles?«

Er warf den Kopf in den Nacken, sah in den Himmel und tat sich sichtlich schwer damit, zu sagen, was er sagen wollte. Eine Locke, die er entlang seines rechten Ohres nicht zu bändigen vermochte, zeichnete eine scharfe Kontur vor dem Himmel. »Es ist nur so: Ich könnte im Augenblick einen Freund vertragen.«

Ich nickte und verschnürte die Arme vor meiner Brust. Gregor benahm sich seltsam. Er schien mir fast fremd. »Nikotinentwöhnung, ja?«, sagte ich. »Du solltest besser nicht mit dem Rauchen aufhören. Du wirst nur dick davon. Außerdem würde dann gar nichts mehr von dem übrig bleiben, was ich gekannt habe.«

Gregor lachte schwach und Fältchen bildeten sich um seine Augen. »Glaub mir. Du hast mich noch nie wirklich gekannt.«

10.

Der Karton mit der Post, die Anastasios für mich gesammelt hatte, war glücklicherweise nur halb gefüllt. Nachdem ich es in den letzten Tagen geschafft hatte, mich immer wieder an der Kiste vorbeizuschleichen, begann mich diesmal das schlechte Gewissen zu plagen, und ich setzte mich, kaum, dass ich zu Hause angekommen war, vor dem Karton auf den Boden und las. Allein die Hälfte des Papierkrams bestand aus Werbung und Infopost, und zum ersten Mal war ich glücklich darüber, mit Broschüren, Werbebriefen und Flyern zugemüllt zu werden. Anschließend knöpfte ich mir die Rechnungen vor. Weder Absender noch Beträge waren eine Überraschung für mich, obschon ich mich an einige offene Posten nicht gleich zu erinnern vermochte. Ich legte das komplette Sammelsurium auf der Küchenarbeitsplatte ab.

Für heute hatte ich mir genug Stress gegönnt.

Ich warf mich auf das Sofa, legte die Füße hoch und den Laptop auf meinen Bauch. Das Gebläse am Boden des Gerätes wärmte mich. Ich surfte ein wenig herum, prüfte meinen E-Mail-Account und las die aktuellen Nachrichten. Es war einiges los in der Welt. Aufmüpfige überall, die keine Lust mehr auf ihr Regime hatten. Doch auch in Düsseldorf gab es Neuigkeiten zum Selbstmord des Politikers Schwarzinger. Er und seine Frau waren Ende September in seinem Büro in Düsseldorf erhängt aufgefunden worden und ich kam nicht umhin, mir die ganzen Geschichten darüber durchzulesen. So etwas kam nur alle paar Jubeljahre vor, insbesondere die hitzköpfigen Debatten, die daraus resultierten und welche von der Polizei in den Griff gebracht werden mussten. So erklärte der Kommissionsverantwortliche des LKA in einer Pressekonferenz ausdrücklich, dass keine Fremd-DNA an den Stricken gefunden wurde. Auf die Frage nach weiteren genetischen Spuren am Tatort hüllte er sich in Schweigen. Ich hielt dies nicht für verwunderlich. Das LKA würde kaum auf die Idee kommen, sämtliche Politiker, Diplomaten oder Mitarbeiter, die Schwarzingers Büro in letzter Zeit betreten hatten, zur Abgabe einer Speichelprobe einzuladen. Ganz zu schweigen davon, dass die Hälfte der Gäste wahrscheinlich keinem Auslieferungsabkommen unterlag.

Zu guter Letzt ließ der LKA-Abgesandte verlautbaren, dass die Untersuchung des Abschiedsbriefes andauerte – was der Angelegenheit allerdings nur noch mehr Feuer verlieh.

Sowieso war der Onlinebeitrag mit spitzfindigen Kommentaren des Redakteurs durchsetzt. So titulierte er Schwarzinger als den neuen Uwe Barschel, nicht zuletzt, weil sich Schwarzinger durch seine harschen Äußerungen über den Kaschmir-Konflikt ein paar Feinde gemacht hatte. Unter anderem ließ er durchsickern, dass die Untersuchung des Abschiedsbriefes nicht einfach nur andauerte, sondern aus Sicherheitsgründen wiederholt werden musste. Und das sei ein Indiz für Unstimmigkeiten. Ohnehin ließ der Kommentator keine Zweifel aufkommen, dass er auf einen gewaltsamen Tod spekulierte.

Auch ich hielt die Story für außerordentlich seltsam. Nicht nur aufgrund der Absurdität, dass ein Politiker im Zenit seiner Karriere sein Leben beendete. Insbesondere fragte ich mich, wie man auf den Trichter kommen konnte, sich zwei Stricke inklusive Frau mit ins Büro zu nehmen, um sich ausgerechnet dort zu erhängen.

Der Selbstmord war ein Statement, ganz ohne Frage.

Und was auch immer im Abschiedsbrief gestanden hatte; die Polizei hatte sicherlich gute Gründe dafür, diesen nicht zu veröffentlichen.

Ich ließ Schwarzingers Namen durch die Suchmaschine rasseln und las mich durch seine Biografie. Wie erwartet schien der Typ eine Bilderbuchkarriere hingelegt zu haben.

Eduard Richard Konstantin Schwarzinger, geboren 1955 in Kassel, war Leiter der Düsseldorfer Niederlassung des Beauftragten für Menschenrechtspolitik und humanitäre Hilfe. Dort konzentrierte sich seine Kompetenz auf die Gebiete Indien, Bangladesch und Pakistan. Für seine hohe Einsatzbereitschaft während der Flutkatastrophe in Pakistan im letzten Jahr heimste er ordentlich Lorbeeren ein. Und auch ich erinnerte mich an sein Gesicht, das er in diversen Fernsehauftritten und bei Spendenaufrufen zeigte. Er war stets schwarz gekleidet, stets gut gekämmt und lächelte nie. Er war mir eigentlich nicht sympathisch.

Vor seiner Zeit in Düsseldorf war Schwarzinger etliche Jahre als Botschafter nach Neu-Delhi entsandt. Nach den Terroranschlägen in Mumbai 2006 und 2008 reiste er in die Hafenstadt, um zu schlichten, zu helfen und dem Auswärtigen Amt Bericht zu erstatten. Bis zuletzt galt er als ausgezeichneter Indien-Experte sowie enger Vertrauter der BJP, der zwischen 1998 und 2004 mitregierenden Indischen Volkspartei.

Eine Woche vor seinem Tod gab das Auswärtige Amt bekannt, dass Schwarzinger als Beauftragter für zivile Krisenprävention, Menschenrechte und internationalen Terrorismus in die Abteilung Vereinte Nationen abberufen werden sollte. Ob er sein neues Büro noch in Augenschein nehmen konnte, wagte ich zu bezweifeln.

Ich scrollte weiter nach unten, um die letzten Interviews mit ihm zu lesen, wurde jedoch durch mein Telefon abgelenkt. Es war Ansmanns Bürodurchwahl.

»Haben Sie und Pankowiak sich wieder vertragen?«, fragte er.

»Wir sind ein Herz und eine Seele«, sagte ich.

»Gut.«

»Warum interessiert Sie das?«

»Ich wollte nur sichergehen, dass es zwischen Ihnen beiden keine Probleme geben wird. Ich weiß, dass Sie in letzter Zeit nicht gut auf ihn zu sprechen waren.«

»Ich komme schon klar«, sagte ich.

»Tun Sie mir nur einen Gefallen: Passen Sie ein wenig auf, dass er nicht irgendwelche Dummheiten macht.«

Beinahe lachte ich. »Aufpassen? Ich? Auf ihn? Wollen Sie mich veräppeln?« Dann erinnerte ich mich daran, was Gregor mir auf dem Friedhof erzählt hatte. »Hat das irgendetwas mit der augenblicklichen Unruhe im Präsidium zu tun?«

»Unruhe«, wiederholte er. »Ihnen ist doch klar, warum Pankowiak niedergeschossen wurde?«

»Er wollte Minderhoud verpfeifen.«

»Ja«, sagte Ansmann. »Und sich gleich mit dazu.«

»Um sich Straffreiheit zu erkaufen«, ergänzte ich. »Ich weiß davon. Er hat es mir erzählt.«

»Ach ja?« Er klang genervt. »Hat er Ihnen auch erzählt, was man im Präsidium von einem Expolizisten hält, der seine Loyalität über den Jordan wirft, um eine Straftat zu gestehen?«

»Wollen Sie mir etwa weismachen, niemand im Präsidium wusste davon, dass sich Gregor manchmal über den Rand der Legalität hinaus bewegt? Haben Sie ihn sich einmal angesehen? Sein ganzer Rücken schreit nach Strafverfolgung.«

»Es geht nicht darum, was man weiß oder, so wie Sie, zu wissen glaubt, sondern was schwarz auf weiß in den Akten steht. Alles andere nennt man Grauzone. Tun Sie mir also den Gefallen und halten Sie ihn zurück, auch um seinetwillen. Auf Sie wird er hören.« Er stockte. »Und erzählen Sie ihm nichts davon, dass wir miteinander gesprochen haben.«

Die Nacht war schwarz und kühl, die Rollläden nicht heruntergelassen. Ich rollte mich eine ganze Weile in meinem Bett hin und her, schaffte es aber nicht, die Augen zuzulassen – zu viele Gedanken wollten noch nicht schlafen gehen, sondern am besten sofort verarbeitet werden.

Gegen ein Uhr stand ich schließlich auf und tapste in die Küche, um mir einen Tee aufzukochen. Als das Wasser begann, in dem Wasserkocher über den Rand zu blubbern, klopfte es leise an der Tür. Langsam zog ich sie auf. Der Mann mit dem Stock wartete auf der anderen Seite.

»Bitte nicht wieder schreien.«

Ich winkte ihn hinein. »Möchten Sie einen Pfefferminztee?«

»Gerne.« Er folgte mir in die Küche. Sein Stock klapperte auf den Fliesen. »Warum sind Sie noch wach?«

»Zu viele Dinge, die mich beschäftigen«, sagte ich nur.

»Ja, das kenne ich.«

Ich schüttete das heiße Wasser in zwei Tassen, warf Teebeutel hinein und lotste Guido Brülling ins Wohnzimmer. Sternenlicht dekorierte die Scheiben. Als ich mit dem Ellenbogen das Licht anknipste, machte er eine ermahnende Handbewegung, doch ich ignorierte sie. Van Spreuwen war eingebuchtet und Guido Brülling augenscheinlich paranoid. Ich hatte es satt, mich zu verstecken.

Ich balancierte die heißen Tassen zum Couchtisch und setzte mich neben Brülling aufs Sofa. Ich musterte ihn für eine Weile, schließlich hatte ich ja kaum Gelegenheit dazu. Brülling war ein Mann jenseits der 40, vielleicht Ende 50, blond, mit einem erkennbaren Grauhaarüberschuss. Sein Gesicht zeigte starke Stirnfalten, seine Mundwinkel hingen müde herunter. Er hatte einiges mehr an Gewicht als sein Bruder. Sein kaputtes Bein sah völlig intakt aus, obwohl ich nicht wusste, was ich erwartet hatte. Ein Holzbein? Eine Robocop-Prothese?

»Wie war es auf der Beerdigung?«, fragte ich.

Er sah an mir vorbei. »Keine Ahnung. Ich war nicht da.«

»Warum nicht?« Ich zögerte. »Schließlich war er Ihr Bruder.«

Er knetete seine Oberschenkel, was ich als Vorstufe von Verärgerung einordnete. »Beerdigungen sind etwas für Weicheier.«

Ich biss mir auf die Unterlippe. Während meiner bisherigen glorreichen Karriere als ›Toastmörderjägerin‹, wie Versicherungsdetektive im Fachjargon gerne genannt wurden, war ich mehr als einmal einem Lügner gegenüber gestanden. Und im Falle von Brülling war ich mir äußerst sicher: Der Mann sagte nicht die Wahrheit.

Mehr noch, es schien an seinem Gewissen zu nagen, dass er der Beerdigung ferngeblieben war.

»Ihr Nichterscheinen war aber nicht zufällig Teil Ihres Versteckspiels, oder?«

»Wollen Sie mir irgendetwas vorwerfen, Frau Roloff?«

»Kommt ganz drauf an, ob Sie es für normal halten, nachts Leute aus dem Bett zu klingeln, mit ihnen im Dunkeln zu quatschen und der Schwägerin allein die Nachlassverwaltung des toten Bruders zu überlassen. Dabei fällt mir ein: Was macht eigentlich Ihr Bruder Wolfgang?«

Seine Stimme wurde tiefer. »Arthur und Wolfgang waren sich nicht besonders nah.«

Ich ersparte mir die Frage, ob wenigstens er zur Beerdigung erschienen war. Oder ob er überhaupt wusste, dass sein Bruder tot war. »Sie erzählten mir, Arthur fühlte sich verfolgt. Kann es sein, dass nicht nur Arthur, sondern auch *Sie* sich in letzter Zeit ein klein wenig verfolgt fühlen?« Mit Daumen und Zeigefinger deutete ich die Größenordnung einer Büroklammer an.

»Ich gehe nur auf Nummer sicher.«

»Übertreiben Sie es damit nicht ein wenig?«

»Ich bin einfach gründlich. Das kommt auch Ihnen zugute.«

Ich empfand keine besondere Dankbarkeit. Nicht nur, dass er mir den Schlaf raubte. Hätte es jemand auf mich abgesehen, wäre er schon längst aufgetaucht. Immerhin war Arthur nicht irgendwo im Gebüsch, sondern mit allem Blaulicht- und Polizeitrara vor meiner Wohnung gestorben. Das dürfte selbst der halb toten Eintagsfliege im Hauskeller nicht entgangen sein.

Er räusperte sich. »Was ist mit Ihnen? Waren Sie bei der Beerdigung?«

»Ich habe nur aus der Entfernung zugesehen. Ilona Brülling hätte meine Anwesenheit sicher nicht gefallen.« Ich erwartete Rückfragen, ob es ›schön‹ war, ob sie Arthurs Lieblingssong gespielt oder ob Hinz und Kunz den Zug begleitet hatten. Doch es folgte nichts dergleichen.

»Gibt es irgendwelche Neuigkeiten?«

Ich informierte ihn über Ansmanns überzogene Theorie mit der vergifteten Pizza und dass ich plante, demnächst mit Gregor in Arthurs Wohnung nach weiteren Hinweisen zu suchen.

Er nickte langsam und geschmeidig. »Erscheint mir sinnvoll. Arthur war ein Gourmet. Er kaufte nie Tiefkühlware. Eher überzog er das Konto.« Über Gregor verlor er kein Wort.

»Glauben Sie etwa auch an die vergiftete Pizza?«

»Man muss jedem brauchbaren Hinweis nachgehen«, wiederholte er Ansmanns Monolog. »Fälle lösen sich nicht einfach so, sondern nur durch gründliche Polizeiarbeit. Wenn ein Fall nicht aufgeklärt wird, war der Täter nicht clever, sondern der Polizist einfach nicht gründlich genug.«

Da war er wieder, der Superbulle a. D.

»Haben Sie eine Empfehlung, wo wir als Erstes suchen sollten? Hatte Arthur eine Lieblingspizzeria?«

»Nein. Ich habe schon vor Jahren aufgehört, Teil seines Alltags zu sein.«

Ich starrte in meinen Tee, beide Hände umfassten die Tasse. Ich versuchte, sie so sanft zu schaukeln, dass das Wasser gerade noch den Tassenrand berührte. Schon nach wenigen Augenblicken lief die heiße Suppe über meine Hand, doch ich ließ mir den Schmerz nicht anmerken.

»Und?«, fragte er. »Wie war die Beerdigung?«

Zwangsläufig musste ich lächeln. Dass er fragte, machte

ihn ein wenig sympathischer. »Sie war einem Brülling gerecht.«

Er nickte eifrig, wohl auch, um seine Trauer abzuschütteln. Mir entging jedoch nicht, dass er den Tränen nahe war.

Ich versuchte ihn abzulenken. »Ich habe Gregor gestern auf dem Friedhof getroffen. Ich mache mir Sorgen um ihn.«

»Weiß er, dass wir miteinander sprechen?« Er wirkte ein wenig aufgeschreckt.

Ich schüttelte den Kopf.

»Gut. Behalten Sie es so bei«, sagte er. »Und haben Sie noch ein wenig Geduld mit ihm. Eine Schusswunde ist kein Kinderspiel, vor allem nicht im Thorax. Geben Sie ihm ein halbes Jahr. Dann ist er wieder ganz der Alte.«

»Das meine ich nicht«, sagte ich. »Es geht um seine alten Polizeikollegen. Offenbar wenden sie sich gegen ihn.«

Überrascht hob er die Brauen. »Interessant. Inwiefern?«

»Seine Vergangenheit scheint ihn einzuholen«, sagte ich kryptisch. »Sie macht ihn fertig.«

Er nickte. »Es war wohl abzusehen. Ein Wunder, dass er so lange damit durchgekommen ist.«

»Was meinen Sie damit?«

Er lächelte fast. »Kennen Sie den netten Spruch aus einem Film: ›Wenn ich es Ihnen verrate, muss ich Sie töten‹?«

Ich stellte die Tasse auf dem Tisch ab, legte meine Hand auf sein Knie und sah ihm eindringlich in die Augen. »Ich möchte ihm helfen. Er tut mir irgendwie leid.«

Er erwiderte meinen Blick lange. Sehr lange. Und es war anstrengend für mich, nicht wegzusehen. Schließlich tätschelte er meine Hand. Wie ein Opa die seiner Enkelin. »Ich verstehe Sie. Aber mit Mitleid bewirken Sie rein gar nichts.«

»Klingt so, als wüssten Sie genau Bescheid.«

»Ich weiß gar nichts«, sagte er schnell und beinahe abwehrend. »Ich habe nur lange genug zugesehen.«

Der Spruch hätte von mir kommen können. »Ich bin allerdings nicht so blind, wie Sie glauben. Ich weiß, dass Gregor für die Polizei als V-Mann gearbeitet hat.«

Er guckte mich verdutzt an.

Volltreffer.

Ein kränkliches Lächeln wanderte über seine Lippen. »Wissen Sie, ich glaube, Sie könnten wirklich gut für ihn sein. Ich mag Sie. Und er offensichtlich auch. Er braucht unbedingt wieder etwas, auf das er achtgeben kann. Etwas, das sich nicht nur um ihn dreht.«

Ich zog die Hand weg. »Danke. Ich kann gut auf mich allein aufpassen.«

»Wissen Sie eigentlich, dass Sie ihr sehr ähnlich sind?«

»Sie meinen Julia?«

Er nickte. Dann stand er auf, schlich mit seinem Stock ans Fenster und wagte einen verstohlenen Blick hinaus. »Es stimmt. Er hat ein paar V-Jobs gemacht. Aber es ist«, er ließ die Hand schlackern, »ein wenig kompliziert.«

Ich nickte. Als ob ich mir das nicht längst gedacht hatte.

»Nach dem Knast war Gregors Karriere zu Ende. Was ein Jammer war, denn er war ein wirklich guter Polizist. Aufmerksam, mutig, nicht auf den Mund gefallen. Er war ein Meister darin, Menschen und ihre Mienen zu analysieren und Dinge aus ihnen herauszuholen. Auch ohne Gewalt. Es war ein großer Verlust für die Truppe. Für das

Dezernat und das Mobile Einsatzkommando. Er hätte es wirklich weit bringen können.« Er seufzte. »Als er aus dem Gefängnis kam, war er verändert. Ich weiß nicht, was sie da drin mit ihm gemacht haben. Er saß als Totschläger ein. Immerhin hatte er einen jungen Türken auf dem Gewissen und es war kein Wunder, dass gerade die Nazis ihm weitestgehend den Rücken freihielten. Aber auch nicht immer.« Er ließ den Stock gegen die Wand klappern. Ein Lkw rappelte die Dorstener Straße hinunter. »Als Gregor rauskam, war er äußerst reizbar, aggressiv, teilweise paranoid. Seine Oberschenkel waren zerschnitten. Er hat mir bis heute nicht gesagt, woher er diese Schnitte hat. Wir schleppten ihn zu einer Therapie, die jedoch nichts nützte, weil er sie nicht freiwillig machte. Erst versuchte er, allein wieder auf die Beine zu kommen, was nicht einfach ist, wenn man vorbestraft ist und diesen Packen Scheiße auf dem Rücken trägt. Doch als Julia starb, brach er endgültig ein, begann zu trinken und legte sich falsche Freunde zu. Von da an schlug er sich auf der Straße durch, machte Geschäfte mit Freunden von Zellengenossen und Knastbrüdern. Es waren keine großartigen Dinge. Ein bisschen Vertuschung hier, etwas Beweisvernichtung da. Er wusste, wie man sich die Bullen vom Leib hielt. Das brachte ihm Kohle und Vertrauen ein. Aber dann verscherzte es sich so ein Streuner mit ihm, weil er Gregors Freundin krankenhausreif prügelte. Er lieferte den Mistkerl der Polizei. Und da fing er an, immer mehr für seine alten Kollegen zu arbeiten. Hinter vorgehaltener Hand, natürlich. Die Straßenratten sollten keinen Wind davon bekommen.«

»V-Arbeit«, bekräftigte ich meine anfängliche Aussage.

»So einfach ist es nicht. Denn ob Sie es glauben oder

nicht, es gibt Verträge und Tarifordnungen für V-Personen. Gregor, dieser Schweinepriester, wollte aber kein Papier, auf dem sein Name stand. Er wollte auch kein Geld, denn das flog ihm ja schon bei seinen Nebengeschäften zu. Stattdessen ließ er sich seine Dienste mit *Loyalität* bezahlen.« Er belegte das Wort ›Loyalität‹ mit ausreichend Hohn und Spott.

Ich knüpfte daran an. »Sprich: seine Exkollegen versorgten ihn mit internen Informationen und sahen weg, wenn er seine anderen Geschäfte machte.«

Brülling reagierte beinahe wütend. »Das sind keine Kavaliersdelikte. Weder für ihn noch für die Beamten.«

»Das erklärt, warum Ansmann im Moment so unruhig ist.«

»Gregor darf nicht noch einmal vor dem Kader landen.« Es klang wie ein Beschluss. »Kommt das Ganze ans Licht, wird sich die Presse darauf stürzen und so lange graben, bis sie etwas gefunden hat. Sie werden mit Geld um sich werfen. Und die Straßenratten werden kommen, um es sich zu holen. Und reden. Was dann kommt, hängt ganz von der Staatsanwaltschaft ab. Schlimmstenfalls könnten Altverfahren neu aufgerollt werden.« Er schnaubte. »Abgesehen davon, dass Gregors Straßenratten die Sache nicht auf sich sitzen lassen werden.«

»Es ist nur Gerede«, wiederholte ich, was Gregor gesagt hatte, und klammerte meine Finger um die heiße Tasse. Mir war kalt, ich hatte eisige Füße und zitterte. »Niemand will ihn vor den Kader ziehen.«

»Gut.« Brülling hinkte zum Sofa zurück und hob seine Tasse.

»Hat er dort seine Tätowierungen her?«, fragte ich. »Aus dem Knast? Von seinen Nazi-Freunden?«

Er sah streng zu mir hinunter. »Sie reden über eine offene Wunde, Frau Roloff. Und wenn er es Ihnen nicht sagt, wird es Ihnen niemand erklären.« Er setzte die Tasse ab. »Fragen Sie ihn.«

»Er wird es mir nicht sagen.«

»Gut möglich.«

»Ich habe Angst, ihn zu fragen.«

»Dann sind Sie nicht neugierig genug.«

»Wollen Sie jetzt jede Nacht vorbeischauen?«

Er schob eine Hand in seine Jackentasche und holte einen kleinen Zettel heraus. »Das ist meine Handynummer. Bitte speichern Sie sie nirgendwo ein und lassen Sie sie auch nirgendwo liegen. Rufen Sie mich an, wenn sich etwas Neues ergibt. Dann lasse ich Sie zukünftig schlafen.«

»Sehr aufmerksam«, sagte ich.

»Gehen Sie vorsichtig mit den Informationen um, die ich Ihnen gerade gegeben habe.« Sein Blick durchdrang ein paar meiner Hautschichten. »Und geben Sie acht auf ihn. Solange die Wogen nicht geglättet sind, sollte er der Polizei besser nicht negativ auffallen.«

Ich ließ ihn nicht wissen, dass Ansmann mir bereits Ähnliches aufgetragen hatte. »Ich glaube, ich bin nicht die Richtige dafür.«

Er grinste. »Oh, ich glaube doch, dass Sie das sind.« Er war sich seiner wirklich sehr sicher.

»Haben Sie etwa mit ihm über mich geredet?«

»Das war gar nicht nötig.« Dann verabschiedete er sich und ging.

Gegen zehn Uhr morgens schlug ich vor der Detektei auf. Der Himmel hatte sich in sein bestes hellblaues Kleid gehüllt, die grauen Wolken befanden sich auf dem Rückzug. Dessen ungeachtet blies ein ausgewachsener kalter Wind durch die Voedestraße und schubste den Straßenmüll vor sich her. Meine Haare flogen mir unentwegt ins Gesicht, verhedderten sich in meinen Wimpern oder pappten an meinen mit Fettstift geölten Lippen, sodass ich es eilig hatte, in den Laden zu gelangen.

Doch es war schwierig hineinzukommen.

Zahlreiches Mobiliar war bereits vor die Tür gestellt, die Folien an den Scheiben heruntergekratzt und in Säcke gestopft worden. Ein weiterer Sack war mit geschreddertem Papier gefüllt, worüber ich mir allerdings keine Gedanken machen wollte. Als ich mich an den Tischen vorbei in das Geschäft manövriert hatte, stolperte ich beinahe über einen halbherzig zusammengerollten Teppichrest. Zwei mit Farbklecksen besudelte Männer krabbelten auf dem Boden herum und malträtierten ihn parallel mit Teppichmessern und Pizzarollern. Hin und wieder flog ein Teppichfetzen in eine der vier Ecken und legte ein weiteres Estrichquadrat frei. An den Schreibtisch und den Chefsessel, in den Metin sich hineinbequemt hatte und der zusammen mit dem Tisch vor die Tür geschafft werden sollte, hatten sich die Helfer bislang nicht herangetraut. Der Schreibtisch war mit Papier zugemüllt. Als ich reinkam, stand Metin gerade auf und trat den Schredder um.

»Scheißding!«, fluchte er.

»Keine Tacker- oder Büroklammern, nicht mehr als 20 Seiten«, ermahnte ich ihn und nahm erst jetzt den Duft der frischen weißen Farbe wahr, die bereits in dem einen oder anderen Winkel Anwendung gefunden hatte.

»Glaubst du, ich rupf auch noch die Tackerscheiße raus? Das Ding hat 130 Euro gekostet. Bei dem Preis sollte es den verkackten Teppich fressen!« Sein Kopf begann zu glühen.

»Dann gib mir das Zeug. Ich verbrenne es bei meinen Eltern im Ofen.«

»Das hättest du wohl gern!«, keifte er. »Papierzeug, mit dem du noch mehr Geld aus mir rauspressen kannst.«

Ich verdrehte die Augen. »Wo ist Corinna?«

»Hab sie rausgeschmissen.«

Ich wurde leichenblass. »Du hast sie gefeuert?«

»Nein. Ich habe sie nach Hause geschickt. Die Trulla hat hier nur gestört.« Er kroch unter den Tisch und stellte den Schredder wieder hin. Dann begannen seine Fleischfinger, ein Papierfetzen nach dem anderen zwischen den Messern herauszupopeln.

»Sie kann den Schredder bedienen«, sagte ich.

»Ja, und außerdem kann sie lesen.«

Da war was dran. »Hast du ihr etwas über unsere Vereinbarung erzählt?«

»Ja. Hat gleich Halligalli gemacht.« Er ließ seinen Zeigefinger schwingen. »Wenn du nicht aufpasst, tanzt sie dir auf der Nase herum. Denk an meine Worte: Du musst sie an der kurzen Leine halten. Bloß keine Gefühle zeigen!« Er rümpfte die Nase. »Und gewöhn dir diese Angst ab. Die kann sie schon aus 300 Metern Entfernung riechen.«

»Meine Güte! Du redest von ihr, als sei sie ein Hund!«

»Kein Hund«, sagte er. »Ein Vampir. Ein Blutsauger.« Er stand auf und öffnete eine Schublade. »Hier.« Er hielt mir einen kleinen flachen Messingschlüssel hin.

»Für den Waffenschrank?«

»Das hättest du wohl gern.« Er zog den Arm zurück. »Komm mit.« Metin schnaufte um seinen Tisch herum und wackelte in den kleinen Nebenraum, in welchem sich eine geschätzt 30 Jahre alte Pantryküche für die Belegschaft sowie zwei Spinde befanden, einschließlich des bereits leergeräumten Spinds für seine kleine Waffensammlung. Metin drückte seinen Kugelbauch gegen die Türen des verschlossenen Blechschränkchens und stocherte mit dem Schlüssel im Vorhängeschloss herum. »Das hier wirst du brauchen.« Das Schloss schnappte auf und er zog die Türen auf.

Ich wollte meinen Augen nicht trauen. »Was zum Teufel ist das?«

Der Stolz in Metins Stimme war kaum zu überhören. »Meine Steuerunterlagen.«

Ich nickte nur stumm. Mein Magen meldete sich mit Sodbrennen.

Der Spind war voll mit Ordnern. Er war sogar so voll mit Ordnern, dass sich die am äußersten Rand befindlichen Ordnerrücken durch die Türscharniere zu verbeulen begannen. Doch erschreckender war die Akribie, mit welcher das Sortiment betüddelt worden war: maschinell bedruckte Rückenschilder, Klebepünktchen in Signalfarben sowie wegradierte, einst mit Lineal gezogene Bleistiftlinien. Die Ordner waren chronologisch nach Bescheiden, Forderungen und Verbindlichkeiten sortiert. So etwas Vernünftiges, Sinnvolles und Nachvollziehbares war mir in diesem Laden bis dato nicht über den Weg gelaufen. Fast war es so, als befände sich hinter diesen Metalltüren ein selbstständiger sowie äußerst empfindlicher Mikrokosmos.

Eine Welt voller außerirdischer Papiere.

»Sag mir jetzt nicht, dass du das gemacht hast.«

Beinahe lachte er. »Bist du wahnsinnig? Wenn ich auch nur das Wort ›Finanzamt‹ höre, kriege ich Dünnschiss. Ich rühre diesen Kram nicht an, Mann.«

In Gedanken wischte ich mir den Schweiß von der Stirn. Punktlandung für Corinna.

»Das macht alles mein Steuerberater.«

Beinahe fiel mir die Kinnlade runter. »*Du* hast einen Steuerberater?«

»Ja klar.« Wie ein dicker Flaschengeist verschränkte er die Arme vor der Brust. »Oder glaubst du, Türken müssen keine Steuern zahlen?«

Ich antwortete nicht darauf. »Und was kostet dieser Steuerberater?«

Er schnalzte mit der Zunge. »Kommt ganz drauf an.«

»Worauf?«

»Auf den Service.« Er zwinkerte. Dann stopfte er sich Daumen und Zeigefinger zwischen die Lippen und stieß einen kurzen, schrillen Pfiff aus. »Viktor!«

Es dauerte keine fünf Sekunden, bis ein schmächtiger kleiner Kerl mit kurzen braunen Haaren und Seitenscheitel zu uns ins Kämmerchen stieß. Er war einer der beiden Arbeiter, die sich mit Messerrollern über den Teppich im Nebenraum hermachten. Seine blauen Augen waren schmal, fast schlitzartig, aber nicht asiatisch. Sie standen eng beieinander und drückten gegen die ausgeprägte Kolbennase. Er hatte volle Lippen und buschige Brauen, die er sicherlich regelmäßig zähmen musste, damit sie in der Mitte nicht zusammenwuchsen. Ich konnte nicht sagen, wie alt er war. Sein Gesicht war fast faltenlos und er also wohl unter 30. Doch seine Augen schienen schon einige osteuropäische Bürgerkriege mitangesehen zu haben.

Er breitete die Arme aus und grinste mich an. »Oksana!«

Im Großraum Deutschland gab es nur eine Person, die mich so nannte. Und diese war offensichtlich viel zu früh dran. »Es ist noch nicht Weihnachten.«

Ungeachtet dessen marschierte Viktor auf mich zu, umklammerte brüderlich meine Schultern und schüttelte mich. »Privjét. Wegen guter Führung entlassen!« Dann schmierte er einen Kuss auf jede meiner Wangen.

Viktor Medwedew war ein eingedeutschter Russe mit einem außerordentlichen EDV-Talent. Im Sommer hatten er und ich ein gut 20-minütiges Telefongespräch geführt, welches dazu diente, mich in den Webserver eines Zeitungsverlages einzuhacken. Da Viktor zu diesem Zeitpunkt noch für gewerbsmäßige Hehlerei in der JVA an der Krümmede einsaß, hatte ich bis dato keine Gelegenheit herauszufinden, wie er überhaupt aussah. Daher blieb mir nichts anderes übrig, als ihn mir anhand seiner Stimme als äußerst groß, äußerst kräftig und ausgesprochen vernarbt vorzustellen – sowie irgendwo jenseits der 30. Doch nichts von alledem war der Fall. Im Gegenteil.

Viktor war ein Milchbubi.

Ich sah zu Metin. »Wie kann er dein Steuerberater sein? Er war im Knast!«

»Die JVA ist nicht Alcatraz, Schätzchen. Solange du keine Tackerklammern oder verdrahtete Ordner mitschickst und nicht über Al-Qaida oder Gaddafi schreibst, wird dort jede Post zugestellt.« Er tätschelte Viktor das Schülterchen, was er wiederum zum Anlass nahm, seinen Arm um Metins Schulter zu werfen.

Wirklich herzallerliebst.

»Pass auf. Wie wär's, wenn du bei Esther einsteigst?«,

fragte Metin und die ohnehin frohlockende Miene des Russen erhellte sich um einige Prozentpunkte.

Sofort griff ich mir den Türken und zog ihn mit einem kräftigen Ruck von Viktor fort durch die Zwischentür. »Was meinst du mit ›einsteigen‹? Er soll doch nur die Steuern machen!«

»Nun zick nicht so rum«, blaffte er zurück. »Viktor ist gerade frisch aus dem Knast. Er ist vorbestraft, hat keine Bleibe und keinen Job. Zeig also mal ein wenig mehr Herz und hilf dem Jungen, wieder auf die Beine zu kommen!« Er patschte mit den Händen auf seine Brust. »Nimm dir ein Beispiel an mir. Ich lass ihn auch hier arbeiten.«

Ich rümpfte die Nase. Ich hatte keinen Zweifel, dass es vorwiegend Metin war, der sich an Viktors Plackerei bevorteilte. Wahrscheinlich zahlte er ihm keine fünf Euro die Stunde. Wo wir auch schon beim Thema waren. »Und wie soll ich ihn bezahlen?«

»Ihr kriegt das schon gebogen. Er hat bestimmt ein paar Ideen in petto.« Er zwinkerte und seine Pausbäckchen glänzten mir entgegen.

»Was meinst du damit? Soll ich mit ihm schlafen, oder was?«

»Soll ich ihn fragen?«

»Nein!«, brüllte ich ihn an und unterdrückte den ersten Impuls, ihm meine Hand auf den Mund zu drücken, damit Viktor von dieser Option keinen Wind bekam.

Natürlich huschte er, von meinem Geschrei angelockt, prompt durch den Türrahmen und lehnte sich gegen die Zimmerwand. Ich glaubte nicht, dass er etwas gehört hatte, doch sein irres Grinsen war besorgniserregend. Viktor trug eine helle schlackernde Cordhose sowie ein mit Farbklecksen besudeltes Jeanshemd. Seine Brust war schmal, die

Arme sehnig. Ein goldenes Kettchen mit einem Christuskreuz dekorierte seinen blassen Hals. Es sah aus, als hätte er äußerst kleine Füße. Aber vielleicht lag es auch an dem Saum der Hosenbeine, der ziemlich weit geschnitten war und einen Großteil seiner Schuhe verdeckte.

Metin schob mich aus dem Weg und ging auf Viktor zu. »Was hältst du von fünf Prozent Umsatzbeteiligung?«

Erschrocken folgte ich ihm und kniff ihm in die Seite, doch das schien er durch die Fettschicht gar nicht zu spüren.

Viktors Augen verengten sich zu Halbmonden und er nickte eifrig. Sein Scheitel hoppelte. »Da!« Dann taperte er auf uns zu und breitete seine Arme aus. Schon wieder. Angefangen bei mir umarmte er uns nacheinander mit glühender Leidenschaft und küsste unsere Wangen ab. Anschließend kehrte er in das Kämmerlein zurück.

»Ich schwöre dir, das zahle ich dir heim«, flüsterte ich Metin zu.

»Immer ordentlich den Ball flach halten. Fünf Prozent von nix sind nix. Alles paletti also.«

»Und wenn ich vorhabe, mehr als nix zu verdienen?«

»Das wird nicht passieren. Jedenfalls nicht auf dem Papier. Denn Viktor wird dir so lange Arsch und Hose abschreiben, bis kein Umsatz mehr bleibt, den du versteuern kannst.«

Ich schüttelte den Kopf. »Du bist wirklich ein Schweinehund.«

Er lachte nur.

»Der Junge hat Waffen auf dem Schwarzmarkt verkauft«, erinnerte ich ihn.

»Ja. Und er war so schlecht darin, dass er dafür verknackt wurde.«

Viktor schwebte langsam durch die Tür. Drei Saftgläser waren zwischen seine Finger geklemmt; sie waren fast randvoll mit etwas Farb- und Stückchenlosem gefüllt. Seine Wangen glühten beinahe weihnachtlich. »Das muss gefeiert werden!« Er reichte uns die Gläser und mir schwante, dass in ihnen alles andere als Wasser schwappte.

»Er ist Muslim«, entschuldigte ich mich für Metin.

Doch der reagierte nicht darauf, sondern nahm eines der Gläser an sich und prostete uns zu: »Na sdorowje!«

Viktors Augenbrauen zogen sich ernst zusammen und die beiden Fellbüschel küssten sich. Dann sagte er: »*Sa* sdorowje. Auf gute Zusammenarbeit.« Alles, was danach kam, fabulierte er auf Russisch. Erst klang es nach einem Gedicht, später nach Folklore. Schließlich hob er sein Glas und wartete geduldig darauf, dass wir seinem Beispiel folgten. Metin hielt sich mit der freien Hand die Nasenflügel zu, ich kniff die Augen zusammen. Gemeinschaftlich kippten wir den Wodka die Kehlen hinunter. Er war eiskalt und schickte Schüttelfrostsignale an sämtliche Extremitäten aus. In meinem Nacken zuckte es, Metin grunzte und seine Finger schienen zu krampfen.

Viktor hingegen zuckte nicht einmal mit der Wimper. »Spasibo«, sagte er und drückte meine Schulter. Danach ging er zurück in die Küche.

»Der Junge braucht noch eine Wohnung«, gab Metin zu bedenken.

»Für solche Probleme gibt es Zeitungsanzeigen«, erwiderte ich.

»Und wovon soll er die Miete zahlen? Bestimmt nicht von der mickrigen Umsatzbeteiligung.«

Ich dachte, ich hörte nicht richtig. Erst schwatzte er Viktor diesen Null-Komma-nix-Deal auf. Dann warf er mir vor, ihn damit zu einem Obdachlosen zu machen. Ich drehte meinen Kopf zu ihm, um ihn mit einem bösen Blick abzustrafen, doch plötzlich wurde mir schwindelig vor Augen und ich musste mich auf seiner Schulter abstützen. Der Wodka zeigte bereits Wirkung.

»Er hat dir damals aus der Patsche geholfen. Hätten die JVA-Heinis ihn dabei erwischt, hätten sie ihm sicher noch ein weiteres Jahr aufgebrummt. Mindestens.«

»Sein Problem«, sagte ich nur, merkte jedoch, wie Metins Masche, mein Gewissen zum Nagen zu animieren, langsam fruchtete. Mit einem Nicken bog Viktor um die Ecke und suchte sich ein Fleckchen Teppich, das er vom Boden reißen konnte. Er schaffte es nicht auf Anhieb, sodass er die Parzelle mit dem Messer zerteilte.

»Eine Hand wäscht die andere«, machte Metin weiter.

Ich fragte mich, warum es ihm so wichtig war, dass der Russe gut unterkam. Derart besorgt war er um mich nie gewesen.

Mein brummendes Handy unterbrach unsere Diskussion und ich schlich mich in ein diskreteres Eckchen, kaum dass ich die Nummer auf dem Display entschlüsselt hatte. Es musste sehr geheimnistuerisch ausgesehen haben, denn plötzlich legten alle ihre Arbeit nieder und starrten mich an.

»Ilona hat mir die Wohnungsschlüssel gegeben«, gab Gregor auf der anderen Seite der Leitung bekannt.

»Okay«, sagte ich kurz angebunden. »Treffen wir uns vor seiner Wohnung?«

»Nein. Ich komme erst zu dir. Sagen wir in einer Stunde.« Er wartete nicht darauf, dass ich den Termin bestätigte, sondern legte einfach auf.

Ich schob meinen kleinen Plastikkoreaner in die Tasche und wich den diversen Blicken aus.

»Wer war das?«, fragte Metin.

»Ich wüsste nicht, was dich das angeht.«

»Das war doch kein Bulle, oder?«

»Nein.«

Metin überlegte einen Moment lang. In seinem Hirn schien sich eine Spule potenzieller Anrufer abzurollen. Und offenbar war sie nicht sonderlich lang. »Halt dich fern von Panko. Mit ihm hast du nur Scheiße am Bein.«

»Du hast ihn mir überhaupt erst vorgestellt«, erinnerte ich ihn.

Er schnaubte. »Ja. Als er noch auf der Seite der Vogelfreien war.«

»Ach?« Ich war überrascht. »Und jetzt ist er es nicht mehr?«

»Hast du ihn dir in letzter Zeit mal angesehen? Zausel weg, Bart weg, Tattoo weg. Der Kerl brütet was aus. Und ich schwör', es ist nichts Gutes.«

Ich dachte eine Weile darüber nach. Dann kam mir ein Verdacht. »Du denkst, er will zurück zur Polizei? Das ist völlig ausgeschlossen. Er ist wegen Totschlags vorbestraft. Außerdem will den wohl eh keiner mehr.« Ich hörte mir selbst zu, als würde es eine Fremde sagen. Und ich mochte nicht, was ich da hörte. Ich sah auf die Uhr. »Ich muss los.« Ich winkte mich davon, ließ mich nach ein paar Schritten jedoch gleich von Viktor ablenken, welcher gerade den Schweiß aus seinen Poren presste, als er den widerspenstigen Teppichrest unter einem Heizkörper herausriss – für fünf Euro die Stunde. Als er sich mit dem Handgelenk die Anstrengung aus dem Gesicht wischte, malte er einen weißen Strich quer über die Stirn.

Die Wandfarbe, die an ihm haftete, war noch nicht trocken.

Ich seufzte.

»Gegenüber meiner Wohnung ist seit ewigen Zeiten eine Bude frei. Wenn du magst, kann ich beim Vermieter anfragen, ob er die Miete für dich drosselt, bis du festeren Boden unter den Füßen hast.«

Seine Augen funkelten fast magisch und er schien Anstalten zu machen, mir mit einem ›Da‹ auf den Lippen ein weiteres Glas Wodka anzubieten. Doch ehe er aufstehen konnte, trabte ich hinaus.

11.

Als die Triumph Daytona schnurrend über die Bordsteinkante rollte, wartete ich bereits am Fenster und linste am Wandvorsprung vorbei auf den Asphalt hinunter. Draußen regnete es nicht mehr, doch es blieb ungemütlich, der Boden war von Pfützen übersät und ich fragte mich, warum er nicht mit seinem Taxi angerollt kam. Wahrscheinlich war der Wagen kaputt. Mindestens die Windschutzscheibe war hinüber – von Schüssen durchlöchert. Vielleicht bevorzugte er auch nur den coolen Auftritt. Ich tigerte den Flur entlang und hörte, was mein Bauch mir erzählte. Natürlich *sagte* er nichts. Dafür kribbelten meine Magenwände und rührten meinen halb verdauten Snack ungebührlich hin und her.

Das war alles Guido Brüllings Schuld.

Mit seinen Bemerkungen hatte er mich völlig aus der Spur gebracht.

Die Klingel plärrte durch den Flur und ich betätigte den Türöffner, geduldig hinter der Fußmatte wartend. Gregor wanderte gemütlich die Treppen hinauf und ich hörte, wie seine Füße die Feuchte des Herbstwetters von den Sohlen schabten. Als er das letzte Drittel des Treppenhauses erreichte, suchte er bereits meinen Blick. Er trug enge, vom Fahrtregen nass gesprenkelte Jeans sowie seine schwarze Motorradlederjacke. Sie war offen. Darunter geschichtet war ein weißes Polohemd mit rotem Kragen, was mich irritierte – bisher hatte er noch nie ein Polohemd getragen. Er fuhr sich mit seinen Fingern durch die Haare. Sie waren vom Helm zerzaust. Seine Wangen waren entlang der Druckstellen gerötet. Um seine Lippen herum zeichnete sich bereits ein dunkler Bartschatten ab, was lustig aussah, weil ich das nie zuvor an ihm gesehen hatte. Bisher kannte ich ihn nur mit einem Bärenfell im Gesicht.

»Wollen wir sofort los?«, fragte ich.

»Einen Moment noch.« Ohne auf eine Einladung zu warten, schritt er an mir vorbei in den Wohnungsflur. Sein Helm stieß gegen mein Knie. »Ich wollte erst etwas mit dir besprechen.«

Das Kribbeln in meinem Magen wuchs zu einem ausgewachsenen Frühstücksdreher heran und ich hielt mir den Bauch. Dann schloss ich die Tür und folgte ihm ins Wohnzimmer. Ich hatte keine Ahnung, was es zu besprechen gab, dennoch bekam ich Muffensausen. Was, wenn er von Ansmanns und Guido Brüllings Anwandlungen, ich sollte für eine Weile seinen Babysitter spielen, Wind bekommen hatte? Wenn er *überhaupt* mitbekommen hatte, dass ich mit Guido Brülling sprach? Ich war mir ziemlich sicher, er würde austicken, wenn er davon erfuhr.

Er setzte sich aufs Sofa und legte den Helm auf dem Tisch ab. Eine Wasserspur bildete sich um ihn herum. Er nahm sich eine Zigarette aus der Pappschachtel und zündete sie an. Weder machte ich Anstalten, ihn zum x-ten Mal auf meinen Nichtraucherhaushalt hinzuweisen, noch setzte ich mich, sondern blieb auf der anderen Seite des Tisches stehen.

»Ich möchte mit dir über Theresa sprechen«, fing er schließlich an. »Du hast sie gegenüber Edgar erwähnt.«

In Gedanken wischte ich mir den Schweiß von der Stirn. Dann wiederholte ich, was ich Ansmann bereits im Adolfo's erzählt hatte. Ich versuchte dabei, weitestgehend Abstand von Brüllings nächtlichen Ergänzungen zu nehmen, merkte aber an Gregors Reaktion, dass es mir nicht gänzlich gelang. Ich schob es auf Arthurs Exfrau Ilona und machte sie beinahe zu meiner besten Freundin.

Gregor rieb sich mit den Händen durchs Gesicht und drückte dabei derart angestrengt die Haut seiner Wangen zusammen, dass ich lächeln musste. Er sah mich an. Doch er lächelte nicht zurück. Im Gegenteil. Der Zigarettenqualm zerbarst vor seinen Lippen, als er sprach. »Bist du dir da sicher?«

»Ich kann nicht ausschließen, dass sich das Bild ungewollt an den Spickzettel gepappt hat. Büroklammern sind in solchen Sachen ja gerne etwas übereifrig.«

»Aber du glaubst das nicht.«

Ich schüttelte den Kopf.

Gregor legte sein Kinn in die Handflächen. Die Glut der Kippe ragte wie ein schiefer Mast zwischen seinen Fingern hervor. »Das ergibt doch keinen Sinn. Es ist schon so lange her.«

»Kanntest du Theresa?«

Er nickte, ohne aufzusehen, und sagte nichts. Ich überlegte, ob ich weiterstochern sollte, ließ es aber bleiben. Was immer er in petto hatte, es würde nicht ertragreicher sein, als das, was mir bereits Brülling erzählt hatte. »Warum hat Ansmann so ein reges Interesse daran, die Sache aufzuklären?«, fragte ich stattdessen.

Gregor sah mich an, als wäre ich nicht ganz bei Trost.

»Ich habe gehört, er hätte Arthur nicht einmal sonderlich gut gekannt«, rechtfertigte ich mich schnell.

»Edgar ist Polizist. Morddezernat. Und ihm wurde der tote Sohn des pensionierten Polizeioberrats Fritz Brülling vor die Füße gelegt, ehemaliger Leiter der Einsatzunterstützung sowie zeitweise stellvertretender Polizeipräsident.«

Ich runzelte die Stirn. Sollte Ansmann es wirklich nur auf seine Karriere abgesehen haben? Es wäre typisch für ihn. Und dennoch erschien mir der Gedanke ein wenig zu grobmaschig gestrickt.

Gregor bemerkte, dass ich Zweifel hatte. »Unterschätze Fritz Brüllings Einfluss nicht.« Dann stand er auf. »Lass uns fahren. Nehmen wir deinen Wagen.«

»Wo ist dein Taxi?«

»Ausgeschlachtet«, sagte er nur.

Ich biss mir auf die Unterlippe. »Hattest du schon mal das Gefühl, dass das Leben im Schnelldurchlauf an dir vorüberzieht, während du auf der Stelle trittst?«

Er zuckte die Schultern. »Ich war fünf Jahre im Gefängnis und meine Frau im Koma. Reicht dir das als Antwort?«

Ich nickte. Dann winkte er mich aus der Wohnung. Den Helm ließ er im Wohnzimmer liegen.

Auf der anderen Seite des Bürgersteiges runzelte Gregor ernst die Stirn. Mit seinen Fingerknochen klopfte er auf das Glasdach meiner grünmetallischen Errungenschaft auf Proletenschlappen. »Wo ist dein Twingo?«

»Hat Ragip getötet«, antwortete ich.

»Soll ich ihn für dich erledigen?«

Ich sah ihn an und inspizierte sein Gesicht, um sicherzugehen, dass er wirklich nur einen Scherz machte. Seine Mundwinkel zuckten. »Danke, aber ich habe die Sache schon allein geklärt.« Ich schloss die Fahrertür auf, rutschte ins Auto und öffnete Gregor von innen die Beifahrertür.

Er warf die Kippe auf die Straße. Anschließend stieg er ein und schnallte sich den Schroth-Gurt um. Ein dadurch erzeugter Windhauch ließ mich wissen, dass er ein Aftershave trug – wohl um den Nikotingeruch zu überdecken. Mit einem dreckigen Zeigefingernagel deutete er auf den halb verdursteten Kaktus. Sah ganz danach aus, als konnte er sein wahres Ich doch nicht vollends vertuschen. »Den solltest du gießen.«

»Ich denke darüber nach, ihn verrecken zu lassen.«

»Bevor du es tust, nehme ich ihn«, sagte er sofort.

»Magst du Kakteen?«, fragte ich.

»Meine Wohnung ist voll davon.«

Wider Erwarten fand ich einen relativ günstig gelegenen Parkplatz in der Nähe des blauen Mietshauses, in welchem einst Arthur Brülling sein Dasein fristete. Als wir an der Hausfassade entlangspazierten, überkreuzte ich hinter meinem Rücken die Finger, ich möge den Nachbarn nicht in die Arme laufen. Und tatsächlich war der Garten dieses Mal wie leer gefegt. Der Rasen war noch immer nicht gemäht, das Dach des Pavillons eingedrückt von den tiefen Regenpfützen, die sich auf ihm gebildet hatten.

Gregor ging voraus und schloss die Haustür auf. Dann wandte er sich dem überquellenden Briefkasten zu. Er öffnete ihn, ein paar Kataloge und Flyer flogen uns entgegen. Wirklich relevante Post gab es allerdings nicht. Gregor sortierte den Werbekram aus, klemmte ihn sich unter den Arm, legte die beiden Infopost-Briefe in den Kasten zurück und schloss wieder ab. Anschließend marschierte er zielstrebig zur ersten Wohnungstür, die sich in unser Sichtfeld bewegte. Völlig selbstverständlich schob er den Wohnungsschlüssel in das Türschloss. Ich glaubte nicht, dass es ein Zufallstreffer war, sondern eher, dass Gregor nicht zum ersten Mal hier war.

Wir wirbelten eine muffelige Luftschicht auf, als wir die Wohnung betraten. Der Hausmüll war seit Tagen nicht geleert worden und sämtliche Fenster waren verschlossen. Ich ließ meinen Blick durch den viereckigen Flur und in alle Zimmer gleiten. Die Wohnung war wesentlich karger ausgestattet, als ich es vermutet hatte: marodes Laminat in Flur und Wohnzimmer, PVC in der Küche, weiße Raufaser so weit das Auge reichte. Gregor ging quer durch den Flur und stellte sich zuallererst im Wohnzimmer auf. Es war hell eingerichtet. Die Polstergarnitur unter dem Fenster leuchtete polarweiß, ein heller Flokati war unter dem Schreibtisch auf der anderen Seite des Raumes ausgebreitet. Holzrollos mit weißen Lamellen waren halb heruntergezogen. Eine Schale mit braun gewordenem Obst stand auf dem gläsernen Couchtisch. Wenige Bücher im Regal, keine Bilder an der Wand, mit Ausnahme eines ausgeblichenen Andy-Warhol-Posters. Gregor beugte sich über den Schreibtisch und schaltete den Computer ein. Dann begann er, in jede im Raum befindliche Schublade hineinzusehen. Es waren nicht viele. Ich ging in den Flur zurück. Das matte Herbstlicht, das durch die Wohnzimmerfenster auf den Boden fiel, reichte kaum aus, um sich genauer umzusehen. Ich schaltete das Licht ein. Die Garderobe war karg bestückt. Zwei Jacken und drei Paar Herrenschuhe. Die halb offene Schublade eines dünnbeinigen Telefonsekretärs ohne Telefon quoll über vor Spickzetteln, Visitenkarten und Post-its. Ich griff hinein und stopfte das gesamte Material ungeprüft in meine Jackentasche.

Gregor war mittlerweile dazu übergegangen, sich um die Dateien auf dem Computer zu kümmern. Ich ließ ihn am Schreibtisch sitzen und ging in den Nebenraum, welcher sich mir als Arthurs Schlafgemach offenbarte. Auch dieses Zimmer war spartanisch eingerichtet. Ein grau bezogenes Futon, ein Nachtschränkchen und eine schwedische

Fünf-Schubladen-Kommode mit einem Universum-Röhrenfernseher aus dem Quelle-Versand. Die Tapete hinter der Glotze war angesengt, das Stand-by-Lämpchen leuchtete. Ich zog die Schublade des Nachtschränkchens auf, fand aber nichts außer zwei abgegriffenen Taschenbüchern und einer Packung Schmerztabletten. In der Erwartung, hier weder eine Pizza noch irgendetwas anderes Außergewöhnliches zu finden, durchwühlte ich seine Kleidung nur halbherzig.

Daraufhin verließ ich das Schlafzimmer und schlüpfte durch den nächsten Durchgang linksseitig der Wohnungstür in die Küche. Sie war ein drei mal drei Meter Quadrat, dessen vier Wände zur Hälfte von Küchenschränken in Beschlag genommen wurden. Durch das kleine Fenster drang schwaches Licht und ich konnte in den Garten schauen. Die Schränke waren klassisch mit buchefarbenem Kunststoff überzogen, die Dunstabzugshaube war von Fett und Staub verklebt, das Ceranfeld von alten eingebrannten Flecken übersät. Arthur schien also oft und gerne gekocht zu haben.

Die Spülmaschine war eingeschaltet, der Spülvorgang abgeschlossen. Ich zog die Schranktür unter der Spüle auf und ein unsortierter Haufen Altpapier und Pappe kam mir entgegen, obenauf ein Karton der Pizzeria ›Mama Corleone‹ aus Altenbochum. Ich öffnete die Schachtel. Ein Fetzen Paprika pappte am Deckel. Wie auf dem Präsentierteller.

Mit dem Fuß stopfte ich den restlichen Müll in den Schrank zurück und drückte die Schranktür zu. Dann stach mir ein frei stehender mattsilbrig glänzender Kühlschrank ins Auge. Ein Platz schluckendes Monstrum, wie ich fand. Doch viel interessanter war das, was auf ihm stand: Ein ›Jura Impressa J9 One Touch‹-Kaffeevollautomat mit kleinem TFT-Bildschirm und integriertem Milchaufschäumer. Bunt leuchtende Buchstaben boten mir Cappuccino, Espresso, Lungo oder Latte macchiato feil, die Chromteile funkelten. Ich schlich mich an das Gerät heran und widerstand der ersten Versuchung, auf einen der Knöpfe zu drücken. Stattdessen berührte ich ehrfürchtig die kalten verchromten Kaffeedüsen. Meine Kinnlade verselbstständigte sich.

Gregor steckte den Kopf durch die Tür. »Gefällt er dir?«

Erschrocken zuckte ich zurück. Er trat an mich heran, verschränkte seine Hände hinter dem Rücken und starrte mit mir gemeinsam den Vollautomaten der Extraklasse an.

»Machst du Witze?« Ich flüsterte fast. »Er ist erste Sahne.«

»Dann nimm ihn. Er gehört dir.«

Ich riss die Augen auf. »Bist du wahnsinnig? Das ist doch Diebstahl! Noch dazu an einem Toten.«

»Du solltest es tun, bevor die zahlende Meute kommt, um sich alles unter den Nagel zu reißen.«

Ich schluckte. »Du willst alles verkaufen?«

Er nickte kaum merklich. »Sobald ich alles sortiert und sondiert habe, werde ich einen Nachlassverwalter einschalten. Und alles, was nicht verwertet, verschenkt oder verkauft wird, landet innerhalb einer Woche auf der Kippe.«

So lange dauerte es also, um ein Leben mit all seinen Andenken zu vernichten. Ich sah es Gregor an, dass er sich mit diesem Gedanken ebenso wenig anfreunden konnte.

Ich betrachtete die Maschine. Eine ›Jura Impressa‹; die C-Klasse unter den Kaffeevollautomaten: schnell, geschmeidig, schön. Sie wäre eine luxuriöse Bereicherung für die Detektei. Für *meine* Detektei. Corinna könnte meinen Mandanten Kaffeespezialitäten mit und ohne Milchschaum servieren, dazu Schlagsahne mit einem Karamell- oder Vanilletopping obendrauf. Ihr nachtschwarzer Muckefuck aus der Thermoskanne würde endlich der Geschichte angehören.

Ich spürte meine Mundwinkel, wie sie sich zu einem Grinsen hinaufbewegten, während Gregor langsam aus meinem Blickfeld verschwand und sich zurück ins Wohnzimmer hinter den Monitor verdünnisierte. Doch diesmal folgte ich ihm, den Pizzakarton unter den Arm geklemmt, und schaute ihm über die Schulter. Wieder roch ich sein Aftershave und dessen Bemühungen, gegen den strengen alteingesessenen Nikotingeruch anzukämpfen. Es funktionierte, wenn auch nur bedingt. Ich beugte mich vor und linste auf den Bildschirm. Zwar sah ich Gregors Augen nicht, spürte jedoch, dass er zu meinen Brüsten herüberlinste.

»Irgendetwas gefunden?«, fragte ich.

»Nichts Wesentliches«, seufzte er nur und schubste die Computermaus fort.

»Was ist das?« Ich zeigte auf einen digitalen Ordner, den er zuvor durchforstet haben musste, da er geöffnet war. Er beinhaltete lauter Miniaturabbildungen digitaler Fotos.

»Arthurs Familienalbum«, erklärte er.

Ich streckte den Arm aus und griff nach der Maus, was zur Folge hatte, dass Gregor von meiner Brust berührt wurde. Mein Zeigerfinger machte einen Doppelklick auf das erstbeste Bild und ein Standardprogramm öffnete sich. Dann gab ich einem Icon einen Hieb mit dem Mauszeiger und startete die Diashow. Die Bilder ähnelten den Aufnahmen, welche ich schon bei Ilona gesehen hatte: Arthur mit Strohhut, Ilona leichtbekleidet vor einer steppenartigen Landschaft. Arthur breit grinsend vor einem Blauhelm-Lastwagen voller Reissäcke. Die Bilder waren nicht sonderlich groß und wiesen ein paar Macken auf, woraus ich schloss, dass sie auf konventionellem Wege entwickelt und irgendwann nachträglich eingescannt worden waren.

Aus den Augenwinkeln bemerkte ich, wie sich Gregors Gesichtsausdruck sich zusehends veränderte. Ich meinte sogar zu sehen, dass er den Tränen nahe war. Der Anblick half, mich daran zu erinnern, warum wir das Ganze hier veranstalteten. Warum die Familie ihm überhaupt erlaubte, diese Wohnung zu betreten und Arthurs Habseligkeiten unter die Lupe zu nehmen. »Es tut mir leid«, sagte ich leise.

Er nickte nur.

Die Diashow schubste das aktuelle Bild weg und warf ein weiteres Foto von Ilona Brülling auf den Monitor, charmant lächelnd und von zwei Kindern eingerahmt. Eines der Mädchen war Theresa. Ich zeigte auf das Mädchen zu Ilonas Linken, einer Dunkelhaarigen mit braunen Kulleraugen, Schmolllippen und einer Zahnlücke. »Wer ist das?«

Gregor sah zu mir hoch und beäugte mich, als sei ich nicht ganz bei Trost. »Das ist Theresa.«

Ich schüttelte den Kopf. »Nein.« Ich zeigte auf das blonde Kind daneben. »Das ist Theresa.«

»Falsch«, erwiderte Gregor. »Das ist Martha. Theresas Schwester.«

Ich wusste nicht, warum ich es fragte. Aber aus irgendeinem Grund hielt ich es für außerordentlich wichtig. »Lebt sie noch?«

12.

Wie von der Tarantel gestochen irrte Gregor von einer Zimmerecke in die andere. »Du behauptest also allen Ernstes, dass Ilona nicht in der Lage war, ihre beiden Kinder auseinanderzuhalten?« Er war ausgesprochen sauer. Ich verstand aber nicht, warum.

»Ich behaupte überhaupt nichts. Ich erzähle dir nur, was sie mir gesagt hat.«

»Und du bist dir sicher, dass *du* dich nicht geirrt hast?«

»Hältst du mich für meschugge? Hast du dir die beiden Kinder mal angesehen? Die unterscheiden sich wie Tag und Nacht!«

Gregor blieb mitten im Raum stehen und vergrub sein Kinn in seiner Hand. Seine Smaragdaugen durchdrangen mich, als wollte er meine Gedanken lesen. Dabei war es keine Frage, dass wir dasselbe dachten: Arthur hatte dieses Foto nicht ohne Grund bei sich gehabt. Es war auch nicht per Zufall an den Spickzettel mit meiner Adresse geraten. Was immer Arthur dazu veranlasst hatte, mich um Hilfe zu bitten, es musste etwas mit *Martha* zu tun haben.

Gregor nahm sein Handy aus der Tasche und wählte eine Nummer.

Ich ahnte, wen er anrief.

»Ilona«, begrüßte er sie schließlich am anderen Ende der Leitung. »Wo ist Martha?«

Angespannt beobachtete ich ihn, wie er sein Handy am Ohr festklemmte. Seine Brauen hoben sich. »Was soll das heißen: ›Du weißt es nicht‹? Wann hast du sie zuletzt gesehen?«

Ich hörte ihr Gebrabbel aus dem Hörer sprudeln.

Gregor ging zum Schreibtisch, zog einen Bleistift aus dem Stifteköcher und notierte etwas auf einem Zettel. »Ich ruf sie an. Gib mir ihre Nummer.«

Ich hörte es ganz deutlich: »Nein.«

Er stand wieder aufrecht. »Du gibst mir jetzt ihre Nummer oder ich komme vorbei und hole sie persönlich bei dir ab!«

Ich lauschte, hörte jedoch nichts. Völlig verdutzt ließ er schließlich das Handy sacken. »Sie hat aufgelegt.«

Wir sahen uns an und ich konnte beobachten, wie eine Welle von Panik über sein Gesicht schwappte. Der Ausdruck haftete ihm nur für eine Sekunde an. Danach rebootete sein Verstand und sein altbekanntes ›Mir kann keiner was‹-Gesicht kam zum Vorschein. »Arthur hat nach Martha gesucht«, wiederholte er, was wir beide längst wussten. Er sah auf sein Handy. »Und aus einem mir unerfindlichen Grund scheint Ilona nicht zu wollen, dass wir davon erfahren haben.«

»Das würde erklären, warum sie mir das Foto abgenommen und mich aus der Wohnung gescheucht hat.«

Er sah zum Schreibtisch und hob den Pizzakarton auf. »Ich muss mit Martha sprechen«, sagte er und schwenkte die Pappe von ›Mama Corleone‹. »Und zwar gleich nachdem wir uns diesen Pizzabäcker vorgenommen haben.« Er warf den Karton zurück auf den Tisch und marschierte hinaus. Ich nahm die Schachtel wieder auf und wagte einen Blick auf den von ihm gerade bekritzelten Notizzettel: ›Martha Telefon:‹.

Ich las die beiden Worte drei-, vielleicht viermal. Doch es half nichts. Das Gefühl in der Magengegend blieb. Ich erkannte die Handschrift auf Anhieb.

Gregor wartete bereits am Wagen. Ungeduldig ließ er eine Ferse auf und ab zappeln. Ich stakste auf ihn zu und drohte ihm mit dem ausgestreckten Autoschlüssel. »Du warst es!«

»Was?«

»Du hast Arthur meine Adresse gegeben! Du hast sie ihm auf den Zettel geschrieben, den ich in seiner Brieftasche fand!«

Er verdrehte die Augen und sog Luft ein.

»Jetzt tu bloß nicht so! Arthur hat sich bei Guido nach einem verlässlichen Kontakt erkundigt. Und der hat ihn zu dir geschickt.«

»Guido«, wiederholte er. Dann hob er seine Brauen. »Ist er etwa bei dir aufgetaucht?«

Ich schlitzte die Augen. »Sieht ganz so aus, als hätten wir beide unsere Geheimnisse.« Prompt war er angepisst. Aber es war mir egal. »Warum hast du Ansmann nichts davon erzählt? Das hätte mir viele seiner Kreuzverhöre erspart.«

»Er braucht nicht mehr zu wissen als nötig.«

»Das ist doch gequirlte Scheiße«, blaffte ich ihn an.

Er schlug mit der Faust gegen die Beifahrertür. »Arthur ist tot, weil Guido und ich es nicht verhindern konnten! Weil wir nicht wussten, *wie* wir es hätten verhindern können. Mag sein, dass Arthur sich stur stellte.« Er zögerte. »Aber wir hätten hartnäckiger sein müssen.«

»Doch das wart ihr nicht«, sagte ich. »Und nun habt ihr Schiss, dass Ansmann mit seinen gesammelten Informationen an den alten Fritz Brülling herantritt und ihn euch auf den Hals hetzt.«

Er schüttelte den Kopf. »Um mich geht es hier nicht.«

»Guido«, bestätigte ich. »Scheint mir, als gäbe es ein

Kompetenzgerangel zwischen Vater und Sohn.« Ich ging zur Fahrertür und stach den Schlüssel ins Schloss. »Warum hast *du* nicht den Job für Arthur gemacht?«

»Arthur wollte es nicht.«

»Und warum ich?«

Er schien nach einer passenden Antwort zu suchen, aber ihm schien keine einfallen zu wollen.

»Ich sag dir, warum«, fauchte ich ihn an. »Weil du mit *mir* im Boot die volle Kontrolle gehabt hättest. Du hättest mich herumkommandieren, vorausschicken und löchern können, so wie die anderen Male auch.« Ich schüttelte den Kopf. »Doch bei deinem kleinen Machtspielchen hast du eine Kleinigkeit vergessen: Ich war gar nicht da!« Schwungvoll riss ich die Tür auf. Meine Birne glühte vor Wut. Ich konnte es nicht fassen. Erst betüddelte er mich, wickelte mich um den Finger, erzählte mir was von Freundschaft. Ich ließ mich sogar von Brüllings Gelaber einlullen. Und nun belog und manipulierte er mich. Schon wieder.

Rein gar nichts hatte sich verändert.

»Steck dir deinen Freund sonst wohin. Ich bin raus.« Ich schob mein Bein in den Fußraum.

»Warte bitte.« Sein Gesicht verzerrte sich, als hätte man ihm einen Zahn gezogen. »Martha ist meine Nichte.«

Mein Fuß blieb an der Einstiegsleiste hängen und ich taumelte. »Moment mal.« Ich überlegte kurz. »Bist du etwa Ilonas Bruder?«

»Nein«, sagte er. »Julia war Arthurs Schwester.«

Julia Pankowiak war also eine Brülling. Das musste ich erst einmal sacken lassen.

Aber es erklärte auch viele Dinge: Gregors starke Verbindung zum Brülling-Clan. Julias beruflicher Ehrgeiz, der für die Familie typisch war. Vor allem aber brachte es mehr Licht in Gregors Alkoholexzesse und Aggressionen, als die Detektei Brülling & Rowohlt niederbrannte und Guidos Schicksal für lange Zeit ungewiss blieb. Gregors impulsives Verhalten hatte in nicht unerheblichem Maße zu der Ausartung des Falls beigetragen. Und er nahm dies zum Anlass, sich und seine Schuldgefühle beinahe im Alkohol zu ersäufen.

»Warum zum Teufel hast du es mir nicht früher gesagt?«

Er zuckte mit den Schultern. »Wozu?«

Ich verdrehte die Augen. Doch er hatte recht. Genau genommen ging es mich einen feuchten Kehricht an, mit wem er verwandt oder verschwägert war. Und zugegebenermaßen hatte ich erst seit Arthurs Tod sowie Guidos nächtlichen Ansprachen überhaupt eine Ahnung davon, was es bedeutete, ein Brülling zu sein.

Oder mit einer Brülling verheiratet zu sein.

Oder als Brülling-Witwer wegen Totschlags im Knast zu landen.

Wir fuhren ein paar Straßen hinunter und keinen halben Kilometer weiter riss ich das Lenkrad herum, bog in die Liebfrauenstraße ein und zeigte aus dem Seitenfenster. »Da ist die Pizzeria.«

Auf dem fünfstufigen Karrieretreppchen zwischen Fressbude und Restaurant erreichte ›Mama Corleone‹ problemlos die Stufe drei. Das Ristorante war in einem

Eckhaus nahe der Altenbochumer Einkaufsmeile untergebracht, der Eingangsbereich quadratisch in das Haus geschnitten. Fünf weiße Steinstufen führten zu der mahagonifarbenen Eingangstür hinauf. Das Haus war glatt verklinkert, Messinggeländer waren in die Wände geschraubt. Die Kreide auf einer Tafel mit dem heutigen Mittagstisch war schon etwas verblasst, eine vergilbte Speisekarte hing im rechten Eck hinter Glas. Gregor drückte aggressiv die Klinke herunter. An den Adern, die unter seinem Kinn hervortraten, erkannte ich, dass jede Faser seines Körpers auf Krawall gebürstet war. Ich packte ihn am Arm, hielt ihn zurück und konnte selbst kaum glauben, was ich sagte: »Mach bitte keine Dummheiten.«

Bei ›Mama Corleone‹ herrschte ein mediterranes Flair. Große braune Terrakottafliesen überzogen den Boden, die Möbel waren mehr rustikal denn trendsettig. Ein riesiges Tricolore-Banner hing quer unter der Decke. Im Hintergrund plärrte Tiziano Ferro. Es duftete nach Knoblauch, Teig und Tomatensoße. Prompt bekam ich Hunger.

Eine Kellnerin kam uns mit einem breiten Lächeln entgegen. »Zwei Plätze? Raucher oder Nichtraucher?«

Gregor machte Anstalten, etwas zu sagen, doch ich drückte ihm rechtzeitig meine flache Hand gegen den Bauch und brachte ihn zum Schweigen.

»Könnten wir bitte mit der Geschäftsführung sprechen?«

Das Lächeln der Kellnerin begann zu bröckeln. »Einen Moment bitte.« Dann zischte sie ab.

Ich hypnotisierte Gregor mit einem Oberlehrerinnenblick. »Lass mich reden!«

Gregor sah mich an, ließ aber nicht erkennen, ob er meiner Anordnung Folge leisten würde.

Ich musste mir schnell etwas einfallen lassen.

Nach etwa einer Minute tauchte ein Mann auf. Er war augenscheinlich Italiener, dunkelhaarig mit einer Halbglatze sowie einem gut gepflegtem Schnauzbart. Unter seinen fast fraulichen Brüsten wölbte sich ein pralles Bierbäuchlein. Auf seine Schürze war das Logo der Pizzeria gestickt.

»Hallo«, hauchte ich ihm zu. »Wir sind von Sat.1. Genau genommen kommen wir im Auftrag von ›Nur die Liebe zählt‹.«

»›Nur die Liebe zählt‹?«, unterbrach er mich. »Ist die Sendung nicht abgesetzt?«

Meine Güte. Wieso musste gerade dieser Typ so genau Bescheid wissen?

»Ja, schon«, gab ich zu. »Aber das Format soll neu aufgerollt werden.«

»Aha. Und Sie sollen der neue Kai Pflaume sein?« Er musterte Gregor eingehend und äußerst skeptisch. »Na, ob das was wird.«

»Wir sind nur für die Hintergrundrecherche unterwegs«, sagte ich schnell, ehe Gregor ihm die Faust ins Gesicht rammen konnte.

Der Italo-Chef nickte. Dann hoben sich allmählich seine Mundwinkel. Beinahe feierlich klatschte er in seine Hände. »Und nun haben Sie eine Videobotschaft für mich?«

»Nein. Das heißt: Nicht für Sie. Es geht um einen Ihrer Mitarbeiter. Er hat Eindruck auf eine Dame gemacht. Und unser Auftrag lautet, die beiden vor der Kamera zusammenzuführen.« Ich schenkte ihm mein bestes Perlweiß-Lächeln.

»Aha.« Er zeigte uns seine Enttäuschung. »Und wen meint die Tante genau?«

»Wir haben gehofft, Sie würden es uns sagen. Sie hat ihn am Freitagmittag bei Ihnen gesehen.«

»Küche oder Kellner?«

»Küche.«

»Topf oder Ofen?«, fragte er weiter.

»Ofen«, sagte ich. »Die Dame hat eine Pizza bestellt.«

Er überlegte nur sehr kurz. »Das dürfte nicht schwierig werden. Freitagmittags ist nicht viel los, weil die Leute früh Feierabend machen und lieber zu Hause essen. Deswegen haben wir freitags am Ofen immer nur einen Bäcker. Den Ali.« Er stemmte die Fäuste in die Hüften. »Aber an Ihrer Stelle würde ich der Frau dem Typen nicht den Hof machen lassen.«

»Ach nein? Warum nicht?«

»Ali ist Inder. Spricht kaum Deutsch. Er kann gerade mal unsere Karte lesen.«

»Lassen Sie dies Sorge der Frau sein. Uns geht es nur um die Quoten.«

Er machte eine Kehrtwendung und verschwand hinter einer von Pflanzen verdeckten Tür. Breit grinsend machte ich das Victoryzeichen, doch Gregor zeigte keinerlei Reaktion. Keine zwei Minuten später kehrte der dicke Italiener mit einem kleinen Zettel zurück und reichte ihn mir. Ich las eine Adresse, die nicht weit von meiner Wohnung in Hamme entfernt war. Ich bedankte mich.

»Eine Frage noch.« Er räusperte sich. »Kann ich bei Ihnen vielleicht auch eine Videobotschaft aufzeichnen? Meine Mama wird in drei Monaten 70.«

Ich lächelte halbherzig. »Gern. Ich notiere mir Ihre Adresse, dann kommt das Kamerateam in den nächsten Tagen bei Ihnen vorbei.«

»Das wäre echt super. Kommen Sie am besten unter der Woche. Am Wochenende ist hier immer die Hölle los.«

Ich peste über die Wittener Straße und schwenkte auf den Nordring. Ich war in Stimmung, an jedem motorisierten Hindernis links- oder rechtsseitig vorbeizudreschen, doch das war nicht möglich, da sich die vielen Autos sowohl links- als auch rechtsseitig vor meiner Motorhaube befanden. Gregor saß aufrecht im Beifahrersitz. Seine Augen beobachteten wachsam die Spurstreifen, die sich an uns vorbeibewegten.

»Wenn Arthur Stammkunde war, dürften sich Ali und er öfters begegnet sein.«

Gregor sagte nichts dazu. Seine Konzentration schien sich gerade in anderen Sphären zu ballen.

Ich redete einfach weiter. »Vielleicht hatte Arthur sogar einen Rhythmus, in welchem er die Pizzeria aufsuchte. Dann war es für Ali sicherlich einfach, einen Anschlag zu planen.« Bei dem Wort ›Anschlag‹ flackerten seine Wimpern.

Ich rollte die Dorstener Straße hinunter und wir fuhren an dem Mietshaus mit meiner Wohnung vorbei. Bei dieser Gelegenheit fiel mir ein, dass ich mich für Viktor baldmöglichst um die Wohnung gegenüber von meiner bemühen sollte. Für einen Moment hegte ich den Gedanken, ob ich Gregor von den Veränderungen bei Tozduman Securities erzählen sollte, entschied mich jedoch dagegen. Es war ein denkbar schlechter Zeitpunkt. Außerdem hätte ich seine wahrscheinlich scharfen Kommentare ohnehin nicht ertragen.

Ich bog in den Surweg ein. Ali Bhattacharya wohnte in einer winzigen Doppelhaushälfte mit grobkörniger Fassade und schwarzem Ziegeldach. Vor 60 Jahren war die Fassade vielleicht weiß gewesen. Nun war sie rattengrau. Eine kurz geschnittene Hecke umsäumte das Haus wie eine Mauer. Ein Törchen lud zu einem Besuch des Gartens ein. Gregor lugte über die Hecke in Richtung Hauswand.

»Eine Terrassentür«, stellte er fest. »Geh du nach hinten und pass auf, dass er nicht abhaut. Ich klingele vorn. Wenn er zur dir gerannt kommt, ruf mich sofort. Keine Heldentaten, verstanden?«

Ich nickte. Daraufhin schob er mich zur Hecke.

Ich ging langsam genug, dass man mich vom oberen Fenster aus nicht sofort bemerkte. Ich näherte mich der Tür von der Seite, lehnte mich gegen die Mauer und drückte meinen Hinterkopf an die Fassade. Mein Herz klopfte mir bis zum Hals und ich durchwühlte meine Jackentasche nach der kleinen Reizgasdose, welche ich vor einigen Monaten gekauft hatte. Bisher war sie nicht zum Einsatz gekommen. Ich umklammerte die Dose, bis die Blechhaut Körpertemperatur hatte. Dann beugte ich mich vor und lugte durch die Scheibe.

Ich brauchte kein zweites Mal hinzusehen.

»Gregor!«

Ein wenig angespitzt kam er angaloppiert. Schmerzverzerrt hielt er sich die Brust. »Was ist? Was schreist du so? Ich habe noch nicht einmal geklingelt!«

Ich zeigte auf die Terrassentür und Gregor sah hindurch; wie erwartet entglitten ihm bei dem Anblick sämtliche Gesichtszüge. Denn am Boden des Wohnzimmers, in das man von der Terrasse aus einen guten Einblick hatte, lag ein Mann. In stabiler Seitenlage zwar, doch er regte sich nicht. Seine Füße zeigten in unsere Richtung, das Gesicht war aus diesem Winkel kaum zu erkennen.

»Scheiße«, fluchte Gregor und sah sich um. »Verständige den Notruf!«, sagte er. Dann lupfte er einen kleinen losen Pflasterstein aus dem Terrassenboden.

Mein Adrenalinpegel fuhr derweil das Notsituationen-Programm hoch.

»Zurück!« Seine freie Hand ragte nach hinten in meine Richtung und seine Finger schienen Ausschau nach mir zu halten. Die andere Hand hatte ihre Finger um den anthrazitfarbenen faustgroßen Stein gewickelt. Gregor holte aus. Ich trat zurück. Schwungvoll warf er den Stein durch die Türscheibe.

Das Glas zerbarst laut, aber nicht vollständig. Während die Scheibe oberhalb der Einschlagstelle in großen Scherben zu Boden fiel, blieb ein gutes Drittel des unteren Fensterglases erhalten. Sein Rand war gezackt wie eine Reihe fletschender Zähne.

Ich holte das Handy aus meiner Tasche und wählte den Notruf. Das Freizeichen ertönte zweimal. »Wir haben eine Person leblos am Boden gefunden«, sagte ich. Dann gab ich die Adresse durch. »Wir sind auf dem Weg zur Person. Wir haben die Terrassentür eingeschlagen. Für Erste-Hilfe-Maßnahmen.«

Gregor zog den Jackenärmel über seine Hand und drehte den Türgriff, an welchen er jetzt ohne Probleme herankam. Schwungvoll trat er gegen den Türrahmen, doch die Tür öffnete sich nicht auf Anhieb, da ein grünes eineinhalb Meter hohes Bäumchen ihren Schwungkreis blockierte. Gregor trat nach. Und der Baum fiel um.

»Okay. Bleiben Sie dran, damit wir Sie unterstützen können. Und beschreiben Sie mir in der Zwischenzeit, was Sie sehen!«

Gregor rannte mit breiten Schritten zu dem Mann, ließ

sich auf die Knie fallen und rutschte über den Holzboden wie John Travolta in ›Saturday Night Fever‹. Er fasste nach dessen Schulter. Ich näherte mich den beiden nur langsam. Als Gregor den Mann auf den Rücken drehte, wandte ich mich ab.

»Sagen Sie Ihren Kollegen vom Rettungsdienst, dass sie sich nicht beeilen müssen.«

Aus den Augenwinkeln nahm ich die roten Ergüsse am Hals des Mannes wahr. Sie wurden durchschnitten von einer schnurgeraden dünnen Druckstelle, welche sich auf Höhe seines Kehlkopfes um den halben Hals wickelte. Alis Augen waren halb geöffnet; ebenso sein Mund, aus dem sich seine Zunge wie eine fette, blaue Weinbergschnecke beulte. Die Farbe seiner Haut war für einen Inder unnatürlich blass. Unter seinen Augen hatten sich schattige Ringe gebildet, die ebenfalls wie Blutergüsse aussahen.

»Leiten Sie Wiederbelebungsmaßnahmen ein«, ordnete der Mann von der Leitstelle an.

Ich legte einfach auf.

Gregor rammte seine Faust in den Boden und fluchte etwas, das ich nicht zu verstehen vermochte. Ich legte meine Hand auf seine Schulter und versuchte mich nur auf ihn zu konzentrieren, doch es gelang mir kaum. Immer wieder musste ich zu Ali runterschielen. Meine Eingeweide rebellierten dabei jedes Mal von Neuem. »Die Spusi wird bestimmt noch etwas Brauchbares aus dem Tatort herausholen«, ermunterte ich Gregor.

»Ich kann dir bereits jetzt sagen, was sie herausfinden werden.« Er stand auf und zeigte auf die Haustür. »Kein gewaltsames Eindringen. Unser Toter hat seinen Mörder hereingelassen.« Sein Blick flog durch das Zimmer. »Es gibt kaum Hinweise auf einen Kampf. Keine umgeworfenen Gegenstände, kein Blut. Der Mörder hat ihn offensichtlich überrascht und rücklings überwältigt.« Er deutete auf die Striemen am Boden, wie sie dunkle Schuhsohlen verursachten. »Vermutlich fand der Todeskampf direkt am Boden statt.«

Ich zeigte auf Ali. »Er hat Straßenschuhe an.«

Gregor nickte. »Möglich, dass er zusammen mit dem Täter ins Haus zurückgekehrt ist.«

Ich sah ihn an. »Zurückgekehrt von woher?«

Wir hörten die Sirenen des Rettungswagens, wie sie sich langsam näherten.

»Wow. Die sind verdammt schnell.«

»Nimm die Sanitäter in Empfang. Ich werde mich so lange etwas umsehen.«

»Hinterlass bloß keine Spuren«, ermahnte ich ihn, immer noch Ansmanns und Guidos Monologe im Hinterstübchen. Ehe ich den Satz allerdings beenden konnte, hatte Gregor seine Schuhe bereits ausgezogen und ein frisches Paar Ärzte-Gummihandschuhe aus seiner Jackentasche gezaubert. Zwangsläufig fragte ich mich, ob er solche Dinge ständig bei sich herumtrug. Immer auf dem Sprung, fremde Wohnungen zu durchsuchen.

Erst als der RTW vor Bhattacharyas Haus stand, schaltete der Fahrer endlich das Martinshorn ab. Zwei mit Koffern bewaffnete Assis eilten auf das Haus zu und ich ließ sie durch die Haustür hinein. Ohne große Worte wies ich ins Wohnzimmer. Gregor war gerade in der oberen Etage, um sie zu durchforsten.

»Haben Sie angerufen?«, fragte mich der Dickere von den beiden. Seine Locken kräuselten und wanden sich wie Atze Schröders Kunsthaarpracht. Seine Wangen waren prall und rosig, die Unterlippe wurde von seinem Knubbelkinn beinahe verschluckt. »Sie haben einfach aufgelegt!«

»Der Akku war leer«, log ich.

Sie schüttelten den Kopf, wollten aber nicht länger über Ausreden diskutieren. Stattdessen nahmen sie den letzten Meter und knieten sich vor den Toten. »Igitt«, sagte der Dünnere. »Der wurde ja erwürgt!« Entsetzt sah er mich an. Seine Augen quollen wir Murmeln hervor. »Waren Sie das etwa?«

»Ich habe ihn nur gefunden.«

»Gehören Sie zur Familie?«, löcherte er mich weiter, wohl in der Befürchtung, sich respektvoller benehmen zu müssen. »Nichts für ungut. Aber wirklich traurig sehen Sie nicht aus.«

»Ich kannte ihn nicht«, sagte ich. »Ich wollte nur etwas fragen. Hat allerdings nicht mehr geklappt.«

Sie begannen mit der Standarduntersuchung, tasteten nach dem Puls, drückten an der Haut herum, rollten den Körper vor und wieder zurück.

Einige Minuten später trat eine Frau durch die offene Haustür. Lange schwarze Haare, schmales Gesicht, hohe Stirn sowie eng stehende Augen. Sie hatte kaum Brüste, doch dafür reichten ihr die Beine fast bis unter die Achselhöhlen. In einer Hand trug sie ein Täschchen, das mehr ein schwarzes klassisches Lederköfferchen war. Sie sah zu uns herüber, ehe sie schwungvoll heranstakste. Ihr Haar wallte wie eine Gardine in einer Böe.

»Wie sieht es aus?« Sie sah zu den Sanitätern herunter und schlug sich die freie Hand vor den Mund.

»Schätze, Sie können den Totenschein ausfüllen«, sagte der dickere Sani und wischte damit die letzten Zweifel beiseite, dass es sich bei dem Püppchen tatsächlich um die Notärztin handelte. Ich pflegte keineswegs das Vorurteil, schöne Menschen könnten nicht denken. Aber für Püppchen hatte ich noch nie viel übrig gehabt. Ich stand damit nicht allein da. Es war eine von Grobmotorikern gepflegte Familientradition.

Sie wandte sich an mich. »Das sieht gar nicht gut aus. Waren Sie seine Lebensgefährtin? Mein Beileid.« Ohne auf eine Antwort zu warten, ergriff sie meine Hand. Offenbar übte sie noch, denn ihr Ausdruck war alles andere als empathisch.

»Machen Sie sich keine Mühe.« Ich entzog mich ihrem Bann. »Ich bin nur Privatdetektivin.«

Das saß. Sofort sie verschränkte ihre Arme vor der Brust und trat einen Schritt zurück. Ihr Blick wechselte ins Verächtliche. Ich nahm es nicht persönlich. Im Gegenteil. Ich war derartige Reaktionen gewöhnt.

»Und?« Ich deutete auf die Leiche. »Können Sie mir etwas zu dem Toten sagen?«

»Ihnen sage ich ganz bestimmt nichts.«

Na, super.

Gregor schlich die Treppe hinunter. Er nickte kaum merklich – was mir bedeutete, dass er irgendetwas Verwertbares gefunden hatte. Mein Herz machte einen Hüpfer und ich nickte zurück. Die Notärztin folgte meinem Blick.

Prompt kehrte ihr Lächeln zurück.

Sie fixierte ihn. Und hörte auch nicht damit auf, als er konspirativ in seine Schuhe schlüpfte und quer durchs Wohnzimmer auf uns zumarschierte. Die beiden knienden Sanitäter betrachtete er nur flüchtig. Ganz im Gegensatz zu Frau Doktor.

»Und Sie?«, fragte sie und rümpfte vorwitzig ihre Stupsnase, was klingonische Furchen über deren Rücken zog. »Sind Sie ebenfalls Detektiv?«

»Nein«, sagte er und lächelte zurück. »Ich agiere eher als Berater.«

»So, so«, sagte sie und spendierte ihm ein Halbmondlächeln.

Mir wurde fast schlecht.

»Konnten Sie schon etwas an der Leiche feststellen?«, fragte schließlich Gregor und sah auf die Leiche herab.

Sie klimperte mit den Wimpern. »Das dürfte nicht allzu schwierig werden. Der Mann wurde stranguliert. So wie es aussieht mit einem Kabel, einer Wäscheleine oder dergleichen.«

»Und was denken Sie, wie lange ist er tot?«

»Ich bedaure, aber ich möchte ihn jetzt ungern anfassen. Ich werde auf die Kripo warten und mit denen zusammen die Leichenschau machen.« Sie schnalzte mit der Zunge. »Wenn Sie möchten, können Sie ja zuschauen.«

»Ganz bestimmt möchte ich das«, lächelte Gregor zurück.

Zeit einzuschreiten, ehe ich mir den Finger in den Hals stecken musste.

Ich packte Gregor am Arm und zog ihn einige Meter beiseite zur Terrassentür. »Glaubst du nicht, dass es eine denkbar schlechte Idee ist, hier mit den Bullen herumzulungern? Oder hast du schon wieder vergessen, dass die Kripo im Moment nicht so gut auf dich zu sprechen ist?«

Er schüttelte mich ab. »Überlass ruhig mir die Entscheidung, mit wem ich herumlungern will und mit wem nicht.« Er schielte zur Schwarzhaarigen hinüber. Ich wartete bereits darauf, dass er ihr mit halb offener Kinnlade zuwinkte. Doch stattdessen ließ er seine Missgunst mit einem ärgerlichen Blick auf mich herniederregnen.

»Sei nicht so stur«, zischte ich ihn an. »Es geht hier schließlich nicht nur um dich!«

»Sondern?«

Ich biss mir auf die Lippe. »Vergiss es.«

»Nein.« Er packte mich am Arm. »Was willst du damit sagen?« Er drückte zu, bis ich das Gefühl hatte, er würde mir durch Jacke und Pulli das Blut abschnüren.

»Nicht nur du hast einen Ruf zu verlieren«, sagte ich.

Er ließ mich los. »Ich verstehe. Ansmann hat mit dir geredet.«

»Er sagte nur, ich solle aufpassen, dass du nicht noch mehr ins Fadenkreuz der Polizei gerätst.« Dass mich Brülling ebenfalls darum bat, brauchte er nicht zu wissen. Dennoch merkte ich bereits, wie mir die Röte ins Gesicht schoss. Daher sah ich zu Boden und visierte den umgestoßenen Baum an. Seine Blätter waren hellgrün, lederig und schmal. Kleine grüne saftige Kugeln waren wie unreife Aprikosen herangewachsen. Ich fasste in die Krone und richtete den Baum auf. »Du müsstest das eigentlich am besten verstehen.«

Gregor fuhr sich mit der Hand durch die Haare und sah zu Boden. Ein Indiz dafür, dass er über meine Worte nachdachte.

Zu allem Überfluss trat in diesem Moment die Notärztin an uns heran. Sorgenvoll legte sie ihre blasse Hand auf Gregors Schulter. Ihr Daumen streunte dabei bedrohlich hin und her. »Geht es Ihnen gut?«

»Ja. Alles bestens«, sagte er, nahm ihre Hand von der Schulter und verschwand durch die Haustür, ohne mich ein weiteres Mal anzusehen.

Kein schönes Ende, wie ich fand. Doch es war eines, mit dem ich klarkommen würde.

Die Ärztin widmete sich mir. »Tun Sie mir einen Gefallen und waschen Sie sich die Hände.« Überdeutlich glotzte sie auf den Baum. »Ich traue diesen Mistdingern nicht.«

»Diesem Ficus hier?«, fragte ich verständnislos.

»Das ist kein Ficus. Das ist eine Cerbera odollam, auch Selbstmordbaum genannt.«

»Warum nennt man ihn so, also Selbstmordbaum?«

»Seine Früchte sind hochgiftig und bringen nach drei bis sechs Stunden den sicheren Tod durch Herzversagen. Allein an der Malaberküste ist die Hälfte aller Vergiftungen auf das Cerberin in der Frucht zurückzuführen. Weltweit gibt es keine zweite Pflanze, die so häufig für Selbstmorde genutzt wird. Vor allem bei Inderinnen ist der Wirkstoff sehr populär.«

Meine Augenlider klappten hoch. »Könnte man dieses Gift auch nutzen, um jemanden umzubringen?«

Sie lachte. »Wieso, haben Sie das vor?«

Ich reagierte nicht darauf.

»Nun, das Gift ist schwer nachzuweisen. Vor allem hierzulande könnte das Resultat von Ärzten als Herzattacke eingestuft werden. In Indien vermutet man deswegen eine sehr hohe Dunkelziffer. Hier in Deutschland ist das gute Bäumchen eher etwas Ausgefallenes für Botanikfans. Die weißen Blüten duften nämlich außerordentlich.«

Nach geschlagenen zehn Minuten tauchten zwei uniformierte Polizisten auf. Wie Archäologen, die einen Haufen Dinoknochen zu katalogisieren versuchen, schlichen sie unentwegt um die Leiche herum. Irgendwann nahm der Erste endlich das Funkgerät in die Hand und beorderte den diensthabenden Kripolenten her. Der andere Polizist ließ mich nicht aus den Augen. »Und Sie sagen, dass Sie ihn gefunden haben?«, fragte er.

»Ja.«

»Wie sind Sie reingekommen?«

Ich wies auf die zersplitterte Terrassentür.

»Sie sind also in das Haus eingedrungen«, stellte er fest.

Allmählich wurde ich ungeduldig. »Schon mal was von ›Gefahr in Verzug‹ gehört? Ich habe durch die Glastür den Mann am Boden liegen sehen!«

»Sie haben unbefugt den Garten betreten.«

Ich konnte es nicht fassen. Der Typ war von Kopf bis Zehennagel auf Stunk aus. Er sah zur Notärztin hinunter, die sich kniend über die Leiche gebeugt hatte, um sich die Punktierungen in den toten Augen anzusehen.

»Was machen Sie da?« Der Bulle war hoch gewachsen, das Hemd spannte über den Muskeln an seinen Oberarmen bis aufs Äußerte. Seine Haare waren blond gefärbt, der Ansatz war bereits dunkel.

»Ich backe Kuchen«, sagte Frau Doktor, ohne zu ihm aufzusehen.

Der Bulle verschränkte die Arme vor der Brust und seine Oberarme blähten sich wie Wasserbomben auf. »Seien Sie vorsichtig. Sonst werde ich Sie wegen Beamtenbeleidigung rannehmen.«

Die Ärztin warf ihr Haar von der einen Seite zur anderen, stand auf und stierte dem Bullen scharf in die Augen. »Haben Sie etwa gerade gesagt, Sie würden mich ›rannehmen‹, Herr Beamter? Wer beleidigt hier wen, Gynäkophob?«

»Gynä-was?«

»Ist gut jetzt.« Ein Mann im reifen Alter trat durch die Haustür. Er war stabil gebaut, jedoch weniger aufgrund von Muskeln denn durch Bier, Bonbons und Butterhörnchen. Ein grauer Haarkranz schmückte sein faltiges Haupt, ein silbriger Nikolausbart verdeckte ein Viertel seines Gesichts. Der hellbraune Mantel reichte ihm bis zu den Knien, ein grün-weiß karierter Strickpullover mit Schildkröten-Applikationen brachte seine Plauze eher ungünstig zur Geltung. Zu allem Überfluss trug er leuchtend weiße Nike-Laufschuhe. Noch während er sich auf uns zu bewegte, zog er seinen Dienstausweis aus der Tasche. »Büchsenbrecher. Kripo Bochum.«

Ich hob eine Braue.

Freundlich lächelnd winkte er sofort ab. »Ich sehe, Sie werden mich also nicht heiraten.«

Bei diesem Stichwort begutachtete ich seine Finger und stellte fest, dass er ohnehin verheiratet war.

»Wissen Sie, heutzutage dürfen auch Männer die Nachnamen der Frauen annehmen«, sagte ich.

»Ach ja? Dann sagen Sie mir doch, wie Sie heißen. Vielleicht drehen wir den Spieß um und ich will Sie heiraten.«

Ich lächelte und streckte meine Hand aus. Ich mochte den Mann auf Anhieb. »Esther Roloff mein Name.«

Ich befürchtete, sein Gesicht würde sich bei meinem Namen nachdenklich oder gar ärgerlich runzeln, doch nichts dergleichen passierte. Offenbar hatte er noch nicht von mir gehört. »Roloff. Roloff«, sinnierte er. »Klingt gut. Aber seien Sie mir nicht böse, wenn ich Ihnen keinen Antrag mache, ja?« Er wedelte mit seinem Ringfinger und zwinkerte. Doch schon bald entschwand sein Frohsinn und die Ernsthaftigkeit eines Kommissars trat zum Vorschein. »Also. Was ist hier los?«

Die Notärztin, die bislang nur neben uns gestanden und das Gerede mitverfolgt hatte, schaltete sich ein. »Sie ist Privatdetektivin!«, zischte sie.

Büchsenbrecher hob die Augenbrauen und seine Stirn runzelte sich nun doch. »Ach wirklich? Das ist ja unerhört!« Wieder zwinkerte er mir zu.

»Würde es Ihnen etwas ausmachen, wenn ich meine Aussage bei Ihrem Kollegen Edgar Ansmann mache?«

»Die Polizei ist kein Wunschkonzert, meine werte Frau Roloff. Sie müssen schon mit dem Beamten vorliebnehmen, der Ihnen vorgesetzt wird.«

Ich zeigte mein charmantestes Lächeln. »Ich weiß. Und Sie sind mir weiß Gott lieber als Edgar Ansmann.«

»Tatsächlich?«

»Aber er ist in die Sache eingeweiht, in welcher ich gerade ermittel.«

Er verschränkte die Arme vor der Brust, was aufgrund seines Oberkörperumfanges außerordentlich umständlich aussah. »Das klingt mir sehr nach Konspiration.«

Was sollte ich ihm sagen? Dass der Tote am Boden womöglich einen Brülling auf dem Gewissen hatte und wir, Ansmann eingeschlossen, dies aber nicht beweisen konnten? Ich hätte es ihm zu gerne erzählt. Doch mein Instinkt sagte mir, dass ich das besser nicht tun sollte. Daher verdrehte ich lediglich gekünstelt die Augen. »Sie haben ja keine Ahnung.«

Er trat näher an mich heran und legte mir einen Arm um die Schulter. Erst jetzt merkte ich, dass er größer war als ich; der Weihnachtsmann-Wanst ließ ihn mehr breit als hoch erschienen. Eine optische Täuschung. Er führte mich weg von den Polizisten und der Ärztin und flüsterte mir ins Ohr: »Ich bedaure es sehr, aber PHK Ansmann ist derzeit nicht verfügbar.«

»Was soll das heißen? Ist er im Urlaub? Ist er krank?«

»PHK Ansmann wurde suspendiert.«

Ich schlug eine Hand vor meinen Mund.

Mit einer therapeutischen Ruhe tätschelte er mich. »Und nun erzählen Sie mir, was Sie auf dem Herzen haben.«

13.

Ich habe gelogen. Ich habe Ali eine Freundin angelastet, die ihn verdächtigte, mit einer anderen rumzumachen. Als ich merkte, dass Büchsenbrecher damit Probleme hatte, weil die Geschichte alles andere als ›äußerst konspirativ‹ war, fügte ich hinzu, dass die Freundin eine Prominente war. Zum Glück verbot mir mein Detektivkodex, den Namen meiner Mandantin preiszugeben, sodass Büchsenbrecher erst gar nicht auf die Idee kam, nach ihrer Identität zu fragen.

Neugierig blieb er trotzdem. »Haben Sie eine Idee, wer ihm dies angetan hat?«

Ich schüttelte den Kopf. »Meine Ermittlungen waren abgeschlossen. Es gab keine Geliebte«, flunkerte ich weiter. »Demnach ist meine Mandantin aus dem Schneider.«

Er nickte. »Geben Sie mir Ihre Visitenkarte. Ich werde Sie kontaktieren, falls es Rückfragen gibt. Oder falls sich herausstellt, dass Ihre Mandantin doch nicht so ganz aus dem Schneider ist.« Er streckte mir seine Hand entgegen.

»Ich habe keine Visitenkarten«, gab ich zu. »Ich meine, ich habe keine bei mir.«

»Wie heißt denn die Detektei, für die Sie arbeiten?«

Scheiße.

Die ganze Zeit hatte ich an Steuererklärungen, Lohnabrechnungen, die Farbe des Teppichs oder an Kaffee gedacht, aber keinen einzigen Gedanken daran verschwendet, wie meine Detektei überhaupt *heißen* sollte.

In meinem Kopf überschlugen sich die Gedanken.

›Roloff Securities‹ klang mir zu sehr nach einem Sicherheitsdienst. ›Detektei Roloff‹ war ein 08/15-Name. Wie wäre es mit ›Esthers Ermittlungsstudio‹? Zu plüschig und rosa.

»Roloff & Partner«, sagte ich schließlich. »In Wattenscheid.« Und setzte im Hinterstübchen nur einen halbherzig gezogenen Haken vor die Aufgabe, da der Name noch beim Amt durchgebracht werden musste – bei welchem Amt auch immer.

Er nickte. »Das wäre es fürs Erste.«

Mit rotem Kopf und tauben Gliedern stakste ich aus dem Haus. Die Wolken heulten sich den Rotz aus ihren fluffigen Fasern. Meine Haare fielen mir binnen Sekunden klatschnass ins Gesicht, dicke Tropfen zerschellten auf dem Glasdach meines Leihwagens. Ich schloss den Wagen auf und ließ den Scirocco an, ohne zu wissen, wo ich überhaupt hin wollte.

Es war auch egal. Hauptsache, ich verschwand von hier.

Ich fuhr eine Weile geradeaus Richtung Stadtmitte in der Hoffnung, mein Scharfsinn würde anspringen und mir sagen, was ich als Nächstes tun sollte. Sollte ich es auf Ansmanns Handy probieren? Ich konnte nicht ausschließen, dass die Nummer zu seinem Diensthandy gehörte, was womöglich irgendwo bei irgendwelchen Beamten in der inneren Abteilung lag. Ich wollte nicht die Aufmerksamkeit der Kollegen auf mich lenken oder gar Ansmann durch meinen Anruf noch mehr in die Bredouille bringen.

Wenn dies überhaupt möglich war.

Suspendiert. Das war kein Pappenstiel.

Was zum Teufel war passiert?

Ich zog meinen Brummterroristen aus der Tasche und

wählte Gregors Nummer. Wider Erwarten ging er sofort ran.

»Wir müssen reden«, sagte ich. »Wo bist du?«

»Ich bin hinter dir«, sagte er.

Sofort sah ich in den Rückspiegel und machte einen lilafarbenen Opel Tigra aus. »Etwa in dieser Mädchenkarre?«, höhnte ich.

»Halt an.«

Ich fuhr an den Straßenrand. Der Opel stoppte unmittelbar hinter mir. Sein Motor röhrte noch lauter als meiner, was meines Erachtens eine echte Leistung war. Gregor schlüpfte aus dem Wagen, grinste in den Innenraum und schlug die Tür zu. Ich erhaschte einen flüchtigen Blick auf den Fahrer. Es reichte nicht für eine endgültige Beurteilung. Doch dass der Fahrer ausgesprochen hübsch, jung und zudem noch weiblich war, reichte mir vollkommen.

Gregor rüttelte an der Beifahrertür des Sciroccos und ich öffnete die Türverriegelung. Klatschnass ließ er sich in den Sitz plumpsen. Der Regen hatte seine Haare kräuseln lassen.

»Wer war das?«, fragte ich.

»Eine Freundin«, sagte er nur und beschenkte mich mit einem nichtssagenden Gesichtsausdruck.

Angesäuert prügelte ich den ersten Gang rein und gab Vollgas in Richtung Heimat. Der Motor röhrte laut und saftig, der Kaktus vibrierte.

Grobmotorisch nahm ich den Fuß von der Kupplung, die Karre flog mit einem Satz nach vorn und wir wurden in die Sitze gepresst.

»Ich habe die Tatwaffe«, sagte ich. Gregor starrte mich an. Dann erzählte ich ihm von dem Selbstmordbaum.

In seinen Augen begann etwas zu funkeln. »Wir müssen Ansmann davon berichten. Er muss die Toxikologie in diese Richtung stupsen. Gegebenenfalls müssen sie sich Proben besorgen.«

»Ansmann wurde suspendiert«, sagte ich.

»Ich weiß. Er hat mir auf die Mailbox gesprochen.«

»Du bist nicht rangegangen?«

Er reagierte nicht darauf.

»Und?«, bohrte ich weiter. »Hat diese Sache irgendetwas mit dir zu tun?«

»Was genau meinst du damit?«

»Du weißt ganz genau, was ich meine«, fuhr ich ihn an. »Du hast es selbst gesagt: Ansmann bemüht sich um Schadensbegrenzung. Deinetwegen«, betonte ich. »Vielleicht hat er es damit zu weit getrieben und den Unmut der Kollegen auf sich gezogen.«

Gregor ließ diese Option nicht gelten. »Wenn es so wäre, hätte ich längst davon erfahren.«

»Ja«, spottete ich. »Genauso wie von van Spreuwens Verhaftung.«

Wütend schlug er mit der Faust auf das Armaturenbrett, sodass die Klappe des Handschuhfachs aufsprang. Ich fuhr zusammen, doch ich deutete die Reaktion als ein gutes Zeichen, dass er endlich begriff, was wegen seiner fadenscheinigen V-Arbeiten auf dem Spiel stand – und zwar nicht nur für ihn.

Tatsächlich überraschte und ärgerte es mich gleichermaßen, dass er für diese Angelegenheit deutlich weniger Scharfsinn an den Tag legte als für alles andere. Ganz im Gegenteil: Es schien, als würde er sich für sicher und unantastbar halten.

»Konntest du vorhin mit den Kripobeamten sprechen?«

»Es war nur eine Kripolente vor Ort. Ein Herr Büchsenbrecher.«

»Kenne ich nicht.«

»Er war ziemlich alt. Ging auf die Rente zu. Ich habe ihn angelogen.«

»Gut.«

Der Regen hatte mittlerweile nachgelassen, doch er war nicht schwach genug, um die Wischer gänzlich abzuschalten. Ich fuhr die Dorstener Straße herunter. Dann blieb ich ein paar hundert Meter vor meiner Wohnung in einer Parkbucht stehen. Ich stellte den Motor aus. »Wir sollten was essen«, sagte ich. »Ich kann nicht denken, wenn ich Hunger habe.« Dann zitierte ich Gregor aus dem Wagen und marschierte in die Pommesbude in nächster Nähe.

Das Türglas war beschlagen, die Theke mit einem unvorteilhaften weißen Kunststoff beschichtet, auf welchem man jeder Fettspur folgen konnte. Eine überdimensionierte Wolke aus Frittierfett lullte die Verkäuferin ein. Ihre Haare waren hochgesteckt und vom verdunsteten Fett wahrscheinlich derart geschmiert und gefestigt, dass es keinen Unterschied machte, würde sie die Nadeln aus den Haaren nehmen.

Sie reckte ihr Kinn in unsere Richtung. Wir bestellten beide Currywurst Pommes.

»Sonst noch was?«, fragte Gregor kurz angebunden.

»Einen Salat vielleicht. Ich neige zu Fettleibigkeit.«

»Das meine ich nicht. Hat Büchsenbrecher sonst noch etwas zu dir gesagt?«

Ich sah ihn an. »Allerdings. Er war es, der mir die Suspendierung gesteckt hat. Findest du das nicht auch seltsam? Immerhin bin ich eine Privatperson.«

»Eine Privatperson, die Kontakt zu Edgar hatte und

ihn bei einer nichtpolizeilichen Angelegenheit unterstützte.«

»Glaubst du, er wusste davon?«

»Entweder das oder er hat ein persönliches Problem mit Edgar, sodass es ihm Freude bereitet, jedem Dahergelaufenen von dessen Suspendierung zu erzählen.«

Mir schienen beide Optionen unwahrscheinlich zu sein. Nicht nur, weil ich Büchsenbrecher für einen netten Menschen hielt. Ansmann war nicht der Typ, der gegenüber anderen Polizisten erwähnte, dass er sich von einer Privatdetektivin hatte helfen lassen. Es wäre ihm mit Sicherheit peinlich gewesen.

Gregor bemerkte meine Zweifel. »Hattest du den Eindruck, dass er wusste, wer du bist?«

»Nein. Nicht wirklich. Obwohl er beim Stichwort ›Privatdetektivin‹ hellhörig wurde.«

»Eine normale allergische Reaktion bei Polizisten.« Er nahm seine Pappschüssel vom Tresen. »Aber wenn er wusste, dass du Privatschnüfflerin bist, hat er dich mit seiner Bemerkung sicherlich nur reizen wollen.«

»Mich reizen?«, wiederholte ich.

»Das klassische Spiel: ›Ich sage dir etwas Vertrauliches. Aber nur, wenn du mir auch etwas Vertrauliches erzählst.‹«

»Ein Spiel, das du nicht sonderlich gut beherrschst«, provozierte ich ihn.

Er ließ sich nicht beeindrucken. »Auf meiner Bühne sind solche Spielchen sehr gefährlich.«

Ich nahm meine Pommes-Schüssel mit der Wurst und machte Anstalten, mich an den Tresen zu setzen. Doch Gregor wies zur Tür. »Gehen wir rüber zu dir. Ich will mich ungern hier über die Sache unterhalten.«

»Aber es schüttet wie aus Eimern.«

»Dann beeil dich mit dem Essen.«

Als wir bei mir zu Hause ankamen, waren die Restpommes matschig und kalt, die Currysoße hatte sich zu einer Suppenbrühe verdünnt. Es war nicht schlimm, da ich die Wurst ohnehin schon auf dem Weg verschlungen hatte. Gregor hingegen hatte von seiner Portion kaum einen Happen zu sich genommen.

Er stellte das nasse Schüsselchen auf meinem Couchtisch ab und setzte sich davor auf den Boden. Seine Schuhe zogen dunkle Schlieren auf dem Parkett. Seine Augen wirkten dunkel, kleine Regentropfen rollten seine bartschattierte Haut abwärts und verfingen sich in seinen herunterhängenden Mundwinkeln und der Kinnfalte. Er wirkte ausgelaugt, fast alt.

Sobald er weg war, würde ich wischen müssen.

»Denkst du, Büchsenbrecher wusste von Arthur?«, versuchte ich den Faden wiederaufzunehmen.

»Um Büchsenbrecher würde ich mir jetzt keine Sorgen machen«, sagte Gregor und sah mich an. »Hat er etwas Wesentliches über den Tatort gesagt?«

»Nicht in meiner Gegenwart. Er hat mich sehr schnell des Hauses verwiesen.«

Er nickte. »Weil du Detektivin bist.«

»Eine nicht sehr erfolgreiche«, seufzte ich.

Er gab sich kaum Mühe, mich aufzumuntern. Stattdessen tippte er auf den Tisch. »Das macht nichts. Das Wichtigste wissen wir bereits: Dieser Pizzajunge wurde definitiv umgelegt. Vermutlich kannte er seinen Mörder. Und er war noch nicht lange tot.«

»Und wer hat ihn umgelegt?«

»Dieselben, die Arthur auf dem Gewissen haben.«

»Aber Ali hat Arthur auf dem Gewissen«, erinnerte ich ihn.

Gregor nahm von den Pommes und rührte damit in der Soße herum. »Ali war nur ein Werkzeug. Wahrscheinlich hat er es für eine Stange Geld gemacht. Oder er wurde von seinem Auftraggeber erpresst oder bedroht.«

»Und am Ende musste er selbst aus dem Weg geräumt werden«, führte ich fort. »Doch warum gerade jetzt?«

»Wenn meine Theorie stimmt, war Ali das letzte Glied in der Kette. Ein Einfaltspinsel. Gut möglich, dass er nervös wurde und damit zu einer Gefahr für die Drahtzieher.« Gregor ließ den Arm in den Schoß fallen. »Er wusste einfach zu viel.«

Ein Kloß bildete sich in meinem Hals. »Glaubst du, deswegen wurde auch Arthur getötet? Weil er zu viel wusste?«

»Denkbar ist alles. Nur wozu Ali als dritten Mann einschalten, der am Ende ebenfalls beiseite geräumt werden muss? Das lohnt den ganzen Aufwand nicht.« So wie er es sagte, klang es eiskalt.

»Und wenn Ali alles andere als ein Einfaltspinsel war? Ein alter Hase im Geschäft?«

»Unwahrscheinlich«, sagte Gregor. »Der Mann war Inder, sprach kaum Deutsch. Seine Kleidung, seine Einrichtung, selbst die Wohngegend schreit nicht nach dicken Geschäften. Außerdem reden wir hier nicht von Organisationen wie die Camorra oder ’ndrangheta, wo Fehden an der Tagesordnung sind. Hierzulande meiden es die Organisationen, mit Morden an ihren Gewährsleuten ins Visier der Ermittler zu geraten.« Er stockte und es schien, als würde er weit weg in andere Welten abgleiten. »Der

Mord an Ali war nur Mittel zum Zweck, ein Zufallsopfer. Der Junge sollte einfach die Klappe halten.«

»Und zwar ziemlich bald«, sagte ich. »Sie haben sich nicht einmal die Mühe gemacht, den Mord zu vertuschen. Anders als bei Arthur.«

Er nickte. »Und genau das macht mir am meisten Sorgen.«

Mein Magen schien sich auf Golfballgröße zusammenzuziehen. »Vielleicht hat der Chef von ›Mama Corleone‹ nach unserem Besuch die Bösewichte alarmiert.«

»Nein. Der Chef hatte keine Ahnung. Anderenfalls hätte er uns hingehalten oder uns in eine Sackgasse geführt, um Alis Mörder mehr Zeit zu lassen.«

Seine Antwort beruhigte mich nur wenig. Und auch Gregors Augenbrauen schoben sich zu felligen Gewitterwolken zusammen. Zwangsläufig kam mir der Gedanke, ob Guido Brülling mit seinem Verfolgungswahn vielleicht doch nicht so falsch lag. Und ob es an der Zeit war, mein Messer wieder unter das Kissen zu legen. Aber ich ließ keinen der beiden Gedanken ausreifen. »Was hast du in Alis Wohnung gefunden?«

Er griff in den Hosenbund an seinem Rücken. Dann warf er ein paar Papiere auf den Tisch. Ich nahm die Dokumente zwischen die Finger. Es waren Geschäftsbriefe, allesamt auf indisch verfasst.

»Was ist das?«

»Ich habe keine Ahnung«, sagte Gregor. »Sein Arbeitsplatz im Obergeschoss war ein einziges Durcheinander. Doch diese Dokumente hatte er säuberlich in Plastikhüllen und Schubladen sortiert. Sie erschienen mir wichtig.«

Ich legte die Sachen auf den Tisch. »Ich werde Goutam bitten, sie sich mal anzusehen.«

Fragend hob er eine Augenbraue.

»Der Inder im Adolfo's.« Ich sah auf die Uhr. Es war kurz vor halb zwei. »Er übernimmt um sechs Uhr die Abendschicht.«

Gregor schien keine Einwände zu haben. Er nickte. Mit der freien Hand rieb er sich über die Stirn.

Meine Pappschüssel-Portion war halb leer. Er hingegen hatte kaum mehr als drei Bissen zu sich genommen.

»Du musst was essen«, ordnete ich an.

»Ich habe keinen Hunger.« Er nahm die Plastikgabel, warf sie in die Pappschüssel und legte sich lang auf den Boden. Mit beiden Händen strich er sich durch die Haare und versuchte, seine Finger darin zu verhaken; so wie er es immer tat, wenn er über etwas nachdachte. Doch die Kurzhaarfrisur ließ das nicht mehr zu. Angestrengt starrte er zur Decke. Alles, was ich darin las, erschien mir leidenschaftslos und leer. Es stand im völligen Kontrast zu seinen Füßen, die er nervös auf und ab stemmte.

Es war nicht schwierig zu erraten, woran er dachte.

Ich krabbelte vom Sofa, glitt über den Boden und setzte mich zu ihm. »Was glaubst du, hat Martha mit alldem zu tun?«

Er schob seine Hand in die hintere Hosentasche, fischte eine Packung HB heraus und zündete sich rücklings liegend eine Zigarette über der Nase an. Er nuckelte an ihr, Nikotinwölkchen stoben wie Rauchzeichen nach oben. »Vielleicht war sie das Druckmittel, das sie gegen Arthur verwendeten.«

»Druckmittel wofür? Für Geld?« Ich erinnerte mich daran, wie wohlhabend Arthurs Exfrau war. Schweiß brach in meinen Achseln aus – mir fehlte der Mut, es auszusprechen. Mit Zeigefinger und Daumen zog ich Gregor die Zigarette aus dem Mund und schob sie mir selbst zwischen die Lippen. Ich nahm einen tiefen Zug und der Rauch glitt warm und körperlos meine Luftröhre hinunter. Ich spürte, wie er in meine Lungen drang und an ihren Schleimhäuten kratzte. Als ich ausatmete, hüstelte ich meinen Gedanken hinaus: »Glaubst du, Martha ist etwas zugestoßen?«

Er holte sich seine Zigarette zurück, nicht ohne mich mit einem lehrerhaften Blick zu ermahnen. Dann starrte er wieder an die Decke. »Wenn dies der Fall ist, kann ich mir Ilonas Verhalten nicht erklären. Fast kam es mir vor, als wollte sie verhindern, dass wir mit Martha sprechen.«

»Ja. Als ich ihr das Foto zeigte, tat sie erst so, als kenne sie sie gar nicht. Dann hat sie mich rausgeworfen.« Plötzlich kam mir ein Gedanke. »Hast du Martha eigentlich auf der Beerdigung gesehen?«

»Nein. Aber Martha ist noch nie bei irgendeiner Beerdigung aufgetaucht. Nicht bei ihrer Oma, auch nicht bei Julia. Und schon gar nicht bei der Beisetzung ihrer Schwester. Ich kann es ihr nicht verübeln. Die eine oder andere Zeremonie hätte ich mir selbst gerne erspart.«

Er gab mir die Zigarette und stand auf.

»Wo willst du hin?«

»Nach Düsseldorf. Martha hat eine kleine Wohnung in Benrath. Meines Wissens wohnt sie immer noch dort. Ich habe sie seit einer Weile nicht mehr gesehen.« Er kniff die Lippen zusammen. »Nach allem, was ich gehört habe, bezweifle ich zwar, dass ich Martha dort finden werde. Aber einen Versuch ist es wert.« Er ging an den Tisch. Als er sich bückte, um nach seinem Helm zu greifen, verzerrte sich sein Gesicht.

»Hast du Schmerzen?«

»Nichts weiter«, sagte er sofort. »Die Narbe ziept ein wenig.«

Langsam trat ich an ihn heran. »Darf ich sie mal sehen?«

Gregor erstarrte für einen Augenblick. Dann rollte er mit der freien Hand sein feucht geregnetes Poloshirt hoch.

Meine Haare richteten sich im Nacken auf.

An jener Stelle, wo sich einst das Einschussloch befand, prangte nun eine fingerlange rote Narbe. Die Kugel war damals nicht wieder ausgetreten und musste operativ entfernt werden. Aus der Entfernung sah sie eigentlich nur wie ein größerer Kratzer aus. Doch wenn man näher hinschaute, erkannte man, dass sich die Narbe nach innen wölbte, wie ein kleiner Kanal. Drumherum warf die Haut leichte Schuppen.

»Die Haut ist ganz trocken. Du solltest sie eincremen.« Ohne auf seine Antwort zu warten, marschierte ich ins Badezimmer, öffnete den Apothekerschrank und nahm meine bis zum Abwinken ausquetschte Bepanthen-Heilsalbe heraus. Gregor hatte sich in der Zwischenzeit keinen Zentimeter bewegt.

Ich quälte einen kleinen Streifen Salbe auf meine Fingerspitze und rieb vorsichtig die Narbe damit ein. Seine Haut war kalt, die linke Brustwarze aufgerichtet. Die rechte konnte ich nicht sehen, da sie von seinem Helm verdeckt wurde, welcher einen ovalen Schatten auf seine nackte Taille warf. Unterdessen blieb Gregor mucksmäuschenstill. Ich konnte sogar seinen Atem hören. Er zuckte kurz zusammen.

»Das tut doch nicht weh«, schimpfte ich sofort.

»Es kitzelt.«

Meine Wangen füllten sich mit Blut. »Bist du etwa kitzelig?«

»Nein«, gab er zu. »Eigentlich nicht.«

Als ich fertig war, rollte er seine Klamotten wieder herunter und sah zu Boden. »Danke.«

»Kann ich in der Zwischenzeit irgendetwas tun?«

»Überprüfe bitte, ob Martha bei irgendeiner anderen Kontaktadresse gemeldet ist. Wenn du etwas herausfindest, dann schick es mir sofort aufs Handy.«

»Was ist mit Ansmann?«, fragte ich. »Ich mache mir Sorgen.«

»Um diese Angelegenheit kümmern wir uns, wenn ich zurück bin.«

»Und der Selbstmordbaum?«

»Arthurs Gewebeproben werden noch eine Weile aufbewahrt. Ich will Ansmann nicht anrufen, solange ich nicht weiß, wer außer ihm alles auf sein Telefon guckt. Wir werden uns gemeinsam mit ihm darum kümmern, wenn er wieder etwas mehr Beinfreiheit hat.«

Ich nickte. Dann trabte er aus der Wohnung.

Ich sah auf die Uhr. Es war fast zwei. Ich nahm das Telefon aus der Ladeschale und rief in der Detektei an. Zu meiner Überraschung ging Viktor ans Telefon.

»Privjét«, sagte er. »Ch-hier ist Viktor.«

Als ob ich nicht selbst darauf gekommen wäre. »Hier ist Esther«, antwortete ich. »Ist Corinna immer noch nicht da?«

»Njet. Ch-hier ist niemand.«

»Was ist mit Metin?«

»Weiß nicht. Ch-hier ist niemand«, wiederholte er geduldig.

»Und warum bist du noch da?«

»Metin lässt mich übernachten.«

Fast rutschte mir der Hörer aus der Hand. »Er lässt dich *was*?«

»Ich-ch ch-habe ein Zelt hier.«

»Du wirst *nicht* in meinem Laden zelten!«, fuhr ich ihn an. »Pack deine Sachen und komm hier her.«

»Warum?«, fragte er.

»Erinnerst du dich an mein Angebot mit der Wohnung? Lass uns dem auf den Grund gehen. Und zwar sofort.« Ich gab ihm die Adresse durch und empfahl ihm eine Straßenbahnverbindung. Dann legte ich auf, nahm die indischen Dokumente zwischen die Finger und peste die Treppen hinunter.

Das Adolfo's war wie ausgestorben. Nur Anastasios lehnte gegen den Tresen und füllte Kreuzworträtsel aus.

»Ciao, Ragazzi«, begrüßte er mich.

Ich setzte mich vor ihn auf den Barhocker. »Hast du noch die Schlüssel für die leerstehende Wohnung oben?«

Er nickte. »Sicher.« Er hob den Kugelschreiber. »Aber nur für Wohnungsbesichtigungen.«

»Ja, sicher«, beruhigte ich ihn.

»Hol dir oben bei meiner Frau einen Bogen für eine Selbstauskunft ab. Sie kommt in einer Stunde heim.« Mit dem Kuli zeigte er auf mich. »Ohne Formular keinen Schlüssel!«

Ich verdrehte die Augen. Dann hielt ich ihm den Stapel Papiere hin. »Kannst du mir einen Gefallen tun? Kannst du diese Dokumente an deinen Geschäftspartner weiterreichen und ihn bitten, sie sich anzusehen?«

Anastasios legte den Kuli beiseite und nahm die Dokumente zwischen die Finger. Skeptisch überflog er den Inhalt. »Ist das Buddhistenschrift?«

»Ich habe keine Ahnung. Das soll mir Goutam verraten.«

»Er kommt um sechs«, bestätigte er meinen Verdacht.

»Gut. Gib ihm bitte meine Handynummer.« Ich legte meine Hand auf seinen Arm, was ihn für einen Augenblick erschreckte. »Es ist dringend.«

Kaum wieder in meiner Wohnung angekommen, zückte ich als allererstes mein Handy, um den aktuellen Akkustand zu überprüfen. Anschließend rief ich Metin an. Vom Treppensport war ich völlig außer Atem. »Haben wir in der Detektei ein System, um Meldedaten von Personen zu prüfen?«

»Einen Scheiß haben wir. Wir sind doch nicht das Finanzamt.«

»Und wie finden wir Adressen raus?«

»Wir fahren Leuten hinterher.«

Kein Wunder, dass der Laden keinen Gewinn abwarf. »Hast du nichts Zeitgemäßes auf Lager? Etwas mit Computern, oder so?«

»Computer?«, höhnte er. »Frag Viktor. Der baut dir aus einem Handy, einem Auto und ein paar Knallfröschen einen Autobot.«

»Ein Autoboot?«

»Nein.« Er stöhnte in den Hörer. »Noch nie was von den Transformern gehört?«

»Ich habe keine Zeit für so einen Scheiß«, blaffte ich ihn an.

»Ich auch nicht«, blaffte er zurück und legte auf.

Mit der Stille kam die Unruhe.

Ich stand am Fenster, aber nur für ein paar Minuten. Ich bewegte mich ins andere Eck des Zimmers, schließlich kreiste ich im Schlafzimmer herum wie eine durstige Mücke.

Ich konnte nicht seelenruhig darauf warten, dass andere Leute Dinge erledigten. Oder eben nicht.

Gregor mochte zwar recht damit haben, dass Ansmanns Suspendierung im Moment keine Priorität hatte. Auch glaubte ich ihm, dass er sich mit diesem Problem früher oder später beschäftigen würde. Doch aus Angst, er würde sich im Zweifelsfall mehr für später als für früher entscheiden, konnte und wollte ich Ansmanns Schicksal nicht länger ignorieren. Ein Stimmchen in meinem Hinterstübchen trieb mich an, etwas zu tun.

Irgendetwas.

Daher ging ich ins Wohnzimmer zurück und griff mir noch einmal das Telefon. Meine Hand war feucht, mein Puls erhöht. Doch mir wollte niemand anderes einfallen, den ich jetzt hätte anrufen können. Jedes ins Bochumer Präsidium geschickte Lebenszeichen hätte sicher schlafende Hunde geweckt. Unterdessen bezweifelte ich, dass meine alten Bekannten, Richter und Funke-Trenkelbach, überhaupt im Bilde darüber waren, was innerhalb der Kripo momentan vonstattenging.

Ich kannte die Nummer aus dem Effeff.

Er ließ es kein zweites Mal klingeln. »Hallo, Esther.«

»Hallo, Schalke.«

Schweigen.

»Wie geht es dir?« Dummes Gerede, ermahnte ich mich. Ich hatte keine Zeit für so etwas. »Hast du schon das Neueste von Edgar Ansmann gehört?«

Ein paar Sekunden blieb es still am anderen Ende der Leitung. »Nein.« Er klang genervt. »Sollte mir denn etwas zu Ohren gekommen sein?«

»Ich hatte es gehofft«, sagte ich leise.

»Was ist los?« Seine Stimme klang nun milder, doch die übliche Bullenstrenge blieb.

»Er wurde suspendiert.«

»Suspendiert? Weswegen?«

»Ich hatte gehofft, du könntest es mir sagen.«

»Das sind Angelegenheiten der IA zu Bochum«, sagte er karg. »Über solche Dinge wird nicht getratscht. Weder bei denen noch hier in Dortmund.«

»Das dachte ich mir«, sagte ich. »Glaubst du, du könntest dich trotzdem ein wenig für mich umhören? Ihr kennt euch doch.« Ich schluckte. »Und ich mache mir Sorgen.«

Er seufzte. »Ich könnte Britta fragen, ob ihr irgendetwas zu Ohren gekommen ist.«

Diesmal klang ich genervt. »Wieso Britta?«

»Sie und Edgar haben gemeinsam ihre Anwartschaft in Dortmund abgelegt. Sie kennen sich schon eine ganze Weile.«

»Das wusste ich gar nicht.«

»Woher sollte ich *ihn* sonst kennen?«

Täuschte ich mich oder wurde Schalke ein wenig knatschig? »Danke.«

»Ist bei dir irgendetwas im Gange, Esther?«

Meine Mundwinkel verselbstständigten sich und ich musste grinsen. »Ich bin Privatdetektivin, Schalke. Bei mir ist immer etwas im Gange.«

»Daran werde ich mich nie gewöhnen.«

»Deswegen hat es auch nicht geklappt.«

»Ich könnte lernen, mich daran zu gewöhnen.«

»Vielleicht. Aber du bist einfach nicht dafür gemacht, wegzusehen.« Ich wollte, dass es nett klang und seinem

Charakter schmeichelte. Offenbar bewirkte es genau das Gegenteil.

»Nein, das bin ich nicht. Anders als dieser Pankowiak.«

Der Umschwung irritierte mich. »Was zum Teufel hat Pankowiak damit zu tun?«

»Ach komm, Esther. Jetzt behaupte bloß nicht, er würde dir nicht gefallen. Mir ist nicht entgangen, wie du ihn ansiehst.«

»Da war er im Krankenhaus! Er war halb tot. Ich habe mir Sorgen gemacht!«

»Und wenn schon. Mir ist es gleich. Aber beherzige meinen Rat: Lass ihn nicht zu nah an dich heran. Er könnte es zu deinem Nachteil verwenden.«

Allmählich platzte mir der Kragen. »Kannst du mir bitte erklären, wieso du so etwas sagst?«

»Nein, das kann ich nicht. Die Ermittlungen im ehemaligen Lütgen-Casino laufen noch. Die Angelegenheit ist Verschlusssache.« Er begann sich zu wiederholen. »Aber mir sind in der Zwischenzeit ein paar Dinge zu Ohren gekommen. Und ich möchte nicht, dass du verletzt wirst. Ich meine es nur gut.«

»Nur gut«, echote ich und setzte zu einer Tirade an. Zum Glück biss ich mir rechtzeitig auf die Lippe und schluckte meinen Monolog über van Spreuwen und dessen Verhaftung herunter, welche er mir augenscheinlich verschwiegen hatte. Schalke würde sich nicht nur wundern, dass ich es wusste. Sondern hauptsächlich, *woher* ich es wusste. Und nach allem, was ich bislang gehört hatte, wollte ich ihm nicht noch mehr Gründe geben, Gregor auf die Spur zu kommen. »Danke, dass du dich erkundigst«, beendete ich schließlich das verquere Gespräch mit einer netten, aber bestimmten Abschiedsfloskel.

Das Telefonat war für die Tonne, so viel war sicher. Zumindest half es, mir über einige Dinge klar zu werden. Erstens: So leid es mir um die wunderschönen Nächte auch tat – Schalke war Geschichte. Endgültig. Und der Reiz an ihm war plötzlich verflogen. Zweitens: Ich konnte Ansmann besser leiden, als ich bisher vermutet hatte. Und drittens: Gregor auch.

20 Minuten später bimmelte mich die Klingel von der Fensterbank. Ich huschte in den Flur, drückte den Summer und wartete auf der Fußmatte. Gemächliche Schritte erklangen. Noch ehe sich der Schatten einer Gestalt im Treppenhaus zeigte, jodelte mein Festnetztelefon im Wohnzimmer und ich rannte durch den Flur. Auf dem Display wollte sich mir keine Nummer erschließen. Ich sollte erst später kapieren, dass sie absichtlich unterdrückt war.

»Frau Roloff«, ertönte eine Stimme, nachdem ich abgenommen hatte.

»Ansmann!« Mir rutschte das Herz in die Hose. »Was zum Teufel ist passiert? Wo sind Sie?«

»Ich weiß, dass das jetzt schwierig für Sie wird«, intonierte er beinahe hypnotisch durch den Hörer, »aber bitte, hören Sie auf meine Worte: Lassen Sie den Fall ruhen.«

In meinen Ohren begann es zu klingeln. »Wie bitte?«

»Die Sache ist einige Nummern zu groß für Sie«, sagte er. »Und bitte nehmen Sie das jetzt nicht zum Anlass, erst recht nicht die Brocken hinzuschmeißen. Glauben Sie nicht, ich wüsste nicht, wie bockig Sie sind.« Er seufzte und klang beinahe verzweifelt.

Ich war mittlerweile zu meiner Wohnungstür zurückgekehrt und betrachtete den braunhaarigen Scheitel, der sich auf schwarzen Schuhen die Treppen hinaufbewegte.

Erst auf den letzten Metern unterhalb meiner Etage war ich mir sicher, dass es sich bei meinem Besucher nicht um Viktor handelte. »Was ist passiert?«, flüsterte ich.

»Die Drahtzieher haben überzeugende Mittel, Leute zum Schweigen zu bringen«, sagte er. »Und ich bitte Sie, nicht länger nachzuforschen. Ihrer Gesundheit zuliebe.«

Ein junger Mann baute sich vor mir auf. Er war vielleicht Ende 20, mit hundsbraunem, auf fünf Millimeter gestutztem Haar. Er trug einen hautengen schwarzen Pullover, einen knielangen schwarzen Mantel sowie eine ihm auf die Beine geschneiderte Jeans. Das Outfit brachte seinen sportlichen Körper zur Geltung und auf den ersten Blick fand ich, dass er ziemlich gut aussah. Das änderte sich jedoch, als er mich mit einem Lächeln von der Fußmatte schob. Und mir den Lauf seiner Knarre in den Bauchnabel drückte.

»Frau Roloff, das meine ich todernst. Lassen Sie es bleiben«, tönte es aus dem Hörer.

Ich knirschte mit den Backenzähnen. »Zu spät.«

Der Typ macht einen leichten Kussmund und presste den Zeigefinger gegen seine Lippen. Dann legte ich auf.

14.

»Kommen Sie mit, Fräulein Roloff. Wir fahren eine Runde. Und keine Mätzchen, bitte.«

Zu meiner Überraschung blieb ich ausgesprochen ruhig. »Kommen Sie von Minderhoud?«, fragte ich.

Er hob die Brauen. »Von wem?«

Ich winkte ab. »Nichts für ungut. Wollte nur sichergehen, dass ich Ihren Chef nicht mit einem anderen Mörder verwechsele.« Vielleicht war es Adrenalin, das mich dazu verleitete, solchen Irrsinn zu reden. Zumindest brachte es den Typen für einen Augenblick aus der Fassung. Und mir verschaffte es ein wenig Zeit.

»Esther?«

Mein Adrenalinspiegel schoss in die Höhe. Viktor hatte den Hausflur betreten und offenbar meine Stimme gehört. Er begann, die Stufen hochzugehen.

»Sehen Sie zu, dass er verschwindet«, flüsterte der Typ mit der Knarre. »Oder ich erschieße ihn.«

Ich nickte, aber ich hielt seine Drohung für undurchführbar. Mein geschultes Auge sah, dass er ohne Schalldämpfer unterwegs war. Er würde den Teufel tun und am helllichten Tag in einem Hausflur den Abzug drücken.

Als Viktors Kopf über dem Geländer erschien, ließ der Typ die Knarre in seinem Mantel verschwinden.

»Hallo«, winkte ich Viktor zu. Sein Hemd war mit neuen Farbklecksen besudelt. Eine lädierte schwarze Collegetasche hing schlapp über seiner rechten Schulter. An den linken Arm hatte er einen blattlaubfarbenen Sack gebunden, in welchem ich sein Zelt vermutete. Der Beutel schien äußerst schwer zu sein. Schnaufend trat Viktor zwischen uns und sah den Typen skeptisch an. »Privjét. Willst du wieder gehen?«

Ich nahm ihm den Sack ab und warf ihn in den Flur.

»Es tut mir leid, es ist ein wichtiger Fall dazwischengekommen«, sagte ich. »Aber du kannst meinen Sekretär Viktor anrufen. Der wird dir einen neuen Termin geben.« Ich reichte ihm die Hand, ließ die Augenbrauen zucken und hoffte, er würde nicht irgendetwas Dummes sagen oder tun. Zu meiner Überraschung blieb er völlig cool und erwiderte den Händedruck, wenn auch nur schwach. Dann ging ich, mit meinem Despoten im Nacken, die Treppen hinunter.

Ich sah ihm nach. Versuchte, dem Russen ein paar versteckte Botschaften zu schicken. Aber Viktor glotzte mir nur hinterher, als hätte ich nicht mehr alle Murmeln in der Schüssel.

Ich betete vor mich hin: ›Gott, mach, dass Viktor etwas macht.‹ Aber mit jeder Stufe, die ich hinunterging, schwand meine Hoffnung. Was wollte dieser Kerl von mir? Reden? Mich ausfragen? Wohl kaum – für beides hätte er seine Knarre nicht gebraucht. Was immer er auch im Schilde führte, es dürfte nicht gut für mich ausgehen.

Ich musste etwas tun, und zwar bevor ich das Haus verließ.

Viktor schlich uns hinterher her, doch überholte uns nicht, sondern bewegte sich konstant im Schatten meines ungebetenen Gastes, was mir zumindest den Lauf der Knarre im Rücken ersparte. Ich rechnete meine Chancen aus, wenn ich mich einfach umdrehen und ihm die Waffe aus der Hand schlagen würde. Denkbar schlecht. Und wenn ich mich einfach fallen ließe? Das hätte einen enormen Überraschungseffekt auf ihn, allerdings auch einen Haufen blauer Flecken für mich.

Und wenn ich einfach schreien würde?

Er würde nicht schießen.

Würde er doch nicht, oder?

Scheiße. Die ganze Zeit über hatte ich erwartet, dass ich in solchen Situationen wesentlich gefasster reagieren würde. Und jetzt traute ich mich nicht einmal, meine Reizgasdose zu zücken.

Schweigend beschimpfte ich mich selbst. Wir erreichten das Treppenende der zweiten Etage. Plötzlich peitschte mir ein pfeifender Knall um die Ohren und der Typ hinter mir begann, seltsame Schatten zu werfen. Seine Arme zappelten, seine Knie sackten ein. Aus seinem Mund drangen knarzende Geräusche. Ich hörte und spürte, dass er rücklings fiel, und ich hatte den Eindruck, er wäre auf irgendetwas ausgerutscht. Als ich mich vorsichtig zu ihm umdrehte, erkannte ich sofort, dass der Mann völlig weggetreten war. Er rutschte mir breitbeinig entgegen, mit halb offenen Armen und herausgereckter Zungenspitze. Seine linke Schulter zuckte ein wenig, seine Haare berührten Viktors Schuhspitzen. Dieser wiederum sah mit einem von Emotionen völlig befreiten Gesichtsausdruck zu seinen Füßen herunter. In seiner Hand hielt er etwas, das aussah wie eine Mixtur aus Knarre und Klebepistole. Ich hatte so ein Gerät schon einmal gesehen.

Im Fernsehen.

»Ein Elektroschocker? Sind die nicht illegal?«

»Dawái, dawái! Die Lähmung wirkt nicht lange.« Er fasste den Typen an den Armen. Ich hingegen nahm ihm die Waffe ab, schob sie in meinen Hosenbund und packte ihn an den Füßen. Als wir es geschafft hatten, den Kloben anzuheben, bemerkte ich eine winzige Blutlache auf einer der Treppenstufen.

»Er hat sich den Kopf gestoßen.«

Der Weg nach oben war beschwerlich und ich musste sämtliche Reserven aktivieren, um mich nicht selbst langzulegen. Als wir den Mann durch den Türrahmen trugen, begannen seine Wimpern zu flimmern. Er summte und knirschte, seine Finger bewegten sich.

»Schnell, wir müssen ihn irgendwie fesseln!«

Wir legten ihn wenig behutsam auf dem Boden ab. Ich peste zurück in die Küche, holte meinen 80er-Jahre-Alu-Rattan-Bistrostuhl, riss auf dem Rückweg die Schublade meines Telefonsekretärs auf und griff mir ein Geschenkband daraus. Mit einem gemeinschaftlichen »Hauruck!« hievten wir den Typen auf den Stuhl und begannen, ihn mit dem Geschenkband völlig unkoordiniert am Stuhl festzubinden – mit dem Ergebnis, dass er rechtsseitig über gute Beinfreiheit verfügte, links allerdings kaum mehr als eine Faust bilden konnte.

»Charascho. Er wird bestimmt gleich rumschreien.«

Ähnliches war mir auch schon durch den Kopf gegangen. Daher machte ich noch einen Abstecher ins Schlafzimmer und fischte einen weniger schönen Tanga aus der Nachttischschublade. Wenig zimperlich stopfte ich dem Typen den Schlüpfer hinter die Zähne und versiegelte alles mit Paketband. Er wurde wach. Und begann, seinen Kopf wie ein zum Rupfen freigegebenes Huhn hin und her zu schleudern. Er raunte durch den Tanga. Sein rechtes Bein fuchtelte vor unseren Füßen herum. Irgendwann beruhigte er sich und sah uns nacheinander an.

»Da. Und jetzt?«, fragte Viktor.

»Wir müssen diesen Vollhorst zum Reden bringen.«

»Warum?«

»Ich fürchte fast, eine Frau ist verschwunden.«

Viktor schüttelte den Kopf. »Nicht gut.« Er trat einen Schritt vor, beugte sich über den gefesselten Typen und bellte ihm laut und deutlich in die Ohren: »Wo ist die Frau, Ch-Horst?«

Vollhorst schüttelte den Kopf.

Viktor zuckte mit den Schultern.

Ich starrte den Russen an. »Wir haben ihm das Maul gestopft, nicht die Ohren.«

»Da. Und jetzt?«

»Warum fragst du mich das?«, fuhr ich ihn an. »Du bist doch der Russe. Prügel die Wahrheit aus ihm heraus, Mann!«

»Ich? Potschemu?« Er hob seine schmalen Schultern. »Ich schlage mich nicht!«

Unser Opfer schien sich unter dem Klebeband bereits köstlich zu amüsieren. Er fiepte, was ich als Kichern deutete.

»Halt die Klappe!«, brüllte ich ihn an. Dann sah ich zu Viktor. »Gib mir den Elektroschocker.«

Prompt war der Vollhorst nicht mehr amüsiert.

Mit dem Gerät in der Hand streckte ich den Arm gerade aus. »Wie geht man damit um?« Ich zielte in die Luft und drückte auf den Knopf. Ein greller blauweißer Lichtblitz, kaum länger als eine Büroklammer, funkte zwischen den Metallpolen an der Vorderseite. »Wow!«

»Ja snaju. Aber mach nicht zu viel, sonst machst du ihn kaputt.«

»Wen? Ihn?« Ich zeigte auf den Gefesselten.

»Da, den auch.«

Mit schweißnassen Händen ging ich auf mein Opfer

zu und baute mich vor ihm auf. Dieses schüttelte eifrig den Kopf, aus seinen Augen starrte mich eine animalische Angst an. Bei dem Anblick überschlug sich mein Mageninhalt und ich hatte das Gefühl, ich müsste mich gleich übergeben. Ich machte kehrt. »Ich kann das nicht«, flüsterte ich Viktor zu.

Prompt setzte der Horst mit seiner Kichertirade fort, allerdings deutlich lauter, und ich drehte mich um.

Na warte.

Ich streckte das Gerät von mir in seine Richtung. Dass der Typ erneut anfing, mit dem Kopf zu schlackern, bemerkte ich fast gar nicht. Schnell kniff ich die Augen zusammen und presste die Metallkontakte gegen seinen Oberschenkel. Und noch ehe ich meinem Magengrummeln Beachtung schenken konnte, drückte ich ab. Es knallte und knisterte wie in einer Plastiktüte, und das unter Strom gestellte Bein zuckte wild. Sein Fuß steppte auf dem Laminat. Hinzu kam das irre Gegluckse und Geknarze aus seinem Rachen. Meine Hand begann zu schwitzen. Völlig erschöpft, als sei ich einen Sprint gelaufen, setzte ich das Gerät schließlich nach drei Sekunden wieder ab. Doch der Mistkerl war noch bei Bewusstsein. Und fing gleich an, wie ein Rohrspatz durch den Schlüpfer zu schimpfen.

»Wollen Sie uns etwas sagen?«

Er nickte, Viktor kehrte an meine Seite zurück und wir hielten unsere Ohren an sein Gesicht. Es war ein undeutliches Genuschel, aber er sagte definitiv etwas.

»Hast du das verstanden?«, fragte ich Viktor.

Er zuckte die Schultern. »Klang wie ›Verpisst euch‹.«

»Willst du ihn jetzt schlagen, wo er dich beleidigt hat?«

Viktor schüttelte den Kopf.

»Na gut.« Ich sah auf die Uhr. Mit Glück könnte Gregor bereits in Düsseldorf angekommen sein. Ich nahm mein Handy und wählte seine Nummer. Keine Antwort.

»Kannst du für mich die Meldedaten einer Person überprüfen?«, fragte ich Viktor.

»Da. Ch-hast du einen Computer?«

Ich zeigte auf meinen Laptop. Viktor verschwendete keine Zeit, setzte sich an den Couchtisch und klappte das Gerät auf.

Ich versuchte noch einmal mein Glück und drückte die Wahlwiederholungstaste. Es dauerte keine zwei Freizeichen.

»Hallo?« Das Gejammer einer Frau quäkte im Hintergrund.

»Wo bist du?«, fragte ich.

»Bei Ilona.«

Zwangsläufig schüttelte es mich. »Hast du Martha gefunden?«

»Nein.«

»Es wäre gut, wenn du bald vorbeikommst. Ich habe einen ungebetenen Gast hier. Jung, gut aussehend und bewaffnet. Er wollte eine Spazierfahrt mit mir machen.«

»Verstehe. Wo ist er?«

»Bei mir. Wir haben ihn gefesselt.«

Gregor reiste in Lichtgeschwindigkeit an, bockte die Daytona direkt vor der Haustür auf und peste die Treppen zu mir hinauf. Ich erwartete ihn bereits in der offenen Tür.

»Hat er dir irgendetwas getan?«

Ich schüttelte den Kopf. »Wir haben keine Neuigkeiten, was Marthas Meldeort betrifft.«

Er nickte. »Ich war vor dem Haus. Es war niemand da. Allerdings wurde ihr Briefkasten geleert.«

Ich hielt dies für ein gutes Zeichen. »Was ist mit ihrer Mutter?«

»Sie will, dass wir uns von Martha fernhalten.«

»Warum?«

Er schüttelte den Kopf, was ich als Ahnungslosigkeit wertete. Ilona war offenbar ein harter Knochen. Mir fiel ein frischer Kratzer an seiner Schläfe auf. »War das Ilona?«

Er antwortete nicht. »Wo ist er?«

»Im Wohnzimmer.«

Gregor schob sich an mich heran und drückte mir seinen Helm in die Hände. Dann ging er langsam durch den Flur ins Wohnzimmer. Viktor weilte auf dem Sofa und funzte mit seinem Elektroschocker herum. Als wir den Raum betraten, stand er auf. »Dóbrij djén. Ich-ch bin Viktor! Kak djelá?«

Gregor starrte auf den Elektroschocker. »Wer ist das?«

»Das ist Viktor, mein Steuerberater.«

Gregor atmete tief durch, fragte aber nicht nach. Stattdessen nahm er sich einige Sekunden Zeit, um das Häufchen Elend auf dem Stuhl zu betrachten. Unsere Beute war mit rosafarbenem Geschenkband an Rückenlehne und Stuhlbeine gefesselt. An manchen Stellen kräuselte es sich. Ein wenig Spitze meines Tangas ragte aus seinem Mundwinkel, das Klebeband war x-förmig über seinen Mund geklebt, sodass seine Nasenlöcher frei zum Atmen geblieben waren.

»Posháluista. Wir ch-haben ihn in Schach gehalten.«

»Das sehe ich«, sagte Gregor, ging auf den Gefangenen zu und riss ihm das Klebeband vom Mund. Es ratschte laut und sämtliche Leute im Raum, ausgenommen Gregor, zuckten zusammen.

Der Vollhorst spuckte den Tanga aus und züngelte, um Speichel zu bilden. Gregor ließ seine Finger wie eine La-Ola-Welle nacheinander aus seiner Faust hervorspringen. Er entledigte sich seiner Motorradjacke, indem er sie in hohem Bogen auf das Sofa warf. Adern schlängelten sich quer unter der Haut seiner Unterarme, der Kragen seines Polohemdes war an einer Seite hochgeschlagen.

Er hob den Arm.

Instinktiv zuckte ich zusammen, und auch Viktor zog prompt den Kopf zwischen die Schultern. Doch Gregor tat nichts anderes, als sich mit zwei Fingern über die Augenbraue zu fahren. Immer wieder, vor und zurück, von rechts nach links.

Ich interpretierte dies als Übersprunghandlung. Und es half, denn weder sprang er dem Mann an die Kehle noch zauberte er irgendeine Knarre aus seinem Hosenbund.

Stattdessen forschte er mit der rechten Hand in seiner Hosentasche und brachte ein abgenutztes Schweizer Taschenmesser zutage. Langsam und schweigend popelte er die kleine Klinge aus den roten Kunststoffwangen und ich überlegte, ob diese Handhabe Teil seiner Psychofolter war. Bei mir jedenfalls wirkte es – mein Herzschlag dürfte zu diesem Zeitpunkt von jedem im Raum zu hören gewesen sein. Zusätzlich konnte ich nicht aufhören, mir alle möglichen Drohungen auszumalen, die man mit einem Messer aussprechen konnte. So sah ich die Klinge bereits unter seinem Kinn, Auge oder Kehlkopf funkeln. Von den üblichen Sticheleien mal abgesehen.

Doch nichts dergleichen passierte.

Im Gegenteil. Gregor beugte sich über ihn und begann,

mit dem Messer das Geschenkband zu zerteilen. Fassungslos klammerte ich mich an seinem Helm fest, der immer noch und mittlerweile gut durchgewärmt an meinem Handflächen klebte.

Der Horst war frei, rieb sich die Handgelenke und nickte Gregor zu, machte jedoch keinerlei Anstalten zu flüchten. Gregor begrüßte diese Entscheidung, öffnete seine Zigarettenschachtel und bot dem Typen eine Fluppe an, welche er dankend zwischen die Finger nahm.

Dankend!

Ich sah nacheinander zwei Flammen züngeln. Dann setzte sich Gregor auf den Couchtisch und begann zu sprechen. »Ilona Brülling ist eine Frau von hohem Rang. Eine Bankierstochter mit einem ansehnlichen Einkommen. Ein wenig verwöhnt vielleicht, aber mit scharfem Verstand.« Er blies eine Nikotinwolke in die Luft. »In letzter Zeit jedoch verhält sie sich seltsam. Sie zeigt Anzeichen von Demenz. Fast scheint es so, als erinnere sie sich nicht an ihre eigene Tochter.«

»Das tut mir leid«, sagte der Typ und aschte auf meinen Parkettboden. »Es geht einfach nichts über eine gute Gesundheit.«

Langsam begann meine Magensäure zu köcheln und Sodbrennen kündigte sich an.

»Sie wissen, worauf ich hinauswill«, sagte Gregor.

Er nickte. »Durchaus. Aber Sie sollten sich auch Gedanken um Ihre eigene Gesundheit machen.« Er sah zu mir. »Und um ihre.«

Gregor grinste kalt. Seine Fluppe hing schlapp zwischen den Fingern. »Korrigieren Sie mich, wenn ich falsch liege. Sie sind nicht hier aufgetaucht, weil Ihnen Frau Roloffs Gesundheitszustand am Herzen liegt.«

»Tatsächlich liegt mir ihr Gesundheitszustand sogar sehr am Herzen«, sagte er und sah mir dabei direkt in die Augen.

Mir kam mittlerweile die Galle hoch. »Ach, hört doch auf mit diesem geschwollenen Scheiß! Alle beide!« Ich zeigte auf den Horst. »Du wolltest mich umlegen. Genauso wie du Arthur und Ali umgelegt hast!«

»Sei still«, knurrte Gregor mich an.

»Nein, nein«, widersprach ihm der Vollhorst, überschlug seine Beine und schenkte mir seine volle Aufmerksamkeit. »Lassen Sie sie nur.«

Seine Reaktion provozierte mich nur noch mehr. Ich knallte Gregors Helm auf den Couchtisch und zog die Knarre, die ich dem Typen vorhin abgenommen hatte, aus meinem Hosenbund.

Warum hatte ich nicht früher daran gedacht?

Ich hielt ihm den Lauf unter die Nase. Weit genug weg, dass er sie mir nicht aus der Hand schlagen, aber immer noch nah genug dran, damit ich ihn nicht verfehlen konnte. Meine Hand zitterte leicht. Er aber grinste so lange, bis ich den Daumen hob, um die Waffe zu entsichern.

»Ho, ho, ho«, sagte er und winkte irritiert.

»Nimm die Waffe weg«, drohte mir Gregor.

»Was ist los mit dir?«, zischte ich ihn an. »Dieser Scheißkerl hat deinen Schwager auf dem Gewissen. Und wahrscheinlich deine Nichte verschwinden lassen.« Schweißdrüsen rotzten Wasser aus meinen Poren. In meinen Ohren summte es. »An deiner Stelle würd ich dem Kerl die Birne wegpusten.«

»Zum letzten Mal: Hör auf damit!«, fuhr mich Gregor an.

»Und was ist mit Ansmann?«, fragte ich weiter. »Du

hast ihn auf Eis gelegt!« Ich überlegte, eine Kugel zur Einschüchterung zwischen seine Füße zu ballern, dachte aber in letzter Sekunde an den maroden, immer noch schönen Parkettboden.

Aus den Augenwinkeln heraus beobachtete ich Gregor, wie er auf die Füße sprang. Dann wurde es einen Augenblick lang schwarz um mich. Eine fremde Kraft wirkte auf meine Wange ein. Mein Kopf wurde zur Seite geschleudert, in meinen Nackenwirbeln ruckte es und ich konnte nicht sagen, ob ich nach hinten gerissen oder gedrückt wurde. Alles, was blieb, war ein Taumeln, eine Schwärze und ein Schmerz, der von der Wange in den Hinterkopf strahlte. Oder auch umgekehrt. So genau konnte ich es nicht mehr zuordnen.

Gregor hielt mich am Arm fest. Als ich ihn ansah, erschien mir seine Gestalt verschwommen. Doch ich erkannte die Umrisse der Waffe, die er mittlerweile an sich genommen hatte. »Sei still, verdammt noch mal!«, blaffte er mich an.

Der Vollpfosten applaudierte sporadisch. »Eine eindrucksvolle Vorstellung.«

Gregor ließ mich los und wandte sich ihm zu: »Sie können nicht ewig die Leute von der Bildfläche verschwinden lassen.«

»Das brauchen wir gar nicht«, bekräftigte er. »Wir bemühen uns derzeit lediglich um Schadensbegrenzung.« Er belegte uns mit einem eisigen Blick, der nicht mehr zu bedeuten hatte als: ›Und euch krieg ich auch noch‹.

»Und was ist mit Martha? Wo ist sie?« Gregor ballte die Faust. Er schien allmählich ungeduldig zu werden.

»Sie ist in guten Händen.«

Das war Gregors Stichwort, vollends die Fassung zu

verlieren. Er hob die Knarre und drückte dem Arschloch das Ende des Laufes gegen die Stirn. Ein Stromschlag durchfuhr meinen Körper, doch ich konnte nicht behaupten, dass mir der Anblick nicht gefiel.

Dem Vollhorst brach der Schweiß aus. Er kniff die Augen zu.

»Wo ist sie?«

»Sie versteckt sich«, sagte er schnell.

»Ja. Vor euch«, blaffte ich ihn an.

»Nein.« Seine Gesichtszüge verkrampften sich zu einem Grinsen. »Vor euch.« Er versuchte, Gregor in die Augen zu sehen. »Wir haben eine Vereinbarung mit ihr. Sie ist wohlauf! Aber Sie sollten sich von ihr fernhalten. Genauso wie sich ihr Vater von ihr hätte fernhalten sollen.«

Gregor schubste ihn mit der Knarre an. »Willst du mir drohen?«

»Das habe ich nicht nötig.« Er schien neuen Mut zu fassen.

»Was für eine Vereinbarung ist das?«, mischte ich mich ein.

Er schwieg.

»Antworte!«, brüllte Gregor ihn an.

»Es ist eine Art Waffenstillstand.« Vorsichtig schüttelte er den Kopf. »Mehr weiß ich auch nicht!« Dann kniff er wieder die Augen zusammen. »Bitte!«

Gregor und ich sahen uns an.

»Was heißen soll, dass sie sich nicht ewig verstecken kann«, sagte Gregor.

»Das ist richtig«, bestätigte er, rückte von uns ab und der dramatische Schatten, den der Lauf der Waffe über sein Auge geworfen hatte, verschwand. »Aber es ist nicht Ihre Aufgabe, die Sache hinzubiegen. Mischen Sie sich nicht ein. Dann löst sich die Angelegenheit sehr bald in Wohlgefallen auf.«

»So wie sich ihr Vater in Wohlgefallen aufgelöst hat«, erinnerte ich.

»Wie gesagt. Das ist nicht Ihre Aufgabe.« Vorsichtig erhob er sich. Gregor beobachtete ihn scharf, versuchte aber nicht, ihn davon abzuhalten.

»Wer hat Sie geschickt?«, fragte Gregor ihn auf Augenhöhe.

Er überhörte seine Frage. »Sie sollten mich gehen lassen. Am besten vergessen Sie, dass ich überhaupt hier war.« Er machte Anstalten zu gehen.

Doch Gregor hielt ihn am Kragen fest. Mit der Waffe in der anderen Hand fuchtelte er vor dessen Ohr herum. »Und Sie sollten besser dafür Sorge tragen, dass Frau Roloff kein Haar gekrümmt wird. Ansonsten mache ich Sie persönlich dafür verantwortlich, verfolge Sie bis in die Wüste und schneide Ihnen sämtliche Gliedmaßen mit einem Buttermesser ab.«

Wie charmant.

Er nickte eifrig. Dann winkte Gregor ihn mit einer Bewegung aus dem Blickfeld.

»Warum schickst du ihn weg?« Ich folgte dem Vollhorst, doch Gregor hielt mich nach zwei Schritten am Arm fest.

»Ich habe keinen Grund, ihm nicht zu glauben. Und ich werde Marthas Sicherheit nicht riskieren, weil ich ein Zucken in meinem Zeigefinger spüre.«

Ich hörte die Tür ins Schloss fallen. »Ich sagte nicht, du sollst ihn abknallen. Du hättest mehr aus ihm rausprügeln können! Ihn verfolgen können!« Fassungslos schüttelte ich den Kopf, was keine gute Idee war, weil es in meiner

Birne zu surren begann. Und mich daran erinnerte, dass Gregor mir einen Schlag ins Gesicht versetzt hatte.

Meine Laune sank ins Bodenlose. Gregor schien es zu bemerken.

Er suchte meinen Blick. »Entschuldige.«

Ich sagte nichts darauf, sondern bückte mich, um nach dem Zigarettenstummel zu greifen. Ich warf ihn auf den Tisch. Gregor legte die Knarre daneben, hob die Hand und umfasste mein Kinn. »Zeig mal her.« Vorsichtig strich er über jene Stelle, die er mit seinem Ellenbogen getroffen hatte.

Seine Hand war ganz warm. Es tat nicht weh. Doch ich spürte, wie mein Gesicht zu glühen begann. »Du bist ein Arschloch.«

»Und du hast geschwatzt. Du musstest ihm nicht gleich auftischen, wie viel du bereits weißt.«

»Wird er wiederkommen?«

»Wenn nicht er, dann jemand anderes«, sagte er, sah mich an und verließ das Wohnzimmer.

Ich folgte ihm und beobachtete ihn dabei, wie er die Türen meines Kleiderschranks aufriss. »Was machst du da?«

»Pack ein paar Klamotten ein. Am besten in einen Rucksack. Wir fahren mit der Daytona.«

»Wohin?«

Er warf mehrere Langarmshirts auf den Boden. »Du kommst erst mal bei mir unter.«

Ich stemmte die Hände in die Hüften. »Auf gar keinen Fall!«

Er drehte sich zu mir um. Sein Ärger war unübersehbar. »Wir hatten das Thema schon einmal. Damals musste ich die Tür eintreten, damit Bolker dich nicht erschießt.

Und das nur, weil du unbedingt die Heldin spielen und nicht abtauchen wolltest!« Mit dem Zeigefinger tippte er gegen mein Brustbein.

»*Ich* habe Bolker erschossen.«

»Ja, und mich beinahe auch.«

Woran er selbst Schuld hatte. Er hatte mir die Waffe gegeben, obwohl er wusste, dass ich eine miserable Schützin war.

Ich musste schlucken. »Du musst mich nicht daran erinnern.«

»Offenbar muss ich es doch«, sagte er mit leiser Stimme. Seine Pupillen zitterten von rechts nach links, um meinen Blick einzufangen. Seine Hände umfassten meine Schultern. »Ich lasse dich nicht allein. Ich werde das Risiko nicht noch einmal eingehen.« Sein Gesicht kam mir nahe und seine Nasenspitze berührte mich. Ich beobachtete seine Lider, wie sie sich senkten, und spürte an seinem Atem, dass seine Lippen näher kamen. Die Hände auf meinen Schultern fühlten sich mittlerweile heiß und allumfassend an.

»Esther?«

Ich verdrehte die Augen. Viktor hatte ich beinahe vergessen. Er hatte sich die ganze Veranstaltung schweigend vom Sofa aus angesehen.

»Wir sollten gehen. Sofort«, insistierte Gregor und ließ mich los.

Ich nickte. Dann wandte ich mich ab und ging ins Wohnzimmer. Ich warf Viktor meinen Schlüsselbund zu. »Halt alles ordentlich, bis ich wieder da bin, um den Wagen zu holen.«

»Und der Typ? Kommt der wieder?«

»Du bist nicht ihr Ziel«, sagte ich in der Hoffnung, ich würde damit recht behalten.

»Spasibo!« Er ließ den Schlüsselbund zappeln.

Nacheinander klapperte ich Bad, Schlafzimmer und Kleiderschrank ab, um das Nötigste einzusammeln. Unterwäsche plante ich für drei Tage ein, was meiner Meinung nach ausreichen musste, denn für weitere Tage hatte ich keine *gute* Wäsche mehr in petto.

Gregor löste das Magazin aus der Knarre und reichte mir beides. »Hier. Pack das auch ein!«

Mit einem prall gefüllten Rucksack machte ich mich vom Acker. »Do Swidanja«, rief ich Viktor zu und versuchte, nicht darüber nachzudenken, ob es eine gute Idee war, ihn hier allein zu lassen. Er war ein erwachsener Mann. Er konnte auf sich selbst aufpassen.

Dann nahm mich Gregor bei der Hand und zog mich aus der Wohnung.

15.

Der ›Bumskopp‹ war eine Kneipe am Bochumer Stadtrand sowie Gregors bevorzugter Alkohollieferant in schlechteren Zeiten. Bis Ende der 80er bestand sein Klientel vorwiegend aus Bergleuten und Stahlarbeitern, die sich nach Schichtwechsel die Klinke in die Hände gaben. Nach dem Zechensterben etablierte sich die Gaststätte im Laufe der Zeit zu einer VfL-Fankneipe. Man investierte in einen Flachbildschirm und eine Satellitenschüssel; beides kam allerdings kaum mehr zum Einsatz, seit der Vorbesitzer wegen einer nicht lizensierten Bundesliga-Ausstrahlung in den Ruin getreten wurde. Sein Nachfolger bemühte sich um Schadenbegrenzung, hatte aber genauso wenig Lust, die 4.000 Euro im Jahr für eine Sky-Sportsbar-Lizenz zu berappen. Daher versuchte er sich wiederholt am Internet und warf diverse unscharfe und stotternde Livestreams von Auswärtsspielen oder aus dem ›rewirpower-STADION‹ auf den Bildschirm, was nur für spärlichen Beifall sorgte.

Gregor setzte sich an die Bar. »Scotch Whisky Cola und den Zweitschlüssel bitte«, sprach er den Wirt an und nahm mir den Sozia-Helm ab, der zweifelsohne einmal Julia gehört hatte. Er legte ihn auf die Theke.

»Ich dachte, du bist trocken«, sagte ich.

»Ich weiß, wo meine Grenzen sind.« Er rieb sich mit der Hand über den Nacken. Der Schankwart stellte das Glas vor Gregors Nase ab und drückte ihm zwei flache Schlüssel in die Hand. Im nächsten Schritt nahm er den Helm und stellte ihn in irgendein Fach unter der Theke. Alles in allem wirkte es äußerst routiniert und ich fragte mich, wie viele Damen Gregor wohl bisweilen in die Kneipe gelockt hatte.

»Für mich das Gleiche, bitte«, sagte ich zu dem Kneipier und setzte mich neben Gregor auf den Barhocker. Die Sitzfläche war rot, ledern und mit Schaumstoff aufgeplustert. Die Luft stob aus einem Riss zwischen meinen Beinen.

Gregor umfasste den Rand des Glases mit den Fingerspitzen und fing an, es langsam hin und her zu drehen. Die Flüssigkeit schwappte kaum merklich. »Es tut mir leid«, sagte er noch einmal und sah mir in die Augen.

»Ist schon okay.«

»Nein, das ist es nicht«, widersprach er. »Ich habe dich geschlagen. Ich wollte das nie wieder tun.«

»Ich werde mich beizeiten revanchieren.«

Er kippte den Whisky hinunter, bis das Glas halb leer war.

»Warum hast du den Kerl einfach laufen lassen?«, setzte ich unsere Unterhaltung fort.

»Ich habe vorhin mit Ilona gesprochen. Zwar wollte sie partout nicht mit der Sprache rausrücken, wo wir Martha finden können. Doch alles, was wir aus diesem Vollhorst herausbekommen haben, deckt sich mit dem, was Ilona versucht hat, mir klarzumachen.«

»Und das wäre?«

»Dass wir Martha in Ruhe lassen sollen. Dass sie ein kluges Mädchen ist. Dass sie es allein geregelt bekommt. All dieser Scheiß.« Er kippte den übrigen Inhalt des Glases hinunter und vergeudete keine Sekunde, um nach einem weiteren Whisky zu winken. »Außerdem haben wir es nicht einfach nur mit ein paar Einfaltspinseln zu tun. Wer auch immer hinter dieser Sache steckt, hat die Macht und den Einfluss, um einen Zivilbullen aus dem Verkehr zu ziehen und eine Mutter völlig handlungsunfähig zu machen.« Der Wirt tauschte die Gläser. »Unser Vollhorst war nur eine Drohne. Wahrscheinlich hatte er wirklich keine Ahnung. Ihn zu verletzen oder umzubringen hätte nur das Gegenteil bewirkt und noch mehr Leute auf uns gehetzt.«

»Aber jetzt wird er zu seinem Boss gehen und von uns erzählen.«

»Er wird es sich zweimal überlegen, ob er ihm erklären will, dass ihn sein Ziel überwältigt und mit der eigenen Waffe bedroht hat.«

»Du weißt wirklich, wie sie ticken, nicht wahr?«

Gemeinsam nippten wir an unserem Whisky-Gemisch. Gregors zweites Glas war schneller leer als das erste und er verlangte ein neues, während meines kaum um ein Drittel leichter war.

»Und nun?«, fragte ich. »Willst du tun, was Vollhorst und Ilona verlangen? Willst du aufhören, nach Martha zu suchen?«

Der Wirt ließ den Inhalt der Whiskyflasche in Gregors Glas fließen. Als die Flüssigkeit die Hälfte des Glases erreicht hatte, ermunterte Gregor ihn, fortzufahren. Am Ende war für Cola kein Platz mehr. »Arthur hat nicht aufgehört, nach ihr zu suchen. Und ihn haben sie getötet.« Er hielt die Luft an und kippte den Scotch auf einmal den Hals hinunter. »Versteh mich nicht falsch. Ich mache mir keine Angst um meine Sicherheit, sondern um ihre. Und deine.« Fast klang es wie eine Rechtfertigung.

»Glaubst du, *sie* wissen überhaupt, wo sie ist?«

»Wenn sie es nicht wissen, scheinen sie kein Interesse daran zu haben, sie zu finden. Anderenfalls würden sie uns nicht aufhalten, sondern sich an unsere Fersen heften, um sie aufzuspüren.«

»Da ist was dran.« Ich nippte an meinem Scotch. Das Gemisch war bitter, die Cola nur im Abgang süßlich.

Gregor bestellte Wodka.

»Ich denke, du hast jetzt genug«, sagte ich.

»Ich kenne meine Grenze«, wiederholte er.

»Gehen wir hoch.« Ich zückte mein Portemonnaie und warf einen Zwanziger auf die Theke. Ich suchte Kontakt zum Wirt. »Ich hoffe, das reicht für das hier?«

Der Wirt nickte halbherzig.

Ich schüttete mein übriges Scotch-Cola-Gemisch den Hals hinunter. Die Kohlensäure der Cola prickelte an meinen Zähnen, während der Whisky im Bauch eine wärmende Wirkung zeigte. Dann hakte ich mich bei Gregor unter und zog ihn auf die Füße.

Gregor wehrte sich nicht, beugte sich allerdings noch nach vorn, um den Schein von der Theke zu ziehen. Mit zwei Fingern schob er ihn in meine Hosentasche. Dann gab er dem Wirt ein Handzeichen. »Schreib es auf.« Er warf einen Arm über meine Schultern, drückte mich an sich und torkelte, bis ich unter seinem Gewicht strauchelte. Vor den Treppen befreite ich mich schließlich aus seiner Umarmung und Seite an Seite stakten wir die Stufen hinauf. Obwohl es erst Nachmittag war, sprang die Beleuchtung an; von den fünf Treppenlichtern waren drei kaputt. Wir bewältigten zwei Etagen. Dann versenkte Gregor seinen Schlüssel in einer Wohnungstür.

Ich trat vor ihm in den Flur, der kaum mehr als eine Abstellkammer für Konserven, Schuhe und Jacken war. Am anderen Ende war eine Pantryküche in einen Wandeinlass gepfercht, neben ihr eine Tür, die ins Badezimmer führen musste. Alles Übrige gehörte zum Wohn- und Schlafbereich: Eine Wand aus Fenstern, von der Decke bis zum Boden reichend, ein halbherzig gemachtes, mit Wäsche beladenes Singlebett, ein hoffnungslos zugemüllter Schreibtisch. Der Teppich war im Ansatz grau und zeigte sich tiefschwarz, als ich mit dem Fuß gegen seine Knüpfrichtung strich. Ähnlich schwarz wie das Cordsofa an der entferntesten Wand. Weiße Kissen lagen verstreut auf dem Polster. Rechts des Durchgangs war die Wand mit Regalen zugenagelt, die mit allerlei Bild- und Pflanzkram vollgestellt waren. Dicke Kakteen, Lulatsch-Kakteen, Kakteen mit weichen oder nagelartigen Dornen. Kakteen mit Fell, Kakteen kurz vor dem Exitus.

Er hatte also nicht gelogen.

Auf einem kleinen weißen Rollcontainer stand ein Fernseher. Die Konstruktion sah wackelig aus.

Ich warf meinen Rucksack in die Ecke und schälte mich aus der Jacke. Gregor trug die Wäsche ab. »Ich habe nicht mit Besuch gerechnet.« Mit dem Haufen im Arm ging er ins Bad und stopfte alles in die Waschmaschine. Ich nutzte den freien Platz und warf die Jacke auf die Bettdecke. Zerknitterte Ecken diverser Post-its blitzten plötzlich aus der Jackentasche hervor.

Die Zettelsammlung aus Arthurs Wohnung. Ich hatte sie völlig vergessen.

Ich setzte mich auf das Bett und breitete das Sammelsurium auf der Decke aus. Gregor stand neben mir und sah mir zu. Auf den Zetteln fand ich ein paar Namen, Telefonnummern und Erinnerungen an längst verstrichene Termine. An einem Zettel blieb ich hängen. Er war leuchtend pink, was ihn von den übrigen grauen und gelben Zetteln abhob. Außerdem waren die Buchstaben darauf riesig, schnörkelig und stammten definitiv nicht aus Arthurs Feder. Ich las eine Telefonnummer mit Düsseldorfer Vorwahl. Sie gehörte augenscheinlich zu einem Massimo. Doch das war nicht alles.

»AB Massimo«, las ich laut vor. »Ein Anrufbeantworter?«

»Wer hat seine Nummer schon rund um die Uhr auf einen AB geschaltet? Und warum sollte man diese Nummer aufbewahren wollen?«

»Vielleicht ist damit kein Anrufbeantworter gemeint. Vielleicht sind es Initialen.« Obwohl mir nicht in den Kopf wollte, wozu man Initialen zusammen mit einer Telefonnummer notieren sollte. Ich hielt ihm den Zettel hin. »Ist das Marthas Handschrift?«

Gregor nahm ihn mir aus den Fingern. Er betrachtete die Buchstaben als seien sie Hebräisch. »Ich weiß es nicht«, sagte er schließlich, gab mir das Post-it zurück und verschwand im Badezimmer.

Ich ging noch einmal den übrigen Papierkram durch, hielt alles andere allerdings für wertlos. Den pinkfarbenen Zettel allerdings stopfte ich in meine Jackentasche zurück. Irgendetwas sagte mir, dass wir ihn vielleicht noch brauchen könnten.

Gregor blieb verschwunden. Daher stand ich auf und inspizierte die bebilderte Regalwand unmittelbar vor mir. Die Fotos auf den Brettern zeigten Momentaufnahmen aus längst vergangenen Zeiten. Es war eigenartig, sie zu betrachten, hatte ich monatelang doch nichts anderes versucht, als hinter seinem Rücken ebensolche Einblicke in seine Vergangenheit zu erhalten. (Zugegebenermaßen kollidierte es mit meinem Moralverständnis, einen Menschen zu *mögen*, der seinen Körper mit rechtsradikalen

Tätowierungen schmückte und fünf Jahre seines Lebens wegen Totschlags im Gefängnis gesessen hat. Vermutlich hätte jeder andere genauso wie ich versucht, diese Untaten in einem besseren Licht erscheinen zu lassen, um das eigene Gewissen zu besänftigen. Was mir allerdings nie gelang.) Und nun stand ich hier und fühlte mich wie eine Gafferin.

Gregor stellte sich neben mich und wir betrachteten das Schwarz-Weiß-Foto einer blonden Frau, auf dem sie in leichter Bekleidung versuchte, ihren Fotografen, in dem ich Gregor vermutete, zu bezirzen. Es gelang ihr nicht sonderlich gut. Nicht weil sie nicht gut aussah, sondern weil sie grinste wie ein übermütiges Kind.

»Glaubst du, Julia hätte mich gemocht?«

»Nein.«

Es war wie ein Schlag in die Magengrube.

»Sie wäre fürchterlich eifersüchtig gewesen.«

Die Verlegenheitsröte schoss mir in die Wangen. Ich hastete zur Pantryküche und stemmte meine Hände auf die blecherne Arbeitsplatte. »Ich brauche einen Kaffee. Dieser Whisky macht mich ganz duselig.«

Gregor folgte auf dem Fuße und ich bemerkte, dass er seinen Oberkörper jeder Bekleidung entledigt hatte.

Zuerst stach mir die rote OP-Narbe ins Auge. Dann zog ein heftzweckgroßer Rückstand meine Aufmerksamkeit auf sich: eine Erinnerung an die Schusswunde in der Schulter, die ich ihm im Kampf gegen Bolker mit der Halbautomatik versehentlich verpasst hatte. Die Narbe war kaum der Rede wert, wenn man einen direkten Vergleich zu dem tätowierten Monstrum auf seinem Rücken wagte.

Vorwitzig starrte es mich an.

Gregor öffnete den Schrank über seinem Kopf und

ich starrte zurück. Dann wanderte mein Blick weiter und klebte geradewegs an den Klauen fest. Ich wusste, dass Gregor es merkte. Ich spürte förmlich sein Unbehagen und mir wurde es peinlich. Ich wollte ihm nicht das Gefühl geben, der Anblick würde mir Angst einjagen. Daher sah ich zu den Induktionsplatten. Völlig übereifrig glotzte ich die eingebrannten Soßenflecke an, was alles nur noch schlimmer machte.

Mit dem Flaschenboden einer Ouzo-Flasche zeigte er auf mich. Ich verstand nicht, wo sie herkam. Aber seiner Fahne nach zu urteilen, hatte er sich ihrer bereits gründlich angenommen. »Soll ich mich besser wieder anziehen?«

»Nein.«

»Magst du mir zur Hand gehen und mir die Haut abziehen? Alleine schaffe ich es nicht.«

»Als Teenager half ich, ein Kaninchen zu häuten. Glaub mir, das willst du nicht.«

»Verdammt noch mal, Esther. Wo kann ich mich frei bewegen, wenn nicht hier?« Er schob sein Gesicht in mein Blickfeld, doch ich antwortete nicht darauf. Schließlich stellte er die Flasche auf den Boden und trat einen Schritt zurück. Er öffnete seinen Gürtel. Er schwankte.

»Was tust du?«

»Ich ziehe meine Hose aus.«

»Warum?«

»Ich wohne hier.«

»Es gehört sich nicht, vor Gästen die Hose runterzulassen«, sagte ich.

»Ich wusste gar nicht, dass du Manieren hast.«

Ich öffnete die nächstbeste Schrankwand und versteckte mein Gesicht vor ihm.

Kein Interesse zeigen. Einfach ignorieren, dachte ich,

schaffte es aber nicht ganz, sondern beobachtete aus den Augenwinkeln, wie er sich die Hose von den Beinen streifte. Die Boxershorts ließ er glücklicherweise am Leib.

Mein Bemühen, sein kindisches Verhalten mit Desinteresse zu strafen, misslang völlig. Ich kam nicht umhin, ihn anzusehen.

Seine schmalen Schultern sowie die schlank gemagerte Brust vermittelten den Eindruck eines unscheinbaren, sich kaum von der Masse abhebenden Körpers. Ausnahmen machten das Sixpack um den Bauchnabel und die sehnigen Muskeldefinitionen entlang seiner Oberarme. Teils bläuliche Adern schlängelten sich wie Flüsse von den Unterarmen bis zu den Ellenbogen hinauf.

Seine Beine wiederum waren wesentlich weniger trainiert, auch wenn meine Schenkel im direkten Vergleich zweifellos verlieren würden. Unterhalb der Boxershorts waren seine Beine lädiert. Zahlreiche lange Schnittnarben zogen sich horizontal über die Haut – als hätte man tiefe Kerben rundum in zwei Baumstämme geritzt. Die Narben waren schlecht verheilt und wölbten sich wie alte Rinde nach oben. »Du solltest bei der Geisterbahn anfangen«, sagte ich.

»Ich habe Abitur. Ich bin für den Job überqualifiziert.« Seine Mundwinkel verzogen sich zu einem Grinsen.

»Stell bitte die Flasche weg«, sagte ich.

»Warum? Hast du Angst, ich könnte sie fallen lassen und mich an den Scherben ritzen?«

»Ich denke, dass du deine Grenze mittlerweile überschritten hast.«

Er richtete den Finger auf mich. »Und ich denke, dass du von nichts eine Ahnung hast.«

Ich tat einen Schritt auf ihn zu und griff nach der Flasche, doch er zog den Arm weg, nicht ohne die andere Hand flach und warnend in meine Richtung zu heben. Ich hasste es, wenn er dies tat.

»Bist du jetzt fertig damit, dich selbst zu bemitleiden?«, fuhr ich ihn an.

»Nein. Ich habe noch gar nicht richtig angefangen.«

»Dann fasse dich bitte kurz. Es gibt Menschen da draußen, die haben größere Probleme als sich um die nächste Flasche Fusel zu sorgen.«

»Für was hältst du mich?«, brüllte er mich an. »Für einen Säufer?«

»Du gerätst allmählich aus der Spur«, erwiderte ich nur.

»Scheiße noch mal, Esther. Meinen Schwager hast du tot im Hausflur gefunden! Ermordet. Und seine Tochter streift irgendwo in der Gosse herum und versteckt sich. Ich habe keine Ahnung, wie es ihr geht, wie ich sie finden kann oder ob ich ihr überhaupt einen Gefallen damit tue, nach ihr zu suchen. Nicht, weil irgendein bewaffneter Dreckskerl versucht hat, mich davon abzuhalten. Nein, ihre eigene Mutter will es nicht! Ich habe ein gottverdammtes Recht, aus der Spur zu geraten, meinst du nicht?«

»Denkst du, Ilona weiß, dass Arthur Opfer eines Verbrechens wurde?«

»Ich weiß es nicht. Aber ich weiß, dass sie eine Scheißangst hat. Genauso wie ich.« Er reichte mir die Flasche. Dann kehrte er sich ab.

Der Ouzo war warm in meiner Hand. Gregor setzte sich aufs Sofa. Ich konnte nicht auf Anhieb sagen, ob er mit seiner *Scheißangst* ausschließlich seine Sorge um Martha meinte – oder sie auch auf sich selbst bezog. Denn hinsichtlich dessen, was augenblicklich im Präsidium geschah, konnte ich nicht einschätzen, mit welchen Konsequenzen er zu rechnen hatte. Doch nach dem, was Guido Brülling erzählt hatte, schien es nicht so, als könnte alles mit ein paar Sozialstunden wiedergutgemacht werden. Gregor hatte sich ein paar Polizisten gekauft. Ihm wurde Vertrauliches zugetragen – im Austausch für den Kopf der einen oder anderen Straßenratte. Ich konnte nicht einschätzen, was schlimmer wog – eine Anklage und Knast oder die Rache seiner ehemaligen Leute von der Straße, wenn sie herausfanden, dass er sie verraten hatte.

»Was hält dich überhaupt noch in Bochum?«, fragte ich.

»Die Arbeit. Julias Grab.« Er sah mich an. »Du.«

Meine Wangen glühten erneut. »Das, was du Arbeit nennst, wird dich noch umbringen.«

»Früher oder später«, sagte er kühl. »Aber ich bin gut darin. Und es ist der einzige Job, den ich noch machen kann. Ich bin vorbestraft. Ein Tötungsdelikt. Diesen Stempel trägst du für den Rest deines Lebens. Damit kannst du in manchen Städten nicht mal mehr Putzen gehen.«

Einen Stempel, dachte ich. Wie die Tätowierung auf seinem Rücken. »Hast du darüber nachgedacht, sie entfernen zu lassen?«

»Glaubst du, ich hätte nie versucht, sie loszuwerden?« Er schnaubte. »Nach Julias Tod habe ich ein paar Stationen abgeklappert. Es gab schon diese Lasertherapie, aber wenige Spezialisten auf dem Gebiet. Ich bekam überall die gleiche Aussage. Die Tinte wurde unsachgemäß in die untere Hautschicht eingestochen. Das Einzige, was helfen würde, wäre eine Transplantation.« Er starrte mich an. »Soll ich mir die Haut abziehen lassen?«

Ich schüttelte den Kopf.

»Es lassen sich nun mal nicht alle Spuren beseitigen.«

Mit den Fingerspitzen fuhr ich über seinen Rücken. Natürlich fühlte ich die Tätowierung nicht unmittelbar. Doch hier und da glitt ich über ein paar Erhebungen, die sich anfühlten, als seien sie Ekzeme.

Er schien zu spüren, wie ich über einen der Knubbel fuhr.

»Alte Entzündungen«, sagte er.

»Ist das ein Muttermal?«

»Keine Ahnung.«

»Du solltest den Tätowierer verklagen.«

»Der Tätowierer ist tot.«

»Hast du ihn umgebracht?« Es sollte wie ein Scherz klingen.

»Nein. Leider nicht.«

16.

Seine Hand wanderte zu meinem Oberschenkel und blieb regungslos auf meinem Knie liegen. »Ich bin kein Nazi, Esther. Ich bin es nie gewesen. Ich weiß, dass du deine Zweifel hast.«

»Nein, habe ich nicht«, log ich. »Warum erzählst du mir nicht einfach, was passiert ist?«

»Weil mir dann Dinge wieder einfallen, die ich vergessen habe.« Er stand auf und ging zum Fenster. Dann lehnte er sich gegen die Scheibe, nackt, nur mit schwarzen Shorts bekleidet, seinen Rücken mir zugewandt. Der Adler spreizte herrschaftlich die Flügel über Gregors Schultern, seine gefiederte Brust war durch die sich abzeichnende Muskelmasse anthropomorphisch deformiert. Der Vogel hockte auf einem faustgroßen Hakenkreuz, die Krallen bohrten sich in den blutroten scharfen Rand.

Gregor atmete tief durch und seine Schultern hoben sich – für einen Augenblick ließ er den Adler fliegen.

Ich wünschte, er würde sich davonmachen.

»Mit 26 machten sie mich zum Kriminalkommissar. Keine besondere Leistung, wenn man ein gutes Abitur hingelegt und in der Zwischenzeit keinen Mist gebaut hat. Ich aber war versessen darauf, mich nach der geforderten minimalen Berufserfahrung von zwei Jahren dem SEK-Auswahlverfahren sowie den Eignungstests zu stellen. Deswegen sparte ich in dieser Zeit nicht an Einsatzbereitschaft oder Überstunden. Ich denke, das führte dazu, dass Guido 1994 auf mich zukam, um mich als VE zu ihm nach Dortmund zu holen.«

»VE?«

Er drehte sich zu mir um. Plötzlich wirkte er stocknüchtern. »Verdeckter Ermittler.«

Unweigerlich schwante mir etwas.

»Es sollte ein verhältnismäßig kurzer Einsatz werden. Ziel war es, mich in eine Gruppe junger Nationalsozialisten einzuschleusen, die sich von einer größeren Dorstfelder Skinhead-Bewegung abgespalten hatte, um ihr eigenes Ding zu drehen. Anfänglich bestand diese Gruppe aus 25 Leuten, keine Frauen, keiner von ihnen über 30. Einige Monate vor meinem Einsatz wurde ein einschlägiges Mitglied nach einer Schlägerei festgenommen. Der Junge hatte eine nicht unerhebliche Menge Crack bei sich, was für eine Menge Aufruhr gesorgt hat. Er war uneinsichtig und nicht verhandlungsbereit, aber man vermutete, dass innerhalb der Truppe ein kleiner Drogenring aufgebaut wurde, um das Fortbestehen zu finanzieren. Spätere Observationen führten zu keinerlei Ergebnissen, weil die Gruppierung nach der Verhaftung des Jungen vorsichtig geworden war. Irgendwann verlor der Staatsschutz die Geduld und so ordnete man verdeckte Ermittlung an, um herauszufinden, woher sie das Crack bezogen.«

»Also ging es dabei gar nicht um die Neonazi-Szene?«

»Nein. Der Staatsschutz hatte die kleine Bewegung schon seit einer Weile im Auge und genügend Tatbestände auf dem Tisch, um die Hälfte der Leute wegen Sachbeschädigung, Bedrohung und gefährlicher Körperverletzung vor den Kader zu bringen. Dies hätte im äußeren Kreis der Schlägertypen zwar für Aufruhr gesorgt. Dem profunden inneren Kern hätten die Verhaftungen allerdings kaum geschadet. Im Gegenteil. Nach der letzten Verhaftung wären sie womöglich vollends abgetaucht. Und wir hätten uns jede Möglichkeit verbaut, näher an die Köpfe zu gelangen und den Drogenring zu zerschlagen.«

»Und?« Ich war ganz aufgeregt. »Habt ihr es geschafft? Wie lange warst du unter ihnen?«

»15 Monate.«

»Das ist eine lange Zeit«, stellte ich fest.

»Ja«, sagte er. »Wir haben uns von der billigen Hip-Hop-Beschallung und den Skater-Outfits blenden lassen, welche sie benutzten, um die Jüngsten von der Straße zu rekrutieren. Die Truppe fiel zwar als aggressiv auf, schien aber insgesamt eher unstrukturiert und harmlos.« Er schnaubte. »Wie sich herausstellte, war der Kern allerdings äußerst straff organisiert, und es dauerte, bis ich das Vertrauen der beiden Leitwölfe gewann. Da man die VE auf weniger als sechs Monate budgetierte, sahen wir davon ab, meine Legende auf meine echte Identität zu spiegeln, und sie machten mich zum Ledigen. Es sprach vieles für diese Entscheidung. Einige der Einfaltspinsel waren zwar selbst verheiratet. Ihre Frauen waren jedoch stark im System integriert und das Risiko, Julia herzeigen zu müssen, wollte ich nicht eingehen.« Er lächelte seicht. »Sie ist fast ausgetickt. Nicht, weil sie es nicht aushalten konnte, mich ein halbes Jahr nicht zu sehen. Sie wollte mit von der Partie sein.«

»Sie war halt eine Brülling«, ergänzte ich und lächelte zurück.

»Ja. Aber aus sechs wurden nun mal fünfzehn Monate.« Er hämmerte mit seinem Kopf gegen das Fensterglas. »Nach zehn Monaten brachten wir die Staatsanwaltschaft dazu, Julia als meine neue Flamme zu integrieren, damit wir uns sehen konnten. Sie hatte inzwischen einiges an Berufserfahrung sammeln können.« Er schüttelte den Kopf. »Doch es lief aus dem Ruder.«

»Ist deine Deckung aufgeflogen?«

»Nein. Aber Julia merkte, dass ich mich verändert hatte. Sie machte einen Affentanz bei der Abteilung, sie sollen mich gefälligst da rausholen. Ich war allerdings noch nicht so weit. Hinzu kam, dass unsere Streitereien begannen, die Mission zu gefährden. Guido machte den ersten Schritt und strich seine Schwester schließlich aus dem Projekt.«

»Was war denn los?« Ich sah auf seine Wundnarbe. »War es wegen dem Hakenkreuz an deinem Hals?«

»Nein. Diese Tätowierung war nur eine Mutprobe. Ein Test, wie weit man bereit war, zu gehen. Wer hier schlappmachte, wurde aussortiert. Wir alle wussten darüber Bescheid und es hat einige Diskussionen mit der Staatsanwaltschaft gegeben, ob sie das Tattoo den Ermittlungen zuliebe dulden würden. In den 90ern war es noch eine große Sache, mit einem solchen Abzeichen herumzulaufen. Ich fing mir zwei Anzeigen ein. Beide endeten mit Geldstrafen. Danach durfte ich mir ein Palästinensertuch um den Hals wickeln. Die hatten ja kein Interesse daran, dass ihre Leute im Knast landeten.«

»Als ich dich kennenlernte, trugst du aber kein Palästinensertuch.«

»Nein. Zwar sind solche Darstellungen immer noch strafbar. Aber heutzutage zeigt dich keiner mehr an. Die Leute haben zu große Angst vor Rache. Oder sie fühlen sich einfach nicht angesprochen oder bedroht.« Er sah mich an. »Du hast mich ja auch nicht angezeigt.«

Da war was dran.

»Was Julia störte, war, dass ich mich schon zu sehr von der Gruppe habe einnehmen lassen.«

Ein Schauer jagte mir über den Rücken. »Du meinst, du wurdest ihr Freund.«

Beinahe wurde er wütend. »Es ist immer einfach, von oben auf diese Leute herabzusehen und sie zu verurteilen. Ich habe das selbst getan. Anfangs war es ganz leicht, denn es gab genügend Schlachter, die einfach nur auf Krawall, Party und Drogen aus waren. Doch es wurde anders, je mehr ich mich dem inneren Kreis näherte. Dort wurde ein familiärer Zusammenhalt gepflegt. Man achtete aufeinander, löste Probleme und beriet sich. Viele der Männer hatten Kinder. Ich wollte auch immer Kinder.« Fast verlegen scharrte er mit dem Fuß über den Teppich. »Später ging ich bei den Obersten ein und aus. Ich half bei Schulaufgaben, holte die Teenies von der Disco ab, fuhr für die Alten einkaufen. Thomas, der Kopf der Bande, brachte mir das Motorradfahren bei. Zu meinem 27. Geburtstag schenkte er mir eine Suzuki. Er war ein hochintelligenter Mann, keine 30, hatte aber mehr im Kopf als mancher Topmanager. Wir waren uns sehr nah. Ich hätte ihm mein Leben anvertraut.« Er räusperte sich. Seine Stimme, die mittlerweile weich und leise geworden war, bekam wieder etwas mehr Volumen. »Doch es ging nicht immer so kuschelig zu. Im Büro hatte das Merchandising mittlerweile angezogen, das heißt Plakate mit Parolen, Buttons, Vervielfältigung von einschlägigen radikalen Musikbändern. Inzwischen hatte sich die Gemeinschaft verdreifacht, die Kontrolle der Leute wurde schwieriger, die Stimmung zunehmend aggressiv. Den Kern der Truppe bildeten mittlerweile Abkömmlinge aus der Rockerszene, deren Motorräder und Tätowierungen zum Bild der neuen Bewegung gehörten. Die Versorgung mit Crack lief aber weiterhin hierarchisch ab. Erst kamen wir dran, dann die unteren Riegen. Und mit dem Überschuss wurde schließlich außerhalb gedealt. Als die Bestellungen erhöht werden mussten, war ich endlich dort angelangt, worauf ich all die Monate hingearbeitet hatte.«

»Wir? Soll das heißen, du hast Crack genommen?«

»Ich war nicht abhängig«, rechtfertigte er sich. »Dass ich mitmachte, diente einfach nur der Tarnung.«

Ich schnaubte. »Verkauf mich nicht für blöd.«

Er pfefferte seine Faust gegen die Wand. »Nein, aber *du* hast keine Ahnung!«, brüllte er.

Ich wurde sauer, ließ es mir jedoch nicht anmerken. Ich wollte den Rest der Geschichte hören. »Und? Wie war's so?«

Er starrte durch die Scheibe. »Die Wirkung von Crack ist massiv. Du wirst überschwänglich, laberst unentwegt, wirst geil.« Er sah mich an und ich wurde postwendend rot. »Es kann allerdings auch umschlagen. Dann, wenn du plötzlich nur noch Feinde siehst. Mir ist es einmal passiert. Danach habe ich aufgehört, es zu nehmen.«

»Was ist passiert?«

»Ich habe Scheiße gebaut.« Mehr wollte er dazu nicht sagen. »Mir wurde die Bestellung der nächsten Drogenfuhre anvertraut. Ich verabredete den Treffpunkt, dann kontaktierte ich Guido und meine Abteilung. Die Übergabe des Cracks lief problemlos, die Dokumentation zur Beweisführung ebenfalls. Die Spur unseres Zwischenhändlers führte zu einem Labor in Frankfurt. Die Verhaftungen ließen aber noch ein paar Tage auf sich warten. Man wollte den idealen Zeitpunkt abpassen, um nicht nur die Leitwölfe, sondern auch den Nazi-Pöbel einzusammeln. Keiner von ihnen sollte durch die Lappen gehen. Ich wusste nicht, wann es so weit sein würde. Und die SEK-Leute wussten beim Zugriff nicht, dass ein VE unter den Leuten war. Mir war es recht. Ich wollte nicht mit Samthandschuhen angefasst, sondern wie die anderen behandelt werden.« Er grinste. »Und das wurde ich. Sie verpassten mir eine Gehirnerschütterung und ich konnte erst Tage später meine Aussage machen.« Er nickte. »Dann war ich raus.«

»Warum hast du dir das Hakenkreuz nicht sofort danach entfernen lassen?«

Seine Brauen zogen sich zusammen. »Dass ich der VE überhaupt zustimmte, war hauptsächlich Guidos Verdienst. Ich habe mich von ihm einlullen lassen, dass dies eine hervorragende Referenz für mein Bewerbungsverfahren beim SEK sei. Ich sah die Sache damals sehr verbissen. Und als ich die Mission erfolgreich beendet hatte, rechnete ich schon mit Lorbeeren, die auf mich niederprasseln. So einfach war das leider nicht. Nachdem ich meine Aussagen gemacht hatte, wurde ein Verfahren gegen mich eröffnet. Zu den Straftatbeständen gehörten Sachbeschädigung, Aufruf zum Rassenhass, Verstöße gegen das Waffen- und das Betäubungsmittelgesetz und andere Dinge. Ich wurde ein halbes Jahr beurlaubt. Hinter vorgehaltener Hand war es nicht weniger als eine Suspendierung. Man wollte die Medien aber nicht aufschrecken und zugeben, dass einer ihrer Leute ein wenig zu tief in die Scheiße gegriffen hat.«

»Wurdest du verurteilt?«

»Nein. Sämtliche Anklagepunkte wurden fallen gelassen. Der Druck innerhalb der Polizei war zu groß, und auch die Staatsanwaltschaft hatte kein Interesse daran, mich einzubuchten. Danach stand ich unter Beobachtung. Ich fühlte mich verraten. Das Hakenkreuz behielt ich aus reiner Lust an der Provokation, war aber schlau genug, es in der Regel verdeckt zu tragen, um meinen Job zu behalten.« Er lachte kurz auf. »Sie machten mich sogar noch zum Oberkommissar. Ein Jahr später bestand ich den Eignungstest, doch das SEK wollte mich nicht mehr. Also empfahl mich Guido ins MEK unter der Bedingung, dass ich mir das Tattoo entfernen ließ. Die ersten Sitzungen hatte ich bereits hinter mir, wenn auch mit unzureichenden Ergebnissen, wie du siehst. Es dauerte. Und dann kam mir Karim in die Quere.« Er lehnte sich rücklings gegen das Fenster und ließ sich quietschend hinuntergleiten, bis sich seine Oberschenkel gegen die Waden pressten. Mit Finger und Daumen drückte er gegen seinen Nasenrücken. Seine Hand zitterte. »Sie hätten mich nie zu ihm in den Verhörraum lassen dürfen.«

Doch das hatten sie getan. Gregor hatte damals erfahren, dass der Türke, der wegen gefährlicher Körperverletzung an seiner Frau Julia in U-Haft saß, die Aussage verweigern wollte. In den Archiven fanden sich Berichte über einen augenscheinlich rechtsradikalen Polizeibeamten in Karims Verhörzelle, der vor Wut raste. Tatsächlich verzichtete Gregor zu diesem Zeitpunkt bewusst darauf, die Tätowierung zu bedecken, um Karim einzuschüchtern, was allerdings alles andere als eine gute Idee war. Denn die Medien stürzten sich darauf.

Ich stand auf, hockte mich ihm gegenüber und legte meine Hände auf seine nackten Knie. Sie waren ganz kalt.

»Nach Karims Tod und meiner Inhaftierung nahm das Medieninteresse bald ab, doch das Internet schläft nicht. Fotos von mir waren noch Jahre später abrufbar und einige Rocker, die sich nach der Zerschlagung neu formiert hatten, wurden auf die Bilder aufmerksam. Sie erkannten mich wieder. Und entlarvten mich als Verräter.«

»Warst du nicht Teil eines Zeugenschutzprogramms?«

»Ich war kein *Zeuge*, ich war angeklagt, im Knast, ein Exbulle. Und die Geschichte war Jahre her. Keiner verschwendete einen Gedanken daran, dass mich irgendwelche Schnappschüsse in die Bredouille bringen könnten, denn das Internet war Mitte der 90er erst auf dem Vormarsch. Ich kam raus. Und ich hatte keine Ahnung, dass sie mich längst gefunden hatten.« Er wischte sich den Schweiß aus dem Nacken. »Eine Woche nach meiner Entlassung drangen Männer in meine Wohnung ein. Ich hatte keinerlei Zeitgefühl, und ich wusste nicht, wie viele es waren. Laut Anklageschrift erfolgte der Überfall zwischen 2.30 und 3.30 Uhr durch vier Männer. Ich sah nur zwei. Einer, der mir das Messer an die Kehle hielt, und ein anderer, der mir ein chloroformgetränktes Tuch auf die Nase drückte. Ich hatte tief und fest geschlafen, als sie plötzlich über mir standen. Einbruchsspuren wurden nicht festgestellt. Bis heute ist nicht geklärt, ob – und wenn ja, wie – sie an einen Zweitschlüssel gekommen sind.« Er rieb sich die schweißnassen Hände an den Oberschenkeln ab. »Als ich aufwachte, war grobmaschiges Leinen über meinen Kopf gezogen, einem Kartoffelsack ähnlich, meine Arme waren verschnürt. Ich lag auf Metall, nackt bis auf die Unterhose. Durch die Maschen erkannte ich glatten Beton, etwa einen halben Meter über mir. Bis heute weiß ich nicht, wo ich gewesen bin. Aber da meine Schreie und die Rufe der Männer sehr stark hallten, nahm ich an, dass es eine Lagerhalle war. Am ersten Tag warf jemand hohles Metall um, wahrscheinlich Rohre. Am zweiten Tag hörte ich im Hintergrund das Surren eines Motors. Es klang wie ein Gabelstapler. Die ganze Zeit über roch es penetrant nach Schmiermitteln und Benzin. Die Halle wurde permanent künstlich beleuchtet, es gab wahrscheinlich keine Fenster. Es war im Spätsommer. Die Nächte wurden wieder kalt. An den Temperaturunterschieden konnte ich gut feststellen, wie lange ich dort war.«

»Wie lange?«, fragte ich.

»Drei Tage und vier Nächte.«

Ich wollte nicht darüber nachdenken. »Was ist dort mit dir passiert?«

»Am ersten Tag gar nichts. Sie haben mich einfach liegen gelassen und mich der Paranoia überlassen. Bei jedem Windhauch glaubte ich, sie würden sich auf mich stürzen und anfangen, mich zu foltern. Ich hörte sie um mich. Die Schuhe, ein paar Stimmen. Ich brüllte herum oder redete auf sie ein, aber niemand reagierte. Am nächsten Morgen begann dann die Tortur.«

Ich griff nach seinen Händen.

Er streichelte meine Daumenrücken. »Zum ersten Mal sagten sie, was sie von mir wollten. Sie hätten mich enttarnt. Und sie wollten die Namen aller, die an dieser Mission beteiligt gewesen waren. Ich kannte die Stimmen nicht. Und ich verriet niemanden.« Ein wenig Stolz klang aus seiner dünn gewordenen Stimme. Nervös begann er, meine Daumennägel zu massieren. »Sie brachen mir beide Beine. Mit Baseballschlägern, wie ich später erfuhr. Sie haben einen hohen hohlen Klang, wenn sie auf Steinboden geschmettert werden.« Er schluckte. »Anschließend stieg ein 150-Kilo-Kerl auf meine Brust, sprang auf meine Schultern und zerschmetterte meine Schlüsselbeine. Ich wäre fast daran erstickt. Ich gab ihnen Namen, frei erfundene. Sie schlugen noch eine Weile auf mich ein. Durch die Schläge auf den Schädel wurde ich schließlich bewusstlos und wachte erst nachts wieder auf.«

Tränen stiegen mir in die Augen. Ich zog meine Daumen zurück, um wiederum seine Handrücken nach oben zu drehen und die Fingerknochen entlangzustreicheln. Seine Haut war blass.

»Am dritten Tag redeten sie wieder nicht mit mir. Aber sie hatten jemanden mitgebracht. Der Mann wurde später als Ramon Bongard identifiziert. Er kam mit einem Alu-Koffer. Ich konnte den Kasten durch die Maschen sehen. Aber ich wusste nicht, was drin war. Mir wurde es erst klar, als ich die Tätowiernadel surren hörte.«

»Sie haben dir das Tattoo auf dem Rücken verpasst?«

»Eine Tätowierung diesen Umfangs würde einem Größenwahnsinnigen in vier Sitzungen verabreicht werden, wahrscheinlicher sind sechs oder acht. Dazwischen gibt es mehrwöchige Pausen, damit die Haut verheilt und man sich von den Schmerzen erholt.« Er stockte. »Wie einen Spießbraten drehten sie mich auf den Bauch. Bongard setzte die Nadel an. Und hörte erst wieder auf, als die letzte Linie gezogen war.« Er schüttelte den Kopf. »Ich weiß nicht, wie lange es gedauert hat. Vielleicht acht Stunden, vielleicht nur sechs, vielleicht bis in die Nacht hinein. Die Schmerzen kamen mit dem Ansetzen, hörten aber nicht auf, als er fertig war. Mich auf den Oberkörper stützen zu müssen, war die Hölle. Ich hörte und spürte das Knarzen der Knochenstücke meiner Schlüsselbeine. Also versuchte ich mich zu verlagern und kugelte mir dabei die Schulter aus. Die Nadel selbst hielt ich noch eine Weile aus. Doch irgendwann begann ich, für kurze Zeit ohnmächtig zu werden. Erst kurz, dann immer öfter. In den Wachphasen beschwerte sich Bongard, mein Gewinsel würde ihn stören, und sie schoben mir einen Knebel in den Mund. Ich konnte mein eigenes Blut riechen und sehen, als es mir das Genick hinunterrann und zu Boden tropfte. Irgendwann bekam ich Erstickungskrämpfe und sie hoben mich hoch. Sie wollten, dass ich es bis zum Ende packe.« Er schüttelte den Kopf. »Ich schwöre, der Schweinehund hat mit Absicht so tief gestochen, damit ich es garantiert nie mehr loswürde. Als er fertig war, nannte er es ›ein Meisterwerk‹. Sie fotografierten mich von allen Seiten. Mir war es egal. Doch seltsamerweise machte ich mir einen Kopf darüber, ob auf den Fotos zu sehen sein würde, dass ich mir in die Hose gepinkelt hatte. Es war mir peinlich. Ich verschwendete überhaupt keinen Gedanken daran, was sie mit meinem Rücken gemacht hatten.«

Die Tränen rannen mir mittlerweile über das Gesicht, doch ich wollte seine Hände nicht loslassen. Also tat er es und strich seinen Daumen die Tränen von meinen Wangen. Unter den Nägeln wurden sie schwarz von dem Make-up, das sich mittlerweile verselbstständigt hatte. Dann redete er einfach weiter.

»Anfänglich versuchten sie, mich bei Bewusstsein von dort wegzubringen. Da ich aber immer wieder schrie und so zu viel Aufmerksamkeit erregt hätte, drückten sie mir die Luft ab und ich wurde bewusstlos. Ich wurde wieder wach, als sie mich aus dem Auto warfen. Vor dem Dortmunder Präsidium. Mein Rücken war blutverschmiert, ich hatte einige Hämatome, die größten waren vorn an meinen Schultern. Sie bildeten beinahe vollständig die Spitzen der Stiefel ab. Im Krankenhaus stellte man außerdem eine Entzündung der Lymphbahnen fest, was wahrscheinlich auf eine verschmutzte oder verrostete Tätowiernadel zurückzuführen war. Das Fieber und die Apathie vom Wasserverlust lullten mich für ein paar Tage ein und lenkten von den Schmerzen ab. Ich krampfte noch eine gute Woche. Die

Brüche an den Beinen sind glücklicherweise vollständig verheilt. Seit dem Vorfall kann ich die eine Schulter problemlos auskugeln.« Er nahm meine Hand und legte sie aufs rechte Schlüsselbein. Ich spürte einen Knubbel. »Das hier ist nicht mehr hundertprozentig verwachsen.«

Ich zog die Hand zurück.

»Ich weiß nicht, warum sie mich nicht einfach getötet haben. Offenbar wollten sie ein Exempel an mir statuieren. Mich zur Schau stellen oder für den Rest meines Lebens brandmarken, damit ich es nicht vergesse. Das macht wohl mehr Spaß. Am Tod kann man sich nicht lang genug befriedigen.«

Es klang, als wüsste er, wovon er redete.

»Wurden sie geschnappt?«

Er nickte. »Mein Körper war von DNA-Spuren übersät. Als mich die Polizisten vor dem Präsidium fanden, haben sie den Notruf gewählt, die Leute von der Kripo gerufen und mich glücklicherweise nicht angerührt. Die von der KTU haben mich behandelt wie eine Leiche. Netterweise fragten sie immer wieder, ob ich es noch aushalten würde. Ins Krankenhaus abtransportiert wurde ich erst eine Stunde später. Es dauerte nicht lange, bis sie die Täter fanden. Die Fotos von mir tauchten im Internet auf. Ich habe sie nie gesehen. Mir reichten die Aufnahmen der KTU. Im Verfahren konnte man den Abdruck auf meiner Schulter dem Stiefel eines Verdächtigen zuordnen. Die Täter waren einigermaßen geständig. Einer von ihnen war erst 16 Jahre alt. Er war derjenige, der mich mit dem Baseballschläger ›behandelt‹ hat. Ich erfuhr erst Jahre später, dass er der damalige Freund von Thomas' ältester Tochter war, jenem Leitwolf, der mir die Suzuki schenkte. Als Thomas dank meiner Aussage in den Knast einfuhr, verlor seine Frau Tina die Kontrolle über sich selbst und wurde crack- und alkoholsüchtig. Sie starb auf dem Parkplatz einer Entzugsklinik in Bergisch Gladbach, als sich ein zugedröhnter Patient mit Wahnvorstellungen in den Wagen eines Besuchers setzte und Vollgas gab. Sie wurde zwei Meter weit weggeschleudert.« Er sah durch mich hindurch. »Als ich Tina kennenlernte, hat sie jeden hochkant aus ihrem Haus geworfen, der mit Crack oder irgendwelchen anderen Drogen ankam. Sie hasste Drogen und liebte die Kirche. Sie hatte eine kleine Sammlung von Rosenkränzen in ihrem Schlafzimmer. Als sie sie mir zeigte, haben wir uns geküsst. Es war das erste und letzte Mal. Sie hatte feuerrotes Haar und Sommersprossen, ähnliche wie du sie hast.« Seine Augen füllten sich mit Tränen, doch er wischte sie gleich fort. »Ich habe einige Leben zerstört.«

Ich nahm sein Gesicht in meine Hände und presste meine Nase gegen seine. »Diese Leute waren Verbrecher. Du hast dir nichts vorzuwerfen.«

»Ich habe Scheiße gebaut.«

»Und es tut dir leid.«

Er nickte nur stumm und wich meinem Blick aus.

»Danke, dass du es mir erzählt hast.«

»Ich denke, ich habe es ein wenig überzogen.«

»Was meinst du damit?«

»Du hast mich gebeten, mich kurz zu fassen.«

»Ich denke, du hast noch genügend Raum gelassen.« Ich wies auf die Narben entlang seiner Oberschenkel.

»Ich wollte dich nicht eifersüchtig machen.«

Ich fragte nicht nach, sondern starrte ihn nur an. Sein Gesicht hatte mittlerweile an Tiefe und Kontur verloren. Ich spürte seine Hand an meinem Oberschenkel, wie sie nach Norden wanderte, meinen Hals streifte und sich schließlich in meinen Nacken legte. Schließlich schob sich sein Gesicht näher zu meinem, bis sich unsere Nasenspitzen berührten. Ich fühlte sie ein, vielleicht zwei Sekunden an meiner und meine Augen sahen nichts als das funkelnde Grün seiner Iris, welche entlang der Umrisse meiner Nase wie Sterne aufzugehen schienen. Eine Hitzewelle ging von meiner Brust aus und zog sich hoch über meine Schultern bis zu meinen Wangen. Dann wanderte seine Nasenspitze hinab, streichelte meinen Nasenflügel und grub sich in eine Furche entlang der Wange ein. Ich fühlte den warmen Atem, der aus seinen Lippen trieb, und gab ihm die Schuld, dass sich meine Nackenhaare aufrichteten. Seine Lippen waren nun nur ein paar Streichholzköpfe weit von den meinigen entfernt.

»Du hättest nicht verschwinden müssen. Ich hätte auf dich aufgepasst.«

Mir lag ein Widerspruch auf den Lippen. Immerhin war er die meiste Zeit im Krankenhaus gewesen und hätte wohl kaum auf mich achten können. Doch ehe ich etwas sagen konnte, küsste er mich.

Romantisch gesehen war es eine Katastrophe. Er schmeckte nach Whisky, Ouzo und Zigaretten und auch ich war von meinem Drink leicht angeheitert. Davon abgesehen stellte sich Gregor nicht besonders geschickt an, wofür ich allerdings seinem Promillespiegel die Schuld gab – sowie jenem schmerzverzerrtem Ausdruck, welchen ich kurz vor dem Schließen meiner Augen bemerkt hatte. Dass er mit eingerolltem Oberkörper gegen die Scheibe gelehnt saß, schien seiner lädierten Brust nicht wirklich gutzutun.

Aber für Romantik war ohnehin kaum Platz gewesen.

Daran wurde ich alsbald erinnert, als das Handy in meinem Rucksack laut brummte. Ich löste meine Lippen von ihm und stand auf. Dann riss ich den Reißverschluss auf und nahm das Gespräch entgegen. Es war der erste Anruf seit meinem Abflug, den ich annahm. Seither hatte es, wie ich feststellen durfte, fünf in Abwesenheit gegeben.

»KHK Ansmann«, begrüßte ich ihn.

»Meine Güte!«, fauchte er. »Warum sind Sie nicht ans Telefon gegangen?«

»Ich habe es nicht gehört. Entschuldigen Sie.«

Er ließ einen lauten Seufzer durch die Leitung rasseln.

Ich lächelte die Bettdecke an. »Sie haben sich Sorgen gemacht.«

»Wir sind vorhin unterbrochen worden«, überging er meine Feststellung. »Was ist passiert?«

»Ich habe unerwartet Besuch bekommen.«

»Ja. So etwas in der Art habe ich mir bereits gedacht.« Sein scharfer Ton machte mir klar, dass er im Bilde war. »Und wo ist Ihr Besuch jetzt? Haben Sie ihn der Polizei überstellt?« Er zögerte. »Ist er tot?«

»Nein. Weder noch.«

»Ist Pankowiak bei Ihnen?«

Ich bejahte.

»Geben Sie ihn mir«, ordnete er an. »Aber da ist noch eine Sache, die Sie wissen sollten.«

»Und die wäre?«

»Bei Ihnen zu Hause hebt ein Russe ab.«

»Oh«, sagte ich. »Das geht schon in Ordnung. Das ist mein Steuerberater.«

Gregor, der sich in der Zwischenzeit längst an mich herangeschoben und das Gespräch belauscht hatte, hielt mir seine offene Hand hin. Ich legte das Telefon hinein. Er verschwendete keine Zeit mit Begrüßungsfloskeln. »Edgar«, sagte er. »Was wird dir vorgeworfen?«

Ich versuchte zu lauschen, aber Gregor entfernte sich alsbald von mir. Lediglich sein strenger Blick sowie seine zusammengekniffenen Lippen verrieten mir, dass die Lage nicht ganz ohne war.

»Diese Vorwürfe sind haltlos«, beschwichtigte er. Doch auf der anderen Seite klang es nicht, als würde Ansmann sich beruhigen wollen. Ganz im Gegenteil. Die Situation schien sich weiter hochzuschaukeln. »Welche Unterlagen?«, hakte Gregor nach. »Es gibt keine Unterlagen.« Nach ein paar Sekunden aufmerksamen Lauschens schnaubte er. »Das ist doch gequirlte Scheiße.« Ansmanns Stimme hatte mittlerweile auch an Fahrt aufgenommen. Er brüllte. Gregor brüllte zurück: »Nein, *du* hörst *mir* zu! Es gab eine glasklare Absprache. Kein Papier, keine Protokolle. Und ich werde einen Scheiß tun und den Kopf für euch hinhalten!«

Gregor sprang auf. Ansmanns Antwort klang für mich nur nach Genuschel. Argwöhnisch zogen sich Gregors Brauen zusammen. »Wer autorisiert das?« Er schien über die Antwort lachen zu wollen. Doch stattdessen kam nur ein Schnauben heraus. »Ich kläre das.« Ansmanns Stimme schallte zu mir herüber.

»Nein! *Ich* kläre das!« Dann legte Gregor auf.

Eine ganze Weile starrte er auf mein Handy. Sein Daumen fuhr über das Display rauf und runter, und sein Blick schien blind durch seine Hand hindurchzugehen. Plötzlich drehte er seinen blanken Oberkörper zu mir und warf mir das Gerät im hohen Bogen in die Hände.

»Was ist los?« Ich flüsterte beinahe.

Gregor blieb vor der Fensterwand stehen und starrte phlegmatisch auf die Straße herunter. Der Regen warf seine saftigen Tropfen gegen das Glas. Ihr Klopfen klang, als wollten sie von uns hereingelassen werden. Ich stand gute drei Meter entfernt und wagte es nicht, mich auch nur einen Zentimeter in seine Richtung zu bewegen.

Was gut war.

Denn nach einigen Sekunden des Schweigens machte Gregor einen Schritt zurück und begann wie ein voltigierendes Pony zu kreiseln. Langsam und andächtig. Auf seinen Arme und Flanken hatte sich mittlerweile eine Gänsehaut gebildet, seine Brustwarzen waren aufgerichtet. Die Flügel des Adlers auf seinem Rücken schwangen im Rhythmus seiner kreisenden Schultern. Dann, nach zwei Runden, machte er vor seinem Schreibtisch Halt, stemmte ein Bein nach vorn und schleuderte seine Arme von sich, wobei er sämtlichen Schreibkram, den er zu greifen bekam, von der Tischplatte riss. Loses Papier, Dokumente, Schreibutensilien stürzten hinunter, flatterten, schepperten und klirrten. Dann trat er barfuß auf den Papierkorb ein. Zweimal hintereinander, wie eine wild gewordene Furie. Der Plastikeimer knallte gegen die Tischwand, fiel aber nicht um.

Sein Kopf war puterrot.

Es jagte mir eine Höllenangst ein.

Dennoch griff ich todesmutig ein. Ich riss an seinem Arm und versuchte, ihn wieder herunterzuholen. Mit beiden Händen umklammerte ich Gregors Gesicht und fixierte seine Augen. Er wehrte sich nicht, doch es dauerte eine Weile, bis er endlich stillstand und meinen Blick erwiderte. Er hatte Tränen in den Augen. Aber wohl mehr aus Wut denn aus Trauer.

Ich ließ von ihm ab.

Mit beiden Händen durchfuhr er sein Haar, seine Finger klammerten sich an ein paar Strähnen fest und die Muskeln seiner Arme bäumten sich auf. Als er die Hände sacken ließ, standen ihm ein paar Strähnen zu Berge.

»Was ist los?«, wiederholte ich.

»Nicht jetzt«, sagte er nur und zog sein eigenes Telefon aus der Hosentasche. Er wählte eine Nummer. Und er starrte ins Leere, während das Gerät die Verbindung herstellte. Irgendwann regte sich etwas in der Leitung. »Guido«, sagte Gregor. »Wir müssen reden. Sofort.«

17.

Gregor bevorzugte eine neutrale Umgebung und folgte meinem Rat, Brülling in die Kaffeerösterei ›Röst.Art‹ zu zitieren, einem Kaffeehandel mit einigen Quadratmetern Sitz- und Trinkfläche in der Fußgängerzone. Wie erwartet waren die Männer nicht überschwänglich begeistert. Sie bedachten einander mit einem verhaltenen Nicken, und die Geste beinhaltete gerade so viel Freundlichkeit, dass die Revier markierenden Kerle nicht unhöflich erschienen oder Schwäche durch zu viel Zuvorkommen zeigten.

Nur ein paar graue Zellen weniger und sie hätten gegen die Hauswand gepinkelt.

Gregor begann das Gespräch. »Wann hast du das letzte Mal mit Martha gesprochen?«

»Warum ist das wichtig?«

Ungeduldig schnippte Gregor mit dem Finger gegen seine Limonadenflasche. »Beantworte einfach die Frage, Guido.«

Guido war von Gregors Verhalten einigermaßen angepisst, was ich gut nachempfinden konnte. Nicht nur, dass er sich per Telefon irgendwohin hatte befehlen lassen. Nun sollte er sich auch noch anpflaumen lassen, die Füße stillhalten und uns Rede und Antwort stehen. An seiner Stelle hätte ich wahrscheinlich genauso zickig reagiert.

Daher versuchte ich es auf die sanfte Tour, rutschte über den Sitz an Guido heran, damit dieser sich nicht länger auf Gregor konzentrierte, und legte meine Hand auf seinen Arm. Ich lächelte seicht. »Erzählen Sie mir von Martha. Was tut sie beruflich? Haben Sie engeren Kontakt zu ihr?«

Wie erhofft kam Guido allmählich wieder runter und schien tatsächlich über Gregors Verhalten hinwegsehen zu können. Seine Stimme klang heiser. »Wozu? Was hat sie mit der ganzen Sache zu tun?«

»Ich werde es Ihnen erklären«, versprach ich ihm.

Er lehnte sich zurück und legte seinen Stock beiseite. Ich nutzte die Gelegenheit, um Gregor mit einem Blick abzustrafen, er möge gefälligst seine wahnwitzige Klappe halten. Er schien zu verstehen, tat es jedoch mit einem stummen Schnaufen ab.

Mit meinem besten Zahnpastafernsehwerbungslächeln zeigte ich Guido, dass ich hundertprozentig bei ihm war.

»Martha ist das Kind ihrer Eltern. Vor allem aber die Tochter ihres Vaters. Zeit ihres Lebens wurde sie von seinen philanthropischen Visionen eingelullt. Es überraschte mich nicht, dass sie irgendwann in seine Fußstapfen treten wollte. Wenn auch mit wesentlich höheren Ansprüchen.«

»Wieso? Was tut sie denn?«

»Sie studiert Politikwissenschaft im zweiten Semester an der Uni Düsseldorf. Momentan absolviert sie ein Praktikum im Krisenreaktionszentrum des Außenministeriums und unterstützt den dortigen Bürgerservice. Nach dem Studium möchte sie wie ihr Vater nach Nairobi, allerdings um in der Botschaft aktiv zu werden. Doch das sind alles Tagträume.«

»Und wo ist sie *jetzt*?«

Sein Lächeln verschwand. »Ich habe keine Ahnung. Martha ist eine erwachsene Frau. Und ich bin nicht ihr Vater. Wir haben schon länger nicht mehr miteinander gesprochen.«

»Selbst dann nicht, als ihr Vater gestorben ist?«

»Nein, selbst dann nicht. Es ist alles ein wenig schwierig.«

Schien so, als läge hier ein Hund begraben. »Liegt es an Ihnen oder an ihr?«

Seine Finger rollten sich zu Fäusten ein. Er sprach mit mir, doch er sah Gregor an. »Wie würden Sie ihr erklären, dass Sie versagt haben? Dass Sie ihren Vater hätten beschützen können, es aber nicht getan haben?«

»Es war nicht Ihre Aufgabe, Arthur zu beschützen. Ganz im Gegenteil. Er wollte sich nicht von Ihnen helfen lassen.«

»Arthur war mein Bruder. Und er steckte in Schwierigkeiten. Als Polizist war es meine Pflicht, Menschen zu beschützen. Ich hatte einen Eid darauf geleistet. Aber meinen eigenen Bruder habe ich einfach weggeschickt.«

Meine Hand auf seinem Arm begann, ihn zu tätscheln. Ich sah zu Gregor hinüber, den Guidos Worte wie erwartet alles andere als kaltgelassen hatten. Sein Blick war mittlerweile gesenkt, die Flasche zwischen seine Hände geklemmt. Wir blieben mucksmäuschenstill. Lediglich das Gästegeschnatter sowie das Geschepper von Tassen, die aufeinander getürmt wurden, durchbrachen unsere Stille.

Wenn wir so weitermachten, säßen wir gleich alle drei heulend am Tisch. Meine Stimme erhob sich. »Nein, das haben Sie nicht! Und das wissen Sie genauso gut wie ich.« Ich sah zu Gregor. »Also reißt euch am Riemen.« Ein paar Gästeköpfe drehten sich zu uns. Ich nahm meine Hand von Guidos Arm. Dann rührte ich kräftig in meinem Kaffee herum, bis der Milchschaum über den Rand schwappte. »Wann haben Sie zuletzt mit Martha gesprochen?«

»Vor drei Wochen. Sie hat mir von ihrem Job erzählt.

Ihren Aufgaben und Ambitionen. Es war alles sehr stressig und sie wollte Urlaub auf Kreta machen. Sie fing an, in alten Zeiten zu schwelgen.« Er nahm seine Tasse. »Es war ein sehr langes Gespräch.«

»Hat sie den Urlaub angetreten?«

»Es war nur Gerede«, sagte er. »Sie hatte keine konkreten Pläne. Sie wollte einfach einen Last-Minute-Flug nach Griechenland nehmen. Aber sie machte sich Sorgen, dass ihr Freund nicht freibekommen würde. Ohnehin war das alles, bevor ihr Vater starb.«

»Kennen Sie ihren Freund?«

»Sie hatte ihn nur kurz erwähnt. Jemand von der Arbeit. Ein Italiener. Giovanni oder Salvatore oder so etwas.«

»Massimo«, warf Gregor ein.

»Genau!« Guido schnippte mit den Fingern. »Du kennst ihn?«

»Nein«, sagte Gregor und sah überrascht zu mir herüber, als ich den pinkfarbenen Zettel mit der fremden Handschrift aus der Tasche zog. ›AB Massimo‹. Ich hatte ihn nicht weggeworfen.

Brülling zog den Zettel zu sich. »Ist das seine Nummer?« Er drehte und wendete das Papier. »Was zum Teufel soll das sein? Eine Nummer zu einem Anrufbeantworter? So etwas habe ich seit den 80ern nicht mehr gesehen.« Er schüttelte den Kopf. »Was soll das Ganze?«

Ich sah Gregor an. Mit einem Nicken ermunterte er mich, weiterzureden. »Als ich Arthurs Leiche fand, habe ich ihn durchsucht, noch ehe Ansmann und die Polizei einen Blick auf ihn werfen konnten. In seiner Brieftasche habe ich ein Passfoto von Martha gefunden. Es war an meine Adresse gespickt. Wir nehmen an, dass Arthur auf der Suche nach ihr war.«

»Weshalb sollte er nach ihr suchen?«

»Weil sie verschwunden ist«, sagte Gregor.

»Völlig ausgeschlossen. Ich habe doch mit ihr gesprochen!«

Gregor nickte. »Und seither nicht mehr.«

Guido zog sein Handy aus der Jackentasche.

»Was tun Sie?«, fragte ich ihn.

»Ich rufe Martha an.« Als er sich das Telefon an sein Ohr drückte, überschlug sich mein Herzschlag. Welche Ironie wäre es, wenn sie einfach abheben und uns alle überraschen würde.

Er nahm das Handy vom Ohr. »Geht keiner ran.« Schließlich wählte er noch einmal und es dauerte eine Weile, bis wir schalteten, dass er nicht Marthas Nummer, sondern gerade die vor ihm liegende dubiose AB-Nummer in das Display tippte. Gregor reagierte als Erster darauf und ließ seine Handfläche auf den Zettel klatschen. Doch da war es schon zu spät. Die Reaktion ließ keine zwei Sekunden auf sich warten.

»Entschuldigen Sie, *wo* bin ich bitte gelandet?« Seine Mimik verlor sich in Überraschung und Argwohn.

»Leg auf! Wir kennen die Quelle nicht!«, fauchte Gregor sichtlich in Angst, die Aktion würde Martha unnötig gefährden.

Doch Guido verstand nicht oder wollte nicht verstehen. Fuchtelnd winkte er ab und redete weiter ins Telefon: »Sagen Sie, ist ein gewisser Massimo zu sprechen?« Guido nickte eifrig. Dann legte er auf. »Sie sagen, sie kennen keinen Massimo.«

»Wer sagte das?«, fragte Gregor.

Brüllings Miene verfinsterte sich. Mit zwei Fingern tippte er auf der Tischplatte herum. »Nur damit das klar ist: Ihr werdet mir jetzt alles erzählen, was ihr wisst. Jede Einzelheit. Und ich will keine Ausreden mehr hören!«

Gregor und ich sahen einander verdutzt an. »Was ist los?«, fragte er.

»Dieser Anschluss«, er zeigte auf den Zettel, »gehört zu Herbert Nottulns Abteilung.«

»Wer ist das?«, fragte ich.

»Nottuln ist der Stellvertretende Beauftragte für Menschenrechtspolitik und humanitäre Hilfe.«

Bei mir begann es in den Ohren zu klingeln. »Moment mal. Ist das nicht das Büro von Eduard Schwarzinger?«

»War«, sagte Guido. »Nottuln hat bis auf Weiteres seinen Platz eingenommen.«

»Wer zum Teufel ist Schwarzinger?«, fragte Gregor.

»Herrschaftszeiten«, fauchte ich ihn an. »Schaust du denn keine Nachrichten?«

Gregor fauchte zurück: »Ich hatte in letzter Zeit weiß Gott wichtigere Dinge zu tun.«

Guido schnaubte hämisch. »Nichts für ungut, Frau Roloff. Aber mit Diplomatie und Politik hat unser Kollege hier nichts am Hut.« Er wandte sich seinem Schwager zu. »Eduard Schwarzinger war Außenpolitiker. Mitte Oktober sollte er den Leiter der Abteilung für globale Fragen, zivile Krisenprävention und humanitäre Hilfe beerben. Auf diesem Posten hätte er direkt an den Außenminister berichtet. Das Schlitzohr machte jedoch keinen Hehl daraus, dass er sehr bald auf den Stuhl des ständigen Deutschlandvertreters im Weltsicherheitsrat wollte. Das brachte ihm zwar einiges an böser Publicity ein, aber er war immerhin im Gespräch.« Brülling hob die Tasse und schlürfte dezent an seinem Tee. »Schwarzinger wird sein Amt allerdings nie antreten. Ende letzten Monats wurden er und seine Frau in seinem Düsseldorf Büro aufgeknüpft.«

Gregor öffnete seine Fäuste.

Ich räusperte mich. »Nach offizieller Version haben sich die beiden selbst erhängt.«

Brülling schnaubte. »Ausgemachter Blödsinn! Da wurde definitiv nachgeholfen.«

Ich nickte Gregor zu, um zu bekräftigen, dass ich derselben Meinung war.

»Und wer sollte das tun?«, fragte er.

Brülling hob die Schultern. »Das ist ja das Kuriose. Es gibt kein Motiv. Schwarzinger mochte zwar forsch gewesen sein, aber er war populär. Und nur, weil jemand es auf einen besseren Posten im Weltsicherheitsrat abgesehen hat, bringt man dessen Anwärter nicht gleich um.«

»Hätte er denn reelle Chancen auf den Stuhl gehabt?«

»Wer weiß das schon. Er hatte allemal das Zeug dazu. Er hatte eine erstklassige Südasien-Expertise. Und gerade im Südwesten Asiens mangelt es ja kaum an Krisenherden, sondern eher an Verhandlungstalenten wie diesem Schwarzinger.«

»Und was ist mit seinen Aussagen über den Kaschmir-Konflikt?«, warf ich ein. »Die sollen ja nicht so qualifiziert gewesen sein.«

Gregor glotzte mich an. »Ich wusste gar nicht, dass du politisch interessiert bist.«

»Das bin ich nicht«, rechtfertigte ich mich sofort. »Ich bin zufällig über den Doppelselbstmord gestolpert. Selbst der Stadtspiegel hat darüber berichtet. Also habe ich mich in Schwarzingers Biografie eingelesen.«

Brülling nickte mir ermunternd zu. »Seine Bemerkung über den Konflikt war US-außenpolitisch motiviert. Aber um das zu erklären, müsste ich ein wenig ausholen.« Er sah Gregor an. »Damit unser kleiner Politbanause hier es auch versteht.«

»Gib deine Politikstunden woanders«, unterbrach er ihn. »Wir haben keine Zeit für so etwas.«

Ich legte eine Hand auf seinen Arm. »Vielleicht doch«, flüsterte ich. »Dieser Schwarzinger war Indien-Botschafter. Er redete mit und über Indien. Und unser Ali war *Inder*. Ich glaube nicht, dass das nur Zufall ist.«

»Wer ist Ali?«, fragte Brülling sofort.

Ich schluckte. Einmal, zweimal. Aber ich sagte nichts.

Und auch Gregor überging seine Frage. »Später. Erzähl, was du sagen wolltest.«

Wie erwartet ließ Brülling sich dies nicht zweimal sagen. Sein Gesicht erhellte sich. Er holte tief Luft. Dann lehnte er sich zurück. »In Ordnung. Reisen wir ein paar Jahrzehnte in der Zeit zurück. Denn der Streit um Kaschmir wütet seit der Spaltung des indischen Empires 1947. Damals wurde für das mehrheitlich muslimische Gebiet der neue Staat Pakistan ausgerufen, während Indien mit dem hinduistischen Rest seine Unabhängigkeit erklärte. Nach diesen Regeln hätte die Kaschmirregion eigentlich Pakistan zugesprochen werden müssen, die zu mehr als 80 Prozent aus Moslems besteht. Doch der letzte amtierende Maharadscha von Kaschmir, der übrigens Hindu war, sprach sich für einen Anschluss an Indien aus. Seither hat es drei Kriege um Kaschmir gegeben. Aktuell teilen sich Indien und Pakistan mit China die Region, was allerdings nicht heißt, dass sich Indien oder Pakistan mit ihrem Anteil zufriedengeben. Schlimm wurde es, als die beiden mit Atomtests ein Säbelrasseln veranstalteten. Spätestens seitdem versucht der UN-Sicherheitsrat, die Länder an einen Tisch zu bringen. Aber Indien ist nicht verhandlungsbereit, solange Pakistan sich weigert, den regionalen Terrorismus zu thematisieren. Indien greift dabei die letzten Terroranschläge in Mumbai auf, die die damaligen Friedensgespräche massiv gestört haben. Die Tatverdächtigen waren Pakistani. Seit Längerem schon werfen Indien und die USA Pakistan vor, islamische Terrororganisationen zu unterstützen.« Brülling setzte sich auf. Und schwieg.

»Und was hat das Ganze nun mit Schwarzinger zu tun?«, hakte Gregor schließlich nach.

»In einem Interview zur Lage in Pakistan gab Schwarzinger zu bedenken, dass die dortige Terrorismusproblematik nur zu lösen sei, wenn man die seit 1947 ausstehenden Ansprüche Pakistans an Kaschmir endlich anerkennt. Anderenfalls könne das Land seine Ressourcen, welche derzeit vom Kaschmir-Konflikt gefressen würden, für die Terrorismusbekämpfung nicht mobilisieren.«

Ich hob die Brauen. »Er empfahl, den Indern den Kaschmiranspruch abzuerkennen?«

»Nennt mich ruhig Politbanause«, sagte Gregor. »Aber nach dem, was du erzählst, schien sich dieser Typ mit der Achse des Bösen zusammenzutun.«

Brülling winkte ab. »Es klang dramatischer, als es war. Tatsächlich hat er nichts anderes getan, als den Ball, den Indien ins Rollen gebracht hatte, zurückzuspielen. Wir erinnern uns: Indien wollte erst um Kaschmir verhandeln, *nachdem* sich Pakistan um das Terrorproblem gekümmert hätte.« Ich rümpfte zweifelnd die Nase. Denn wäre die Sache in der Tat nur als ›halb dramatisch‹ aufzufassen, wären die Experten in den Medien nicht so darauf angesprungen. Doch das waren sie. Ich hatte davon gelesen, den Zusammenhang jedoch nie verstanden.

Vielmehr schien es so, als vermischte Brülling hier Offizielles mit persönlichen Ansichten.

»Aber natürlich hatte das Konsequenzen«, erzählte er weiter. »Nicht nur, dass er mit dem Statement klar seine Kompetenzen überschritt. Es wurden außerdem Stimmen laut, er würde in seinem neuen Amt den Südasien-Beziehungen eher schaden als nutzen.«

»Konnte man diesen Quacksalber denn überhaupt so wichtig nehmen?«, fragte Gregor.

»Das tut nichts zur Sache. Wichtig ist, dass er mit seinem neuen Job ein paar Stühle näher an den Außenminister herangerutscht und die Medienaufmerksamkeit deutlich gestiegen war. Aussagen wie das Kaschmir-Statement machten dann plötzlich Dreck, der vom Außenministerium mühselig weggekehrt werden musste. Schwarzinger wusste das. Er muss es gewusst haben. Er hatte den idealen Zeitpunkt abgepasst.«

»Wie reagierte denn das Ausland auf sein Statement?«, fragte ich.

»Verhalten. Sehr verhalten«, sagte Brülling. »Wenn Reaktionen kamen, dann nur vereinzelt und weitestgehend unqualifiziert. Kaum jemand wollte sich dazu hinreißen lassen, zu dem prekären Thema Stellung zu beziehen. Der indische Nationalkongress reagierte überraschend besonnen und lud Schwarzinger öffentlich ein, das schöne, von muslimischen Angriffen eingekesselte Jammu zu besuchen, auf dass er seine Sympathien für das pakistanische Volk noch einmal überdenken würde. Es war nett gemeint. Doch es wäre interessanter gewesen zu erfahren, was Schwarzingers alte Freunde von der BJP-Partei zu der Sache sagten. Denn die waren mit Sicherheit angefressen.« Er sah zu mir. »Schwarzinger war viele Jahre lang deren bester Vertrauter. Damals stellte die BJP einen Teil der Regierung und rief mit alten nationalistischen Hindu-Parolen zur Befreiung Kaschmirs von den Muslimen auf. Unter ihrer Federführung hat Schwarzinger als Botschafter von Neu-Delhi aus viele wichtige Geschäfte angeleiert.«

»Das klingt mir definitiv nach einem Interessenkonflikt«, sagte Gregor.

Brülling nickte.

»Und nach einem Motiv.«

Nun winkte Brülling eifrig mit seinem Zeigefinger. »Das ist hier kein Kinofilm, wo man wegen verbalen Aussetzern gleich vorbeikommt und Leute umlegt. Schon gar nicht so kleine Lichter wie Schwarzinger. Ambitioniert, ja. Aber klein. Und überhaupt: Würden alle Politiker, die Kritik ausüben oder vorschnell urteilen, gleich mit dem Strick gerichtet, müsste die Hälfte des UN-Sicherheitsrates längst unter der Erde liegen.«

Ich musste zugeben, da war was dran. »Aber wozu sollte Schwarzinger seine Beziehung zu Indien so waghalsig aufs Spiel setzen? Sie sagten doch selbst, dass Südasien-Kenner wie er gefragte Leute seien.« Ich schüttelte den Kopf. »Er muss gewusst haben, dass er sich mit einem solchen Auftreten alles nur kaputt macht.«

»Reines politisches Kalkül«, schnaufte Brülling. »Nur die Harten kommen in den Garten – in diesem Fall in den UN-Sicherheitsrat. Denn so eine Indienexpertise ist zwar *nice to have*, aber wenn wir ehrlich sind, hat Indien nichts wirklich Aufreibendes zu bieten: Kaum Kriege, nette Regierung, toller Absatzmarkt. Auf Pakistan hingegen blickt im Moment die ganze Welt. Bin Laden wurde in dem Land niedergestreckt, der pakistanische Geheimdienst soll von Islamisten unterwandert sein. Die afghanischen Taliban und al-Qaida haben sich im Westen eingenistet. Und die Beziehung zwischen Pakistan und den USA ist völlig am Boden. Mit dem deutsch-amerikanischen Verhältnis sieht es übrigens ebenfalls eher mau aus. Kein deutscher Abgesandter weit und breit, der sich für Kriegseinsätze gegen das staaten- und körperlose Monster, den Terrorismus, starkmachen will.«

»Schwarzinger scheint da eine Ausnahme zu sein«, stellte ich fest.

Brülling nickte. »Mag sein, dass der Typ ein anmaßender Schwätzer war. Aber er war nicht blöd. Er klügelte etwas aus. Und dazu gehörte offensichtlich, sich die Gunst der Pakistani zu sichern. Dass er damit seine indischen Verbündeten verärgerte, nahm er billigend in Kauf.«

»Das waren sicherlich nicht die Einzigen, die er verärgerte«, merkte ich an.

»Wer sich in der Kaschmirfrage positioniert, kann sich nur in die Nesseln setzen«, bekräftigte Brülling.

»Und was genau klügelte Schwarzinger aus?«, fragte ich.

»Die Theorien, die dazu kursieren, sind rein spekulativ. Fakt ist, dass Schwarzinger nie ein Motiv hat durchscheinen lassen. Kontakte zu Pakistan soll es angeblich keine gegeben haben. Ein paar USA-Korrespondenten vermuten, dass Schwarzinger seine Karriere befeuern und sich als Gelegenheitsmacher für die US-Vertreter im UN-Sicherheitsrat etablieren wollte, um mit ihnen und den Pakistan-Abgesandten gemeinsam über die Terrorismusfrage zu verhandeln. Und das wäre in der Tat ein steiler Aufstieg gewesen.« Er hob die Schultern. »Aber ob Kaschmir bei diesen Gesprächen tatsächlich eine Rolle gespielt hätte, wage ich zu bezweifeln. Niemand hätte einen Krieg mit Indien riskiert.«

Noch ehe ich darauf etwas sagen konnte, begann mein Handy äußerst ungeduldig in meiner Hosentasche zu brummen. Ich rutschte von einer Backe auf die andere, um das Handy herauszufischen und Gespräch annehmen zu können. Es war eine Festnetznummer irgendwo in Bochum.

»Ist da Esther?«, fragte eine helle männliche Stimme.

Ich überlegte kurz, ob ich die Wahrheit sagen sollte. In Anbetracht der bisherigen Vorkommnisse wäre es keine schlechte Idee gewesen, mich bis auf Weiteres zu verleugnen. Trotzdem entschied ich mich für: »Ja.«

»Hier ist Goutam. Vom Adolfo's. Sie verstehen?«

»Ja!« Beinahe sprang ich auf die Füße. »Haben Sie sich die Papiere angesehen?«

»Ja.«

»Und? Was steht drin?«

»Frau Esther, das ist ein hindunationalistischer Dialekt. Mit Interpretationen aus dem Sanskrit. Ich bin aus Kaschmir. Ich spreche nur Urdu.«

Was für ein Zufall, dachte ich und machte mir sofort Gedanken darüber, ob Goutam wohl Hindu oder Moslem war. Ich entschied mich für Ersteres, da Moslems meines Wissens nicht nur keinen Alkohol trinken, sondern ihn auch nicht ausschenken dürfen. Und Goutam war Schankwirt. Ob ihm Schwarzingers Kuhhandel gefallen hätte? Ich bezweifelte es. »Können Sie mir denn etwas über die Dokumente sagen? Irgendetwas?« Ich flehte beinahe.

»Das sind Geschäftsbriefe«, sagte er. »Alte Regierungspapiere adressiert an Ali Mahmoud Bhattacharya. Von der

Bharatiya Janata Partei. Die sind aber kein Teil der Regierung mehr«, fügte er schnell hinzu. Es klang, als läge ihm diese Zusatzinformation sehr am Herzen.

»BJP«, kombinierte ich und spürte meinen Puls hämmern. Guidos Blick schnellte in meine Richtung.

»Ja. Sind Sie etwa ein Freund der BJP?« Goutam klang skeptisch.

Ich zögerte. »Ich weiß nicht. Sollte ich das nicht sein?«

»Das sind keine netten Leute, Frau Roloff. Stören die Ruhe in Kaschmir und das Miteinander der Hindus und Muslime.«

»Das klingt in der Tat nicht nett«, bekräftigte ich und machte aus Angst vor einem zukünftigen Haus- und Pizzaverbot noch einmal deutlich, dass ich keine Mitglieder der BJP persönlich kannte, die BJP weder mochte noch vorhatte, jemals mit ihr zu kooperieren. Dann verabschiedete ich mich äußerst eifrig und stopfte das Telefon zurück in meine Tasche.

Gregor war der Erste, der darauf ansprang. »War das der Wirt aus dem Erdgeschoss?«

Ich nickte. »So wie es aussieht, war unser Ali politisch ziemlich ambitioniert«, fasste ich zusammen. »Er hatte was mit der BJP-Partei zu tun. Irgendwas.«

»Ist das nicht die gleiche Truppe, mit der Schwarzinger angeblich ganz dicke war?«, hakte Gregor nach.

Brülling nickte. Seine Stirn begann bedrohliche Wellen zu schlagen. »Und wer zum Teufel ist nun dieser Ali?«

Tapfer schwieg ich mich aus.

»Ali war Arthurs Mörder«, sagte schließlich Gregor.

Brüllings Stirnwellen glätteten sich, die rosige Farbe wich aus seinem Gesicht und alle übrigen Konturen, die ohnehin mehr fleischig als markant waren, schienen sich zu einem einzigen Gesichtsbrei zu verflüssigen. »War?«

Gregor nickte. »Er ist tot. Umgelegt.«

»Warst du es?«

Gregor blieb überraschend ruhig. »Nein, zum Teufel noch mal.«

»Scheiße«, sagte Brülling, stützte seine Ellenbogen auf dem Tisch ab und drückte sein Gesicht in die Handinnenflächen. Die Haut über den Wangen wölbte sich. »Scheiße, Scheiße, Scheiße.«

»Ziehen wir diese verkappte Spieluhr noch einmal auf und lassen sie klimpern«, sagte Gregor. »Schwarzinger hat einen neuen Job. Einen guten Job. Aber immer noch nicht gut genug für ihn. Er will höher hinaus und versucht die Amiland-Vertreter des Sicherheitsrates mit Eins-a-Kontakten zu Pakistan zu beeindrucken. Seinen indischen Freunden schmeckt das nicht. Sie tauchen in seinem Büro auf und hängen ihn und seine Frau aus Rache unter die Decke. Marthas Freund Massimo arbeitet in Schwarzingers Abteilung. Von seinem Arbeitsplatz aus hat man wahrscheinlich einen guten Blick auf dieses Büro.« Er sah Brülling an. »Konnte der Todeszeitpunkt eingegrenzt werden?«

»Laut LKA-Pressesprecher zwischen ein und vier Uhr morgens.«

Gregor nickte bekräftigend. »Sie haben die Schwarzingers zu nachtschlafender Zeit ins Büro geschleppt in der Erwartung, dass sie dort auf niemanden treffen würden.«

»Was Blödsinn ist«, intervenierte Brülling. »Allein das Krisenreaktionszentrum ist rund um die Uhr besetzt.« Noch während er es sagte, schien es ihm wie Schuppen von den Augen zu fallen. »Martha hat dort ein paar Nachtschichten übernommen.«

»So wohl auch in der Tatnacht«, vermutete Gregor. »Und aus irgendeinem Grund hat sie sich in Massimos Büro aufgehalten. Von dort aus muss sie irgendetwas gesehen oder gehört haben. Womöglich hat sie die Tat unmittelbar mitverfolgt. Anschließend ist sie geflüchtet und untergetaucht.«

Brülling schwieg, sein Blick haftete an seiner Tasse. Seine Lippen waren ein langer farbloser Strich. »Am Telefon ist mir nichts aufgefallen. Martha schien guter Dinge, sprach von diesem Urlaub und riss ein paar Türen in meinem Gedächtnis auf, als sie mich nach der einen oder anderen Spielerei fragte, die wir mit ihr getrieben haben, als sie noch zur Schule ging. Als Julia noch am Leben war«, fügte er heiser hinzu. Langsam hob sich sein Blick. Ein paar Gedankenblitze schienen sein Hirn zu malträtieren.

»Welche Spielereien?«, hakte Gregor nach.

»Diverse.« Er schluckte laut. »Vor allem aber die Fünf-Punkte-Liste.«

»Was ist das?«, fragte ich völlig unbedarft und sah zu Gregor, dessen Gesichtsausdruck mittlerweile eingefroren zu sein schien. Plötzlich fingen seine Mundwinkel an zu zucken. Ich bemerkte kaum, wie sich seine rechte Hand zu einer Faust ballte, aber umso mehr, als er diese mit voller Wucht auf die Tischkante einprügelte. »Scheiße! Und das erzählst du mir erst jetzt?!«

»Es war doch bloß Gerede!«, rechtfertigte sich Brülling. »Woher zum Teufel hätte ich wissen sollen, dass sie diese Liste jemals in Angriff nehmen würde?«

»Was ist das für eine Liste?«, fragte ich noch mal, mit etwas mehr Stimme.

Gregor fuhr sich mit einer Hand durch das Haar. »Martha war nicht durchweg die ›Tochter ihres Vaters‹. Pünktlich nach Theresas Beerdigung setzte bei ihr die Pubertät ein und sie zeigte typische Anzeichen von Rebellion. Sie stritt unentwegt mit ihren Eltern, machte sich häufig aus dem Staub und tat alles Nötige, um Ilona und Arthur das Blut dick zu machen. Das gelang ihr natürlich am besten, indem sie sich mit den übrigen Brülling-Geschwistern verbündete, mit denen es Arthur bekanntlich nicht so hatte. Fast täglich tauchte sie in der Wache auf, ließ sich von Kollegen herumführen und betüddeln. Ihre Eltern hassten uns, aber es war eine tolle Zeit.« Ein Grinsen flammte in seinem Gesicht auf, verschwand aber gleich wieder. »Der Angriff auf Julia und mein Haftantritt heilte sie von diesem Polizeikram und ich verlor den Zugang zu ihr.«

Brülling fuhr fort: »Martha war ein pfiffiges und interessiertes Mädchen. Gemeinsam mit uns nahm sie Verschwörungstheorien unter die Lupe oder verfolgte medienpräsente Kriminalfälle. Wir inszenierten sogar unsere eigenen brisanten Fälle. Dabei ist diese Fünf-Punkte-Liste entstanden.«

»Und wofür ist diese Liste gut?«

»Sie ist eine Art Anleitung für Zeugen, wie man sich die Täter vom Leib hält.« Gregor winkte ab. »Aber die Liste war reine Fiktion. Ein Spiel. Sie funktioniert im realen Leben nicht.«

»Und wie funktioniert sie im Spiel?«

»Ausgangspunkt ist folgender: Ein Zeuge weiß etwas über die Verbrecher, das diese ins Gefängnis bringt, wenn er eine Aussage macht. Deswegen werden Zeugen natürlich oft und gerne getötet, *bevor* sie ihre Aussage machen können. Oder sie werden aus Rache oder zur Eindämmung des Schadens getötet, *nachdem* sie ihre Aussage gemacht haben. So oder so, Zeugen von Verbrechen richtig dicker Fische sind immer am Arsch. Julia und Martha haben in einem fingierten Fall diese Fünf-Punkte-Liste entworfen, um den Zeugen davor zu schützen, getötet zu werden. Diese Liste hat allerdings ein paar eklatante Haken. So ist der Zeuge nur so lange geschützt, wie kein anderer mit seinem exklusiven Wissen an die Öffentlichkeit geht. Denn dann ist seine durch die Fünf-Punkte-Liste erpresste Unversehrtheit nicht mehr vonnöten und er wird zum Abschuss freigegeben. Ein anderes Problem ist, dass der Zeuge wohl für seine Restlebenszeit dazu verdammt wäre, in Isolation zu leben. Eine Aussage dürfte er niemals machen. Im Umkehrschluss heißt dies, dass die Verbrecher auf freiem Fuß bleiben.«

»Klingt nicht sehr effizient«, gab ich zu. »Wie ist denn diese Liste praktisch umzusetzen?«

Er atmete tief durch, ehe er die Sätze aus dem Effeff hinunterratterte. »Punkt eins: Mach dein Wissen zu einem greifbaren Beweis. Sprich, mach Fotos oder Videos oder nimm die belastende Unterhaltung auf Band auf. Als Zweites überlässt du dein Beweisstück einem Notar und setzt mit ihm dein Testament auf. In diesem wird geregelt, was mit dem Beweis geschieht, falls du stirbst. Bestenfalls sollte er an die Staatsanwaltschaft gehen oder an irgendeine Polizeihauptdienststelle. Das Testament selbst wird durch den Notar beim Amtsgericht hinterlegt. Als Drittes solltest du den Tätern glaubhaft vermitteln, dass es für sie von entscheidender Bedeutung ist, dass du am Leben bleibst. Das dürfte die schwierigste Aufgabe sein, denn einerseits musst du mit ihnen in Kontakt treten und dabei unversehrt bleiben. Andererseits gilt es, sie zu überzeugen, ohne ihnen dabei zu viel zu verraten.« Er schüttelte den Kopf. »Spätestens hier beginnen die Probleme. Denn selbst wenn du sie überzeugen kannst, dich nicht umzubringen, so gibt es noch zahlreiche andere Wege, dir das Leben zur Hölle zu machen.« Er schluckte. »Einmal in ihrer Gewalt, können sie dich so lange foltern, bis du bereit bist, dein Testament zu widerrufen und ihnen den Beweis auszuliefern. Selbst wenn das hieße, dass sie dich danach um die Ecke bringen. Doch in gewissen Situationen werden selbst Dinge wie der Tod plötzlich völlig banal.«

Ich merkte, dass Gregor aus eigener Erfahrung sprach. Und nie hätte ich in Zweifel gezogen, dass die Schmerzen, die er erleiden musste, die Grenze des für mich Erträglichen um ein Vielfaches überstiegen hätten. Doch ich wollte nicht wissen, ob Gregor in seinem Delirium den Tod als banale Nebenerscheinung empfand. Dass es ihm am Ende egal war, ob er sterben oder am Leben bleiben würde. Oder ob er sich den Tod sogar gewünscht hatte. Genauso wenig wie ich mir ausmalen wollte, in welcher Situation Martha im diesem Moment steckte, welche Gefahren ihr drohten oder welcher Qual sie längst ausgeliefert war.

»Viertens«, setzte Gregor fort. »Kündige dein Verschwinden an. Nachdem du dir deinen Schutzwall gebaut hast, solltest du das Gleiche für deinen engeren Umkreis tun. Das schaffst du, indem du ihn meidest. Denn so lange du mit deiner Familie oder deinen Freunden sprichst, werden sie von den Verbrechern zwangsläufig als Mitwisser betrachtet, als Druckmittel benutzt oder gar umgelegt. Insofern musst du untertauchen, und zwar auf charmante Weise. Damit niemand nach dir sucht.«

Meine Kinnlade lockerte sich. Diese Episode passte erschreckend gut zu Marthas Verhalten. »Und fünftens?«

»Verschwinde. Und tauche am besten nie wieder auf. Ein Himmelfahrtskommando, wie du siehst.«

»Aber in der Not frisst der Teufel bekanntlich Fliegen«, warf ich mit leiser Stimme ein.

Brülling drückte seinen Rücken durch. Das Wasser auf seinen Linsen reflektierte das Licht eines flackernden Lämpchens hinter der Theke, als würde eine Flamme in seinen Augen lodern. »Das ist es«, sagte er.

»Martha hat sich unauffällig vom Acker machen wollen«, sagte Gregor. »Und beinahe hätte sie es geschafft. Ilona war eingeweiht. Ich war bei ihr zu Hause. Und ich habe keinen Ton aus ihr herausbekommen.« Er nickte Brülling zu. »Und selbst dich hätte sie mit der Geschichte vom Urlaub zumindest für ein paar Wochen ruhiggestellt.« Seine Lider senkten sich. »Arthur hatte da weniger Glück. Er hat nicht lockergelassen. Und das hat ihn wohl das Leben gekostet.«

»Weiß Ilona etwa Bescheid?«, fragte Brülling streng.

»Ich bezweifle das.«

»Wir müssen dieses Beweismaterial finden, das Martha versteckt«, sagte Brülling entschlossen.

»Einmal in unserer Hand ist Marthas Sicherheit nicht mehr gewährleistet«, widersprach Gregor.

Ein paar Schweigesekunden umhüllten uns. Dann sah Brülling zur Glastür und schlitzte die Augen. »Ich denke, das kriegen wir geregelt.«

Wir folgten seinem Blick.

Das Scharren der Glastür über den Boden war kaum hörbar, als sie aufgezogen wurde, und ein gut aussehender junger Mann ins Café trat. Er war braunhaarig, streng gescheitelt. Er trug einen hautengen schwarzen Pullover, sein schwarzer Mantel reichte ihm bis an die Knie und seine Jeans schien ihm wie auf die Beine geschneidert. Er lächelte uns an.

Ein Amboss schien auf meinem Kopf zu landen und alles, was sich unter ihm befand, zu Brei zu schlagen. Ich sah zu Gregor hinüber, welcher sich intuitiv und sicherlich aus reiner Gewohnheit gerade hinsetzte und seinen Arm nach hinten drehte, um dorthin zu greifen, wo er meistens seine Waffe versteckte. Doch er war unbewaffnet.

Besänftigend legte Brülling eine Hand auf Gregors Ellenbeuge. Dann stand er auf, nahm seinen Stock und schritt dem anderen Mann entgegen. Meine Augen bohrten sich in seinen Rücken.

Er streckte die Hand aus und begrüßte den Vollhorst. »Alles in Ordnung so weit. Ich denke, wir kommen ins Geschäft.«

18.

Der Amboss hinderte mich daran, aufzustehen. Und auch Gregor schien um Fassung zu ringen. Die Konturen seines Gesichtes verschärften sich und ein Halbkreis kurzbeiniger Krähenfüße bildete sich entlang seiner Augenwinkel. Er sagte nichts. Stattdessen legte er beide Hände auf den Tisch zurück. Seine Finger malträtierten die Platte. Ich erkannte es daran, da die Kraft das Blut aus den oberen Fingergliedern presste.

Brülling kehrte zu uns zurück. Der Vollhorst blieb glücklicherweise, wo er war.

»Was wird das?«, fragte Gregor.

Brülling lehnte sich auf seinen Stock. Irgendetwas in seinem Gesicht hatte sich verändert. Er flüsterte fast. »Was glaubt ihr, warum wir alle, einschließlich Ansmann, überhaupt noch am Leben sind?« Er sah zu mir. »Die hatten nicht nur Sie auf dem Kieker, Verehrteste.«

Gregor strengte sich an, nicht zu brüllen. »*Du* hast der Staatsanwaltschaft die Dokumente zugespielt?«

»Edgar war nicht einfach zu packen. Du kennst ihn. Er ist ein verkappter Paragrafen- und Formalienreiter mit einer durchweg sauberen Akte. Mit Ausnahme von ein paar illegalen, nicht aktenkundigen Nebengeschäften mit einem kleinen Informanten.«

Gregors Wangen wurden puterrot. Seine Zähne malmten. Dann sprang er auf die Füße, hechtete über die Tischplatte und griff Brülling beim Kragen. Der Tisch hob sich für einen Augenblick in die Luft und die Tassen, die glücklicherweise leer waren, kippten zur Seite. Reflexartig griff ich nach Gregors Limonadenflasche, die bereits auf dem

Weg zum Boden war. Ein paar Limonadenspritzer verteilten sich auf dem Tisch und dem Boden.

Gregor zog Guido über den Tisch. Dessen Stock fiel zu Boden, seine Handflächen klatschten auf die Tischplatte. Er stöhnte auf. Ich war überrascht, wie ruhig ich blieb; im Gegensatz zu einigen anderen weiblichen Gästen, die hysterisch quiekten, zusammenzuckten oder sich hinter ihre Tischkante versteckten. Ein paar Leute riefen »Hey!« zu uns herüber, ein junger Mann kam auf die Füße und taxierte die Situation aus sicherer Entfernung. Der Vollhorst beobachtete das Geschehen völlig unbeeindruckt.

»Du verdammtes Arschloch!«, fauchte Gregor.

»Sei vorsichtig«, sagte Guido. »Was dich anbelangt, brauchst du dir keine Sorgen zu machen. Aber ich kann das sehr schnell ändern.«

Gregor ließ ihn los.

»Wovon zum Teufel redet ihr?«, fragte ich.

Stur blieb Gregors Blick auf Brülling gerichtet, der ihn mit einem kurzen Nicken zu ermutigen schien. Die Bedienung trat mit herunterhängenden Schultern und bittenden Händen zu uns heran. Sie flüsterte beinahe. »Meine Herren, ich bitte Sie.«

Gregor sah mich an. Die Wut hatte seine Stirn in Falten gelegt. Er atmete kräftig durch, dann schob er eine Hand unter meine Achsel und zerrte mich zu sich hoch. Schweigend marschierten wir vor die Tür.

Es war kalt draußen. Kälter als ich erwartet hatte. Es regnete, es war windig, der Himmel über uns zugezogen. Zwar standen wir unter einer kleinen Dachkonstruktion, aber die half nur bedingt, da sich der Regen diagonal in unsere Richtung ergoss. Sofort war mein Gesicht von feinen Tröpfchen benetzt. Gregor stellte sich vor mich, vergrub seine Hände in den Hosentaschen und betrachtete die ewigen Mauern des Kortumhauses. Langsam trat ich an ihn heran.

»Hat das da drinnen irgendetwas mit Ansmanns Anruf zu tun?«

Er nickte müde. »Die Staatsanwaltschaft droht, ein Verfahren gegen ihn und zwei weitere Kriminalbeamte zu eröffnen.«

»Weswegen?«

»Diverser Dinge. Begünstigung, Strafvereitelung im Amt, Verletzung von Dienstgeheimnissen.«

»Begünstigungen wem gegenüber?«, fragte ich.

Er sah mich nicht an.

»Du hast sie in die Scheiße geritten«, stellte ich fest.

»Sie haben selbst entschieden!«, brüllte er mich an. »Ich habe es angeboten und sie sind darauf eingegangen. Ich habe niemanden unter Druck gesetzt! Im Gegenteil, *ich* bin ein Risiko eingegangen! Denn sie hätten mich genauso gut verhaften können.«

»Aber sie taten es nicht.«

»Willst du mir ins Gewissen reden? Die Männer wussten, was für sie auf dem Spiel stand. Ich habe den Mund gehalten. Ich habe ihnen gesagt, sie sollen den Rand halten. Keine Protokolle, keine Notizen. Das war der Deal. Aber den haben sie nicht eingehalten. Irgendwer muss geredet haben.«

»Was ist mit dir? Was steht für dich auf den Spiel?«

Er scharrte mit dem Fuß durch eine Pfütze. »Mein Name taucht in den Dokumenten nicht auf. Ich stehe nicht im Fokus.«

»Noch nicht«, spielte ich auf Brüllings Drohung an.

»Eigenartig, nicht wahr?« Er sah mich an. Dann drehte er seinen Kopf zur Glastür. Ich folgte seinem Blick und der Wind fegte mir die Haare ins Gesicht. Sie klebten an meinen Wangen und über den Augen, doch ich konnte Brülling zweifelsfrei dabei beobachten, wie er dem Vollhorst einen Platz an unserem Tisch anbot.

»Was er auch immer in der Hand hat«, sagte Gregor. »Er will mich damit unter Druck setzen.«

»Warum sollte er das tun?«

»Ich weiß es nicht.«

Ich umarmte mich mittlerweile selbst. Mir war schweinekalt. »Warum musste es auch unbedingt nach deinen Regeln laufen?«

»Meine Regeln«, wiederholte er hämisch. »Wenn es nach ihren Regeln gegangen wäre, wäre mein Name in irgendeiner Akte gelandet. Registratur ›Verbindungsleute‹. Weißt du, was das bedeutet? Zehn Jahre Aufbewahrungsfrist! Das ist doppelt so lang, wie ich im Knast gesessen habe. Und selbst nach dieser Zeit haben mich die Scheißnazis gefunden und malträtiert.«

»Du hattest also Angst, du könntest enttarnt werden?«

»Du hältst mich für paranoid, oder?« Er holte eine Schachtel Zigaretten aus der Jackentasche und schob sich eine zwischen die Lippen. »Während meiner Dienstzeit habe ich mit drei V-Leuten zusammengearbeitet. Zwei von ihnen wurden hochgenommen, einer von ihnen getötet.« Er zündete sich angestrengt die Fluppe an. »Das BKA tut nach außen hin zwar so scheiße geheim. Doch du hast keine Ahnung, wie leicht es den verbeamteten Fachidioten gemacht wird, einen Blick in eine V-Akte zu werfen. Wenn sie dich in eine konspirative Wohnung schicken, um deine Informationen zu bezahlen, belehren sie dich über eine mögliche Anzeigepflicht gegenüber den Arbeits- und Sozialämtern. Sag mir, wie krank ist das?« Er schnaubte. »Es reicht ein falsches Wort, nur ein Name in die entgegengesetzte Windrichtung und dein kleines Spitzelhirn wird quer über die Ladentheke gepustet.« Er schien ein konkretes Beispiel vor Augen zu haben. »Es ging mir nie um diesen scheiß Tariflohn.«

»Und worum ging es dir dann?«

Sein Blick erforschte meine Augen. »Du hast mit ihm über mich geredet, oder?«

Mir wurde abwechselnd heiß und kalt.

»Was genau hast du ihm erzählt?«

»Ich habe mir Sorgen um dich gemacht.«

Er warf seine Kippe weg und tippe gegen meine Schulter. »Seit wann redest du mit ihm? Bevor oder nachdem ich dir von den Querelen im Präsidium erzählt habe?«

»Was willst du damit behaupten? Dass ich ihn erst auf die Idee gebracht habe?« In meinem Schädel drehte es sich. Zwar hatte Brülling völlig überrascht gewirkt, als ich ihn von den Problemen im Präsidium erzählt hatte. Trotzdem glaubte ich nicht, dass er in der Lage war, binnen so kurzer Zeit ein paar Beweise aufzutreiben, die er der Staatsanwaltschaft zuspielen konnte. Ich *wollte* es einfach nicht glauben.

»Du bist eine Schwätzerin!«, erinnerte er mich.

»Dann hättest du mir besser nicht davon erzählen sollen!«

»Ja«, sagte er leise. »Vielleicht hätte ich das.« Dann wandte er sich ab und öffnete die Tür.

Ich wischte mir die Tränen aus den Augen und folgte ihm. Die missbilligenden Mienen der Gäste ignorierte ich.

Lautlos setzten wir uns an den Tisch zurück. Gregors Haare kräuselten sich an den Spitzen, Regentropfen rannen ihm das Gesicht hinunter. Wir beide schwiegen eisern. Dem Blick, den der Vollhorst mir zuwarf, wich ich aus.

»Haben wir uns nun alle wieder lieb?«, fragte Brülling.

»Verpiss dich«, sagte Gregor.

»Klären Sie diese Angelegenheit woanders«, schritt der Vollhorst ein. »Ich bin hier, um mit Ihnen über das Material zu sprechen, mit dem sich Ihre Nichte aus dem Staub gemacht hat. Wir möchten, dass Sie es uns überstellen.«

»Und wer garantiert uns, dass Martha nichts geschieht, wenn es erst einmal nicht mehr in ihrem Besitz ist?«

»Niemand kann das. Nicht, solange wir nicht wissen, ob irgendwo noch Kopien kursieren, um die wir uns kümmern müssten.«

Jetzt schaltete sich Brülling ein. »Wie zum Teufel sollen wir das sicherstellen?«

»Wir nehmen an, dass das Material auf einer SIM-Karte gespeichert ist. Einmal in unseren Händen, können wir anhand der digitalen Spur schnell zurückverfolgen, ob die Datei kopiert oder irgendwohin versendet wurde.«

»Eine SIM-Karte, wie sie für Handys benutzt wird?«, hakte ich nach.

Er nickte. »Hat sie das Material vervielfältigt, kann ich für ihre Unversehrtheit nicht garantieren.«

»Unversehrtheit«, wiederholte Gregor spöttisch. »An Ihrer Stelle würde ich mir Gedanken um *Ihre* Unversehrtheit machen, wenn Sie Martha auch nur ein Haar krümmen!«

Allmählich verlor der Vollhorst die Geduld. »Nur damit wir uns richtig verstehen: Sie sind nur noch auf freiem

Fuß, weil wir Sie für geeignet halten, dieser Angelegenheit ein Ende zu bereiten.« Sein Blick huschte kurz zu Brülling hinüber. »Wir können diesen Schwebezustand sehr schnell in trockene Tücher bringen, wenn Sie nicht kooperieren. Außerdem wissen wir um die familiäre Verbindung Ihrer Nichte zur Polizei. Wir haben daher kein Interesse, noch mehr Mitglieder dieser Polizeifamilie aus dem Verkehr zu ziehen. Wir benötigen diese Aufmerksamkeit nicht. Doch glauben Sie nicht, dass wir dazu nicht in der Lage wären.« Er zeigte auf Brülling. »Ihr Schwager ist ein kluger Mann. Sie sollten sich ihm besser anschließen.« Dann stand er auf. Die Tischbeine stöhnten über den Boden. »Liefern Sie Ergebnisse, solange Sie nicht im Gefängnis sitzen.«

Der Kaffee drehte sich in meinem Magen um.

»Wo werden wir Sie finden?«, fragte Brülling

»Machen Sie sich darüber keine Gedanken. Wir finden Sie.« Dann ging er hinaus.

Es dauerte einige Minuten, bis jemand von uns etwas sagte. Gregor hatte weiterhin Schaum vor dem Mund, Brülling war mittlerweile kleinlaut geworden – wohl aus Angst, Gregor könnte ihn beim ersten Satz an die Gurgel springen. Ich hielt die Angst für nicht ganz unbegründet. Doch wir konnten nicht ewig dasitzen und uns mit Blicken bedrohen.

»Woher kennen Sie diesen Kerl?«, fragte ich.

»Er tauchte nach meinen Besuch bei Ihnen in meiner Wohnung auf.«

»Und warum lebst du dann noch?«, fragte Gregor.

»Aus demselben Grund, warum du noch auf freiem Fuß bist!«, fuhr Guido ihn an. Dann sah er mich an. »Arthur kam zu mir und hat mich um Rat gebeten. Er hatte vor, einen privaten Ermittler für eine Angelegenheit zu engagieren, in die er mich nicht einweihen wollte.«

»Martha«, sagte ich nur.

»Aber ich konnte ihm nur Namen bei der Polizei nennen. Daher riet ich ihm, sich an zu Gregor wenden, weil er die besseren Kontakte auf der Straße hat. Der kam dann mit Ihrem Namen um die Ecke. Den Rest kennen Sie.« Er fuhr sich durch die Haare. »Ich hörte von der Sache mit dem Herzinfarkt. Ich wusste sofort, dass da etwas nicht stimmte. Ich wollte bei Ihnen mehr erfahren. Doch dieser Typ war mir da schon auf den Fersen, tauchte bei mir auf und drohte, uns alle umzubringen.«

»Und du hast dich von ihm kleinkriegen lassen«, klagte Gregor an.

»Aus der Schusslinie gezogen habe ich euch!«, fluchte Brülling und die Köpfe der wenigen übrigen Gäste wandten sich uns zu. »Ich habe diesem Kerl schon angesehen, dass er auf dem Trockenen saß. Dass er nicht vorankam. Daher habe ich ihm gesagt, dass du am Fähigsten wärst, die Sache aufzuklären. Also behielt er euch im Auge, während ich dafür sorgen sollte, dass die Polizei sich nicht einmischte.«

»*Du* hast uns aus der Schusslinie gezogen?« Gregor lachte auf.

»Sie wussten die ganze Zeit, dass sich alles nur um Martha drehte.«

»Überhaupt nichts wusste ich«, sagte er. »Bis zum Schluss glaubte ich, es ging um etwas, das Arthur versteckt hat.«

»Wo kommt dieser Kerl überhaupt her?«, fragte ich weiter.

»Nicht von der BJP, soviel ist sicher. Ich denke eher, es ist jemand aus unseren Reihen.«

»Was meinen Sie damit?«

»Jetzt überlegt doch mal! Ein Indien-Experte schwenkt um und freundet sich mit dem Erzfeind an. Nach was klingt das für euch?«

»Nach einem Überläufer«, sagte Gregor.

»Ganz genau! Nehmen wir mal an, Schwarzinger wollte sein Indien-Know-how an die Pakistani verkaufen. Als enger Freund der Regierungspartei kann er an weiß Gott welche Informationen gelangt sein.«

»Ein indischer Landsmann würde ihn aufhalten.«

»Nur den Kerl?«, hakte Brülling nach. »Seien wir mal pragmatisch: Seit ihrer Trennung in den 40ern liegen Indien und Pakistan miteinander im Clinch. Und am meisten nerven diese sich latent bedroht fühlenden Islamisten, die sich in der FATA formieren und von dort aus Afghanistan, Kaschmir und Indien terrorisieren. Was immer Schwarzinger ausgeheckt hat – kein mit Krisen aufgewachsener Inder würde glauben, das wäre alles allein auf seinem Mist gewachsen. Der schnuppert direkt eine Verschwörung.«

»FATA?«, fragte ich.

»Die Federally Administered Tribal Areas, kurz FATA, sind ein von der pakistanischen Regierung verwaltetes Areal an der Grenze zu Afghanistan. Hier regieren nicht das Parlament, sondern die Stammesältesten. Mehr noch: Kein vom Parlament beschlossenes Gesetz darf dort Anwendung finden. Es sei denn, der Präsident ordnet es an. Und das passiert nicht. Die FATA ist das Rückzugsgebiet der afghanischen und pakistanischen Taliban sowie der Al-Qaida. Hierhin haben Obamas Drohnen geschossen.«

Ich nickte. »Und Sie? Glauben Sie auch an eine Verschwörung?«

»Es ist egal, was ich glaube. Es interessiert auch nicht, weil ich bezweifle, dass wir das jemals erfahren werden. Doch wenn ich als Auswärtiger befürchten muss, dass Indien Wind von Schwarzingers Feldzug bekommen hat, würde ich mich sputen, damit die deutsch-indische Beziehung keinen weiteren Schaden nimmt.«

»Sie glauben also, Leute vom Ministerium haben Schwarzinger auf dem Gewissen?«

»Nein. Ich sehe die Täter nach wie vor in den Reihen der BJP. Wie dieser Ali. Allein deren anti-islamische Haltung ist Motiv genug für mich, dass sie einen verräterischen Freund der Muslime wie Schwarzinger beiseiteräumen wollen. Vielmehr stört mich die Art und Weise, wie es mit ihm zu Ende ging. Ein Doppelselbstmord, noch dazu in seinem eigenen Büro im Landtagsgebäude. Ganz zu schweigen von dem Abschiedsbrief, den das LKA der Presse nicht vorlesen will. Die Mörder wollten für Aufruhr sorgen, und zwar über die deutsche Grenze hinaus. Die wollten uns an den Pranger stellen.«

»Sie meinen, die Auswärtigen bemühen sich um Schadensbegrenzung«, sagte ich.

»Was immer auf dieser SIM-Karte gespeichert ist. Ich wette mit euch, dass es nicht nur die Täter belastet. Da haben Leute weggesehen. Und später die Spuren beseitigt.«

Die geduldige Bedienung mit einer mit Milchschaum befleckten Schürze trat an uns heran. »Das Café schließt gleich.«

Gregor stand als Erstes auf. Er zog den Reißverschluss seiner Jacke zu. »Ich fahre nach Düsseldorf und werde versuchen, mehr über diesen Massimo herauszufinden. Ich denke, es ist an der Zeit, mit ihm zu sprechen.«

»Hast du mal auf die Zeiger geguckt?«, fragte ich. »Die haben alle Feierabend.«

»Nicht das Krisenreaktionszentrum.«

»Glaubst du, sie werden mit einem Dahergelaufenen wir dir überhaupt reden?«, blaffte Brülling ihn an.

Gregor ignorierte ihn und wandte sich mir zu. »Ich werde meinen Schwiegervater anrufen.«

Brülling erhob sich energisch, wenn auch ungelenk. »Auf gar keinen Fall!«

»Er kennt den Leiter der dortigen Polizeipressestelle. Vielleicht kann er mir jemanden mit einer Dienstmarke zur Seite stellen.«

»Du glaubst doch nicht ernsthaft, dass er das tut!«

»Wenn er damit verhindern kann, dass seine Enkelin umgelegt wird? Ich denke schon!«

Brülling dachte kurz darüber nach. Schließlich machte Gregor Anstalten, zu gehen. »Warte«, sagte er. »Lass mich ihn anrufen.«

Gregor nickte, was mich überraschte. Nach allem, was passiert war, hätte ich nicht angenommen, dass er Brülling auch nur ansatzweise mitmischen ließ. Er legte mir einen Schlüssel in die Hand. »Geh zu mir nach Hause, schnapp dir den Laptop und zerstör die Festplatte. Es ist nichts drauf, was für das Ermittlungsverfahren relevant sein könnte. Aber ich weiß nicht, welche sonstigen E-Mails und Unterhaltungen sie finden könnten.«

Seine Reaktion erleichterte mich. Endlich vergaß er die Vorstellung, niemand könnte ihm etwas anhaben, und verstand, dass sich Ansmann und die beiden Polizisten nun um sich selbst kümmern mussten. Es war nur eine Frage der Zeit, bis einer von ihnen Gregors Namen preisgab, um mit einer milderen Strafe davonzukommen.

»Denkst du, sie werden deine Wohnung durchsuchen?«

»Das ist der übliche Ermittlungsweg«, sagte er leise und drückte meine Hand mit dem Schlüssel zu einer Faust zusammen. »Wirst du das für mich tun?«

Ich nickte. Dann zog er ab.

Ich folgte ihm bis hinter die Glastür. Der Regen hatte kaum nachgelassen. Die Tropfen waren weich und schlüpfrig und schienen sich in jede Faser meiner Klamotten zu bohren. Ich sah ihm eine Weile nach. Den Kragen seiner Jacke hatte er aufgestellt, ein paar gestutzte Locken ragten vorwitzig hervor. Er ging schnell, die Hände in den Taschen vergraben, doch nur, um Zigarette und Feuerzeug herauszuholen.

Brülling stellte sich an meine Seite. Sein Atem war angestrengt.

»Sie sind ein Arschloch«, sagte ich, ohne ihn anzusehen.

»Er hat es Ihnen nicht gesagt, oder?«

Ich sah ihn an. »Was meinen Sie?«

Er stellte seinen Gehstock vor sich auf und kreuzte beide Hände über dem Knauf. Fast sah es so aus, als würde er mir gleich seine Version eines Fred Astaire zeigen. Doch er war weit davon entfernt. »Man hat ihm einen Handel angeboten. Wenn er sich darauf einlässt, wird die Staatsanwaltschaft sämtliche Anklagepunkte gegen ihn und die Beamten fallen lassen.«

»Sie haben ihn also angelogen«, sagte ich. »Sie haben gesagt, die Staatsanwaltschaft kenne seinen Namen nicht.«

»Das tut sie auch nicht.«

»Ich kann Ihnen nicht ganz folgen.« Der Regen sammelte sich auf meinem Kragen und ich zog den Reißverschluss meiner Jacke hoch.

»Dieser Typ, dessen Handlanger Gregor in die Brust geschossen haben …«

»Minderhoud«, vervollständigte ich und spürte prompt eine Gänsehaut über meinen Rücken eilen.

»Der Mann wurde festgenommen. Nun bittet Europol Gregor zum Rapport.«

»Weshalb?«

»Sie wollen ihn als Kronzeugen«, sagte er.

»Woher wissen Sie das?«

»Sind Sie angesäuert, weil *Sie* nichts davon gewusst haben?«

Ich biss mir auf die Lippe. Er grinste mich an. Er wusste, dass er recht hatte.

»Wer hat ihm diesen Deal angeboten?«, bohrte ich weiter. »Doch nicht etwa Sie, oder?«

Sein Grinsen verschwand. »Glauben Sie wirklich, ich würde diese Leute ins offene Messer laufen lassen? Ich kenne jeden dieser Angeklagten, und zwar persönlich. Ich wusste, dass dieses Kartenhaus aus Lügen und Gefälligkeiten irgendwann zusammenfallen würde. Es war nur eine Frage der Zeit. Vergessen Sie nicht, was ich Ihnen gesagt habe. Dieses Strafverfahren gegen Polizeibeamte könnte zu einer mittelschweren Katastrophe heranwachsen. Abgeschlossene Verfahren könnten neu aufgerollt, Täter wegen begangener Formfehler wieder freigelassen werden. Dann kommen die Rachefeldzüge. Die Nachwehen sind unabsehbar. Niemand will das, selbst der Staatsanwalt hat kein Interesse an dem Verfahren. Aber er kann es nicht ungeschehen machen.«

»Sie wussten, dass er jede Chance, dieses Verfahren nicht einleiten zu müssen, mit Kusshand ergreifen würde.«

»Diese Minderhoud-Geschichte kam mir zum richtigen Zeitpunkt zugeflogen. Es war reiner Zufall. Ich war bei einer alten Kollegin eingeladen. Sie erzählte mir von den Fortschritten in ihrem Wirtschaftskriminalfall gegen das Lütgen-Casino.« Er rümpfte die Nase. »Polizisten können so schwatzhaft sein, wenn sie sich selbst lobpreisen.« Er sah auf meine Füße. »Und dann kommen Sie und erzählen mir von der Bewegung in Bochum. Es passte einfach zusammen.«

»Sie haben mich ausgenutzt!«

»Sie hätten kaum verhindern können, was gerade im Gang ist! Ich biete ihm zumindest die Gelegenheit, es aufzuhalten. Er braucht nur seine Aussage zu machen und der Spuk hat ein Ende.«

Meine Güte, hörte er sich überhaupt zu? »Sie haben recht«, sagte ich. »Sie können so schwatzhaft sein, wenn Sie sich selbst lobpreisen.«

Das saß.

»Wenn Sie mich entschuldigen würden. Ich habe noch etwas zu erledigen.« Er stellte seinen Stock auf. Dann tat er einen Schritt vorwärts.

»Warten Sie! Wenn dieser Deal so bombensicher ist, warum geht Gregor dann nicht einfach darauf ein?«

Er drehte sich zu mir. »Ich gebe zu, die Kooperation mit den niederländischen Behörden war auch schon zu meiner Dienstzeit eher schwierig. Niemand kann vorhersagen, ob und wie großzügig die Strafmilderung für Gregor ausfallen würde. Und ich habe erfahren, dass, egal, was Gregor aussagt, er sich zwangsläufig selbst damit belasten wird.«

»Er hat also die Wahl zwischen Knast und Knast. Das haben Sie ja geschickt eingefädelt.«

»Sie haben es immer noch nicht kapiert, oder? Hier geht es nicht um ihn. Hier stehen ganze Existenzen auf dem Spiel. Und er muss endlich Verantwortung übernehmen für das, was er angerichtet hat.«

»Gregor ist auch eine Existenz.« Ich schnäuzte mich. »Sie richten über ihn.«

»Verlieren Sie das Ziel vor Augen nicht«, sagte er. »Ich will nur meine Nichte zurück.«

»Sie halten sich für etwas Besseres.« Ich spürte die Tränen in meinen Augen. »Glauben Sie, ich weiß nicht, was damals passiert ist? Sie haben Gregor blind in diese verdeckte Ermittlung geschickt und ihn versacken lassen. Julia hat es gesehen und randaliert. Und was haben Sie getan? Sie haben sie von dem Fall abgezogen!« Ich schüttelte den Kopf. »Sie tragen genauso viel Schuld an der Scheiße, die er gebaut hat. Sie haben ihn im Stich gelassen, als er in diesem ganzen Sumpf die Orientierung verlor. Also ersparen Sie mir gefälligst Ihr Gerede über Loyalität und Verantwortung.«

Sein Gesicht kam auf mich zu und ich roch den Kaffee, der noch auf seiner Zunge klebte. »Sie haben keine Ahnung, wovon Sie da reden! Oder hat er Ihnen jemals gesagt, was er sich während der VE alles hat zuschulden kommen lassen? Und ich meine damit nicht die Höhenflüge auf Crack oder die eingeschlagenen Fenster.« Er wartete ab, doch ich sagte nichts. »Seien Sie vorsichtig mit dem, was Sie behaupten. Denn nur mir hatte er es zu verdanken, dass er überhaupt seinen Job behielt. Dass er später ins MEK vorrückte. Selbst im Verfahren zu Ungunsten Tozdumans habe ich als sein damaliger Vorgesetzter ein gutes Wort für ihn eingelegt.« Er zeigte auf sich selbst. »*Ich* habe ihn nicht in den Knast getrieben.«

»Nein«, sagte ich. »Noch nicht.«

Er wandte sich ab und ging.

»Wer ist diese Kollegin, die Sie eingeladen hat?«, rief ich ihm hinterher. Er reagierte nicht darauf. »Und das Beweismaterial? Wo haben Sie es hergenommen?«

Er winkte. »Auf Wiedersehen, Frau Roloff!«

Die Regentropfen rannen meine geballten Fäuste hinunter und ich schlang die Arme um meinen Oberkörper. Die Wut brannte in meinen Augen. Ich war wütend auf Brülling, wütend auf Gregor, aber allem voran war ich wütend auf mich selbst.

Zugegebenermaßen hatte Brülling recht. Gregor war für die derzeitige Situation nicht nur mitverantwortlich. Er war die treibende Kraft gewesen. Es war seine verdammte Pflicht, sich ihr zu stellen und alles Nötige zu tun, um sie nicht eskalieren zu lassen. Um ›seine‹ Leute vom Schafott zu holen.

Allerdings konnte ich auch Gregors Standpunkt verstehen. Denn jeder, der an diesem Spiel teilgenommen hatte, wusste, worauf er sich einließ. Gregor hat ihnen strikte Anweisungen gegeben. Doch die wurden nicht eingehalten. Es wäre ungerecht, wenn Gregor nun für die Eigensinnigkeit der anderen den Kopf allein hinhalten musste.

Herrgott, ich konnte es selbst Ansmann nicht verübeln, wenn er Gregor an die Ermittlungsführer verriet, um eine mildere Strafe zu erhalten. Einst zogen alle an einem Strang. Doch nun musste jeder seine eigene Haut retten.

Und ich stand mittendrin und verstand nicht mehr, was recht und unrecht war.

Brülling hatte mir nicht umsonst so ausschweifend davon erzählt. Er benutzte mich. Er erwartete, dass ich zu Gregor ging und ihn dazu überredete, seine Aussage zu machen. Er wollte mir ins Gewissen reden. Und ich hatte das Gefühl, er hatte mich fast so weit.

19.

Ich betrat Gregors Wohnung und es überraschte mich kaum, dass sie sich in exakt demselben Zustand befand, wie wir sie verlassen hatten. Hebelordner lagen auf dem Boden verteilt, Papiere waren aus den aufgesprungenen, verbogenen Halterungen gerissen und fächerartig über den Teppich verteilt. Stifte sowie anderer bunter Kleinkram besprenkelten das Chaos bis in die hinterste Ecke des linksseitigen Zimmers. Alles machte den Anschein, als hätte hier unlängst ein Durchsuchungstrupp seine Arbeit beendet – mit der Ausnahme, dass die Polizei mit den Sachen wesentlich freundlicher umgegangen wäre als der tatsächliche Eigentümer.

Ich kniete mich vor das nächstbeste Papiersammelsurium und räumte es zusammen, indem ich es mehr sporadisch denn akkurat zu einem Stapel verarbeitete. Das Gleiche tat ich einige Zentimeter weiter östlich und übersah dabei geflissentlich die Betreffzeilen der behördlichen Dokumente. Ich wollte nichts darüber wissen. Weder gingen mich seine Sozialversicherungsnachweise noch die Inhalte irgendwelcher Arbeits- oder Sozialamtsbescheide an. Ich wusste ohnehin schon zu viel.

Ich setzte mich auf und befand mich auf Augenhöhe mit dem Tastatureinschub des Schreibtischs, auf welchem ich Gregors Laptop entdeckte. Es war ein gutes Gerät, sicher keine fünf Jahre alt. Eigentlich war es eine Schande, das Ding in seine Einzelteile zu zerlegen. Sofern ich überhaupt dazu in der Lage war.

Ich griff mir den Rechner mit beiden Händen und trug ihn wie ein rohes Ei vor mir her. Ich setzte mich auf die

Matratze und ließ die Handflächen über den silberfarbenen Bildschirmdeckel gleiten.

Meine Fingerkuppen saugten sich an dem Metall fest.

Meine Fingerabdrücke. Was zur Hölle tat ich da eigentlich?

Ich beugte mich zu meinem Rucksack hinüber, öffnete den Reißverschluss und suchte nach meinem Schlüssel. Dann fiel mir ein, dass ich den Schlüssel mitsamt Wagen bei Viktor gelassen hatte. Daher holte ich mein Handy heraus. Der Akku war fast leer.

»Privjet, ch-hier ist Viktor.« Es klang wie eine alte Leier.

»Wieso gehst du an mein Telefon?«, fuhr ich ihn an.

»Entschuldigung.«

»Nicht auflegen! Du musst herkommen, sofort. Du musst etwas abholen.« Ich gab ihm die Adresse. »Nimm den Scirocco. Und bitte beeil dich.« Er gab keine Widerworte. Dann rief ich Ansmann an.

»Frau Roloff«, stellte er fest.

»Minderhouds Leute werden ihn umbringen«, überfuhr ich ihn sofort.

Er seufzte. »Wahrscheinlich.«

»Sie haben es schon einmal probiert. Und Sie werden es wieder tun, wenn er versucht, den Mund aufzumachen. Die belastende Aussage ist nur das kleinere Übel.«

Ansmann schwieg, was die Angelegenheit nicht besser aussehen ließ. Im Gegenteil. Es war irritierend. Er hätte mir widersprechen können, um mich ruhigzustellen. Doch er tat nichts dergleichen.

»Wer ist mit diesem Deal um die Ecke gekommen?«, fragte ich.

»Sie sollten sich da nicht einmischen.«

»*Sie* haben mich gebeten, ein Auge auf ihn zu werfen, damit er keine Dummheiten macht.«

»Was nicht mehr von Bedeutung ist«, sagte er. »Der Staatsanwalt hat sich der Sache bereits angenommen.«

Ich hörte die Bitterkeit in seiner Stimme und zögerte. »Da ist etwas, was Sie wissen sollten. Brülling war es, der dem Staatsanwalt die Beweise zugespielt hat.«

Ich hörte es rumpeln und nahm an, dass er auf etwas Hölzernes einprügelte. Er fluchte. Es war kaum zu verstehen. »Von wem haben Sie diese Information?«

»Von ihm selbst. Er war es auch, der mir die fixe Idee mit dem Deal gesteckt hat.«

»Er erzählt *Ihnen* davon?« Mittlerweile brüllte er.

»Er will genauso wie Sie, dass die internen Ermittlungen schnellstmöglich wieder eingestellt werden. Was Gregor anbelangt, so gibt es für ihn keinen Diskussionsspielraum. Er *erwartet*, dass er in diesem Handel einlenkt. Anderenfalls wird er ihn genauso vor den Kader ziehen.«

»Und warum hat der Hurensohn diesen Brand überhaupt erst gelegt?«

»Es ging ihm ausschließlich um Sie«, sagte ich. »Er wollte Sie auf Eis legen.«

»Jetzt ist das Ganze auch noch *meine* Schuld!«, polterte er. Er war mächtig angepisst.

»Hören Sie schon auf, sich selbst zu bemitleiden! Sie wussten, auf was Sie sich da einlassen! Und dieser Brandherd wäre auch ohne Brüllings Zutun irgendwann in Flammen aufgegangen. Zumindest bietet der Hurensohn eine Chance, dass Sie alle heil aus der Sache herauskommen.«

Gott, ich klang schon wie er.

»Mischen Sie sich nicht in Sachen ein, von denen Sie keine Ahnung haben! Einen Scheiß wissen Sie. Und vor allem: Hören Sie auf, diese rechtschaffene Tour bei mir abzuziehen. So läuft das nicht. Es sei denn, Sie haben vor, mir Pankowiaks Arsch herzuschaffen!«

»Sie werden Pankowiaks Arsch noch früh genug bekommen. Aber zuerst lassen Sie ihn diese Sache aufklären.«

Allmählich beruhigte er sich wieder. »Wie kommen Sie voran?«

Im Geiste ließ ich den Fall noch einmal Revue passieren. Dabei fiel mir auf, dass Ansmann weder über Ali Bescheid wusste, noch darüber, dass Arthurs Tochter inoffiziell als verschwunden galt. Von dem Zusammenhang zu dem Doppelselbstmord in Düsseldorf mal ganz abgesehen. »Gut«, sagte ich daher nur. »Aber ich brauche Ihre Hilfe. Brülling erwähnte eine alte Kollegin, die ihn über die Fortschritte in dem Fall Lütgen-Casino aufgeklärt hat. Haben Sie eine Ahnung, wen er damit meinte?«

»Habe ich Ihnen nicht gerade gesagt, Sie sollen sich aus der Sache raushalten?«

»Möchten Sie, dass ich Ihnen helfe oder nicht?«

»Machen Sie Witze? Sie sind eine wandelnde Katastrophe!«

»Kommen Sie schon, Ansmann«, sagte ich. »Sie wissen genauso gut wie ich, dass Gregor nicht auf diesen Deal eingehen wird. Wenn man mich vor die Wahl stellen würde, für ein paar Jahre hinter Gitter zu gehen oder mich auf der Straße abknallen zu lassen, würde ich mich für Ersteres entscheiden. Brülling hatte dieses Problem überhaupt nicht auf der Uhr. Für ihn stand nur zur Debatte, *wie bald* Gregor aussagen würde. Von dem, was wir beide gesehen haben, hat er keine Ahnung. Und wenn wir nicht irgendwas tun, werden Sie alle, einschließlich Gregor, noch hinter Gittern landen.«

»Also gut. Ich bin ganz Ohr.« Ich hörte, dass er es nicht ernst meinte. »Was haben Sie vor?«

»Ich muss mit Brüllings Kontaktperson reden. An dem Deal muss noch irgendetwas zu drehen sein.«

»Haben Sie noch alle Kekse in der Dose?«, polterte er gleich los. »Sie wollen doch nicht ernsthaft mit *ihr* darüber sprechen! Wenn sie Sie sieht, wird sie Sie sofort hochkant rausschmeißen. Aber nur, wenn Sie Glück haben. Wahrscheinlicher ist, dass sie Sie gleich dabehält; in der U-Haftzelle.«

»Warum sagen Sie das?«

Fast klang es so, als lachte er. »Sie reden mit dem Falschen.«

»Und mit wem soll ich stattdessen reden? Wer in Bochum ist für die Ermittlungen gegen das Lütgen-Casino zuständig?«

»Niemand.« Er seufzte. Offenbar hatte er den Widerstand aufgegeben. »Bochum ist aus der Sache schon lange raus. Während Sie weg waren, hat sich das LKA die Klamotten höchstpersönlich abgeholt, um Europol bei der Fahndung im Fall Minderhoud zu unterstützen. Seitdem werden die Akten zum Geldwäscheverfahren gegen das Casino von Dortmund aus verwaltet. Meines Wissens wurde das Team auf zwei oder drei Leute dezimiert, die nichts anderes tun, als Bechertelefon fürs LKA und Europol zu spielen.«

»Dortmund«, wiederholte ich.

»Brülling hat mit Britta gesprochen«, gab er schließlich zu. »Sie leitet das Team.«

»Britta Schalkowski?« Ich bekam Schweißausbrüche.

»Aber ich warne Sie! Treten Sie ihr bloß nicht unter die Augen! Seit Ihrem Geplänkel mit ihrem Angebeteten hat die einen Riesenhals auf Sie.«

Brüllings Anmerkung, dass die Frau zu Schwatzhaftigkeit neigte, schien sich zu bewahrheiten. »Keine Sorge. Ich werde einen weiten Bogen um Sie machen.« Ich räusperte mich. »Danke.«

»Egal, was zwischen Ihnen gelaufen ist. Versuchen Sie es bitte nicht auf die Brechstangenmethode. Die Sache ist extrem vertraulich. Ein falsches Wort reicht, und Sie bringen nicht nur uns, sondern auch ihn ins Visier der Inneren.« Er zögerte. »Und noch was. Sagen Sie ihm nicht, dass Sie die Info von mir haben.«

Ich legte auf und das beklemmende Gefühl, das ich während meiner Unterredung mit Brülling gespürt hatte, kehrte zurück. Mutete ich mir womöglich doch zu viel zu? Hielt ich wirklich so große Stücke auf mich, dass ich meinte, es mit der Staatsanwaltschaft und der Polizei aufnehmen zu können? Warum mischte ich mich überhaupt ein? Hat mich denn irgendjemand darum gebeten?

›Verlieren Sie das Ziel vor Augen nicht‹, erinnerte ich mich daran, was Brülling zu mir gesagt hatte. Und das Ziel war, das belastende Beweismaterial zu finden, es zu überstellen und Martha in Sicherheit zu bringen. Und wenn alles nach Plan lief, würden bald alle wieder auf freiem Fuß sein und auf Verbrecherjagd gehen. So wie immer.

Doch es lief nicht nach Plan.

Brüllings Masche funzte nicht.

Und ich schien im Moment die Einzige zu sein, die das ganze Brimborium überblickte.

Hinzu kam, dass mich der Gedanke, Gregor zukünftig nur noch hinter Gittern zu sehen, völlig krankmachte. Ich wusste nicht, ob das, was da zwischen uns war, für irgendetwas taugte. Ich wusste noch nicht einmal, ob da *überhaupt* irgendetwas zwischen uns war. Doch ich wusste, dass ich zumindest die Möglichkeit haben wollte, es herauszufinden.

Und das ging nur, wenn er bei mir blieb.

Vielleicht war ich egoistisch. Vielleicht dachte ich nicht mehr rational. Trotzdem schickte ich eine SMS an Alexander Schalkowski und hoffte, dass sämtliche Alarmglocken bei ihm angingen und ihm gar keine andere Wahl blieb, als sich schnell und ohne Widerworte mit mir im ›Bumskopp‹ zu treffen.

Ich wartete vor der Kneipe, um Viktor in Empfang zu nehmen. Aus dem Abend war mittlerweile Nacht geworden. Im kaltweißen Laternenlicht stand ich weit sichtbar wie eine Bordsteinschwalbe. Ich machte die Scheinwerfer des Scirocco bereits aus der Entfernung aus; zwei weißgelb leuchtende Lego-Bausteine. Viktor quälte den Wagen durch die enge Gasse, die beidseitig mit Autos zugestellt war. Als er den Motor abstellte, riss ich die Tür auf und warf ihm Gregors Laptop auf den Beifahrersitz

»Lass das Gerät verschwinden.«

»Auf dem Schwarzmarkt?«

»Nein. Es muss sofort verschwinden. Verstecke es irgendwo, aber nicht bei mir zuhause oder in der Detektei. Das wären die nächsten Adressen, an denen sie suchen würden.«

»Wer?«

»Die Polizei.«

Trotz des mäßigen Lichteinfalls merkte ich, dass er aschfahl wurde.

»Die würden nie auf den Trichter kommen, dass wir miteinander zu tun haben«, beschwichtigte ich.

»Babuschka, ich-ch bin ein Coder, ein Ch-hacker! Jeden Computer, der verschwindet, suchen die Bullen erst bei mir!«

»Nicht ohne Durchsuchungsbefehl.«

»Ich-ch bin auf Bewährung!«

»Du bist Steuerberater! Ein redlicher Bürger mit einem Job! Und den willst du doch auch behalten, oder?« Ich knallte die Tür zu. Ich hatte keine Zweifel, dass er sich Mühe geben würde, das Gerät verschwinden zu lassen, als habe es der Erdboden verschluckt.

Ich hatte Tränen in den Augen, als ich versuchte, durch einen Schleier aus Zigarettenqualm das flackernde Fernsehbild zu sehen. Schalkowski war spät, zu spät, und ich bestellte ein zweites Glas Whisky-Cola. Gregor hatte mich auf den Geschmack gebracht.

Ich sah auf die Uhr. 15 nach. Schalke war nie unpünktlich. Im Gegenteil, üblicherweise war er immer vor mir da. Ich entsperrte mein Handy. Keine Antwort. Weder eine SMS noch ein Anruf noch sonst irgendetwas. Der Mistkerl hatte mich einfach sitzen lassen.

Er konnte nicht wissen, worum ich ihn bitten wollte. Meine Nachricht war kurz, aber sie klang eindeutig nach Notfall. Er hätte kommen müssen. Er hätte sich Sorgen machen müssen. Doch stattdessen saß ich hier, allein, und kippte mir den zweiten Whisky hinter die Binde. Noch ein Glas. Dann würde ich ihn anrufen. Ich nahm einen vollen Schluck. Da stand er auch schon neben mir. Er lächelte. Aber er brachte die Kälte von draußen mit an die Bar.

»Danke, dass du gekommen bist.«

Er setzte sich neben mich, ohne die Jacke auszuziehen. Er sah auf mein Glas und bestellte eine Cola.

»Du bist du noch im Dienst?«, fragte ich.

»Du hast eine Fahne.« Sein Lächeln war mittlerweile verschwunden.

»Ich habe meine Gründe.«

Er sah dem Wirt dabei zu, wie er Eiswürfel in das Glas warf. »In Ordnung, Esther. Was zum Teufel ist so unheimlich wichtig?« Seine Frisur war vom Regen ruiniert. Er war blass, ein leichter Bartschatten bildete sich bereits heraus und seine vollen Lippen wirkten fast blutleer. Trotzdem sah er unheimlich gut aus.

»Nicht alle Leute da draußen möchten Pankowiak im Knast sehen.«

»Das mag sein. Ich gehöre nicht zu denen.«

»Warum kannst du ihn nicht leiden?«

»Das ist keine Frage von Sympathie, Esther.«

»Doch, das ist es. Denn würdest du versuchen, ihn zu verstehen, würdest du ihm noch eine Chance geben.«

»Bin ich deswegen hergekommen? Dass du mich bitten kannst, mich mit ihm anzufreunden?«

»Nein«, sagte ich und trank mein Glas leer. Ich bestellte kein neues. »Ich möchte mit dir über Guido Brülling sprechen.«

»Wer ist das?«

Ich sah ihn an. Er starrte stoisch zurück. Er meinte das wirklich ernst.

Es nützte nichts, um den heißen Brei herumzureden.

»Pankowiak wird nicht aussagen, solange Minderhouds Leute ihre Kanonen auf ihn richten.«

Seine blasse Haut rötete sich. Ohne hinzusehen, nahm er das Glas und umklammerte es.

»Was macht dich da so sicher?«

»Du hast ihn gesehen. Im Krankenhaus, mit all den Schläuchen, die aus ihm kamen. Sie haben schon einmal versucht, ihn zum Schweigen zu bringen. Und sie werden es wieder tun.« Ein Kloß bildete sich in meinem Hals. »Minderhouds Tentakel reichen weit. Auch über die Mauern des Staatsgefängnisses.«

»Es gibt Mittel gegen Typen wie ihn.«

»Was meinst du damit?«

Er nahm einen Schluck und schürzte die Lippen. »Warum bin ich hergekommen, Esther?«

»Ich möchte, dass du mit Britta sprichst.«

»Wozu?«

»Es muss einen Weg geben, an die Informationen zu gelangen, ohne dass er in den Zeugenstand muss. Ohne dass er dafür verurteilt wird.« Tränen schossen mir in die Augen.

Fassungslos schüttelte er den Kopf. »Ihr macht mich wahnsinnig. Alle beide.« Er stand auf. »Fahr heim. Es wird spät.«

»Du schickst mich weg?«

»Nein. Ich gehe.«

»Aber es regnet draußen.«

Er blitzte mich an. »Halte mich nicht für dumm, Esther. Und halte mir nie wieder vor, ich würde ihn nicht verstehen. Denn *du* bist diejenige, die keine Ahnung hat.«

»Dann erkläre es mir bitte.«

»Das kann ich nicht.«

»Du willst es nicht!«, hielt ich ihm vor.

»Verdammt noch mal, Esther! Es geht nicht darum, was ich *will*. Es gibt Gesetze und Regeln in diesem Land. Und ihr beide tätet gut daran, euch nur dieses eine Mal an die Regeln zu halten.«

»Wirf mich nicht mit ihm in einen Topf.«

»*Du* hast mich hierher bestellt.«

»Ich wollte dich nur um einen Gefallen bitten.«

Er schüttelte den Kopf. »Das, worum du mich bitten willst, ist ein Hirngespinst. Es existiert nicht.«

»Was meinst du damit?«

»Von wem hast du deine Informationen?«

Da war es wieder, das alte Spiel, das wir beide miteinander trieben. Jeder wusste etwas. Keiner wusste alles. Und niemand wollte seinen Teil der Informationen preisgeben, ehe er nicht den anderen Teil der Geschichte gehört hatte. Ich wusste, wir würden auf der Stelle treten.

»Pankowiak hat dumme Dinge getan. Dinge, die ihn jetzt einholen. Kommt es zur Anklage, werden die Köpfe dreier Polizisten rollen.« Ich inspizierte seine Mimik, doch sein Gesicht blieb völlig ausdruckslos. Er wusste es. Er muss es gewusst haben. All sein Geschwafel und seine Warnungen, ich solle Gregor nicht zu nah an mich heranlassen. Es würde ansonsten keinen Sinn ergeben. »Ansmann ist einer von ihnen.«

Seine Wimpern zuckten, doch er sagte nichts. Dieser Kerl ließ sich einfach nicht in die Karten schauen.

»Britta hat ein Übereinkommen in der Schublade. Legt sie es dem Staatsanwalt vor, wird das Verfahren eingestellt. Voraussetzung ist …«

»Ich weiß«, unterbrach er mich endlich.

»Er wird diese Aussage nicht machen! Nicht, solange Minderhouds Konsorten hinter dem Korn auf ihn warten.«

»Nein, Esther. Das ist es nicht.«

Sein Blick erforschte mich. Er schien nach der ultimativen Lösung zu suchen, nicht den Mund aufmachen zu müssen. Schließlich hob er die Hand und begann, sich selbst zu dirigieren. »Glaub nicht, dass ich nicht alles versucht hätte. Drei Wochen lang habe ich deinem Freund den Arsch hinterhergetragen. Ich habe mir seine Befindlichkeiten angehört, seine Mätzchen über mich ergehen lassen und ihm den Hof gemacht. Alles nur, um die Scheißaussage aus ihm herauszubekommen. Ich habe meine Kompetenzen überschritten. Und mehr als einmal hatte ich die Faxen dicke. Aber es gibt keinen besseren Zeugen. Alle besseren sind tot.« Er griff nach meinem Glas, von dem ich nicht gewusst habe, dass der Wirt es mittlerweile aufgefüllt hatte, und kippte sich das Whisky-

Gemisch den Hals hinunter. Er zog die Brauen zusammen.

»Ich hatte ihn so weit. Alle Vorkehrungen waren getroffen. Er hätte lediglich seine Aussage machen müssen. Danach hätte er für eine sehr lange Zeit verschwinden können, mit einem sauberen Register und einem Täschchen voller Startgeld.« Er machte eine wegwerfende Handbewegung. »Aber dann musstest du unbedingt wieder auftauchen!«

In meinen Ohren begann es zu rauschen. »Du willst es mir in die Schuhe schieben?«

»Du bist eine Gefahr für alle. Für dich selbst, für ihn. Scheiße, Esther. Selbst in diesem Augenblick riskiere ich Kopf und Kragen, weil ich überhaupt mit dir rede!« Seine Hände wirbelten herum. »Du redest mit den Leuten, du lullst sie ein und du bringst sie dazu, Dinge zu sagen oder zu tun, die sie besser lassen würden.« Er seufzte.

»Warum ist er nicht einfach abgehauen?«, fragte ich.

»Er hätte dich zurücklassen müssen. Und für Minderhouds Leute wärst du zur leichten Beute geworden. Ein idealer Köder, um ihn in die Knie zu zwingen. Das Risiko konnte und wollte er nicht eingehen.«

Ich sprang auf die Füße. »Ich werde mit ihm reden.«

»Das ist nicht nötig.« Er hielt mich am Arm fest. »Ich habe einen Anruf bekommen. Vor keiner Stunde. Er ist aus dem Zeugenschutzprogramm ausgestiegen.«

»Dann mach es rückgängig!«

»Das kann ich nicht.« Er ließ mich los. »Er hat sich ans LKA gewandt. Die Sache ist tot. Das Programm ist geplatzt.«

20.

Der Regen fiel schwer und laut. Meine Klamotten, einschließlich meiner Socken und Unterwäsche, waren völlig durchnässt. Ich spürte die Kälte nicht; alles an mir fühlte sich taub und künstlich an. Trotzdem zitterte ich am ganzen Leib. Das Haar klebte wie totes Fell auf meiner Haut.

Die Passanten um mich herum registrierte ich gar nicht.

Ich ging und ging, wusste nicht, wohin ich überhaupt wollte. Ich war buchstäblich neben der Spur, wollte weder sitzen noch herumstehen. Also ging ich.

Es goss wie aus Eimern.

Auf halbem Weg zu Gregors Wohnung murrte das Handy in meiner Tasche und ich zog mich unter das Dach eines Schmuckgeschäftes zurück. Es war kein Anruf, sondern lediglich eine Kurzmitteilung. Ich las sie mit zittrigen Händen. Gregor war auf dem Weg zurück. Ich wählte ›Antworten‹ aus dem Menü, tat jedoch nichts anderes, als den blinkenden Cursor auf meinem Display zu beobachten. Ich schloss die leere Nachricht und las seine noch einmal. Vier Worte. Keine versteckte Botschaft. Was hätte ich ihm schon antworten können?

Ich wusste nicht, wie lange ich noch unter der Markise gestanden hatte. Aber die Zeit reichte offenbar aus, um sich des Öfteren nach mir umzudrehen. Mehr noch: Die Dahergelaufenen schienen nach einem Becher oder einer Mütze zu suchen, in welche sie ihr Almosen hineinwerfen konnten. Ich musste einen wirklich erbärmlichen Anblick abgegeben haben.

Als ich die Wohnung erreichte, war ich völlig durchnässt. Seit Längerem schon war der Regen nur so von mir abgeprallt, da die Fasern meiner Klamotten nicht in der Lage waren, noch mehr Wasser aufzunehmen. Meine Füße standen in Pfützen, jeder Schritt quatschte und trieb das kalte Regenwasser zwischen meine Zehen. Ich fühlte mich dick und schwer und um Jahre gealtert.

Ich drehte den Schlüssel im Schloss und ließ Schuhe und Socken gleich auf der Fußmatte stehen. Barfuß watschelte ich in den Flur, knipste das Licht an und blickte mit meinen Detektivaugen in sämtliche Winkel. Erst dann entledigte ich mich allem, was ich nicht hätte abrasieren können, und trabte triefend und zähneklappernd in das kleine Badezimmer. Die alte Wäsche quoll aus der Waschmaschine. Es roch nach Rasierschaum. Ich beugte mich über die Badewanne und ließ heißes Wasser ein. Dann setzte ich mich geduldig auf den Klodeckel und wartete.

Es war lediglich eine Frage der Zeit, bis Brülling erfuhr, dass der Deal geplatzt war. Dass sein wasserdichter Plan ein Leck hatte. Und dass Pankowiak, Ansmann und zwei weitere Polizisten wegen diverser Delikte angeklagt werden würden.

Gregor hatte den Kuhhandel meinetwegen ausgeschlagen.

Ich fühlte überhaupt nichts. Ich horchte in mich hinein, doch weder war ich wütend, traurig oder gar geschmeichelt. Es war, als wäre irgendwo in meiner Birne eine Sicherung durchgebrannt und alle Systeme hätten sich abgeschaltet.

Vielleicht hatte ich mir eine Erkältung eingefangen.

Ich drückte eine halbe Tube Duschgel in das Wasser. Das Zeug reagierte sofort. Berge von weißem, großblasigem, nach Davidoff riechendem Schaum türmten sich vor mir auf und ich steckte die Arme bis zu den Ellenbogen in die Brühe. Plötzlich hörte ich einen Schlüssel, der sich im Schloss drehte, und ich stand kerzengerade vor der Wanne. Stiefel scharrten über den Fußboden. Dann hörte ich die Plastikarretierung des Kinngurtes, die gegen die Beschichtung schlug, als er den Helm vom Kopf nahm. Ich zog ein Badetuch vom Stapel und wickelte mich akribisch darin ein. Anschließend schlüpfte ich durch die Tür. Gregor war im Flur stehen geblieben. Der Regen triefte von seinen Haarspitzen, die sich gekringelt und zu dicken Strähnen zusammengedreht hatten. Seine dunkelblaue Jeans erschien schwarz. Selbst aus der Entfernung sah ich die Gänsehaut auf seinem Hals und seinen Armen. Er starrte auf das Handtuch. Ich zitterte.

»Es hat geregnet«, sagte ich.

»Ich weiß.«

Mühsam streifte er sich die Jacke vom Körper und ließ sie neben meiner Wäsche auf den Boden fallen. Das Poloshirt darunter war kaum weniger durchnässt. Seine harten Brustwarzen zeichneten sich unter dem klebrigen Stoff ab. Ich spürte, dass ich errötete und flüchtete ins Bad. Die Tür ließ ich angelehnt. Langsam tauchte ich unter die Schaumdecke ins Wasser, während Gregor vor der Tür auf und ab lief.

»Es gibt keinen Massimo in dem Gebäude. Keinen einzigen.«

Ich hörte ihm gar nicht richtig zu. Zu deutlich hingen mir Schalkes Worte noch in den Ohren.

»Die Durchwahl auf dem Zettel gehört seit sieben Jahren zu ein und derselben Person. Einer Frau.«

Ich konnte es nicht fassen, dass Gregor einfach weiter sein Programm abspulte.

»Außerdem verwenden die keine Anrufbeantworter.«

Ich hörte, wie er sich an die Tür heranschlich.

»Hörst du mir überhaupt zu?«

»Ja.« Meine Stimme klang dünn.

Ich sah seine Nasenspitze hinter der Tür hervorlugen. »Ist alles in Ordnung?«

Meine Augen füllten sich mit Tränen und meine Lippen begannen zu zittern. Ich wischte über mein Gesicht und der Schaum brannte in meinen Augen.

»Darf ich reinkommen?«

Ich teilte mich mit zwei Konsonanten mit, woraufhin er hineinschlich und sich auf den Klodeckel setzte. Seine durchnässten Klamotten hatte er durch Boxershorts und ein T-Shirt ersetzt, doch seine Haare waren immer noch klatschnass. Er sah mir ins Gesicht.

»Der Schaum brennt in meinen Augen«, sagte ich schnell.

An seiner Reaktion merkte ich, dass er mir nicht glaubte. Sein Blick schwenkte zum Fußboden. Er überkreuzte die Arme. Eine Gänsepelle überzog deutlich sichtbar seine Haut und seine Knie zitterten.

»Du wirst krank«, sagte ich.

Mit den Füßen stieß ich mich ab. Dann zog ich die Beine an. Gregor stand auf, beugte sich über mich und tauchte seine Hand ins Wasser. Sie berührte mich nicht. Ich ermunterte ihn mit einem Nicken. Dann stieg er in die Wanne. Das Wasser schwappte über den Rand. Ich spürte seine Füße in meinem Rücken. Ich schlug die Beine über seine Knie und meine Zehen wickelten sich in sein T-Shirt. Seine Boxershorts zeichneten sich dunkel durch den Schaum ab. Durch den Blasenberg konnte ich sein Gesicht kaum erkennen.

»AB Massimo muss irgendeine andere Bedeutung haben.«

»Interpretierst du nicht zu viel hinein?«

Seine Füße wanderten unter meine Pobacken. »Es wäre für typisch für Martha. Sie mochte es immer, Nachrichten zu verschlüsseln.«

Irrte ich mich oder redete er von ihr schon in der Vergangenheit?

»Die Nachricht muss nichts mit dem Fall zu tun haben.«

Er setzte sich auf und eine weitere Welle schwappte über den Rand und klatschte auf die Fliesen. Seine Hände rutschten über meine Knie die Oberschenkel hinunter. In meiner Lendengegend begann es zu kribbeln.

»Der Anschluss unter der Nummer führt direkt zu Schwarzingers Sekretärin.«

Seine Daumen glitten über meine Leisten und mein Herzschlag beschleunigte sich.

»Wenn der Zettel so bedeutend ist, warum versteckte sie ihn dann in Arthurs Sekretär?«

Mit geöffneten Lippen folgte sein Blick seinen Händen, obwohl ich mir sicher war, dass er durch den Schaum nicht hindurchsehen konnte.

»Nicht sie hat ihn dort versteckt. Arthur war es. Er wird ihn gelesen und zu seiner Sammlung genommen haben, ohne zu wissen, was er bedeutet.«

Er packte mich an den Hüften und zog mich zu sich. Das Wasser platschte aus der Wanne und ich sah über den Rand. Die Matte war durchtränkt, ein Wasserfilm überzog den Fußboden. Ich rutschte auf seinen Schoß hinunter. Seine Erektion war nicht zu ignorieren. Ein Stromschlag durchfuhr meinen Körper.

»Und was bedeutet er?«

»Ich habe keine Ahnung.«

Er richtete sich auf und küsste mich.

Der Kuss war so viel besser als der vorherige. Ich spürte seine Hände auf meinem Rücken und meinem Nacken, sein Herz schlug kräftig gegen meine Brust. Plötzlich löste er seine Arme und klammerte sich an den Wannenrand fest, um nicht abzurutschen. Ich zitterte und lächelte. Er lächelte zurück, doch sein Lächeln verschwand, als er bemerkte, dass ich weinte.

Was auch immer er daraufhin sagte, er sagte es nicht laut genug, um das Gepolter an der Wohnungstür zu übertönen.

»Polizei! Machen Sie auf!«

Mit den Daumen wischte er mir die Tränen aus dem Gesicht. Wir sahen einander an; der Augenblick schien ewig zu dauern. Schließlich stand er auf, zog sich das T-Shirt über den Kopf und warf es ins Waschbecken. Seine nackten Füße patschten auf der nassen Matte. Ich spürte meinen Herzschlag bis in die Fingerspitzen, doch ich hatte nicht das Gefühl, bei vollem Bewusstsein zu sein. Gregor schlang sich ein Handtuch um die Hüften und ging hinaus.

Ich hörte seine Schritte, wie sie sich von mir entfernten. Dann kehrten sie zurück. Er stellte meinen Rucksack auf den Klodeckel. »Du solltest dir besser etwas anziehen.«

Er drückte die Tür wieder zu.

Sofort stieg ich aus der Wanne. Dabei rutschte ich beinahe auf der Pfütze aus. Ich drückte mein Ohr gegen die Tür und horchte, wie er die Wohnungstür aufzog.

»Gregor Pankowiak?« Die Stimme war mir fremd. »Kriminalpolizei. Guten Abend. Wir müssen Sie bitten, mitzukommen.«

Ich schloss die Tür ab und das Schließsystem knackte.

Die Reaktion folgte prompt. »Wer ist dort drin?«

Die Klinke des Badezimmers bewegte sich nach unten und jemand begann, an der Tür zu rütteln. »Hallo?«

»Einen Moment!« Meine Arme und Knie schlotterten. Ich nahm ein Handtuch und griff in den Rucksack nach meinen Klamotten. Etwas Hartes stieß mit meinem Handrücken zusammen und ich ruderte zurück. Ich hatte völlig vergessen, dass die Knarre von diesem Vollhorst noch in meiner Tasche steckte. Sternchen begannen vor meinen Augen zu funkeln und mir wurde abwechselnd heiß und kalt. Ich griff mir die Waffe. Dann zog ich ein Handtuch vom Stapel, wickelte sie darin ein und legte sie wie ein rohes Ei in die Tasche zurück. Kaum hatte ich das Handtuch losgelassen, fiel mir plötzlich Gregors Handy in die Hände. Er musste es in einem ungesehenen Moment in meiner Tasche versteckt haben, um es der Polizei zu entziehen. Ich legte es zurück. Dann fischte ich ein paar frische Klamotten heraus und zog sie mir über. Meine Haare tropften noch, als ich die Klinke hinunterdrückte. Ein Polizist wartete bereits auf der anderen Seite der Tür auf mich.

»Ganz langsam! Die Hände zuerst!«

»Immer mit der Ruhe«, intervenierte Gregor.

Mit ausgestreckten Armen trat ich durch die Tür. Meine Finger zitterten. Der Polizist war ein junger Typ, irgendwo Mitte 20. Ich trug keinen BH und er starrte mir unverhohlen in meinen Ausschnitt. Seine Hand klammerte sich am Pistolenholster fest. »Wer sind Sie?«

»Sie ist eine Freundin«, sagte Gregor.

»Sie habe ich nicht gefragt!«

Nun schaltete sich der andere Polizist ein. Beschwichtigend hob er eine Hand. Seine Polizeimütze hatte er unter den Arm geklemmt. Er wandte sich an Gregor. »Wir haben eine Durchsuchungsanordnung für Ihre Wohnung. Ist Ihnen klar, was Ihnen vorgeworfen wird?«

Gregor nickte.

»Möchten Sie von Ihrem Anwesenheitsrecht Gebrauch machen?«

Er schüttelte den Kopf.

»Ziehen Sie sich bitte etwas über.«

Gregor machte einen Schritt rückwärts. Dann einen weiteren. Die Polizisten sahen ihm misstrauisch hinterher. Wir tauschten einen kurzen Blick. Ich spürte seine Nervosität. Schließlich ging er zu seinem Bett – mit der Folge, dass die Polizisten auf seinen Rücken starrten, als hätten sie dem Teufel persönlich ins Gesicht gesehen. Angewidert kehrten sie sich ab. Es tat mir weh, es mitanzusehen.

Während Gregor sich die nassen Shorts von den Beinen zog, sah ich in die andere Richtung. Der jüngere Bulle taxierte meine aufgerichteten Brustwarzen. Die Hand des älteren Polizisten massierte die Griffschale der Waffe in seinem Gürtelholster. Der Klettverschluss war gelöst. Gregor zog sich einen dunklen Kapuzenpullover über den Kopf und rückte die Kragenkordeln zurecht. Er ging dem älteren Polizisten entgegen, welcher ihn ohne Verzögerung und wortlos an die Wand schob. Routiniert hob Gregor die Arme, drückte seine Hände flach gegen die Steinwand und stellte seine Beine auseinander. Der Jüngere begann, ihn mit schwarzen Lederhandschuhen an den Händen von oben nach unten abzutasten, während sein Kollege die Situation mit der Hand an der Waffe sicherte und sie immer wieder zu mir herüber sahen.

Die Handschellen schlossen über seinem Kopf um das rechte Handgelenk. Dann drückte der Durchsuchende Gregors Arme hinunter und ließ die andere Fessel einrasten. Als Gregor mich ansah, brannten mir bereits die Tränen in den Augen. Er wandte sich an den Polizisten zu seiner Linken. »Lassen Sie mich bitte kurz mit ihr allein sprechen.«

Der Polizist nickte ihm zu und legte seine Hand auf die Waffe. Gregor tat ein paar Schritte zur Seite und ich ging zu ihm. Meine Beine zitterten.

Er roch nach dem Badeschaum.

»Du musst mit Guido sprechen«, flüsterte er. »Zeig ihm die Notiz. Ich weiß, dass ihr sie entschlüsseln werdet.« Seine Augen flehten mich an. »Ihr müsst sie finden.«

Ich wischte mir die Tränen aus dem Gesicht. »Ich traue ihm nicht.«

»Das musst du auch nicht.«

»Aber er ist ein Arschloch!«

»Nicht weniger als ich.« Seine Stimme klang heiser. Er drehte sich weg von mir. »Findet sie«, sagte er noch einmal. Dann ging er den Polizisten entgegen und ließ sich abführen.

Der Ältere trat mir in den Weg.

»Sie haben ihm seine Rechte nicht vorgelesen«, warf ich ihm vor. Ich konnte nicht glauben, dass ich das alles hier zuließ.

Er ging nicht darauf ein. »Wir bringen Ihren Freund ins Präsidium zur erkennungsdienstlichen Behandlung. Morgen früh wird er dem Haftrichter vorgeführt. Gegen elf Uhr können Sie sich erkundigen, sofern Sie nicht bis dahin schon etwas gehört haben.« Er sah mir über die Schulter. »Ist das Ihre Tasche?«

Ich nickte.

»Mein Kollege wird Ihre Personalien aufnehmen. Dann können Sie gehen.«

Ich blieb stehen. »Nach dem Gesetz sollte ein Vertreter der Hausdurchsuchung beiwohnen.«

Was zum Teufel redete ich da? Ich hatte eine gottverdammte Knarre in der Tasche. Ich sollte nirgendwo beiwohnen, sondern schleunigst verschwinden.

»Nach dem Gesetz«, atmete er aus, »ist es Nachtzeit. Wir durchsuchen heute gar nichts mehr.« Er streckte den Arm aus, legte seine Hand auf meinen Rucksack und schob mich durch den Raum bis vor die Tür. Seine Finger massierten die Tasche und das Blut schoss mir in die Wangen. Auf der Fußmatte stehend zog er die Tür hinter uns zu. Dann fischte er einen Siegelaufkleber aus einem Federmäppchen und klebte ihn längs über Türblatt und Zarge.

»Wann kann ich ihn besuchen?«

»Beantragen Sie bei beim Staatsanwalt einen Besuchersprechschein. Oder am besten gleich einen Dauersprechschein. Erst wenn Sie einen haben, können Sie sich von der JVA einen Termin geben lassen, Durchwahl 299. Besuchszeit ist montags bis freitags von acht bis halb drei. Mittwochs auch bis halb fünf.«

»Geht das nicht schneller?«

»Tun Sie Ihrem Freund einen Gefallen und treiben Sie ihm einen guten Anwalt auf. Den hat er im Moment eher nötig.«

21.

Brülling versprach, in der nächsten halben Stunde in den ›Bumskopp‹ zu kommen. Entweder war er ein verdammt guter Schauspieler oder er hatte wirklich keine Ahnung, dass Gregor verhaftet worden war. Für mich machte es keinen Unterschied. Ich würde ihm die Augen auskratzen. Aber noch nicht sofort.

Die Theke im ›Bumskopp‹ war klassisch. Massive Eiche, gehobelte Bierrinne, Messinghandlauf. Die Gläser rutschten nicht mehr so gut. Der Wirt, den alle Rudi nannten, obwohl er eigentlich Gustav hieß, wie ich erfahren durfte, schenkte mir ein, ohne nachzufragen.

»Hab die Bullen draußen gesehen«, sagte er.

»Kennst du einen guten Anwalt?«, fragte ich.

»Scheidungsanwälte kenne ich. Mindestens drei.«

»Du wurdest dreimal geschieden?«

»Hab nie geheiratet.« Er hob den Bacardi. »Alles Kundschaft.«

»Was ist mit Strafanwälten?«

»Trinken nicht in Gesellschaft.«

»Woher weißt du das? Du kennst doch gar keinen.«

»Ich kenne die Leute, die sie vertreten.«

35 Minuten später trat Brülling durch die Tür. Mein Glas war seit mehr als 20 Minuten leer. Rudi schenkte mir nach und ich raunte.

»Geht aufs Haus«, sagte er.

Brülling setzte mich neben mich. Er war außer Atem.

»Sie sind zu spät«, sagte ich.

»Ich gehe am Stock.«

»Ich könnte Ihnen einen elektrischen Rollstuhl besorgen«, sagte ich.

»Wie wollen Sie das anstellen?«

»Ich habe eine Waffe in der Tasche.«

Brülling bestellte Dortmunder Export. »Sie sind noch wütend.«

Ich sagte nichts, sondern legte ihm stattdessen Marthas Zettel vor die Nase.

»Ich kenne die Nummer«, sagte er. »Ich habe sie selbst gewählt.«

»Es geht nicht um die Nummer«, unterrichtete ich ihn. »Der Text ist eine Botschaft.«

»Botschaft an wen?«

»Gregor ist überzeugt davon, dass sie uns zu Martha führt.« Ich betonte seinen Namen und beobachtete die Bewegung in Brüllings Gesicht. Er nahm den Zettel zwischen die Finger. Sein Daumen glitt über die Buchstaben. Das Bier, das Rudi brachte, registrierte er gar nicht. Es war offensichtlich, dass er keine Ahnung hatte. Bis jetzt.

»Sie glauben, ich habe ihn ausgeliefert«, sagte er.

»Es ist völlig egal, wer am Ende den Anruf getätigt hat.«

Er fuhr sich durch das Haar. Dann sah er auf die Uhr. »Der Haftrichter ist nie vor halb acht im Büro. Haben sie eine Durchsuchung angeordnet? Er wird die Ergebnisse abwarten. Es wird uns zwei weitere Stunden verschaffen.« Er schüttelte sein Handgelenk, bis die Uhr unter dem Ärmel verschwand.

Er glaubte tatsächlich, der Kuhhandel existierte noch.

»Es gibt kein *uns*«, sagte ich.

»Ich habe nicht von Ihnen gesprochen«, fuhr er mich an.

»Ich auch nicht.«

Ich tippte auf den Zettel in seiner Hand. Mein Finger knallte gegen das Papier und knickte es. Ich schaffte es, ihm den Finger nicht ins Auge zu rammen. »Verlieren Sie das Ziel vor Augen nicht.«

Er sah auf die Buchstaben, doch er las sie nicht. Nach etlichen Sekunden riss ich ihm die Notiz aus der Hand und umfasste das Glas. Es war leer. Ich musste es irgendwann ausgetrunken haben, doch ich konnte mich nicht mehr daran erinnern.

Rudi witterte meine Betroffenheit und half mir aus. Die Flüssigkeit war klar und roch nach Anis.

Ich trank alles in zwei Zügen. Meine Speiseröhre zog sich zusammen. »Martha, unsere kleine Detektivschlampe«, sang ich.

»Nennen Sie sie nicht so!«

»Denkt sich Scheißrätsel aus.« Ich musterte ihn. Er warf komische Schatten auf dem Holz.

»Sie sind betrunken.«

»Und Sie sind ein Arschloch.«

Rudi beugte sich zu uns. Er lächelte wie die Grinsekatze. »Ein Rätsel? Ich mag Rätsel.« Er sah auf den Zettel. »AB Massimo?«

Brülling fuhr sich durch die Haare. »Es ist ein Wortspiel.«

»Und was soll am Ende dabei rauskommen?«

Ich hob die Schultern, Brülling schüttelte den Kopf.

»Na dann«, sagte Rudi und trocknete seine Hände am Geschirrtuch ab. »Viel Spaß.«

Brülling und ich nahmen die Worte Buchstabe für Buchstabe auseinander. Wir zerschnitten den Zettel und ließen die Schnipsel über den Thekentisch gleiten. Wir übertrugen sie in Zahlen um und riefen die Bahnhöfe in Düsseldorf und Bochum an, um sie mit den Nummerierungen der dortigen Schließfächer abzugleichen. Wir schauten uns sogar die Seriennummern unserer Geldscheine an. Zuletzt gab ich die beiden Begriffe in das Handy ein, um herauszufinden, ob die Texterkennung vielleicht ein anderes, sinnvolleres Wort auswarf. Das Display verschwamm vor meinen Augen. Mein Schädel brummte.

»Es muss auch einfacher gehen«, raunte ich.

»Martha ist nicht dumm«, sagte Brülling.

»Ihr Vater schon.« Ich spürte seinen scharfen Blick. »Er hatte kein Talent für so was. Sie hätte es ihm nie so schwer gemacht.«

Er schien mir zuzustimmen. Wir legten die Buchstaben in die ursprüngliche Reihenfolge. Dann las ich die Worte rückwärts vor.

»Omissam BA.«

Brülling zog einen Buchstaben heraus und ordnete die Silben neu an.

»Omi Samba.«

»Wer ist das?«, fragte ich.

»Ilonas Mutter. Ich habe gehört, dass die Mädchen sie früher so genannt haben.«

»Erzählen Sie mehr!«

»Ich kann nicht. Ich habe sie nie kennengelernt. Sie ist schon vor einer ganzen Weile gestorben.«

»Sie müssen mit Ilona reden.«

»Sind Sie verrückt? Die Frau ist eine Hyäne. Sie wird mir den Kopf abbeißen.«

»Ich fange an, sie zu mögen.« Dann stand ich auf. Der Boden bewegte sich. »Kommen Sie.«

»Sie wird schon schlafen«, argumentierte er.

»Ihr Kind ist verschwunden«, sagte ich. »Die Frau hat bestimmt noch kein Auge zugetan.«

Die Ölanzeige flackerte, als Brülling den Wagen anließ, doch ich machte mir keine Sorgen, dass wir nicht sicher ankommen würden. Der Wagen war alt. Im Ernstfall würde er auch mit Schlagsahne laufen.

Ich bemühte mich, nicht den Mund aufzumachen. Für Brülling hatte ich im Augenblick nur Drohungen übrig.

»Mir wäre wohler, Sie würden sich mit mir unterhalten«, sagte er.

»Sie würden es bereuen.«

Er seufzte. »Sie halten mich für ein Monster.«

»Monster gehen nicht auf Krücken«, sagte ich.

»Nun machen Sie mal halblang!«

Ich öffnete meinen Rucksack und sah das Handtuch, in das die Knarre gewickelt war. Zu gern hätte ich ihm den Lauf gegen die Schläfe gedrückt. Einfach so, um ihm Angst einzujagen. Stattdessen griff ich mir Gregors Handy. Es war ein aus der Mode gekommenes Modell mit vielen Tasten. Ich drückte herum und durchforschte sein Adressbuch. Ich weiß, ich hätte es nicht tun dürfen. Im zweiten Durchlauf fand die Nummer seines Schwiegervaters. Ich sah Brülling an.

»Wie hat Ihr Vater auf Ihren Anruf reagiert?«

»Ich habe ihm nicht die Wahrheit gesagt.«

»Natürlich haben Sie das nicht«, raunte ich.

»Jetzt hören Sie schon auf!« Seine Faust schlug gegen das Lenkrad. »Mein Vater ist pensionierter stellvertretender Polizeipräsident. Was hätte ich ihm schon sagen sollen?«

»Er hätte den kühleren Kopf bewahrt.«

»Als wer? *Sie* wollten mir ins Rückgrat schießen!« Er schnaubte. »Sie kennen ihn nicht. Ein narzisstischer, starrsinniger, alter Mann. Die besten Jahre hat er hinter sich.«

»Sie sollten Bestatter werden.«

Fast lachte er.

»Er sollte erfahren, warum sein Sohn gestorben ist.«

»Das wird er noch früh genug. Aber zuerst sollten wir uns auf die Lebenden konzentrieren. Und damit meine ich alle.«

Er wirkte zuversichtlich und es fiel mir zunehmend schwer, den Mund zu halten. Der Alkohol und die Wut regten mich zusätzlich an. Doch ich hätte Alexanders Karriere unnötig aufs Spiel gesetzt, hätte ich Brülling von meiner Unterredung mit ihm erzählt mit dem Fazit, dass es keinen Handel geben würde. Ich hätte es getan, wäre ich mir sicher gewesen, dass Brülling noch irgendetwas bewegen könnte. Dass er die Sache aufhalten könnte. Doch ich wusste, dass der Ofen aus war. Dass es keine Asse in irgendwelchen Ärmeln geben würde. Brülling konnte die Sache einzig noch verschlimmern. Und mich damit nur noch wütender machen.

»Ich werde meinem Vater alles sogar höchstpersönlich erklären, sobald er seine Enkeltochter wieder in die Arme geschlossen hat.«

»Sie sind Ihrem Vater ein wirklich guter Sohn«, zog ich ihn auf.

»Denken Sie, es macht Spaß, ihn ständig daran erinnern zu müssen?« Er sah zu mir herüber. »Familiendynastien wachsen nicht, indem man so viele Kinder wie möglich zeugt in der Erwartung, dass irgendwann ein Wunderkind dabei herausschaut. Mein Vater weiß das. Daher gab er keine Almosen, weder seinen Mitarbeitern noch seinen Söhnen. Seine Anerkennung musste man sich erarbeiten. Sich verdient machen. Wir Kinder waren da keine Ausnahme. Keiner von uns wurde mit einem goldenen Löffel im Mund in den Dienst geschickt.« Er schüttelte den Kopf. »Arthur hatte mit seiner Omi-Arschabwisch-Einstellung denkbar schlechte Karten. Julia schloss er als dienstliche Erbfolge kategorisch aus. Für ihn haben Frauen bei der Polizei und der Bundeswehr nichts zu suchen. Julia hielt das allerdings nicht ab. Sie hat bitter gekämpft und sich hochgearbeitet. Bis zum Ende.«

»Was ist mit Ihnen?«

»Ich war immer ein guter Polizist. Ich habe korrekt und gewissenhaft gearbeitet. Und nie habe ich mir etwas zuschulden kommen lassen. Aber ich war kein zweiter Karl Malden auf den ›Straßen von San Francisco‹.«

»Und dann lassen Sie sich auch noch abknallen«, stichelte ich.

Er redete einfach weiter. »Ich schied wegen Untauglichkeit aus dem MEK aus und man bot mir meinen alten Tisch in Bochum an. Ich lehnte dankend ab und blieb in Dortmund.«

»Sie haben Ihren Papi enttäuscht.«

»Es war ihm egal. Er hatte bereits einen neuen Zögling. Einen vorlauten Anwärter, einen Sprücheklopfer. Polnisches Einwandererkind. Noch grün hinter den Ohren, hatte aber auf alles eine Antwort. Mein Vater nahm sich seiner an und stutzte an ihm herum. Es war nur eine Frage der Zeit, bis Julia auf ihn aufmerksam werden würde.«

»Sind Sie eifersüchtig?«

»Wir haben uns abgerackert, um uns seine Anerkennung zu verdienen. Doch als Pankowiak auftauchte, warf er ihm die Gelegenheiten vor die Füße wie Perlen vor die Säue.«

»Offenbar hatte er sich verdient gemacht«, wiederholte ich seine Aussage.

»Einen Scheiß hat er«, schimpfte er. »Ich habe weiß Gott mehr geleistet. In Dortmund honorierte man das. Man machte mich zum Leiter des Einsatzteams für die VE in Dorstfeld.« Er schüttelte den Kopf. »Es war nicht meine Idee, Gregor in den Einsatz zu schicken. Es war die meines Vaters. Und dieser Schweinehund von einem Schwager hat es uns unnötig schwer gemacht. Erst dieser Scheiß mit dem Hakenkreuz, dann der tote Türke und schließlich Knast. Für meinen Vater war es, als hätte er mit seiner Tochter auch einen Sohn verloren.«

»Aber nur fünf Jahre lang«, sagte ich.

»Als Pankowiak wieder rauskam, fing alles von vorne an. Doch er distanzierte sich von meinem Vater. Der Knast hatte ihn verändert. Als die Dreckskerle ihn schließlich halb totschlugen, wachte Vater an seinem Bett und machte sich Vorwürfe. Ich blieb zwischen den Fronten und bekam den Kugelhagel ab.«

»Klingt nach einer netten kleinen Familie.«

»Ich habe es so satt, ihn ständig aus dem Dreck zu ziehen.«

»Ja«, sagte ich und schob Gregors Handy in die Hosentasche. »Er sicherlich auch.«

Zehn Minuten später fuhren wir über den Bürgersteig unmittelbar vor dem Benrather Endreihenhaus. Helles warmes Licht fiel durch die hohen Fenster in den kleinen Steingarten und tünchte das schlappe Grau der Kiesel in wonniges Gelb. Als Guido klingelte, öffnete Ilona sofort. Die Überraschung stand ihr ins Gesicht geschrieben. Sie wandte sich ihrem Schwager zu. »Du hast Nerven, hier aufzutauchen!«, fuhr sie ihn an. »Wo bist du gewesen? Wo warst du, als dein Bruder beerdigt wurde?«

»Du weißt, Beerdigungen liegen mir nicht so.«

Ilona trat einen Schritt zurück und machte Anstalten, die Tür zuzuknallen. Doch er hielt sie davon ab. »Nimm deinen dreckigen Stock aus meiner Tür!«

»Wir sind wegen Martha hier«, sagte er.

»Ich weiß, warum ihr hier seid. Und ihr hättet nicht herkommen sollen!« Wie eine Furie stemmte sie sich gegen die Tür, während sie mit einem Fuß versuchte, den Stock aus dem Rahmen zu treten.

»Wir haben sie gefunden«, log er.

Ilona ließ die Tür los. Er wusste, welche Wirkung der Satz auf sie hatte. Er schockierte sie. Und brachte sie zum Schweigen.

»Erzähl mir von Omi Samba.«

»Wo ist sie?«, fragte sie.

»Omi Samba weiß es.«

Ilona schnaufte. »Meine Mutter ist seit sechs Jahren tot.«

Brülling schob sich an Ilona vorbei ins Haus. Ich folgte ihm nur zögerlich. »Wie war ihr Name?«

Ilona erlangte ihre Fassung zurück. »Raus aus meinem Haus! Oder ich rufe die Polizei!«

Brüllings Geduld ging allmählich zuneige. »Wenn du deine Tochter lebend wiedersehen willst, solltest du endlich aufhören, gegen uns zu arbeiten. Uns bleibt keine Zeit mehr.«

»Hör auf damit! Du wirst sie umbringen! Genauso wie du Arthur umgebracht hast!« Tränen rannen ihr über das Gesicht. »Ich weiß, dass er bei dir war.« Sie schüttelte den Kopf. Dann zischte sie: »Scher dich zum Teufel, Guido.«

Volltreffer.

Ich berührte ihren Arm. »Martha ist nicht länger sicher. Diese Leute sind ihr auf den Fersen. Und sie werden sie töten, wenn sie in die Finger bekommen, wonach wir gerade suchen. Bitte. Helfen Sie uns, es zu finden. Bevor es die anderen tun.«

Die Tränen rannen ihre Wangen hinunter. Sie zitterte am ganzen Leib. »Ich kann das nicht mehr«, schluchzte sie.

»Wie war ihr Name?«, wiederholte ich Brüllings Frage.

Sie stotterte. »Margot. Margot Brauckmann.« Sie wischte sich die Tränen aus den Augen. Ihr Mascara zog sich in zähen schwarzen Schlieren quer über ihr Gesicht. »Sie liebte es zu tanzen und die Kinder nannten sie Omi Samba. Dabei tanzte sie keinen Samba. Sie liebte Foxtrott.«

»Woran ist sie gestorben?«

»Lungenentzündung«, sagte sie. »Sie war einfach alt.«

»Hat sie ein Testament aufgesetzt?«, fragte Brülling. »Hat sie Martha irgendetwas hinterlassen?«

»Nein.«

»Was ist mit ihrem Grab? Wo wurde sie bestattet?«, fragte ich.

»Warum zum Teufel sollte das von Bedeutung sein?«

Auch Brülling sah zu mir herüber.

Ich hob die Schultern. »Vielleicht ist es an ihrem Grab.«

»Das ergäbe keinen Sinn. Das Material muss im Falle ihres Todes einen Nachlassverwalter erreichen.«

»Im Falle ihres Todes?«, wiederholte Ilona.

Ich fragte sie noch einmal.

Sie zögerte. »Ihre Urne ist in Düsseldorf. Im Kolumbarium.«

»Im *was*?«

»Ein Kolumbarium ist ein Verwahrort für Urnen«, erklärte Brülling. »Eine Art Schranksystem mit Schließfächern.«

»Und wie kommt man an so ein Schließfach?«

»Man erwirbt es.«

»Und man hat jederzeit Zugang dazu?«

»Ich weiß nicht, worauf Sie hinauswollen.«

Der Alkohol kribbelte in meinen Fingern.

Guido Brülling wurde ähnlich nervös. Sein Stock klackerte gegen den Fußboden. »Was kostet so ein Urnenplatz?«

»Um die 7.500 Euro«, sagte sie.

Gemeinsam pfiffen Brülling und ich durch die Zähne.

»Ich habe ihr Geld geliehen«, sagte dann Ilona sofort. Ihr schien es wie Schuppen von den Augen zu fallen.

Wir glotzten sie an.

»Wo genau ist dieses Kolumbarium?«

Das Haus des Friedhofsverwalters Arno Müller war schmal und abseits jedes Düsseldorfer Luxus. Die Straßen waren ähnlich abgebrochen wie in Bochum, die Bürgersteige waren mit Mülltonnen und schrottigen Fahrrädern zugestellt. Ein türkisches Ehepaar stritt lauthals auf der anderen Straßenseite. Es wurde von vier Kindern umsäumt, die eifrig zwischen den Erwachsenen herumwuselten. Ihre Sprünge waren unberechenbar, sodass sich ein Fahrradfahrer nach unzähligem Geklingel schließlich dazu entschied, einfach auf der Straße weiterzufahren. Der Bürgersteig jedoch war hoch und der Fahrradreifen bretterte mit einem ungesunden Knallen den Asphalt herunter.

Brülling blieb vor der Hausnummer 65 stehen. Er drückte auf die Klingel und ein Mann in den Fünfzigern öffnete die Tür. Er trug einen teerfarbenen Nicki-Hausanzug mit Kordeln und Kängurutaschen. Aus den Hosenbeinen ragten Füße in weißen Socken und Birkenstocks hervor. Sein blondes Haar war streng gescheitelt, seine Brille randlos. Eine alte Narbe quer über die Oberlippe verformte seinen Mund und ich tippte darauf, dass er als Kind eine Hasenscharte hatte.

»Arno Müller?«, fragte ich.

Der Mann nickte uns beiden nacheinander zu.

Brülling grinste ihn herzlich an. »Entschuldigen Sie die Störung zu später Stunde, Herr Müller. Aber haben Sie nicht Lust, zur Abwechslung mal ein Leben zu retten?«

22.

Das Kolumbarium in Grafenberg war, wie uns Herr Müller erklärte, ein privat initiiertes Projekt. Nur eine Handvoll Familien wären in der außerordentlichen Position, einen Urnenplatz in Grafenberg zu erwerben. Aus Müllers Mund klang es, als sei es ein Privileg. Ich vertrat allerdings die Meinung, dass die Idee, Verstorbene in Schrankfächer zu lagern, in Deutschland noch keinen durchgängigen Zuspruch gefunden hatte.

Ich jedenfalls würde das nie wollen. »Ich will eine Erdbestattung«, sagte ich daher. »Ich will nicht verbrannt, sondern jederzeit exhumiert werden können. Zur Beweisführung, falls mein Mörder immer noch auf freiem Fuß wäre.«

Brülling und Müller starrten mich an.

»Sie gehen also davon aus, dass Sie irgendwann ermordet werden?«, fragte Brülling.

»Nein«, sagte ich. »Aber man kann ja nie wissen.«

Wir bogen in eine Gasse ein und ich war überrascht, dass ich nichts außer der dramatischen Dunkelheit des Düsseldorfer Herbstes zu Gesicht bekam. Ich rechnete mit einem silbrig glitzernden Gebäude, einem Hochhaus voller Urnenschränke. Stattdessen landeten wir auf dem lichtlosen Parkplatz eines städtischen Friedhofs.

»Ich dachte, das Kolumbarium sei privat initiiert.«

»Genau«, sagte Müller und stieg aus. Als hätte er damit alles erklärt.

Ich folgte ihm aus dem Wagen – und merkte sofort, wie sich die Grafenberger Nacht wie ein Tier auf meine Schultern setzte und mich beinahe zu Boden drückte. »Warum gibt es hier kein Licht?«, fluchte ich.

Müller zeigte auf eine Laterne 300 Meter von uns entfernt. »Da ist Licht.« Ich glaubte, ihn lächeln zu sehen. »Und normalerweise kommen die Leute ja nicht nachts hierher. Außer Vampire vielleicht. Und die wollen eh kein Licht.«

In meinem Magen rotierte es und ich zauberte vorsichtshalber die Knarre noch einmal aus meinem Rucksack hervor.

Er reagierte sofort. »Ich habe Sie schon bis hierher geführt. Hätten Sie also die Freundlichkeit, aus Respekt vor den Toten die Pistole für den Rest des Weges im Auto zu lassen?«

Ich überlegte kurz. Dann legte ich die Waffe in den Rucksack zurück. Sie war sowieso nicht geladen, aber das musste ich ihm ja nicht auf die Nase binden.

Er winkte uns heran. »Kommen Sie!«

Mit Brülling im Rücken stolperte ich hinter Müller her. Wir begingen den Hauptweg. Schotter knisterte unter unseren Schuhen und der Wind ließ die Blätter der Bäume wackeln. Ihre Kronen beugten sich und schwangen hin und her, sodass ich glaubte, einer der Kolosse würde jeden Moment auf unsere Köpfe herabstürzen.

Nach ein paar hundert Metern bog Müller in eine schmale Gasse ab. Die schwarz und gräulich daliegenden Grabsteine zu meinen Füßen verschwanden allmählich und wurden von saftigen hochwachsenden Grasflächen abgelöst. Müller wies auf die Stelle. »Hier ist noch Platz frei. Falls Sie Interesse haben.«

Schließlich erreichten wir einen relativ neu aussehenden Betonquader. Kleine Bodenleuchten strahlten den unteren halben Meter der Fassade an. Offenbar waren sie absichtlich so schräg gegen die Wände in die Erde eingelassen worden, um die Vampire nicht zu stören. Vielleicht hatten die Handwerke auch einfach nur geschlampt.

Müller schloss die Tür auf. Aus der Nähe betrachtet wirkte das Gebäude kaum anders als ein Wohnhaus. Glastür mit Schlüsselloch, helle Fassade, ein paar Fenster im oberen Stockwerk. Lediglich das große Messingkreuz, das über unseren Köpfen hing, zeugte davon, dass hier etwas anders war. Und die Kunststoffplakette mit den Öffnungszeiten. Und die Urnengräber zu unserer Rechten. Und die erloschenen Grableuchten auf der Fensterbank.

Wenn ich es mir recht überlegte, war es doch nicht wie ein Wohnhaus.

Der Flur war karg. Der Schotter, der in unseren Sohlen hing, fiel auf den glatten Boden. Hellgrau, wahrscheinlich Marmor. Müller knipste das Licht an und ich blinzelte. Dann stachen mir die diversen in Holz gerahmten Zeittafeln an den Wänden ins Auge. Sie gaben Aufschluss über die Entstehung der Düsseldorfer Kolumbarien und im Speziellen des Exemplars in Grafenberg. Auf der anderen Seite fand ich eine Einführung über die Kultur dieser Bestattungsart. Alles in allem klang es wie eine Rechtfertigung, fast wie eine Werbung.

»Fräulein Brülling hat das Urnenfach 134 reserviert. Gleich in der Nähe ihrer geliebten Großmutter Brauckmann.« Müller verschwand in einem nach rechts weisenden Gang. Schränke aus edelstem Holz reihten sich dort entlang der Wände aneinander, ohne die Tapete zu berühren. Die Türen der Urnenfächer waren quadratisch und aus dem gleichen Holz gefertigt, goldene Vorhängeschlösser gewährleisteten, dass die ewige Ruhe nicht gestört wurde. Auf den Türchen wiederum angebracht waren edel gravierte Messingplaketten mit persönlichen Angaben zu den Mietern. Hier war man offenbar frei von Reglements, denn ich fand Plaketten mit Segenssprüchen, Aphorismen, Lebensläufen sowie Hintergründe dazu, was bei der betroffenen Person zum Tod geführt hatte. Schmale Vorsprünge unter den Türen, die wie Fensterbänke aussahen, bewerkstelligten, dass die Hinterbliebenen kleine Andenken ablegen konnten. Ich sah vereinzelt ein paar verblühte Rosen, sogar Gänseblümchen sowie ein zigfach gefaltetes Zettelchen, das wahrscheinlich ein Gedicht oder ein von einem Kind gemaltes Bild verbarg. Einige wenige Türchen stachen ins Auge, da sie ohne irgendeine Inschrift waren.

Eines davon musste zu Martha gehören.

»Hier ist es.« Müller wies auf ein nicht graviertes Fach im äußerst linken Bereich des sich vor uns ausbreitenden Schrankes. Ich ließ meinen Blick über die angrenzenden Fächer gleiten und fand tatsächlich die letzte Ruhestätte von Margot Brauckmann alias Marthas Omi Samba.

Müller zauberte einen Schlüsselbund mit einem Haufen winziger Schlüssel aus der Jackentasche. Dann begann er zu suchen. Auf den Köpfen der Schlüssel waren dreistellige Ziffern eingraviert. Schlüsselnummer 134 befand sich auf einem der letzten. Er popelte den Schlüssel in das kleine Schloss. Es hakte. Doch nach zwei weiteren Schubsern sprang das Schloss schließlich auf.

Die Tür öffnete sich mit einem Knarzen. Die Leere im Fach war schwarz, kalt und einnehmend. Keine Urne. Keine Blumen. Lediglich eine kleine SIM-Karte lag da auf dem Boden. Sowie eine Notiz, die Martha dem Finder hinterlassen hatte.

Brülling nahm die Karte, ich den Zettel. Keine Wörter, keine Phrasen. Lediglich eine Handynummer.

Es war wie in einem Film – die Spannung, das Bauchgefühl, die Zeit, die uns davonlief. Selbst das knackende Geräusch in unseren Rücken, das unverkennbar von einer sich lösenden Sicherungsraste einer Pistole stammte, machte einen filmreifen Eindruck auf mich. Wenn auch nicht im positiven Sinne.

»Langsam umdrehen.«

Ich erkannte die Stimme sofort.

Schnell ließ ich den Zettel mit der Handynummer in meinem Ärmel verschwinden. Dann taten wir drei, wie uns geheißen, und ich war nicht überrascht, als ich in die hübsche wie widerliche Visage von diesem Vollhorst blickte.

Und er hatte sich Verstärkung mitgebracht. Der Typ war untersetzt und hatte speckige Arme. Das Gel in seinen Haaren funkelte wie Schuhcreme unter einer Laterne. Er trat an uns heran und tastete unsere Körper ab. Einen nach dem anderen. Bei mir ließ er sich besonders viel Zeit.

Der Vollhorst wandte sich an Müller: »Gehen Sie. Ein Wort an irgendwen und die Reste Ihrer Greta landen bis morgen in diesem Fach, verstanden?«

Müller nickte eifrig, bis seine Halswirbel knackten. Dann lief er davon. Seine Minischlüssel klimperten in der Tasche.

Er richtete sich an Brülling: »Sie haben etwas für mich.«

Brülling gab ihm die Karte. Wie einen Diamanten hielt er sie zwischen Daumen und Zeigerfinger gegen das Licht der Birne unmittelbar über uns. Anschließend reichte er sie seinem schmierigen Kollegen weiter, der sie flugs in seiner Tasche verschwinden ließ. Mein Blick folgte seiner Bewegung. Dann sah ich auf und in den Lauf einer Pistole. In weiser Voraussicht hatte der Vollhorst diesmal einen Schalldämpfer installiert. Mein Arsch ging buchstäblich auf Grundeis und ich spürte, wie eine körperlose Kälte langsam von meinem Körper Besitz ergriff. Und alle Kraft aus mir hinausfloss. Ich beschaute noch einmal die besten Phasen meines Lebens. Im Rock, in hochhackigen Schuhen, im Wald, im Krokodilkostüm. Im Verhörraum. In Gregors Badezimmer.

Gott, ich hätte zu gern gewusst, wie es weitergehen würde.

Mit einer Hand suchte ich nach Brülling und klammerte mich an seinem Trenchcoat fest. Aus irgendeinem Grund beruhigte es mich, dass ich nicht allein sterben musste. Auch wenn das ein hochgradig unsensibler und egozentrischer Gedanke war.

Der Schalldämpfer vor uns begann zu fuchteln. Dann ließ er die Waffe sinken. »Vielen Dank für Ihre Unterstützung.« Er wandte sich ab.

»Warum glauben Sie, dass wir Sie ungeschoren davonkommen lassen werden?«, fragte Brülling ihn.

Der Vollhorst drehte sich zu uns um. »Weil Ihnen gar keine andere Wahl bleibt. Sie haben nichts in der Hand. Nicht einmal einen Namen.«

»Ali Bhattacharya«, warf ich ein.

Er lachte auf. »Ali Bhattacharya war ein eifersüchtiger Mann. Seine Frau hat ihn betrogen und er hat seinen Nebenbuhler umgelegt. Seine Frau ertrug das nicht. Also erwürgte sie ihren Mann.«

»Mit dieser Geschichte werden Sie niemals durchkommen!«

»Wir haben eine geständige Witwe. Und jede Menge Liebesbriefe.« Er grinste über beide Backen. Aber nur kurz. »Sie haben, was Sie wollten. Sie haben Ihr Mädchen. Und Sie haben den Mörder Ihres Bruders. Sie sollten zufrieden sein.« Er zeigte auf Brülling. »Sie sind ein kluger Mann. Halten Sie uns diese Furie vom Leib.«

»Noch haben wir Martha nicht!« Ich tat einen Schritt vor, doch Brülling hielt mich fest. Wieder lachte der Vollhorst. Dann verschwand er in den Schatten des Flures, ohne auf meine Bemerkung zu reagieren.

»Sie wollen ihn laufen lassen?«

»Er hat recht«, sagte Brülling. »Wir können zufrieden mit dem Ergebnis sein.«

»Sie haben doch nicht alle Latten am Zaun!«

»Er hat eine Waffe. Und wir nicht. Für Sie werde ich mich nicht erschießen lassen.«

»So sieht kein Happy End aus«, sagte ich.

Er öffnete die Hand. »Diese Geschichte ist auch noch nicht zu Ende erzählt.«

Ich ließ den Zettel mit der Nummer aus meinem Ärmel rutschen und meine Finger begannen zu zittern. Mir war klar, dass sich hinter diesen Zahlen die Nummer eines Prepaidhandys verbarg. Von einem Handy, das allein dazu diente zu klingeln, sobald das Geheimnis gelüftet wurde. Kein Mensch auf dieser Welt, mit Ausnahme von Martha, mir und dem Mobilfunkbetreiber, kannte diese Nummer. Was dürfte wohl in ihr vorgehen, wenn plötzlich, nach all den Versteckspielen und dem Tod ihres Vaters, das Telefon klingelte?

Ich gab ihm den Zettel. Dann ging ich ein paar Schritte. Leise, schleichend, um Guido zu lauschen. Ich hörte die Tastentöne seines Handys. Irgendwann atmete er durch. »Martha. Ich bin's. Es ist vorbei.«

»Nein, das ist es nicht«, dachte ich laut. Dann ging ich ein paar Schritte und nahm Gregors Handy aus der Hosentasche.

Die Bedienung schüttete mir beinahe den Kaffee über die Beine, als sie auf mich zuspazierte. Sie trug einen dunklen hautengen Rock, der ihr bis zu den Knien reichte, sowie hochhackige Schuhe mit stecknadelkopfgroßen Absätzen. Ein ungewöhnliches Outfit für eine Bedienung, wie mir schien. Doch offenbar war dies in Düsseldorf Gang und Gäbe.

Ihr langes Haar streichelte mir über beide Handgelenke, als sie den Kaffee abstellte. Sie lächelte mir zu. Dann sah sie zum gegenüberliegenden Rand des Tisches. »Möchten Sie bestellen?«

Fritz Brülling ließ die Zeitung sinken und schaute der Bedienung ins Dekolleté. »Im Augenblick nicht, danke.«

Es war morgens, nicht mal neun Uhr.

Ich tauchte den Löffel in die Tasse und beobachtete meinen Tischpartner aus den Augenwinkeln. Fritz Brülling hatte sich als eine äußerst elegante Erscheinung entpuppt, deutlich charismatischer, als er mir auf Arthurs Beerdigung erschienen war. Sein ergrautes schütter gewordenes Haar war sorgsam nach hinten gekämmt, der Vollbart gründlich geschnitten und gestutzt. Seine dichten Augenbrauen waren kaum ergraut, und die Altersfalten zeichneten ein charismatisches Gitternetzmuster auf seine Stirn. Um seinen Hals war ein gestärkter Hemdkragen geschlagen. Das Sakko, das er zuvor getragen und das für seine Maße zu weit geschnitten war, hatte er mittlerweile abgelegt. Mit übereinandergeschlagenen Beinen saß er mir gegenüber. Ich entdeckte gewisse Ähnlichkeiten mit seinen Kindern. Die Form der Augen, der Schwung der Brauen. Dennoch tat ich mich schwer, Fritz Brülling als den Vater Guidos, Arthurs oder Julias zu erkennen. Nicht aber als Polizeioberrat sowie stellvertretenden Polizeipräsidenten a. D. Das war wohl der Grund dafür, dass wir geschlagene zehn Minuten am selben Tisch saßen, ehe ich es überhaupt wagte, auch nur ein Wort zu sagen, warum ich ihn überhaupt hierher gebeten hatte.

Und trotzdem war er gekommen.

»So«, sagte er und nahm das Bein vom Knie. »Und wer sind Sie noch mal?«

»Esther Roloff. Ich bin eine Freundin von Gregor Pankowiak.« In meiner Brust wurde es heiß, meine Lippen bebten. »Und ich brauche Ihre Hilfe.«

Skeptisch sah er mich an. Doch das hinderte mich nicht. Im Gegenteil. Es brach alles aus mir heraus. Ich erzählte ihm die ganze leidvolle Geschichte, angefangen mit den nicht genehmigten V-Geschäften, dem Versteckspiel auf der Wache, bis hin zu Gregors gestriger Inhaftierung, an welcher Guido einen nicht unerheblichen Anteil trug. Unter Tränen bemühte ich mich, den Zusammenhang zwischen Gregor, mir sowie Minderhouds unausgesprochenen Morddrohungen herzustellen in der Hoffnung, beim alten Fritz auf Verständnis zu stoßen, warum Gregor dem Druck seines Schwagers nicht nachzugeben bereit war. Womit er alle anderen ins Gefängnis brachte.

Den Handlungsstrang um Martha und Arthur ließ ich komplett aus. Denn dies war weiß Gott nicht meine Baustelle.

Mein Gesicht war von den Tränen mittlerweile völlig aufgeweicht. »Es ist mir gleich, ob Sie es für Gregor, für die verhafteten Kommissare oder für den guten Ruf des Präsidiums tun. Aber bitte, tun Sie irgendetwas. Sprechen Sie mit dem Staatsanwalt. Lassen Sie es nicht so weit kommen.«

Die gitternetzlinienartigen Falten auf seiner Stirn hatten mittlerweile an Tiefe gewonnen, seine Brauen hoben sich besorgt. »Frau Roloff. So war doch Ihr Name, oder?«

Ich nickte.

»Sie erzählen da Ungeheuerliches.«

Ich nickte erneut.

»Welch ein Staat wäre Deutschland, wenn ein alter Mann wie ich, ein Zivilist, in der Lage wäre, den Apparat der Staatsanwaltschaft außer Gefecht zu setzen? Ich bin nur ein alter Mann«, wiederholte er.

»Sie waren stellvertretender Polizeipräsident!«, erinnerte ich ihn. »Sie können etwas bewegen.«

»Wieso sollte ich Ihnen die Geschichte glauben?«

Erneut wischte ich mir die Tränen aus dem Gesicht. »Sie werden mir vertrauen müssen.«

Er lehnte sich zurück. Und schwieg. Sein Blick bohrte sich durch meinen Schädel. »Sie haben vielleicht Mut, mich hierher zu bestellen und mir das alles zu erzählen«, sagte er streng. »Ich könnte Sie verhaften lassen. Sie haben gerade Dienstgeheimnisse ausgeplaudert.«

»Ich weiß, dass Gregor Sie enttäuscht hat«, versuchte ich, zu ihm durchzudringen. »Dass Guido Sie enttäuscht hat. Aber bitte, lassen Sie sie jetzt nicht fallen. Ich bin mir sicher, Ihr Sohn bereut mittlerweile, was er da in Gang gebracht hat.«

»Enttäuscht.« Fritz Brülling hob den Kopf und schnaubte. Dann sah ich das Funkeln in seinen Augen, das ich bereits von Guido kannte – jedes Mal, kurz bevor er zu reden anfing. »Guido stand sich schon immer selbst im Weg. Ich forderte ihn, schenkte ihm nichts. Er sollte für seine Laufbahn arbeiten und sie sich nicht erschleichen, wie es einige Brüllings der letzten Generationen getan haben.« Er schüttelte den Kopf. »Wissen Sie, der Name Brülling war zeitweise ein mächtiges Werkzeug. Aber diese Zeiten sind vorbei. Meine Dynastie stirbt aus. Erst die kleine Theresa. Dann Julia. Und nun Arthur.« Ein Schatten jagte über seine Augen. »Und was bleibt? Nur noch Schmarotzer und Verbrecher.« Plötzlich huschte ein Lächeln über seine Lippen. »Martha, meine Enkeltochter, ist ein Lichtblick. Sie ist zu einer klugen, mutigen Frau herangewachsen. Sie will in die Politik einsteigen. Kennen Sie sie?«

Ich schüttelte den Kopf. »Ihr Vater ist tot«, erinnerte ich ihn. »Genauso wie Ihre Tante. Lassen Sie ihr ihren Onkel Gregor. Sie würde daran zerbrechen, ihn die nächsten Jahre nur noch in der JVA besuchen zu dürfen. Und es Ihrem Onkel Guido womöglich nie verzeihen.«

Seine Mundwinkel begannen zu zucken. Womöglich war ich zu weit gegangen. Womöglich hatte ich einen Nerv getroffen. Seine Stimme wurde strenger. »Guido würde diese Lektion guttun.«

Mein Herz rutschte mir in die Hose.

Dann streckte er mir die offene Hand hin. »Geben Sie mir Ihr Telefon.«

Ich zögerte keine Sekunde.

Er drückte ein paarmal auf die Tasten. Anschließend lauschte er dem Freizeichen. »Oskar«, sagte er schließlich und stand auf. »Hier ist der Fritz. Was ist da los bei euch?« Brülling senior verließ eilig das Café. Natürlich. An seiner Stelle hätte ich mir wohl auch keine Gelegenheit gegeben, sein Gespräch zu belauschen. Und dennoch war ich enttäuscht.

Ich beobachtete ihn durch die Scheibe, was schwierig war, da er immer wieder aus meinem Blickfeld verschwand. Wenn ich ihn sah, ertappte ich ihn dabei, wie er mit der freien Hand herumfuchtelte. Das Gespräch war sehr lebendig. Es sah so aus, als wären Fritz und Oskar nicht unbedingt einer Meinung.

Nach etwa zehn Minuten kehrte er ins Café zurück. Der Wind, den er hinter sich hertrug, wehte mir ins Gesicht. Mit kalten Händen gab er mir das Telefon. Seine Nase war rot geworden.

»Was werden Sie tun?«, fragte ich vorsichtig.

»Zerbrechen Sie sich darüber nicht den Kopf«, sagte er und stand auf. »Ich danke Ihnen für Ihre Offenheit.« Er wies auf Gregors Handy. »Sind Sie unter dieser Nummer zu erreichen?«

Ich nickte.

»Gut. Vielleicht muss ich Sie noch einmal sprechen.« Er ermahnte mich mit dem Finger. »Das beruht allerdings nicht auf Gegenseitigkeit. Bitte, rufen Sie mich nicht noch einmal an.«

»Das werde ich nicht.« Dann stand ich auf und schüttelte seine Hand. »Es war mir eine Ehre, Sie kennenzulernen«, sagte ich.

Er nickte schwach. »Ja. Unter anderen Umständen hätte es mich sicherlich auch gefreut.«

Der Friedhof Freigrafendamm war am Nachmittag des darauffolgenden Tages von einer munter scheinenden Sonne erhellt. Die tiefgraue Wolkenwand des Vortages hatte sich in zahllose kleine Wattebällchen zerteilt, der Himmel bleckte in fast frühlinghaftem Blau. Dennoch war es kalt, der Wind blies mir unerbittlich gegen die Stirn und ich musste einige Male die Augen schließen.

Arthurs Blumen ließen die Köpfe hängen. Lilien, Rosen sowie zahlreiche rot und blau blühende rundköpfige Blumen, penibel zu Kränzen, Sträußen und herzförmigen Bouquets verarbeitet, verloren allmählich an Glanz und Farbe. Die Kranzschleifen waren vom Herbst stark beansprucht worden. Sie waren durchregnet und mit Schmutz besudelt. Dennoch waren die Aufschriften immer noch gut lesbar: ›Ein letzter Gruß‹, ›Adieu‹, ›Danke, dass es dich gab‹.

Es war ein zermürbendes Gefühl, die Vergänglichkeit der einst so liebevoll, akkurat und auch sicher für viel Geld hergerichteten Blumen anzusehen. Und dennoch konnte ich mich nicht abwenden – mehr aus Faszination, denn aus Angst, die Tränen in Marthas Augen sehen zu müssen.

Ihr Schluchzen war leise. Guido hatte seinen Arm um ihre Schulter gelegt, ihre blonden Haare warfen sich wie ein löchriger Schleier vor ihr Gesicht. In ihre Hand gepresst war eine einzelne Rose, blutrot und ihrer Dornen befreit. Seit einer halben Stunde konnte sie sie auf das reichhaltige, verderbende Blumen- und Kranzbouquet werfen. Doch sie schien auf etwas zu warten.

Ich sah auf die Uhr. Allmählich begannen meine Beine weich zu werden. Guido bemerkte meine Nervosität und unsere Blicke trafen sich. Aber ich konnte ihm nicht lange standhalten.

Schließlich wandte er sich an Martha, umfasste ihre

Schultern und drückte ihr einen Kuss auf die Stirn. »Melde dich bei mir, wenn du etwas brauchst.«

Martha nickte.

Brülling sah nervös an mir vorbei.

Ich folgte seinem Blick. Ich betrachtete die drei Trauerweiden, deren bemitleidenswertes Geäst sich an die Gräber einiger vornehmer Bochumer schmiegte. Ihr filigranes Blattwerk wiegte im Wind hin und her, einige Blätter rieselten zu Boden. Plötzlich entdeckte ich eine dunkel gekleidete Gestalt, die hinter einem der Stämme auftauchte.

Blut schoss mir in die Wangen und erzeugte ein Rauschen in meinen Ohren.

Martha stellte sich neben mich. Ich sah mich um. Brülling war verschwunden.

»Wer ist das?«, fragte sie. Ihre Stimme war wesentlich heller, als ich sie mir immer vorgestellt hatte. Auch sonst hatte sich Martha als wesentlich zierlicher und kleiner entpuppt als angenommen. Kaum zu glauben, wie diese Elfengestalt es geschafft hatte, sich durch die ganzen Strapazen zu kämpfen.

Ich lächelte sie an. Zum ersten Mal seit einer guten halben Stunde sah ich ihr direkt in die Augen. Sie waren blank und nass, die Haut unter ihnen wund und aufgequollen. »Erkennst du ihn nicht?«

Martha kniff die Augen zusammen und wischte sich noch einmal die Tränen aus dem Gesicht. Schließlich verstand sie. Und lief gleich los.

Ihr langes blondes Haar flatterte im Wind, ihre Turnschuhe versanken im Matsch der bis zum Abwinken weich geregneten Rasenfläche. Das Wasser unter ihren Sohlen spritzte. Mittlerweile hatte auch Gregors Gangart an Fahrt angenommen. Mit weiten, schnellen Schritten eilte er ihr entgegen. Martha warf sich in seine Arme, er umschlang sie und drückte seinen Kopf an ihren Hals.

Mir rannen die Tränen hinunter und ich wusste nicht mehr, wohin mit mir. Sollte ich stehen bleiben oder sollte ich ihnen entgegengehen? Auf dem Boden entdeckte ich Marthas Rose. Sie hatte sie fallen gelassen. Ich hob sie auf und legte sie auf Arthurs Grab. Dann ging ich den beiden entgegen.

Sie registrierten mich erst gar nicht. Ich hörte, wie sie sich Dinge zuflüsterten. Zwar verstand ich nicht, was sie sagten, doch so genau wollte ich sowieso nicht hinhören.

Irgendwann löste sich Gregor von Martha, schlang seine Hand um meinen Nacken und küsste mich.

Martha lächelte uns beseelt an.

Gregor legte eine Hand auf ihre Schulter. »Entschuldige uns bitte eine Minute.«

Sie nickte und entfernte sich ein paar Schritte. Weit weg genug, um uns nicht zu hören. Aber immer noch nah genug, um uns zu sehen. Ausdruck ihres Traumas, schätzte ich. Doch ich konnte es ihr nicht verübeln.

»Mein Schwiegervater hat die Kaution gestellt«, fing Gregor an.

»Was wird jetzt passieren?«, fragte ich.

»Wir werden sehen«, sagte er. »Oskar hat entlastendes Material an die Staatsanwaltschaft weitergeleitet, weshalb die Ermittlungen vermutlich eingestellt werden.«

»Entlastendes Material?«

»Meine V-Akte.«

»Du sagtest, es gäbe gar keine V-Akte!«

»Offensichtlich doch«, sagte er. »Entweder hat es sie

schon immer gegeben. Oder irgendjemand, wovon ich eher ausgehe, hat sie binnen Stunden aus dem Nichts erschaffen, um den Großteil der Vorwürfe haltlos werden zu lassen.«

»Wie soll das funktionieren?«

»Einen ähnlichen Fall hat es schon einmal gegeben. Vor 16 Jahren wurde das Aktenzeichen für eine V-Akte bedauerlicherweise zweimal vergeben, nachdem die erste Akte nach einem halben Jahr wieder geschlossen worden war, weil der Informant eines natürlichen Todes verstarb. Aktenzeichen werden allerdings bewusst niemals doppelt vergeben«, untermauerte er. »Durch diesen formalen Fehler hat es Verwirrung bei der Buchhaltung gegeben und ein Beamter wurde der Unterschlagung bezichtigt, weil es so aussah, als wollte er sich auf Kosten eines Toten eine goldene Nase verdienen. Als rauskam, dass die Entlohnungen tatsächlich an einen lebenden Informanten ausgezahlt wurden, der dummerweise mit dem Aktenzeichen einer toten Akte verknüpft worden war, war die Sache zwar immer noch ein leidiges Thema, aber die Anklage wurde fallen gelassen.« Er sah mich an. »Und nun rate mal, wer damals das Aktenzeichen doppelt vergeben hat.«

»Guido Brülling.«

»Das hier ist allerdings nicht auf seinem Mist gewachsen. Ich glaube, da steckt sein Vater dahinter.« Er stieß mich an. »Du hast nicht zufällig etwas damit zu tun, oder?«

Ich hüllte mich in Schweigen, doch meine erröteten Wangen dürften ihr Übriges getan haben, um mich zu verraten. »Wie geht es mit Arthur weiter?«

Wir gingen ein paar Schritte. »Sein Mörder ist tot. Und die, für die Arthur sein Leben ließ, läuft gerade quicklebendig vor unseren Füßen herum.«

»Du willst die Sache nicht weiterverfolgen.«

Ernst sah er mich an. »Wir haben keine Beweise mehr sowie keinen einzigen Namen, den wir mit den Schwarzinger-Morden in Verbindung bringen könnten. Unser Wort steht gegen das einflussreicher Regierungsbeamter, die alles daran setzen werden, dass diese Angelegenheit nicht weiterverfolgt wird.«

»Das ist doch alles ein Klacks für dich.«

»Ich werde weder dein Leben riskieren noch Martha dazu zwingen, gegen irgendwelche indischen Aktivisten auszusagen und damit eine deutsch-indische Krise auslösen.«

Ich biss mir auf die Unterlippe.

»Manchmal muss man Prioritäten setzen.«

Martha näherte sich uns wieder. Sie lächelte. Ihre Zahnspange war längst fort. Immerhin war sie schon Anfang 20.

»Was wirst du als Nächstes tun?«, fragte ich ihn.

»Wir werden sehen. Für die Polizei bin ich eine Persona non grata. Viele Leute dort hassen mich für das, was ich getan habe. Oder besser gesagt für das, was ich *nicht* getan habe.«

Ich schluckte einen zähen Kloß hinunter, denn ich verstand sofort, was er meinte. Gregor war den Deal nicht eingegangen. Er hatte billigend in Kauf genommen, sich und auch andere möglicherweise in den Knast zu befördern. Das war den Leuten auf der Wache nicht entgangen.

»Und einige wenige werden es sich bestimmt nicht nehmen lassen, mir hier und da genauer auf die Finger zu schauen in der Hoffnung, mir eins reinwürgen zu können«, fuhr er fort. »Somit sieht es auch für meine anderen Jobs momentan eher düster aus.« Er lächelte gequält.

»Aber wer weiß. Vielleicht kann ich ja immer noch putzen gehen.«

»Du kannst für mich arbeiten.«

Er starrte mich an.

»Es gibt da eine neue Detektei in Wattenscheid. Mit guten Kontakten und Referenzen. Sie heißt Roloff & Partner.«

Gregor sah durch mich hindurch. Er überlegte. Irgendwann fiel es ihm wie Schuppen von den Augen und er brach in schallendes Gelächter aus. »Und wer ist der Partner in diesem Titel? Doch nicht etwa der Türke, oder?«

Ich schüttelte den Kopf. »Die Stelle ist noch vakant und ich könnte etwas Unterstützung gebrauchen.«

»Wie viel bist du bereit zu zahlen?«

»Ich beteilige dich am Umsatz.«

»Unter diesen Umständen sollte ich wohl eher putzen gehen.«

Ich knuffte ihn in die Seite.

Er wurde ernst. »Lass mich bitte mit Martha noch einen Moment allein. Anschließend können wir zu dir fahren und deine Konditionen etwas genauer unter die Lupe nehmen.« Sein Blick wanderte in meinen Ausschnitt.

»Tut mir leid, doch bei mir ist es gerade ungelegen.«

»Sag bloß, der Russe wohnt immer noch bei dir.«

»Er ist mein Steuerberater«, protestierte ich. »*Unser* Steuerberater. Gewöhn dich besser an ihn.«

»Das klären wir noch«, sagte er. Dann küsste er mich.

EPILOG

Drei Wochen später

Ich zähle 14 Ballons auf dem Weg hinauf in die Voedestraße. Es ist Mittwoch, vielleicht auch Donnerstag. Der Herbst zeigt sich von der schönsten Seite – mild, trocken, mit Laub bedeckt. Und die Straße ist dermaßen mit Autos, Rollern und Mülltonnen zugestellt, dass ich gute 500 Meter entfernt parken muss. Mein Fußweg leitet mich vornehmlich an Wohnhäusern vorbei – und keines von ihnen scheint in seinen Eingeweiden gerade einen Kindergeburtstag zu feiern. Im Gegenteil. Die Häuser sehen alles andere als feierlich aus. Dennoch komme ich an roten, grünen und blauen Luftballons vorbei, allesamt festgepappt an Straßenlaternen und schlanken Baumstämmen.

Bitte, denke ich. Lass es ein Kindergeburtstag sein.

Ich gehe die übrigen 300 Meter die Straße entlang. Der Wind röchelt mir in den Rücken und beinahe scheint es so, als will er mich anschieben. Ich fange an, zu laufen. Doch es hilft alles nichts. Keine zwei Minuten später erreiche ich das kleine Ladenlokal. Und schlage prompt die Hände vor dem Mund zusammen.

Luftballons. Überall Luftballons. Gelbe, rote, grüne, weiße. *Rosafarbene.* Sie kleben und wedeln einfach überall, am Schaufenster wie an der Tür. Die frische Folie, die in weißen Lettern meinen Namen preisgibt, ist in dem Ballongewusel kaum noch zu lesen.

Gott, ist das peinlich.

Ich gehe bis vor die geschlossene Tür und wage einen Blick hinein. Doch die Bude scheint verlassen.

Ich löse mich von der Scheibe und visiere stattdessen den ersten pinkfarbenen Ballon an. Dann vergrabe ich meine Hand in der Jackentasche, angele meine neueste Errungenschaft, ein Schweizer Taschenmesser made in China, heraus und pfriemele die Klinge aus den Wangen. Mein erster Stoß geht daneben. Doch der zweite ist verheerend.

Paff!

Ich setze meinen Feldzug fort, beginne im rechten Eck und tippele mit Fuchtelbewegungen die Scheibe entlang.

Paff! Paff! Paff!

Corinna reißt als Erste die Tür auf. »Was zum Teufel machst du da?«

Ich wende mich ihr zu, sodass die Messerspitze unabsichtlich zwischen ihre Augen zeigt. »Was ist das hier? Eine Detektei oder ein Friseursalon? Wir beschatten Leute, bespitzeln und belügen sie, wenn es sein muss. Gott, ich wurde angeschossen, verprügelt und angezeigt. Und diese Ballons hier sind Pipikram!« Ich schüttele den Kopf. »Gerade von dir hätte ich das am wenigsten erwartet.« Ich mache Anstalten, über ihren Style zu lamentieren, merke jedoch, dass da etwas nicht stimmt. Ich ziehe die Brauen zusammen. Und stottere fast. »Ist das *rosa*?« Wieder schüttele ich den Kopf. »Ist das denn … erlaubt?«

Corinna legt ihre Hände auf ihren schweinchenrosafarbenen Flauschpulli. »Ich probiere was Neues aus. Ich hab einen neuen Freund. Und dem liegt die Gruftimasche nicht so. Immer schwarz, immer das gleiche Make-up. Das wär doch langweilig.« Ihre Finger zupfen an dem Flausch herum. Fast, als würde er jucken.

Und ich könnte schwören, ich habe da gerade eine Schnute gesehen. Was tut man nicht alles für die Liebe.

»Außerdem ist das hier nicht auf meinen Mist gewachsen. Das war Viktors Idee.«

Ich reiche ihr das Messer. »Hier. Töte sie alle. Und dann weg mit den Überresten.«

Corinna grinst mich an. Ich schiebe mich an ihr vorbei in den Laden. Es duftet nach billiger Farbe und Teppich. Rotem Teppich. Um genau zu sein: bordeaux. So wie ich es mir immer gewünscht habe. Wenn auch nicht so kratzig und lappenartig. Aber egal. Er ist nichts im Vergleich zu dem High-Definition-Eckschreibtisch mit Chefsessel, der hier zukünftig auf mich warten wird. Er hält sich einsam vor der kahlen Wand bereit. Fast, als stünde er unter Quarantäne. Kein Pflänzchen, kein Regal, nicht einmal ein Bild. Und die aus der Ära Tozduman verbliebenen beiden Arbeitsplätze sehen dagegen dramatisch verwohnt aus. Doch bis jetzt habe das nötige Renovierungskleingeld nicht auftreiben können. Allerdings stehe ich in Verhandlungen mit der Sparkasse. Wollen wir sehen, was sich aus dem Filialleiter herauspressen lässt.

Paff! Paff!

Nach einer halben Minute beseeltem Betrachten schleiche ich in die Pantryküche und erwische Viktor dabei, wie er ein Pinchen nach dem anderen mit Wodka befüllt. Er ist in Luftschlangen eingewickelt. Das dreifarbig gestreifte Papier beißt sich mit seinem grün-grau karierten Pullunder. Als er mich bemerkt, reicht er mir eins der Pinchen. »Sa Sdorowje. Willkommen!«

Ich nehme den Wodka und kippe ihn herunter. Dann höre ich aus weiter Ferne, wie jemand kräftig gegen die Scheibe der Eingangstür klopft. Ich strecke meinen Kopf aus der Tür.

Es ist Ansmann. Er trägt eine halbwüchsige Bergpalme vor sich her. Irritiert von Corinnas Messerattacken auf die Schaufensterscheibe wandert sein Blick hin und her. »Für die Einrichtung«, erklärt er karg und stellt die Palme vor die ihm nächstliegende Wand.

Paff! Paff!

Ich gehe ihm entgegen und sehe auf das Grünzeug hinunter. Es reicht mir bis zu den Knien. »Ein Prachtexemplar«, bedanke ich mich. Allmählich verschwindet mein Lächeln. »Ein Vogel hat mir geflüstert, dass Sie uns verlassen werden.«

Er nickt. »Meinem Versetzungsantrag wurde noch nicht stattgegeben. Doch ich fahre bereits nächste Woche.«

»Es tut mir leid«, sage ich betroffen. »Alles.«

Vehement schüttelt er den Kopf. »Das muss es nicht. Wir haben uns auf dünnem Eis bewegt und sind gerade noch davon gekommen. Es hätte für uns alle böse ins Auge gehen können. Zum Glück war das nicht der Fall.« Er reicht mir die Hand. »Ich danke Ihnen.«

Hitze strömt durch meine Wangen. Aus mir will keine Antwort herauskommen. Stattdessen seufze ich einfach alles heraus.

Ansmanns Stirn beginnt sich zu kräuseln. »Sie haben eine Fahne«, stellt er fest.

Ich übergehe ihn einfach. »Wo wird es hingehen?«

»Metin hat es Ihnen nicht erzählt?«

»Metin habe ich seit über drei Wochen nicht mehr gesehen«, lüge ich.

Er löst seine Hand aus der meinigen. »Er ist bei seiner Schwester in Norddeutschland.«

»Tatsächlich?« Ich gebe mir keine Mühe, überrascht zu wirken, sondern sehe stattdessen auf die Uhr. Ich weiß es besser. Denn in genau sechs Stunden wird der Türke auftauchen, um seine Psychofarm abzuernten.

»Ja«, sagt Ansmann. »Und genau dort zieht es mich auch hin.«

Ich zwinkere ihm zu. »Klingt, als wagen Sie und Ihre Exfrau einen Neuanfang.«

Etwas Leben flammt in seinen Wangen auf und der Versuch, ein Lächeln zu unterdrücken, scheitert kläglich. »Wir werden sehen, was die Zeit bringt.«

Ich nicke. »Haben Sie noch etwas von Guido Brülling gehört?«

»Er ist wieder abgetaucht. Wer weiß, vielleicht an die Mosel. Dort ist er schon immer gern gewesen.«

Ein Schatten taucht in der Tür auf. Und ich kann kaum glauben, was ich dort sehe.

Arthurs ›Jura Impressa J9 One Touch‹-Espressomaschine. Röchelnd getragen von meinem neuen Partner.

Er hat es also nicht vergessen.

Auf wackeligen Beinen marschiert er an uns vorbei direkt in die Pantryküche. Es ist das erste Mal seit etlichen Monaten, dass er seinen Fuß über diese Schwelle setzt.

Mein Blick rutscht einen Augenblick lang über Gregors Hintern. Dann wandert er unweigerlich zu Ansmann hinüber, dessen Freude über das Wiedersehen sich wie erwartet in Grenzen hält.

Gregor verschwindet in der Küche – und wird prompt begrüßt: »Sa Sdorowje. Willkommen!« Ich höre zwei Pinchen klimpern. Und noch mal.

Und noch mal.

»Ihr seid im Dienst!«, brülle ich den beiden zu.

Die Jungs labern und lachen. Schließlich erscheint Gregor im Türrahmen, mit einer Schulter gegen die Zarge gelehnt. Er mustert mich mit einem entspannten, freundlichen, fast manisch wirkenden Blick. Sein rechter Mundwinkel zuckt zu einem halben Lächeln hinauf, seine linke Braue hebt sich. Zur Feier des Tages hat er sich ausgesprochen glatt rasiert. Seine Haare wurden ansatzweise gestutzt, dennoch machen sie den Anschein, als wolle er sie wieder wachsen lassen. Mir sind beide Optionen recht, solange er davon absieht, mir die Bude voll zu qualmen oder besoffen unsere Mandanten zu betreuen. Er versprach mir, beides zu unterlassen. Allerdings nur, wenn ich einen Selbstverteidigungskurs absolviere und meinen WBK-Kurs am Schießstand beende. Erfolgreich, wohlgemerkt. Ich bin nach wie vor skeptisch. Aber wie sagte er doch gleich? »Ich werde dir genug Motivation geben.«

Und ich glaube ihm.

Gregor sieht von mir zu Ansmann. Schließlich rückt er von der Tür ab und kommt direkt auf uns zu. Er hebt seine Hand. Fast so, als wolle er Ansmann eine Ohrfeige verpassen. Doch Ansmann pariert, hebt die Hand seinerseits. Und heraus kommt ein laut klatschender Handschlag.

»Mach's gut, alter Freund«, sagt Gregor. »Und viel Erfolg.«

Ansmann nickt, die Hand immer noch in Gregors verschränkt. »Und pass mir auf das Fräulein auf.«

»Ich bin nicht euer Fräulein!«

Sie lassen einander los. Und Ansmann geht seiner Wege.

»Wer wird seinen Platz einnehmen?«, frage ich Gregor, als Ansmann außer Hörweite ist.

»Ich weiß es nicht. Lassen wir uns überraschen.«

Wie aus dem Hut gezaubert kommt Corinna in den Laden, eine Handvoll zerfetzter Ballons vor sich her tragend. Bei ihrem Anblick fällt mir eine weitere ungeklärte Sache ein und ich folge ihr in Richtung Mülleimer. »Die IHK gibt mir mindestens ein halbes Jahr Zeit, um die Ausbildernachfolge zu regeln.«

»Bis dahin habe ich die Prüfung längst durch.« Mit Schwung lässt sie sich in meinen Chefsessel fallen. Und sieht mich ernst an. »Hör zu. Dieser Büroscheiß hier ist nichts für mich. Ich hätte eh schon hingeschmissen, aber Papa wollte, dass ich das unbedingt fertigmache. Damit sein Schätzelein was Ordentliches gelernt hat.« Sie verdreht die Augen. »Vielleicht wär das mit uns was Tolles geworden.« Sie sieht zu Gregor rüber. »Aber ich habe darüber nachgedacht. Ich brauche mehr Freiheiten. Ich brauche was anderes.«

Fassungslos hebe ich die Brauen. Während der Metin-Ära war Corinna ins Büro gekommen und gegangen, wann *sie* wollte. Sie erledigte jene Arbeiten, auf die *sie* gerade Lust hatte. Sie beschimpfte ihren Chef und ließ mehr als einmal diverses Büromaterial mitgehen. Ich habe sogar mitbekommen, wie sie Mandanten belogen hat, nur um sich die Arbeit mit ihnen zu ersparen.

Wie viel Freiheiten braucht sie denn noch?

»Ich werde den Flattermann machen«, sagt sie abschließend.

»Den Flattermann? Was heißt das?«

»Mein neuer Freund ist bei der Bundeswehr. Und er wird jetzt in Afrika gebraucht. Die bauen da eine neue Republik auf. Irgendwas im Süden.«

»Südsudan«, mischt sich Gregor an. »Da gehen kaum mehr als 50 deutsche Soldaten hin.«

Ich starre ihn an. »Woher weißt denn *du* das?«

Er grinst. »Schaust du denn keine Nachrichten?«

Mit einem ärgerlichen Raunen unterbricht Corinna

unsere Unterredung. Offenbar fühlt sie sich um die entzogene Aufmerksamkeit betrogen. »Jedenfalls werde ich mitgehen!« Sie brüllt mich beinahe an.

»Du? In Afrika?« Ich bin völlig verdutzt. »Was willst du denn da?«

»Mein Freund sagt, ThyssenKrupp will dort Schienen bauen.«

»Du willst Schienen bauen?« Ich sehe zu Gregor. Sein Körper wird bereits von einem Zittern geschüttelt. Er kichert.

»Nein«, sagt Corinna. »Aber die werden sicher ein paar Deutsche vor Ort brauchen, die die Verwaltung schmeißen. Mein Freund sagt, die würden mich mit Kusshand nehmen.«

»Aber dann machst du ja doch wieder irgend so einen Büroscheiß.«

»In Afrika ist das kein Büroscheiß, sondern Entwicklungshilfe!« Sie verschränkt die Arme vor der Brust. »Und wenn es nicht klappt, ist es auch egal. So lange wird Ricky dort nicht stationiert sein. Außerdem legt der Bund ordentlich Zuschüsse auf sein Gehalt, dass es für uns beide reicht.«

Ich beiße mir auf die Unterlippe. »Na, dann wünsche ich dir alles Gute«, sage ich.

»Danke.«

Mit einem leisen Seufzer im Hals trete ich zu Gregor an die Eingangstür heran. Sein Blick schweift über die Straße und scheint an einem Wohnhaus schräg gegenüber hängen zu bleiben. Ich schaue durch das dortige Fenster. Eine dickliche Frau schüttelt ihre Bettwäsche glatt.

»Sind wir Metin auf ewig los?«, fragt er.

Ich drücke mich an ihn heran. »Er wird sicher noch

hin und wieder hier auftauchen, um nach dem Rechten zu sehen.« Dass Metin mit Sicherheit auftauchen wird, um nach dem Rechten *im Keller* zu sehen, möchte ich ihm besser noch nicht auf die Nase binden.

Genauer gesagt, ich will es ihm überhaupt *niemals* auf die Nase binden.

Denn weder will ich, dass er schlecht von mir denkt, noch dass er glaubt, ich hätte mich von Metins schlechtem Einfluss leiten lassen. Gregor sah seinen Job bislang immer darin, mich vor Unheil zu schützen. Und wenn er herausfindet, dass ich Metin erlaube, Drogen unter unserem Laden zu züchten, könnte das für ordentlich Ärger sorgen oder sogar unsere Partnerschaft beenden. Es ist noch nicht so lange her, als Gregor dem Knast von der Schippe gesprungen ist. Er hat im Augenblick bestimmt keine Lust, sein Strafregister zu verlängern.

Fragt sich nur, ob und wie lange ich die Pilzplantage geheim halten kann.

»Wenn Metin hier auftaucht, schmeiß ich ihn raus«, raunt mir Gregor zu. »Glaub mir. Mit ihm hast du nur Ärger am Bein.«

»Lustig. Genau das Gleiche hat er von dir behauptet.«

Er lächelt mir zu. »Und von dir.« Dann drückt er mir einen Kuss auf die Stirn. »Danke.« Es klingt wie ein Versprechen.

»Freu dich nicht zu früh. Man sagt, ich sei eine wandelnde Katastrophe.«

»Ich weiß«, sagt er und legt den Arm um mich. »Aber ich glaube, da kann ich mithalten.«

ENDE

An der Vollendung dieses Buches haben passiv mitgewirkt: 3 Doors Down (»Time of My Life«, 2011, Universal; »3 Doors Down«, 2008, Universal), 30 Seconds to Mars (»This is War«, 2009, Virgin Records), Daughtry (»Break the Spell«, 2011, Sony Music; »Daughtry«, 2007, Sony BMG), Kings of Leon (»Come Around Sundown«, 2010, Sony Music), Lifehouse (»Smoke & Mirrors«, 2010, Geffen), Roman Lob (»Conflicted«, 2012), James Morrison (»The Awakening«, 2011, Island), Snow Patrol (»Eyes Open«, 2006, Polydor; »Final Straw«, 2004, Polydor), Stanfour (»Rise and Fall«, 2010, We Love Music).